烏《からす》間《ま》壮《しょう》吾《ご》の憂鬱な推察

逆行探偵 2

阿泉来堂 Raidou Azumi

産業編集センター

逆行探偵2

烏《からす》間《ま》壮《しょう》吾《ご》の憂鬱な推察

目次

序章

デスクに頬杖をついて、烏間壮吾《からすましょうご》は深い溜息をついた。

窓の外は抜けるような青空が広がっているというのに、壮吾の胸は黒々とした暗雲が立ち込めたように重苦しかった。

時刻はすでに正午を回っている。このところ規則正しい生活を心がけており、朝はしっかりと九時から仕事を始めて、書類整理や事務所の掃除を行う予定だったのに、もうかれこれ五時間以上、ここに座ってぼーっとしている。別に、どこか具合が悪いわけじゃない。ただただ気分が落ち込んでいる。やらなければならないことはあるはずなのに、何もする気が起きない。

——といっても、やらなきゃならない依頼なんてないんだけど。

頭の中に響く自虐的な声に、つい苦笑がこぼれた。

壮吾はこの町でちっぽけな探偵事務所を営む私立探偵である。

一言に探偵と言っても、その仕事は多岐にわたる。身辺調査や浮気調査、失踪人の捜索にペットの捜索。その他依頼人に頼まれればどんなことでも請け負う何でも屋のようなものだ。

そんな壮吾も、かつては日本最大の探偵社に籍を置き、次から次へと舞い込む依頼をこなすことに心血を注いでいた。休みはなかったが毎日が充実していた。だがその一方で、大企業や政治といった利権がらみのどろどろとした人間関係にいつも辟易《へきえき》していた。時には自分を殺し、世の人々が悪と呼ぶであろう人物の利益を守るような仕事を強《し》いられたこともある。そのたびに、自分の中の正義や信念が揺らぎ、徐々に汚染されていくような気がして、耐えきれなくなった結果、依頼人を裏切るような形で重大なミスを犯し、その探偵社を追われることになった。

職を失い、探偵社社長の娘であり恋人でもあった女性にマンションから追い出されて路頭に迷ってしまった壮吾は、大衆定食屋『万来亭《ばんらいてい》』の一人娘である乙橋美千瑠《おとはしみちる》の誘いによって店の二階に住まわせてもらうことになった。そこに事務所を構え、ちっぽけながらも依頼人に寄り添う私立探偵として再スタートを切ったのである。

とまあ、これだけを聞けば気ままで自由な探偵業にあこがれを抱く人もいるかもしれない。だが実際は、そんな華やかなものではない。

企業に属していた頃は気にもしなかった小さなことが、フリーになった今は大きくのしかかってくる。たとえば依頼一つとっても、舞い込んでくるのは月に一つか二つがいい所で、しかもその内容は家出した年頃の子供の捜索。あるいは社会の荒波にもまれ、神経をすり減らした挙句にある日突然姿を消した父親の捜索。はたまた、勝手な家族に嫌気が差し、夫婦の通帳を持ち出して姿を消した妻の捜索。果ては、散歩中に意中の雌《めす》を追いかけて行方知れずになったペットの捜索などである。あとはおなじみの浮気調査と言ったところだが、そういった依頼だってひっきりなしにやってくるわけではない。

最初の頃は思うように依頼が来ず、その日の食事代にも事欠くような日々が続いたが、探偵社時代の先輩に紹介してもらった情報屋に仕事をまわしてもらいながら細々と続けていくうち、わずかながらではあるが依頼が入るようになってきた。

だがそんなある時、壮吾を一つの不幸が襲った。それはいうなれば、ある種の事故に遭ったか、あるいは天災に巻き込まれたとでもいうべき事態——

『続いて、市内で発生した事件の続報です。先月発生した札幌市豊平区《とよひらく》のアパートに住む岩《いわ》間麗衣《まれい》さんが自宅で殺害された事件について、警察はこの犯行が市内で継続的に起きている連続殺人事件の犯人によるものであると発表しました。この連続殺人事件は一昨年の春ごろから立て続けに発生しており、一人暮らしの女性ばかりを狙って自宅に押し入り、殺害するという卑劣な犯行が……』


殺人事件、というキーワードを耳にして、思わず心臓が跳ねた。

思考を中断して立ち上がり、深く息を吸いながら周囲を窺う。自身の身体に変化がないことを確認すると、今度は窓に飛び付き、外の様子を窺った。

通りは普段と変わらぬ穏やかな景色。すれ違いざまに挨拶を交わしていく主婦たちや、リードを手に、矍鑠《かくしゃく》とした足取りで犬の散歩をする老人、午前の仕事に一区切りをつけて、『万来亭』で昼食を取ろうと暖簾《のれん》をくぐる作業着姿の中年男性。それらの誰一人として、おかしな様子はなかった。

壮吾は詰めていた息を吐きだし、胸をなでおろす。

どうやら、今回は白羽の矢は立たなかったらしい。だがよく考えてみると、事件が起きたのは先月なのだから、今このタイミングで『連れていかれる』わけはない。そんなことにも気づかずに慌てふためいてしまった自分を情けなく感じながら、壮吾が頭の中に描くのは、ある男女の二人組の姿だった。

三か月ほど前に、壮吾はその二人と出会った。ごく平凡な一般人の男女の肉体を借り、我が物顔でこの世界を歩きまわる彼らは、それぞれ天使と悪魔を名乗り、不幸な出来事によって命を落とした壮吾が生き返るために仕事を手伝ってほしいと言葉巧みに誘っては、半ば強引に『魂の選別』の使命を背負わせた。

本来、天使と悪魔が行うというこの『魂の選別』は、その名の通り死亡した人間の魂を天国へ送るか地獄へ送るかを選別するというもので、壮吾は二者択一のその選択を、死者についての数少ない手がかりから判断しなくてはならない。

その際に壮吾は、悪魔の力によって時間を遡り、被害者が死に至る直前までの限られた時間を利用して、選別に必要な情報を集めるのだった。と、これだけを聞けば、さぞ便利なシステムであるように思うことだろう。時を戻せるなら、被害者を死なないようにすればいいではないか、と。

残念ながら、それは不可能である。悪魔が言うには、すでに死んでしまった人を救い、死の運命を改変することは御法度で、固く禁じられているらしい。

つまりは、死の真相を解き明かすための情報を手に入れる以外の目的に、時間を『逆行』することは許されないということであった。

そういった決まりごとに翻弄され、また人の身でありながら、人の魂を裁くような使命を実行することに対し、壮吾は決して少なくない抵抗を覚えたが、自分が生き返るために必要な手順とあきらめ、三人の魂を天国へ送った。だが、三人目の選別を終えた後で、天使を名乗っていたのが実は悪魔であることが発覚。更に、壮吾は最初から死んでなどおらず、生き返るために必要だという口実も、すべて二人の悪魔によるでっちあげであることがわかった。

それでも壮吾は、自分が背負った使命を投げ出す気になれず、継続して『魂の選別』を行う決意を固めた。

そう、そのはずだった。それなのにどうして今、こんなにも使命がやってくることを恐れているのだろう。

ニュースで事故や殺人事件の報道を目にするたび、あの二人に強引に現場へと呼び出され、魂の選別を求められるのではないかと思うと、壮吾はいてもたってもいられなくなる。それは単に恐れているだとか、面倒に感じているというのではなく、使命の是非を問うわけでもない。ただ、その使命に自分なんかがふさわしいのかという、気後れにも似た感情だった。

どんなにいい人間でも、死の間際の行動次第では天国にふさわしくない場合がある。だがそういう人間を地獄へ送る覚悟が自分にあるのか。何度自問しても、それについての明確な答えは出てこなかった。

たぶん、この先も出てくることはないのだろう。そういう事態に直面し、必要に迫られる時が訪れるまでは……。

窓から視線を外した壮吾は両手を上げ、大きく欠伸《あくび》をしながら身体を伸ばす。

「あー、やめだ。やめ」

独り言《ご》ちて、小さく息をついた。

こうして悩んでいても、何かが変わるわけじゃない。どんなに嫌がっていても、逆に張り切っていたとしても、彼らに呼ばれない限り使命はやってこないのだ。まだ訪れてもいないことにびくびくして過ごすなんて、それこそ馬鹿げているし、こんな風に一人でくさくさしていてもどうしようもない。とりあえずは、目の前にある仕事に集中しなくては。

そうやって思考に区切りをつけ、机に広げたいくつかの書類に目を通す。だが、残念なことに、鬱屈とした気分を紛らわせるような依頼はなかった。

「仕方ない。三丁目の松島さんのところの猫でも探しに……」

言いながら腰を浮かしかけた時、玄関のドアを軽くノックする音がした。

思わず動きを止めて「はい」と応じると、遠慮がちにドアが開かれ、その隙間からひょいとこちらを覗き込むように、一人の女性が顔を出した。

見た目から推測するに、二十代半ばから三十代前半で、ややハーフっぽい、整った顔立ちをした女性だった。「どうぞ」と中に招き入れると、女性は素直に入ってきて、いぶかし気な視線を隠そうともせずに室内をぐるりと見まわした。

「ここ、探偵事務所ですよね？」

少し変わったイントネーションで尋ねられ、壮吾は「はぁ」と間の抜けたような声で応じる。

「そうですけど……ご依頼ですか？」

問い返すと、女性は「うん、そう、依頼ね」とぶしつけに壮吾を指さした。

長い黒髪、ほとんどすっぴんと思しき薄いメイク。長袖のワンピースにニットのベスト。足元は黒のブーツ。そして首元を覆うようにスカーフを巻いたファッションで、いい意味でどこにでもいるような普通の女性なのだが、なんだろうか。湛《たた》える雰囲気が、どことなく浮世離れしている。

戸惑う壮吾をよそに、女性はぱちぱちと長いまつげをはためかせるように瞬きを繰り返し、壮吾をまじまじと見つめ、それから改めて室内を物珍しそうに眺めまわす。貧乏探偵がそんなに物珍しいのか、あるいは暮らしぶりの滲んでしまう事務所を見て、こちらを値踏みしているのだろうか。

「それであの、ご依頼というのは？」

そう切り出した壮吾に対し、女性は一瞬表情を固め、何事か思案した後で、「そう。依頼です。依頼しに来ました」と繰り返す。そして、バッグから一枚の白い封筒を取り出し、壮吾に差し出した。

受け取って中を確認すると、一枚の写真が入っていた。

「その人を調査してほしいのです。張り込み、尾行、何でも構いませんので、私生活の過ごし方がわかるように」

「身辺調査、ということですか？」

問いかけると、女性は二度強くうなずいた。

「でも、四六時中見ていてほしいわけではありません。仕事終わりから帰宅するくらいまでで大丈夫です」

「つまり、仕事後のプライベートの時間に何をして過ごしているかを知りたいと？」

壮吾は手元の写真に視線を落とす。その写真はどこかの観光地らしき見晴らしのいい草原を背景にした男女のツーショットだった。片方は目の前の女性だが、古い写真なのか、表情にあどけなさが感じられる。その隣で肩を組み微笑んでいるのは、同年代と思しき男性。少し焼けた肌と目元のほくろが特徴的な甘いマスクの男性で、豊かな髪が風になびいている。お世辞抜きにイケメンと呼べる部類だろう。

「失礼ですが、彼とのご関係は？」

写真を見る限り、単なる知り合いだとか、友人という雰囲気ではない。かなり密着している様子から男女の関係であることは明らかであった。

「ええと、彼は……ああ、いえ。私と彼は、その……婚約者です」

妙な間を持たせた返答に戸惑いながらも、壮吾はもう一度写真に見入る。

「彼の行動に不審な点でもあるのですか？」

「不審な点？」

「ええ、たとえば女性問題とか、犯罪にかかわっている疑いがあるとか」

「それは……」

女性はふいに言葉を濁したかと思うと、スカーフを巻いた首元に手をやって、何事か考え込む仕草を見せた。

その時の女性が浮かべた複雑そうな表情に、壮吾は言い知れぬ違和感を覚える。

「思いつかない、ですか？」

「……はい。思いつきません」

「では、なぜ調査をしようと思われたのですか？」

恋人や婚約者、結婚相手の素行を調査してほしいという依頼はとても多い。程度の違いはあれど、壮吾が受ける仕事の大半はそういったものである。それらは基本的に、相手の不貞を疑っているか、あるいは信頼に足る人物かを見極めるために調査をする場合がほとんどである。

しかしながら、目の前の女性からは、そういった具体的な動機が感じられない。結婚を目前に控えていれば、意味もなく婚約者の不貞を疑いたくなることもあるのかもしれないが、多少なりとも何かしらのきっかけや疑いを持つに至る根拠がなければ、わざわざ探偵に調査を依頼するなんてことはしないのではないだろうか。

「とにかく調べてほしいのです。彼は市役所の職員で、自宅は白石区《しろいし》。仕事の後は友人と食事に行くこともあれば、ジムに通う日もある。調査してほしいのは、主に平日の夜間。彼が何をして過ごしているか」

そういった時間に他の女性と会っていないかを調べてほしいと、そういうことだろうか。

「わかりました。ではこちらに必要事項をお願いします」

壮吾は女性をソファに誘い、デスクから引っ張り出した用紙とペンをテーブルに置いた。とりあえずは手順に沿って、調査に必要な情報を記入してもらうことにする。

女性はたっぷり二分間ほどテーブルに置かれたそれらを不思議そうに眺めていたが、やがて何かに思い当たったように、ペンを手に取ってカリカリと記入を始めた。

そうして出来上がった書類に目を通した瞬間、壮吾はえっと声を上げる。

「あの、これだけ……ですか？」

問い返しながら、再び手元の用紙を食い入るように見つめる。そこには、彼女の氏名――浅沼綺里乃《あさぬまきりの》と彼女の電話番号、調査対象の男性の氏名である溝口拓海《みぞぐちたくみ》の記載、あとは彼の勤める市役所名があるのみで、住所やその他の情報が記されていない。

通常、こうした情報をもとに依頼人と調査対象の関係を把握したうえで調査に挑む。こんな状態では、依頼を受けることは難しいのだが……。

「何か問題でも？」

鋭く問われ、壮吾はぎこちなくうなずいた。

「あの、これだとあなたと調査対象との関係がはっきりわからないのですが……」

「だから、婚約者です。写真も見せたでしょう？」

「確かに拝見しましたけど……」

難色を示す壮吾をじっと見つめていた綺里乃は、ふと何かを思い出したように声を上げた。

「わかりました。お金が必要なのね」

「いえ、そういう話じゃ……」

否定しようとした壮吾だったが、その発言をかき消すかのようにばん、と大きな音を立てて、綺里乃はバッグから分厚い封筒を取り出し、テーブルに叩きつけた。

「とりあえず手付金として用意しました。これで足りますか？」

封筒の厚みから察するに、百万近くはあるだろう。単なる素行調査の手付金には十分すぎる額だ。特に、壮吾のような貧乏私立探偵には、簡単にお目にかかれるような額ではない。

「私の依頼、受けてくださいます？」

改めて問われ、壮吾はわずかにためらった。どうにもきな臭い依頼だ。調査対象の素性はおろか、依頼人にいたっても謎が多い——いや、謎だらけである。おかしなことに首を突っ込んで、面倒ごとに巻き込まれるのは御免こうむりたいが……。

「もし無理なら、他を当たっても……」

「やりましょう。この烏間探偵事務所にお任せください」

気づけば、本能が言葉を発していた。

いくら怪しいと言っても、彼女は切実な思いを抱いてわざわざやってきてくれたのだ。その思いを無下にするわけにはいかない。多少の情報不足などどうでもいいではないかと、頭の中で自分を戒める。

そうだ。これは人助けなのだ。決して、お金に目がくらんだわけではない。ここ二か月ほどため込んでいる家賃をようやく支払えるという甘い誘惑に屈したわけでもないのだ。

「安心したわ。それじゃあよろしくお願いします。烏間壮吾さん」

綺里乃は整った顔にかすかな笑みを浮かべて立ち上がった。そして、ランウェイを歩くファッションモデルのような足取りで玄関口へ向かい、ドアノブに手をかけようとした。だがその時、一歩早くガチャリとノブが回転して、ドアが開く。

「よお探偵さん。邪魔するぞ」

許可もなく勝手にドアを開いてやってきたのは、すらりと背が高く、色黒で細面《ほそおもて》の男だった。

「六郷《ろくごう》、また来たのか……」

依頼人の前だというのに、壮吾はついうんざりとした声を漏らし、重々しく溜息をついた。

六郷は繁華街の一角で忘れ去られたように佇む喫茶店『ヴィレッジ』のウエイターである。この町の情報屋が多く出入りするその店で働きながら、あらゆる情報に精通し、表ざたにはできないよう依頼や案件を斡旋《あっせん》したりもする『情報屋の情報屋』と言ったところだ。

鉢合わせした綺里乃を前に、六郷は一瞬驚いたような顔をして、それからすぐに「フッ」と漫画に登場するかのような微笑みをその顔に浮かべた。

「おっと、こちらの綺麗な女性はどなたかな？　もしかして依頼人か？」

ドア枠に肘を置いてポーズを決めた六郷に、壮吾はしぶしぶ、うなずいて見せる。

「どうも初めまして。俺は六郷雅哉《まさや》。烏間壮吾の相棒だ」

誰が相棒だ。と咎める壮吾の視線をものともせず、六郷は綺里乃にぐっと顔を近づけ、値踏みするようにその顔を覗き込む。

「浮気調査の依頼かい？　こんな美人をないがしろにするなんて許せねえな。俺でよかったら話を聞くぜ」

「……もう帰りますので。どいてくださいます？」

六郷の誘いをあっさりとはねのけて、綺里乃はきっぱりと告げる。相手にされないと判断したのか、六郷はばつの悪い顔をして、すごすごと道を譲った。

隣を通り過ぎる時も、視線の一つすらもよこさずにドアの向こうに消えてしまった女性に名残惜しそうな視線を向けていた六郷は、ドアが閉じる音がした瞬間に、壮吾のもとへ駆け寄ってきた。

「おいおいおい、烏間！　なんだよ今の女はよぉ。どんな依頼人だよ、うらやましいなぁおい！」

「どうもこうもない。婚約者の身辺調査をお願いされたんだよ」

言いながら壮吾が手に取った封筒の厚みを見て、六郷は怪訝そうに眉を寄せる。

「ただの身辺調査の割には、ずいぶんと分厚い封筒じゃあねえか。お前、いつから手付金でそこまで巻き上げる悪徳探偵になったんだ？」

「人聞きの悪いこと言わないでくれよ。僕が要求したんじゃなくて、向こうが提示してきたんだ」

自らを正当化するように言いながら、壮吾は家賃の分と当座の生活費を封筒から抜き取り、残りを金庫に入れた。

「そっちこそ何の用だよ。アポはないと思うけど」

「何がアポだよ。貧乏私立探偵なんだから、いつだって暇してるだろうが」

ずいぶんと失礼な発言だが、事実なので言い返せない。

不毛なやり取りを終えた後で、六郷は勝手にソファに腰かけると、ここが我が家であるかのように両手を頭の後ろに回してくつろいだ。

「俺が聞きたい話なんて一つしかないことくらい、お前もわかってるだろ。あの都市伝説の真相だよ」

一瞬、壮吾の心臓が大きく脈打った。

デスクに座り、平静を装いながら、壮吾は肩をすくめた。

「……都市伝説って？」

「とぼけんなよ。殺人事件の現場に不審な男が現れるっていう都市伝説の答えを、俺はまだ聞いちゃいねえんだぞ。あんたの知り合いの紺野《こんの》って元探偵が、あんたにおかしな依頼をして自分を尾行させたのも、その都市伝説がからんでるんだろ。そろそろ、詳しい話を聞かせてくれよ」

六郷はテーブル越しにずい、と身を乗り出す。その口調はいつも通り軽薄なものだったが、まなざしはいたって真剣だった。

六郷とは、紺野という元探偵の男性が死亡した事件の際に、調査の過程で知り合った。六郷にはまだ話していないが、紺野は壮吾の探偵社所属時の先輩であると同時に、魂の選別の使命を担った『代行者』の前任者でもある。

彼は人の魂の行き先を選別するという使命の重さに耐えられなくなり、使命を背負うことを拒否して、代わりに壮吾を代行者に推薦した。その際、二人の悪魔たちの思惑によって、ひと悶着《もんちゃく》あった結果、壮吾は使命を担うことになったわけである。

六郷が言っている都市伝説とは、この紺野という人物が代行者の使命を担っている頃に警察関係者たちの間で囁かれるようになったある噂話のことだった。

この町で発生した殺人事件の際に、いつも事件現場付近で一人の男性が目撃される。その人物は犯人ではなく、事件そのものには無関係であるらしいのだが、いつも同じ顔を事件現場付近で目撃していれば、不審に感じるのは当然だろう。

おまけに、それが誰なのか、どんな人相なのかは、目撃者も覚えていない。警察関係者ですらも、ちらっと見かけた程度のその人物の顔を、はっきりと思い出すことができない。ただ、そういう人間が目撃されているのは事実であり、警察関係者の中には、その人物が、何らかの形で殺人事件に関係しているのではないかと、疑っている者がいるのだ。

その人物というのはつまり、魂の選別の代行者であり、現場で目撃されていたのは紺野に違いなかった。そして、現在では紺野の後を継いだ壮吾が件《くだん》の『都市伝説の男』ということになる。

この件に関して、六郷は少なからずかかわりを持っており、悪魔たちの仕業によって記憶の一部を改ざんされたりもしている。そういった体験の真相を突き止めるべく、彼はこうして事情を知る壮吾のところに足しげく通っているというわけであった。

もちろん、そうはいっても、天使や悪魔のことや『魂の選別』の使命について無関係の人間に話すわけにはいかない。もし口外すれば、壮吾が何かしらのペナルティを科せられるであろうことは想像がつくし、六郷だって無事で済む保証はないだろう。

「その話はしない方がいいって前にも言っただろ。それに僕だって、何もかもを知ってるわけじゃないんだ」

「おいおいおいおい、またそんなこと言って俺を脅すつもりか？　言っておくが、これでも俺は、この町の情報屋を仕切るボスの片腕だぞ。裏社会の連中とだってそれなりに渡り合ってきた。そうそう怖いもんなんてねえよ」

「……それでも、相手は人間だろ」

悪魔を目の当たりにして同じことが言えるのかと、壮吾は内心で毒づく。

「え、なんだよ。どういう意味だ？」

「何でもないよ。それよりもういいだろ。仕事に行きたいんだよ」

「ちっ、わかったよ。でも近いうちにまた来るからな。その時こそ、口を割ってもらうぜ」

立ち上がった壮吾がせかすように言うと、六郷は渋々といった様子でソファから腰を浮かせる。しつこく食らいついてくる割に、こういうところは素直に言うことを聞くのだから、つかめない男である。

少なくとも壮吾に対し敵意を抱いている様子はないため、こうして事務所に出入りすることを許しているわけなのだが。

「そんなことより、まだ信《しん》さんは休業中なのか？」

「ああ、本人が言うには、自宅療養中だとよ。毎日、同居している娘の子供――信さんにとっちゃ孫だな。元気な四歳児に振り回されて、休むどころじゃないってこぼしてたぜ」

信さんというのは、壮吾が懇意にしている情報屋のことであり、探偵稼業を支えてくれる重要な仕事仲間なのだが、二週間ほど前にぎっくり腰をやってしまい、仕事がままならないらしい。

「つーわけだから、調べ物があるなら、引き続き俺が代役になってやるよ」

頼りにしていた情報屋がそんなことになり、困っていた壮吾に手を差し伸べてくれたのが、他でもないこの六郷だった。

『ヴィレッジ』の店員でありながら、自らも情報屋としての顔を持つ六郷は、軽口に見合うだけの仕事の腕を持っており、正確で早い。こんな風にしつこく詮索する癖さえなければ、いいコンビになれるのではないかと、壮吾はつい思ってしまうのだった。

もちろん、あくまで仕事上での付き合いに限って、だが。

「それじゃあ、この人のこと、ざっと調べてみてくれないか」

言いながら、壮吾は綺里乃からの依頼書と写真を六郷に手渡す。ついでに、先ほどの手付金の中から前金を支払うと、

「これが調査対象か。ふん、俺ほどじゃあないがいい男だな」

スマホを取り出し、書類と写真を撮影した六郷は、一時間ほどくれ、と言い残し、軽やか

な足取りで事務所を後にしていった。

　六郷が出ていった後、身支度を整えて事務所兼自宅を出た壮吾は、外階段を下りて『万来亭』の暖簾をくぐった。

「いらっしゃい……なんだ、探偵屋か」

　カウンターの向こうから野太い声がしたので視線をやると、この店の店主であり、壮吾にとっては大家でもある乙橋剛三《ごうぞう》が不機嫌さをあらわにして舌打ちをした。熊のような巨体に白い調理帽、はち切れんばかりの筋肉質な胸板を覆っているのは、なんともポップでかわいらしいパンダのイラストが描かれたエプロン。これは以前、娘の美千瑠と孫娘の璃子《りこ》が剛三の誕生日にと選んだプレゼントであり、それ以来彼の愛用品となったものだ。

　黙っていても口を開いても、およそ堅気の人間とは思えない凶悪な外見とのギャップは凄まじいものだが、本人が気に入っているのならそれでいいだろう。

「どうも、大家さん」

「どうもじゃあねえんだよテメエ。よくものこのことツラ見せられたもんだなぁ。家賃はどうしたんだよ。えぇ？」

剛三はカウンターから上半身を乗り出し、手にしたお玉で壮吾の頬をぺしぺし叩いた。調理中のものではなく、洗い終えたものだったので、火傷《やけど》をする心配はなかったが、それでも、ここまでむき出しの敵意を向けられると、平気な顔ではいられない。

自他ともに認める貧乏私立探偵の壮吾は、何かにつけて家賃の支払いが遅れがちである。そうでなくとも、バツイチ子持ちの娘と同居する剛三にとって、壮吾は得体の知れない怪しい男という認識であり、本来であれば建物の二階に住まわせる気などなかったのだが、一人娘の強引な説得により、しぶしぶ了承したという経緯がある。そのため、隙あらば壮吾を追い出そうと画策している節が見られるのだった。

「いい加減、払えねえなら出て行ってもらうしかねえってことはわかってるよなぁ？　いくら美千瑠の口添えがあったからって、家賃を踏み倒すような野郎を住まわせておけるほど俺は寛大じゃあ――」

鬼の首を取ったかのように威勢よく繰り出される剛三の小言を遮るように、壮吾は彼の眼前へと、先ほどの手付金から取り分けた二か月分の家賃を差し出した。

「二か月分、今すぐお支払いします。遅れてすいませんでした」

「……あ、おお。そうかよ」

剛三は面食らった様子でそれを受け取り、どこかばつの悪そうな顔で壮吾を見た。

「ずいぶんと景気がいいじゃあねえか」

「いや、まあ、ははは……」

「まさか、人に言えないような汚い金じゃあねえだろうな？　もしそうだったら、美千瑠にも璃子にも金輪際近づけさせねえぞ」

剛三は勝手な妄想を膨らませ、壮吾を犯罪者呼ばわりしては鋭くにらみつける。

依頼主から正当に受け取った手付金に綺麗も汚いもあるわけはないのだが、そのことをどう証明したらいいのかわからず、壮吾は返答に窮し、言葉を失って立ち尽くす。

お玉を強く握りしめ、今にも壮吾を追い出さんとする気迫をみなぎらせている剛三を前に、どうしたものかと思っていると、カウンター席にお盆を叩きつける鋭い音が店内に響いた。

「ちょっとお父さん！　変ないちゃもんつけて壮吾くんにから絡むのはやめてよ！」

剛三の一人娘、美千瑠であった。壮吾の一つ年上で、保育園に通う娘がいるにも関わらず、二十代半ばにしか見えない若々しさを維持しており、店にやってくる常連客たちに笑顔と元気を振りまく『万来亭』の顔ともいえる女性だ。

どういうわけか壮吾に必要以上の親切心を抱く一方で、父親に対してはとても厳しい。今も、気の強そうなまなざしで剛三を見据え、腰に手を当てて仁王立ち。娘の気迫に満ちたその姿を前に、剛三はすぐさま気勢をそがれたように押し黙り、しゅんと肩を縮めた。

「美千瑠……俺はただ……」

「ただも何もないでしょう。そうやって壮吾くんを目の敵《かたき》にして追い出そうとするなら、代わりに私と璃子がここを出て行くからね」

「おい、ちょっと待てよ。なんでそうなるんだ」

慌てて追いすがる剛三に対し、美千瑠はふんと鼻息を荒くしてそっぽを向く。

「決まってるでしょ。二階で壮吾くんと同居するの。そうしたらお父さんだって、簡単に壮吾くんを追い出そうとなんてできなくなるでしょ」

「ちょ、ちょっと待った。それは駄目だ。こんなちゃらんぽらんな狼男と同居だなんて、俺は絶対に許さんぞ」

「ぼ、僕もその意見に賛成です。ていうか、どうしてそんな話に……」

慌てて会話に参加し、なし崩し的に同棲生活を始めようとする美千瑠の申し出を拒否した。どさくさ紛れの下心を見抜かれた悔しさからか、美千瑠は「ちぇっ」と唇をとがらせる。

まったく、油断も隙もない。

生姜焼き定食を注文し、山盛りの白米を空っぽの腹に押し込んでいる間に、昼時を過ぎた店内からは、徐々に客の姿が減っていった。

「相変わらずいい食べっぷりだね。ほれぼれしちゃう」

言いながら、自身の昼食である親子丼を盆にのせて運んできた美千瑠が、壮吾の隣に座った。忙しい時間帯を乗り越え、ようやく昼食にありつけた、といったところか。

「相変わらず忙しそうだね。ゆっくり昼を食べる時間もないなんて」

「まあね。もう一人くらい、働き手がいてくれたら助かるんだけどね……」

どこか含みのある言い方をした美千瑠が、じっと壮吾を見つめている。そのまなざしに、なにやら期待が込められていることに壮吾は気づいていたが、あえて触れないようにして愛想笑いを浮かべた。

「そ、そうなんだ。アルバイトでも雇ったら？」

「実は募集はしてるのよ。でも、お父さんは他人に厨房に入ってほしくない人だから、なかなか難しくて。私も時間に余裕ができれば、もっと璃子と一緒にいてあげられるんだけど……」

今度は、母親の顔をして、美千瑠はうつむいた。離婚後、実家であるこの店で働きながらシングルマザーとして娘の璃子を育てるのは、やはり精神的にも体力的にも負担が大きいのかもしれない。

店に立てばいつも元気で、溌剌《はつらつ》としている美千瑠の横顔が、この時ばかりは疲弊して見え、壮吾は少しだけ心配になった。『万来亭』は地元民に愛される店であるがゆえに、仕事は激務を極める。父娘二人で切り盛りするのは、かなり負担なのだろう。

「普段はどうにかなるんだけど、璃子が風邪をひいたりした時なんてもう大変。心配だからついていてあげたいけど、そうしたらお店は回らなくなるから、様子を見ながらどっちもこなすしかなくて」

美千瑠は困ったように笑い、弱々しい声を漏らした。それから、どことなく遠い目をして、湯気の立つ親子丼を見下ろし、「でもね」と溜息交じりに言う。

「考えてみたら、亡くなった母も同じような状況で私のことを育ててくれたんだよね。どんな時でも元気いっぱいに笑っていて、疲れなんて見せたことなかった。今思えば、私に心配かけまいとして、無理に明るく振舞っていた部分もあったと思うけど」

「みっちゃんと同じだね。おかげで璃子ちゃんは、あんなに素直な子に育ってる」

「そうかな？　ははっ。嬉しいな」

壮吾の発言に一瞬驚きを見せ、それからはにかむようにして笑う。美千瑠の浮かべたその表情は、いつもの冗談めかした笑い方ではない、心からの笑顔であるように感じられた。

「それはそうと、ここ最近、逆町《さかまち》さんの顔を見ていないわ。どうかしたの？」

「あいつなら、連続殺人事件の捜査で忙しいらしい」

「連続殺人事件って……あれ？」

美千瑠は箸で親子丼をつつきながら、店内で流しっぱなしのテレビを目で示す。午後のワイドショーでは、例の若い女性ばかりを狙った連続殺人事件について報じていた。

二年前の三月に発生した事件から、これで四件目となるこの事件は、いずれも一人暮らしの若い女性ばかりが狙われており、犯行手口は毎回、自宅に押し入り首を絞めて殺害するという内容のものであった。

現場は争った形跡があり、被害者が必死に抵抗したと思われるが、その抵抗も虚しく、いずれも哀れな姿で発見されている。いずれも性的暴行の形跡はなく、過剰に被害者を痛めつけるような打撲痕なども見つかっていない。犯人は争った拍子にカッとなって殺害したのでも、暴行を加えることが目的でもなく、最初から被害者を殺害することを目的として押し入っているようだ。

事件が起きる場所も、被害者同士のつながりもまったくつかめないままだが、この事件には一つだけ、どの被害者にも見られる共通点がある。それは、どの被害者の頸部《けいぶ》にも共通して、鋭い刃物による切創《せっそう》が残されているという点だった。直接的な死因は頸部圧迫による絞殺であるため、切創は死後につけられたものであるという。このことから一部のマスコミがこの事件を『首切りマニア連続殺人事件』と呼び始め、それが浸透した。

北海道警察本部捜査一課に所属する逆町は、この事件の捜査本部に詰めており、ろくに自宅にも帰らず捜査に没頭しているらしい。

ちなみに彼は壮吾の高校時代からの友人で、何も事件を抱えていないときは、毎日のように『万来亭』に顔を出したり、日も落ちぬうちから壮吾の事務所に上がり込んでは勝手に酒盛りを始める困った男なのだが、今回の事件に関わってからは、めっきり『万来亭』に現れなくなっていた。もちろん、壮吾の部屋にやってくることも、連絡すらほとんどない。それほど捜査に集中しているということなのだろう。

「そうそう、あれだよ。うわ、被害者がすでに四人か……」

「怖いわねぇ。うちは一人暮らしじゃないけど、もし殺人犯に狙われたらって思うと、やっぱり怖い。あーあ、だれか添い寝してくれないかなぁ。璃子のことは母親である私が守るとして、その私を守ってくれる人はいないかなぁー」

「……早く捕まるといいなぁ。犯人」

あまりにもわざとらしい、思わせぶりな物言いをあえて無視して、壮吾はぽつりと言った。期待した答えが来ないことに落胆したのか、美千瑠は口をとがらせ、鬱憤を晴らすみたいに親子丼をぐちゃぐちゃにかき混ぜる。

この事件は全国ネットでも報道され、かなり話題を集めていた。それゆえに警察は一刻も早く事件の犯人を見つけ出そうとして必死なのだろう。その最中での新たな事件の発覚とくれば、道警捜査一課が死に物狂いで捜査に打ち込むのもうなずける。このところ逆町から連絡がない要因は、やはりそのあたりにあるのだろうと察しがついた。

――いや、そう思いたいだけかな。

内心で呟いて、壮吾は自嘲気味に笑う。だが胸の内には、なんとも形容しがたい、複雑な感情が渦を巻いている。

というのも、この連続殺人事件とは関係なく、逆町は以前から、この町で発生した殺人事件などの犯罪現場に現れる『不審な人物』について、調べている様子だった。

それは、警察関係者たちの間でまことしやかにささやかれている例の『都市伝説』に関係したもので、殺人、自殺などの事件現場付近でその姿が目撃されたり、事件発生前に、関係者に話を聞いて回っているその人物について、逆町は何かしらの引っかかりを覚えているらしいのだ。そのため、ここ数か月は、通常の捜査とは別に、独自に捜査しているらしい。

そして、その人物というのは、他でもない壮吾のことである。死亡した被害者のもとで魂の選別を終え、二人の悪魔のうちのどちらかが魂を運ぶ。壮吾の役目はその時点で終了し、もう一方の悪魔も壮吾を放ってさっさと立ち去ってしまう。彼らのようにおかしな力を使って姿を消すことのできない壮吾は、ひとり現場にとり残されてしまい、自力で脱出しようとした結果、不審人物として度々《たびたび》目撃されてしまうのであった。多くの捜査員がその存在を気に留めていないなか、逆町は妙な引っ掛かりを覚えている様子だった。

もしかすると、逆町は自分を疑っているのではないか。何かしらの疑惑を抱いているのではないか。そして、その真相を探るべく、壮吾の行動をどこかから監視しているのではないか……。

そんな危機感が、この胸の内に澱《おり》のようにこびりついているのだった。

幸いにも、逆町はまだこれといった確証は得られていないらしく、面と向かって壮吾を疑ってかかってくるようなことはない。だがこの状態が長く続けば、いずれは……。

嫌な予感が鎌首をもたげ、壮吾はぶるぶるとかぶりを振る。

もちろん、自分が殺人事件に関係していないことは自分がよくわかっている。しかし、他人の目で見た時、必ずしも同一の確信を抱いてくれるとは限らない。そうでなくとも、いくつもの犯罪現場で姿を目撃されるというのは、客観的な視点で考えても不自然の極みである。それぞれの殺人事件に何らかの形で関与しているのではないかと疑われるのは、至極当然の成り行きだろう。

だからこそ、都市伝説の男が自分であることを知られてはいけない。他の誰よりも心を許せるはずの親友が、気づけば自分を脅《おびや》かす存在になりつつある。その不安が、日増しに壮吾を苛《さいな》んでは、『魂の選別』の使命を続けていく決意を鈍らせてもいた。

「……くん、壮吾くんったら、大丈夫？」

我に返ると、心配そうな顔の美千瑠が壮吾を覗き込んでいた。

「だ、大丈夫。大丈夫だよ。うん。大丈夫」

「そう、ならいいけど……」

不自然なほど大丈夫を繰り返した壮吾に対し、依然として心配そうな表情を向ける美千瑠。その純粋ともいえる優しさを真正面から受け止めながら、壮吾はふいに、罪悪感に似た胸の痛みを覚える。

いつだってこうして、壮吾のことを心配し、時には優しく慰めてくれる家族のような美千瑠に対しても、自分は隠し事をしている。決して言えない秘密がある。壮吾にとってその秘密とは甘美な毒ではない。ただただ心を痛めつけ、相手の顔をまともに見られなくなるような後ろめたさを感じさせてくれるはた迷惑なものでしかなかった。

いっそすべてを打ち明けられたら、どんなに楽だろう。そうできたら、肩や背中に重くのしかかる重圧から解放され、自由な気持ちで使命に挑めるのかもしれない。

――そんなこと、無理に決まってるけど……。

内心で独り言ち、壮吾はグラスの水を飲み干して席を立った。

「俺、そろそろ行かなくちゃ。ごちそうさま」

短く挨拶をして、壮吾は『万来亭』を後にした。

通りにはまばゆい日差しが降り注ぎ、日傘を差した老婦人やハンカチでしきりに汗をぬぐうサラリーマンが目の前を通り過ぎていく。

何事もないように過ぎていく、ごく平凡な一日。その光に満ちた世界の中に佇みながら、壮吾は言い知れぬ予感に生唾を飲み下した。

うなじの辺りに寒気を感じ、無意識にそこを手で撫でる。このところ感じることのなかった、妙な違和感。たとえ難い悪寒のようなものが、背骨に沿って足元から駆け上がってくる。

嫌な予感が的中しなければいい。そんな、願望にも似た慰めで自分をごまかしながら、壮吾は新たに依頼された調査対象の仕事先へと向かった。

第一章　死の運命と悪魔の追悼《ついとう》

1

地下鉄のホームの階段を上り、改札を抜けた時、計ったかのようなタイミングでスマホが鳴った。ポケットから取り出してみると、六郷からのメッセージが届いていた。

『ご依頼の件、報告するよ。どうだ、早いだろ？』

得意げな顔でうそぶく姿が容易に想像できるような文面には、資料のデータが添付されている。

タップしてファイルを開いてみると、溝口拓海の住所、本籍地、学歴などといった個人情報が当然のように記載されていた。

溝口は四年生の時に市内の公立小学校から名門私立小学校に転入、その後エスカレーター式に大学まで進学し、卒業後は公務員試験を受けて市役所勤務。常に成績優秀にして品行方正。おまけに、見た目も整っていて、身長が百八十三センチという隙のなさ。父親は祖父から地盤を受け継いで、市議会議員を務めている。母親は市内で料理教室を営み、ローカル番組のお料理コーナーにたびたび登場する有名人であるという。また、四つ下の妹が一人と、十四歳離れた弟がいる。どうやら現在の母親は後妻であり、実の母親は彼がまだ小学生の頃に死亡しているという。病気か、あるいは事故か、詳しい死因までは調べられなかったと追記されていた。

一通りの経歴と家族構成についての情報を読み終えて、壮吾は溜息をつく。

なんとも輝かしい経歴だ。現在、溝口は市の職員であるが、いずれは父親の地盤を引き継ぎ、彼もまた政治家への道を歩んでいくのだろう。約束された輝かしい未来が透けて見えるようで、壮吾は無意識に目を細め、唸り声を上げた。

「それにしても、こんな情報いったいどうやって……」

少々、疑いたくなるほどの詳しい情報に苦笑するものの、しかしながら、それが六郷の強みなのだと思い直す。彼がどこからともなく集めた情報は極めて正確で、その収集速度もすさまじい。鍵屋の信さんは確かに優秀なベテランだったが、仕事の早さで言えば六郷に軍配が上がる。

――もちろん、その分の出費は覚悟しなきゃならないけど……。

頭の中で六郷に支払う残りの報酬金額を計算し、壮吾は複雑な心境に陥る。だが、これで調査を進めやすくはなった。

これほどの優良物件――もとい将来性のある男性であるならば、婚約しているとはいえ、依頼人が不安になるのもうなずける。浅沼綺里乃との関係については何も記されていないが、そのあたりはおいおいでいいだろう。壮吾が調査しなくてはならないのは、彼女との関係ではなく、あくまで溝口の普段の生活ぶりである。仕事を終えた後、帰宅するまでの間に、彼がどこへ向かい何をするのか。まずはそれを調べなくてはならない。

壮吾はスマホの時計表示で時刻を確認する。就業時間が午後五時までだとして、しばらく時間がある。役所内に潜入し、溝口の様子を探るという手段も考えはしたが、そこまで踏み込んで調査する必要はまだないだろう。依頼内容はあくまでプライベートの時間であり、仕事中の様子を探ってほしいとは言われていない。仕方がないので、札幌市役所の近くで適当に時間を潰すことにした。

大通公園向かいの札幌市役所から通りを挟んだ向かいのビルの一階部分に、ちょうどいい喫茶店があったため、壮吾は窓辺の席に陣取った。ここからなら、役所から出てくる溝口の姿も見つけやすい。ウエイターにコーヒーを注文し、喉の渇きを癒しながら、時間が過ぎるのを待つ。そうして三杯目のお代わりが運ばれてきた頃には、日も傾き、街は徐々に夜の様相を呈していた。

一日の業務を終えた溝口が役所から出てきたら尾行開始である。まっすぐ家に帰ってくれればそれでいいが、違う場合は——

「——あれ、壮吾か？」

突然声をかけられ、我に返る。声の方を振り返ると、スーツ姿の見慣れた顔が驚いた様子でこちらを見ていた。

「逆町、どうしてここに？」

高校時代からの友人にして、道警捜査一課の刑事である逆町の姿がそこにあった。数週間ぶりの再会となるが、ひどく疲れたようなその表情に壮吾は素直な驚きを抱く。

「どうもこうも、連続殺人事件の捜査だよ。地道な聞き込みってやつさ」

言いながら、壮吾は後ろに控えていた後輩刑事らしき青年に目配せをして、先に行かせ、壮吾の向かいの席に腰を下ろす。そして、断りもなく壮吾のコーヒーをがぶ飲みした。

「そっちはどうしたんだよ。仕事か？　それともみっちゃんとデートか？」

「そんなわけないだろ。仕事だよ。身辺調査」

「身辺調査？　ここでか？」

不思議そうな顔で言いながら、逆町はぐるりと周囲を見回した。

具体的にどの人物を、とまでは聞いてこなかったし、壮吾も答える気はなかった。逆町

も、そこまでは求めていない様子で、すぐに視線を壮吾に戻し、

「貧乏暇なしってやつか？　感心感心」

そう言って肩をすくめた。普段と何も変わらない、いつもと同じ友人の軽口交じりのトークに、壮吾は内心で安堵していた。

どうやら、壮吾に対し過度な疑いを抱いている素振りは見られない。そんな余裕もないほどに、明らかに表情に疲れが滲んでいた。ぱっと見はわからないが、シャツはややくたびれ、スーツにも皺が寄り、いつもしっかりとセットされているはずの髪も、心なしか乱れている。何日も署に泊まり込み、捜査に明け暮れているであろうことは一目瞭然だった。それはつまり、殺人事件の捜査に追われるあまり、壮吾の危惧していた『都市伝説の男』について逆町が考える余裕などないということだ。

「にしても久しぶりだな。二週間ぶりか？」

「三週間ぶりだよ。みっちゃんも心配してたぞ。たまには『万来亭』に顔を出したらどうだ？」

「捜査が落ち着いたら、そのうちにな」

そう言って、逆町は乾いた溜息をつく。なんとなく、捜査が行き詰まっているのではないかと思わせる、重々しい溜息だ。

「お前こそどうなんだよ」

「どうって……？」

じっとこちらを見据える逆町の視線に、どことなく責められているような気がして、壮吾は無意識に目をそらしてしまった。

「お前にとってはつらい事件があっただろ。あの直後から全然会ってなかったから、思い詰めていやしねえかと思ってな」

逆町が言っているのは、探偵時代の先輩であった紺野が殺害された事件のことだろう。壮吾は使命によって彼の死を知り、その死の真相を解き明かした。すでに犯人は逮捕されているが、それでも、紺野が帰ってくることは二度とない。失われた命は、どうあがいても取り戻すことはできないのだ。

「ああ、うん……。でも、僕が落ち込んだところでどうにもならないよ。それに紺野さんなら、向こうにいっても元気でやっているはずだから」

応じながら、壮吾は視線を持ち上げ徐々に暮れなずむ空を見上げた。天国へと送られた紺野の魂が、その先で輝いてくれている気がしたからだった。

「おいおいおい、意味がわからんぞ。向こうって……何のこと言ってんだ？」

大丈夫か、と付け足して、逆町は怪訝そうに眉根を寄せる。壮吾の頭の様子を心配するようなそのまなざしに、壮吾は慌ててかぶりを振り、「大丈夫、大丈夫だって」と繰り返した。

会話は頓珍漢《とんちんかん》なものになってしまったが、疑うどころか素直に心配してくれている親友の心遣いに内心で感謝を述べつつ、これ以上ボロが出ないうちにと、壮吾は伝票を手に立ち上がる。

「ごめん。そろそろ行くよ。そっちも後輩待たせているんじゃないのか？」

「おっと、そうだったな。んじゃ、コーヒーごちそうさん」

ごちそうしたわけではなく勝手に飲まれただけなのだが。と抗議しようとする壮吾から逃げるように、立ち上がった逆町は颯爽と踵《きびす》を返し、通りの先へと歩き去っていった。

その背中を見るともなしに見送った壮吾は、何とも形容しがたい気疲れを感じながら、視線を市役所に向けた。すると、タイミングよく外に出てくる溝口の姿があり、大急ぎで会計を済ませた壮吾は、繁華街に向かって歩いていく溝口の背中を追って、小走りに駆け出した。

午後五時を過ぎた繁華街は多くの人でにぎわい、今日が金曜日ということもあってか、特に飲みに繰り出そうとする若い男女でごった返していた。

油断すると人波の中に埋もれてしまいそうな溝口の背中を見失わないよう注意しながら、一定の距離を置いて尾行した。溝口は迷いのない足取りで通行人を器用に避けながら進み、二十分ほど歩いた先で、大きな通りから一本外れた、車の入って行けないような路地へと足を向ける。

一気に人気のない場所へ出たことで、軽い耳鳴りを覚えた。異様に静まり返った路地の先、飲み屋なのか何なのかわからないような看板の出た雑居ビルの前で足を止めた溝口は、ほんの一瞬、周囲を見渡して中に入る。道端に積み上げられた酒屋のコンテナに身を隠しながらその様子を窺っていた壮吾は、慎重な足取りでそのビルの前まで行き、真っ赤に光る看板を確認する。

『激辛南蛮カレーの店　なます亭』

ビルの中にいくつか店は入っているようだが、看板が光っているのはこの店だけだ。他はまだ開店していないのか、それとも、すでに店をたたんでいるのではないか。そう思わせるに十分なほど、ビルの外観も、開きっぱなしのガラスドアの向こうの内装も、あちこち古びていて年季を感じさせる。そして、そのことが余計に、この店の得体の知れなさを演出しているようだった。

ビルの規模から想像し、店内がさほどの広さを有していないであろうことは察しが付く。後を追って中に入ってしまうと、かなりの確率でこちらの姿を見られてしまうかもしれない。

「おとなしく待った方がいいか……」

気づけば、漂ってくるカレーの香ばしい匂いに、腹の虫が反応していた。

スマホを取り出し、メモ帳に「溝口氏は辛いもの好き」と書き記して、壮吾は来た道を戻ると、路地を見渡せる位置に立って溝口が食事を終え出てくるのを待った。

四十分ほどしてからだろうか。路地から漂ってくる濃厚なカレーの匂いにうんざりしてきた頃、開きっぱなしのビルの入口から溝口が出てきた。上着と鞄を小脇に抱え、腕まくりをした彼は、しきりに手で自らをあおいでいる。表の看板の表記通り、カレーは激辛だったらしい。

誰かと連れ立っている様子はないため、店内で待ち合わせをしていたわけではなさそうである。浮気相手と食事がてら待ち合わせ、という展開があるのではないかと期待してしまったが、どうやら純粋に食事に立ち寄っただけだったようだ。

安心すべきか、がっかりすべきかわからない複雑な気分で、壮吾は尾行を再開した。路地を出て大通りへと向かう溝口の後方で、姿を見失わない程度の距離を保ちつつ後を追う。腹ごしらえを済ませ、今度こそ浮気相手に会いに行くのかと思ったが、意外にも溝口はそのまま地下鉄の駅へと向かった。東西線の新さっぽろ方面に乗車し、二駅先の駅で下車する。それからコンビニでお茶と軽食を買い、溝口が自宅マンションに帰り着いたのが午後六時二十分。

溝口の暮らすマンションはざっと二十階以上はありそうなタワー型のマンションで、単身者には少々、大きすぎるのではないかと感じられるほど立派な外観をしており、駐車場にも何台か高級車が停まっていた。豪奢《ごうしゃ》な外観やコンシェルジュ付きといった点も、一介の市役所職員が住むには無理がありそうな風情があった。その辺りは、父親の財力に頼っているのだろうか。

コンシェルジュに軽く手を上げて挨拶を交わし、オートロックのエントランスを抜けて、エレベーターに乗り込んだ溝口の姿を遠目に確認した壮吾は、そこで深く息をついた。

「さすがは市議会議員の御子息。すごいなぁ」

気を抜いた拍子に、つい感心してしまう。そして、自分にはこんな暮らしができる日がやってくるのだろうかと、詮のないことを考えては、見通しが明るくないことを思い知らされた気になって、気分が落ち込んだ。

いやいや、そんなことを考えても仕方がない。壮吾はそう自分に言い聞かせ、無理やり気持ちを切り替える。

その後、約一時間半ほど張り込んでみたが、溝口が再び出かけようとする気配は感じられなかった。

腕時計を確認すると、時刻はすでに午後八時を回っている。依頼の内容としては、仕事を終えた溝口が帰宅するまでの行動を調査、監視することであるため、夜通し張り込んでの調査は今のところ、不要と考えられる。

「今日はこの辺にしておくか」

初日から無理をする必要もないだろう。などと誰にともなく独り言ちて、壮吾は踵を返し、その場を離れた。来た道を引き返し、地下鉄を使って数駅。そこから電車を乗り換えて数駅移動し、最寄り駅で下車してから『万来亭』に帰り着いたのは午後九時半を過ぎた頃だった。

「おかえりなさい壮吾くん、遅かったのね」

店の前にたどり着いた時、ちょうど暖簾を下げに出てきた美千瑠と鉢合わせした。

いつものようにTシャツとデニム。エプロンにサンダル姿。飾らない格好でありながらも、常連客の目を引いて止まないその姿は、壮吾の目にも魅力的に映る。

一日の仕事を終えようとしているタイミングだからか、どことなく疲れを感じさせるが、にこやかに手を振ってくるその姿は、家に帰ってきた時特有の安心感みたいなものを強く感じさせてくれた。

「ただいま、みっちゃん」

「夕食どうする？　お父さんはもう璃子を連れて奥に下がっちゃったけど、簡単なものだったら私が作るわ」

「ありがとう。お願いするよ」

オッケー、と応じ、店に戻ろうとする美千瑠の代わりに暖簾を下げて、壮吾はいつものカウンター席に腰を下ろす。座った途端、それまで忘れていたかのように、一日の疲れがどっと押し寄せ、壮吾は深い溜息をつく。

「大きな溜息。何か嫌なことでもあった？」

水を注いだグラスを差し出しながら、美千瑠が言う。それに対し軽くかぶりを振って、壮吾はグラスを受け取った。

「そういうわけじゃあないんだけどね。今回はごく普通の身辺調査だし」

確定したわけではないので、浮気調査という表現は使えないだろう、と内心で呟きながら、水を口に含む。

「依頼人が少し変わった人でさ、支払いがすごく気前良くて、むしろ割のいい仕事になりそうなんだ」

「でもそのぶん、厄介な内容とか？」

鬱屈とした気分を誘う原因は、そこではない。ごくりと喉を鳴らして飲み下してから、壮吾は再びかぶりを振った。

「いいや、そういうわけでもないんだ。たぶん、結婚式を挙げる前に、婚約者の身辺調査をしたいってだけで、依頼人にしてみれば、まあ相手を信用するための保険みたいなつもりなんじゃあないかな」

「確かに、結婚前に相手のことをしっかりと理解しておくっていうのは大事よね。いざ結婚してから揉めたりするのは、本当に大変だから……」

なんだか、妙にリアリティを感じる物言いで、美千瑠は表情を陰らせた。

そういえば、出会った時からシングルマザーで、父親の店を手伝いながら璃子を育てている彼女が、どういう経緯で離婚を経験し、実家であるこの場所に戻ってきたのか、その詳しい話を聞いたことはなかった。

話題が話題だけに、軽々しく踏み込んでいいものでもないため、気安く問うこともできなかったのだが、今の様子を見る限りだと、あまり触れないようにした方がいいのかもしれない。

そんな風に思いながら、ちらちらと様子を窺っているうちに、美千瑠が親子丼とみそ汁、お新香を盆にのせて厨房から出てきた。

どうぞ、と壮吾の前に盆を置いた美千瑠はそのまま隣に座り、ふぅ、と息をつく。

「お仕事はうまくいっているのに浮かない顔をしているってことは、問題は逆町さん？」

「な、なんで……ぐふっ！」

驚いた拍子に米粒が喉の奥に飛び込んでしまい、壮吾は盛大にむせた。激しくせき込みながら、グラスの水を流し込み、時間をかけて落ち着きを取り戻す。

「ちょっと壮吾くん、大丈夫？」

「だ、大丈夫……それよりなんで……逆町が原因だと？」

握りこぶしで胸を叩きながら、壮吾が訊ねると、美千瑠はさも当然のように、

「そんなの、見ていればわかるわよ。前は捜査中だとしてもちょくちょく店にやってきて、壮吾くんに会いに来ていた逆町さんが、ぱったりと店に寄り付かなくなったんだもの。いくら忙しいって言っても、食事をとる時間くらいはあるでしょ？」

「まあ、そうだろうけど」

「だから、何か理由があって店に立ち寄らない。だとしたらその理由はきっと、壮吾くんしかないと思ったの。それに加えて、最近壮吾くんの事務所に頻繁に出入りしているあの男の

人」

六郷のことだろうとすぐに察しが付く。同時に、なぜか美千瑠の顔に警戒するような険しい表情が浮かんだ。

「お仕事関係の人なんだろうけど、私が思うに逆町さんは、壮吾くんとその人の関係を疑っているんじゃあないかしら」

「……えぇ？」

意図せず素っ頓狂な声が出た。残った水をぐいと飲み干し、口の中のものを飲み下してから、壮吾は聞き返した。

「ちょっと待って、どういう意味だよ。逆町が、僕と六郷のことを疑っているって……」

「わかるでしょ？　そういう意味よ。壮吾くんが最近、その人と妙に仲がいいから、きっと逆町さん、ヤキモチを焼いているんだわ」

「ヤキモチって……」

そんなバカな、とばかりにこぼすが、美千瑠の目は真剣そのものであった。己の考えに絶対の自信を持っているかのように、揺らぐことのない確信が、燃え盛る炎のように浮かび上がっている。

確かに六郷はこのところ毎日のように顔を見せに来る。だがそれは、彼が壮吾に対し問いただしたいことがあるからであり、決して互いに惹かれ合っているとか、『そういう関係』だとかいうわけではない。言うまでもないが、向こうからそういう空気を感じたこともないし、壮吾自身、そんなつもりは微塵もなかった。だからこそ、なぜ美千瑠がそんな発想を抱いたのか。それ自体が壮吾にはまるでわからなかった。

「あの、みっちゃん、なんか勘違いがあるみたいなんだけど、その男――六郷と僕は別にそういう関係じゃあないいんだ」

「え、そうなの？」

新鮮な驚きをあらわに、美千瑠は気恥ずかしそうに頬を赤らめた。

「ご、ごめんなさい。だって、あの人があまりに頻繁にやってくるものだから、私てっきり……」

てっきり何なんだ。と問いただしたい気分でいっぱいだったが、とりあえずは謝罪を受け入れ、苦笑いで済ませておく。

「彼は最近、仕事を手伝ってくれているだけで、別に友達でもない。それに、逆町が店に来ないのも、単純に仕事が忙しいからで……」

無意識に言葉をさまよわせながら、そう思いたいのだろうと、自分の心に問いかける。逆町が壮吾に対し疑いを抱き、その行動を怪しんで接触を避けている。そんな最悪の想像だけはしたくなかったし、認めたくもなかった。

「そっか。私ったら、変な想像しちゃってごめんね。てっきり、壮吾くんがその六郷って人と事務所であんなことやこんなことをして、それを知った逆町さんが嫉妬に駆られて、そのうちに三人に修羅場が訪れて……なんて展開を想像して、ついわくわくしちゃって……」

いったいどんな展開だ。と内心で突っ込みを入れる。

美千瑠は熱のこもった口調でまくしたてていたが、壮吾の冷めた視線に気付くや否や、自嘲気味に咳払いをした。

「とにかく、逆町さんとぎくしゃくしているわけじゃあないならいいの。少し、心配だっただけだから」

一転して真面目な顔をした美千瑠は遠慮がちに言うと、少しだけ、不安そうに眉を寄せる。その発言に嘘はないらしい。

彼女はいつもこうして、赤の他人であるはずの壮吾を気遣い、心配し、さながら家族のように接してくれる。それが単純な好意からなのかどうかは置いておいて、行く当てのない壮吾に住まいを提供してくれて、しかもこんな風に店で食事を振舞ってくれたり、危なっかしい壮吾の身を常に案じてくれる優しさには、感謝してもしきれないほどだ。

だからこそ、彼女に本当のことを打ち明けるわけにはいかない。

危険にさらすわけにはいかないのだと、壮吾は内心で呟いた。

「……大丈夫だよ。本当に何でもないんだ。逆町だって、いつもだらけてばかりじゃあ後の出世に響くだろうしね」

「そう、壮吾くんがそう言うなら……」

完全に納得してはいないまでも、美千瑠は素直に引き下がり、しつこく詮索しようとはしなかった。無理にでも自分を納得させるように笑顔を作り、席を立つと、後片付けを終わらせるため厨房へ向かおうとする。

「あのさ、みっちゃん」

その時、壮吾は半ば衝動的に彼女を呼び止めていた。振り返り、軽く首をひねる美千瑠に対し、壮吾は問う。

「もし僕が、その……誰にも言えないような問題を抱えていたとして、こんな風に僕を心配してくれるみっちゃんや逆町にそのことをずっと黙っているのは、やっぱりいい気分はしないものだよね？」

「秘密って、例えばどういう秘密？」

「それは……」

言葉に詰まり、壮吾は口ごもった。その反応を見てか、美千瑠は指先を顎《あご》にやって斜め上を見上げると、小さく唸りながらしばしの間考え込む。

「どんな気分になるかは、それがどんな秘密であるかによると思う。たとえばそれが、壮吾くんの身に危険が及ぶもので、助けを求めたいのに求められないっていう感じなら、言ってほしいと思うだろうし、どうして頼ってくれないのかなってもどかしくもなるでしょ？」

「そう、だよね」

「でも、それが誰かを救うための秘密だとか、壮吾くんが心からやりたいと思っていることなら、それは悪いことじゃないと思う。だから、胸を張って秘密を抱えればいいんじゃない？」

心からやりたいこと……。

魂の選別の使命が自分の本当にやりたいことなのかと問われると、決してイエスとは答えられない気がする。だが、それを行うことで、誰かを救えているとしたら？

訳もわからず胸が高鳴った。もし、本当にそうだとしたらと考えれば考えるほど、身体に力がみなぎるような、むずがゆい気分が満ちてくる。それはあたかも、出口の見えないトンネルの中に差し込んだ一筋の光明であるかのように、壮吾の行く先を照らしてくれている。

——胸を張って秘密を抱えればいい。

美千瑠の言葉が、強く脳内にこだまする。

「胸を、張って……」

思わず繰り返した声に、美千瑠は「そうそう」と明るい調子で反応する。

「だって、困っている人のこと放っておけないでしょ？　助けを求めている人がいたら、絶対に立ち止まるでしょ？　そのせいで自分がどれだけ遠回りをすることになっても構わない。目の前の人を助けるためなら平気で泥濘《ぬかるみ》に足を突っ込む。それが私立探偵烏間壮吾だもの」

「みっちゃん……」

「私が困っている時も、きっと助けてくれるでしょ？」

やや上目遣いに問われ、壮吾は無意識にうなずいていた。

そうするに決まっていると、強く訴えかけるように、何度もうなずいて見せる。

「そういう壮吾くんのこと、私は信じてるから。だから秘密の一つや二つ、どうってことないと思う」

そう言って、彼女が浮かべた何気ない笑みに、思いがけず心臓が高鳴り、壮吾は息をのむ。その動揺を気取られたくなくて、強引に美千瑠から視線を外し、がりがりと頭をかきむしった。

「あれ、壮吾くん、どうしたの？　なんだか顔が赤い気がするけど」

「べ、べべ別にそんなことないよ。あは、あははは……」

「本当に？　でもなんだか様子がおかしいっていうか……」

熱でもあるのかと心配したのか、おもむろに伸びてきた美千瑠の手に気付き、壮吾はその身を大きくのけぞらせる。

「大丈夫だから、ほんと、顔が赤いのはただ興奮してるだけっていうか……」

「興奮？」

「いや、違う。興奮じゃなくてその……だから……お、お粗末様でした！」

「うん……こちらこそ……」

「ああ、違う……ごちそうさまって言おうとして、その……」

あわあわと自分でも情けなくなるようなうろたえ具合で訂正しつつ、壮吾は額を手で打つ。お粗末なのはお前だ、と内心で自分を罵《ののし》りながら素早く立ち上がり、腰を直角に折り曲げて言い放つと、壮吾は踵を返す。これ以上訳のわからぬことを口走る前に、まずは一旦距離を取らなくては。

挨拶もそこそこに、壮吾は逃げるように店を後にした。まるで、美千瑠の微笑みだけではなく、湧き上がるのこの不可解な感情が一体何なのかという答えからも逃げ出そうとするかのように。

勢いよく店を飛び出し、そのまま通りを駆け抜けた壮吾は、どこをどう走ったのか、まるで見慣れぬ通りに立っていた。

周囲には飲み屋ばかりがテナントとして入った雑居ビルがひしめき合い、違法であるにもかかわらず、熱心に客引きをする黒服らしき男性と酔っ払いのサラリーマン集団が何やらもめていたり、過激なバニーガールの格好をした女性たちが若者グループを辺りはばからず誘惑し、店に引き込もうとしていたりと、騒がしいことこの上ない。

そういった喧騒の中、焦る気持ちをなだめるように肩を上下させつつ、壮吾は自分の振舞いについて深く反省すると共に、こみあげてくる羞恥心に悶《もだ》える。

「ああ、もう、何やってるんだ僕は」

あんな風に訳のわからないことを口走り、店を飛び出してくるなんて、いったい何を考えているのかと自分を激しく罵った。せっかく相談に乗ってくれた相手に対しとても失礼だし、何よりあれでは、美千瑠に対して好意を抱いていると疑われかねない。

違う、そうじゃない。僕たちはただの友人。そう、友人だ。みっちゃんに対してそんな気持ちを抱いているはずはないと、呪文のように呟きながら、壮吾は見慣れぬ通りを当てもなく歩き出す。

その後、『万来亭』二階の自室に戻る前に、軽く酒でも買いに行こうと思い、通りの先のコンビニへ向かうことにした。少し冷たい夜の風は、美千瑠の妙な熱気に当てられたせいか、今はとても心地よかった。

おかげで、ようやく頭が冷えてきたのか、心が落ち着きを取り戻していく。別れ際のやり取りはともかくとして、美千瑠が言ってくれた言葉は、迷いや苦悩、葛藤といったものに振り回されていた壮吾の心を的確に励ましてくれた。

秘密を持つこと自体を悪とするのではなく、必要なものとして受け止めてもらえるのなら、壮吾としてはこれほどありがたいことはない。もちろん、実際に秘密を打ち明けたわけではないし、魂の選別について知られてしまった時に何が起きるのかはまだわからないが、それでも心が軽くなったのは確かだった。

逆町が彼女と同じ気持ちを抱えてくれるなんていう保証はどこにもないが、壮吾の不審な行動が、誰かのためであるという一つの目的のもとに存在していることが伝われば、あるいは……。

そんな、希望にも似た感情が、心の片隅に芽生えていたのは間違いなかった。

そういう意味で、美千瑠には感謝しなくてはならない。彼女の言葉は、おそらく本人が思っているよりもずっと、壮吾の心の負担を軽くしてくれた。

——帰ったら、ちゃんとお礼を言わないと。

心の中で独り言ちながら角を曲がり、そのまま横断歩道を横切ろうとした瞬間、まばゆいヘッドライトの光が壮吾を照らし、次いでけたたましいクラクションと共にうなりを上げるエンジン音が轟《とどろ》く。

「あ……」

間に合わない。そう悟った時には、十トントラックのバンパーがすぐ目の前に迫っていた。避けようにも、あまりに突然のことで身体に力が入らなかった。フロントガラス越しに見た運転手は泣き出しそうな顔をして、何事か叫びながらハンドルを握りしめている。分厚いタイヤがアスファルトの地面に擦れて、ギャリギャリと不快な音を立てていた。

壮吾はこれら一連の出来事を、やけに落ち着いた頭で認識していた。死の間際になると、時間がやたらとゆっくり流れ、走馬灯のようにこれまでの人生の出来事を振り返ることができる。そんな通説を思い出し、あれは本当だったのかと納得するほどの余裕まであった。

時間の流れがゆっくりというより、まるで時が止まってしまったかのように……。

——いや、違う。本当に止まっているんだ。

気づけば、世界から音が消えていた。肌に受ける風も、目の前に迫ったダンプトラックの圧倒的な重量感も、両目を突き刺すようなまばゆい光でさえも、停止した時の牢獄に押し込められていた。

「まさか……」

その、まさかである。

自身を除くすべての存在が息をひそめるように時を止めた世界の中に、壮吾は取り残されていた。こうなってしまったら、人々はまさしく凍り付いてしまったかのように動きを止め、意識すらも保てない。

ついに、この時が来た。そう自覚した瞬間に、壮吾の心臓が大きく跳ねた。そして、瞬き一つの間に、壮吾は見慣れぬ狭い部屋へと移動していた。文字通り、一瞬で移動したのだ。

そこは、さほどの広さもないワンルームの部屋だった。おそらくは、単身者用のアパートの一室だろう。エアコンの効いた涼しげな部屋の床に、一人の男が倒れている。思わずわっと声を上げて後ずさった壮吾は、すぐ背後にあるベッドの上に、さらにもう一人、女性が仰臥《ぎょうが》していることに気が付いた。

「ひぃっ……！」

女性が身に着けている白いバスローブは乱れ、首筋には締め上げられたような赤黒い痣《あざ》がくっきりと残されており、血の気を失った青い顔は苦悶の表情にゆがんでいた。

死んでいる。間違いなくこの男女は命を落としている。そして壮吾は思い知る。だからこそ自分はこの場所に呼ばれた——いや、連れてこられたのだと。

「やあ、友よ。さっきは危ない所だったなぁ」

物思いを断ち切るように、声がした。視線を向けると、ベランダに面した窓際で、壁にもたれかかった一人の男の姿がある。小綺麗なスーツに身を包んだ中年の男。日下《くさか》輝夫《てるお》。

「というか、ぼーっと歩いてちゃ危ないだろうが。あのトラックの運転手は飲酒運転も居眠り運転もしない優良ドライバーで、会社に何度も表彰されている優秀な人材だ。お前の不注意のせいで人生を踏み外し、会社をクビになって家族からも見放され、孤独に心が荒んだ挙句あらぬ犯罪へと手を染め、魂が地獄行きにでもなったらどうする？」

「ず、ずいぶん具体的な転落の様子を語るんだな……」

久々に会ったというのに、こちらの罪悪感を全力で煽《あお》るような日下の発言に、壮吾は早くも狼狽してしまう。

「お仕事だよ。腕はなまっちゃいないよね？」

挑発的な口調で、茶化すように言ったのは、ベッドの端に腰かけ、組んだ足の上で頬杖を突いたもう一人の人物。ゆるくパーマのかかった柔らかそうな長い髪と、全身ハイブランドのファッションに身を包んだ二十代前半のきらびやかな女性、杏奈《あんな》。

傍目には、ごく普通の善良な人間にしか見えないこの二人こそ、壮吾に『魂の選別』の使命を押し付けた悪魔たちであった。

2

「二か月ぶりだな。元気にしていたか？」

白々しい口ぶりで日下に問われ、壮吾は目を細めた。

「そっちこそ、ずっと音沙汰無しだったじゃないか」

「あれぇ？　何その反応。もしかして寂しかった？　あたしたちに会いたかったんだ？」

「別にそういうわけじゃないけど……」

眉根を寄せて否定するも、杏奈はこちらをからかうような視線を向け、どこか嬉しそうに笑う。なんだかおちょくられているような気がして、居心地が悪い。

「こ、今回はこの二人の魂を選別するってことなのか？」

やや強引に話を戻し、壮吾は目の前の男性の遺体と、ベッドに横たわる女性の凄惨な亡骸《なきがら》を交互に見据える。

「ふふん、そう思うだろうけど、実は違うんだよね」

「違う？」

更に問いかけると、バトンタッチとばかりに今度は日下が口を開く。

「お前に頼みたいのは、そっちの男の魂の選別で、女の方は必要ないってことさ」

それに続き、杏奈が割り込むように身を乗り出した。

「彼女の選別はもう終わってるの。あたしたちとは別の担当が、ついさっき終わらせてね」

「ちょっと待った。別の担当って、つまり君たち以外の悪魔がそっちの女性の選別だけをしていったってことなのか？」

再び壮吾が問うと、二人の悪魔は互いに視線を交わし、それぞれがそれぞれに説明役を押し付け合う。やがて観念したように、日下がその役目をしぶしぶ請け負った。

「魂を選別するのは基本的には天使と悪魔の役目だ。だが現状では天使どもは地上に降りることなんてせず、現場のことはすべて私たちに押しつけている。それは説明したよな。だから、基本的に魂の選別は我々が行い、しかるべき行き先へ運んでいる。まあ最近じゃあ、リモートで選別に参加する天使もいるとかいないとか聞いたけどな」

「リモートって……」

にわかに信じがたいシステムである。

「つまり、お前のような『代行者』を立てて選別を委託するのはごく限られた件数しかない。悪魔だけで済ませてしまうことがほとんどだ。最近は魂の回収率が悪いと上からせっつかれているせいで、どいつもこいつも必死に魂を取り合ってるんだよ」

「そういうこと。普通は、同じ現場にある死体ならあたしたちがまとめて選別するはずなんだけど、がめつい連中に先を越されちゃったせいで、今回はこっちのおじさんの魂だけになったたってわけ」

言いながら、杏奈が無遠慮に床の死体を指さした。

「まあ、そういうことなら……」

天使や悪魔の社会について、壮吾はまだ何も知らない状態と言っていい。ゆえに実情が彼らの言う通りなのかどうかの判断はできないので、とりあえずは「そういうこともあるのか」と一応の納得を得ることにして、停止した時間の中、壮吾は改めて男性を見下ろす。

今回の選別対象であるその男性は、部屋の中央付近に仰臥していた。部屋の照明が薄暗いせいではっきりとは見えないが、年齢は四十代半ばから五十代くらいだろうか。安物のスーツにゆるんだネクタイ。時間的にセールスというわけではなさそうで、周囲を見回しても、それらしい荷物は見当たらなかった。

男性の手には血の付いた包丁があり、首筋の傷から噴き出したと思われる血によって、白いシャツが真っ赤に染め上げられていた。よく見ると、柄の部分には女性に人気のキャラクターがプリントされており、末端には猫の耳を模したデザインが施されている。わざわざ用意したというより、殺された女性の持ち物なのだろう。男性がその刃物で自身の首筋を切り付けて絶命したであろうと思わせるには十分な状況であった。

壮吾は男性から視線を外し、室内のインテリアや家具をぐるりと見まわした後で、ベッドの女性に視線を向ける。

「見たところ、この部屋が女性の物であるのは間違いない。彼女は首を絞められて殺害されていることから、この男性が容疑者ってことになると思うんだけど……」

そこで口ごもった壮吾に、ふむふむと相槌《あいづち》を打ちながら、杏奈が男性の傍らにしゃがみこんで、その死に顔を覗き込む。

「状況的に見て、若い恋人の家に遊びに来たってのも、無理があるよね。お金を持っていなさそうなこのおじさんと付き合う理由もなさそう。となるとこのおじさん、強盗か何かかな？」

杏奈は男性の足元を指さした。男性は室内だというのに革靴を履いたままである。仮にこの男女が親しい間柄であったとしても、土足で家に上がり込むとは考えにくい。そうなると、必然的に『強盗』という言葉が脳裏に浮かぶ。

「たぶん、そうなると思う。故意か偶然かはわからないけど、強盗に入った彼は女性に声を上げられて、勢いで殺害。その後、罪の意識に苛まれて自殺……かな」

頼りなく見立てを口にする壮吾に対し、杏奈がぱっと表情を輝かせる。

「いいじゃない。自殺。それでいこうよ」

「いや、まだそうと決まったわけじゃ……」

慌てて止めようとするも、杏奈はもうすっかりその気になって、壮吾の言葉を遮った。

「何言ってんのよ。君の言う通り、この人自殺だよ。さっさと魂、運んじゃお」

いそいそと床に膝をつき、杏奈は男性の胸元に手をかざそうとする。壮吾は慌てて駆け寄り、杏奈の両手首を掴んだ。

「ちょっと待った。ストップストップ！」

「きゃあ、ちょっと何すんのよ！　気安く触らないで！」

壮吾の腕を杏奈は強引に振り払う。

「ご、ごめん……でもまだ決めつけるのは早いんじゃないかな。もっとちゃんと調べてからじゃないと」

両手をホールドアップの姿勢に保ちながら、壮吾は戸惑いがちに告げる。

それに対し、杏奈は不満げな顔をして口をとがらせ、

「そんな必要あるかな？　自殺じゃないにしても、このおじさんが強盗犯なのは明白だと思

うけど」

決めつけるような口調で言い放つ。そして、白くて細長い指をぴんと立て、床のカーペットを指した。

「ほら、これ。ものすごく乱れてるでしょ。フローリングの床にも、靴のかかとが擦れた跡がいくつも残ってる。これって、この場所で誰かが暴れたか、激しくもみ合ったってことじゃないの」

「……確かに」

思わず同意してしまう。彼女の言う通り、カーペットは端のところが折れたり捲《めく》れたりして、もとあったであろう位置からも随分とズレている様子だった。それだけではなく、ベッドの位置に対してテーブルが不自然な角度に移動していたり、その上に置いてあったであろうアロマキャンドルの入ったグラスが床に転がっていたり、キャビネットの上の置物や雑誌の類《たぐい》が落下してもいた。ベッドの脇の壁には真新しいへこみのような跡があり、砕けたガラス片が被害者の女性の身体の上に降り注いでいたことからも、この部屋で、激しい争いが起きたのは間違いなさそうである。

「強盗、殺人、そして自殺。どれか一つでも十分地獄行きの可能性があるのに、スリーコンボ達成とくれば、問答無用で地獄行きは確定のはずでしょ」

「それはそうだけど……」

「あたしたちだって暇じゃないの。いつもみたいに、君のスイリを楽しむのも悪くないけど、その必要がない案件だったらさっさと終わらせちゃいたいんだよね」

杏奈は容赦なく壮吾を追い詰めるように言い放ち、「ね、そうでしょ」と、いつの間にか押し黙ってしまった日下に同意を求める。

杏奈の言葉通り、状況はこの男性の魂が地獄へ送られるべきだと訴えかけてきているかのようであった。地獄の使者である杏奈や日下が、魂を地獄へ送りたがるのは当然のことだし、ある程度の強引さで地獄へ送るべきだと訴えかけてくるのはいつものことだが、今回のように状況証拠が見事に選別対象の罪を物語っているケースだと、壮吾としても流されてしまいそうになるのも無理はなかった。

そのうえ時間を逆行し、男性が強盗を思い立った動機までも明らかになって、杏奈の見立て通りの結末が待っているのではないかと考えたら、確かに彼女の言う通り、さっさと地獄行きを認めてしまった方がいいという意見にも、うなずいてしまいそうになる。

「ちょっと、ねえ。何とか言いなさいよ。聞いてるの？」

ところが、杏奈の不機嫌そうにまくし立てるその声が、彼女の意見に流されそうになっていた壮吾の思考を強引に引き戻した。

見ると、杏奈は腰に手を当て、明らかにいらだった様子で顔をしかめながら、日下に意見を求めている。それに対し、日下はというと、どこか呆然として男性の遺体の傍らに立ち尽くし、その死に顔を見下ろしていた。その顔には、演技ともとれぬ真剣な表情が浮かび、わずかに開いた口元は、驚きにわなないているように見えた。

「日下、どうかした?」

思わず問いかけると、彼は壮吾を一瞥し、それからすぐに男性へと視線を戻す。そして、床に両手をついて、至近距離からその死に顔を凝視すると、

「……間違いない。この男を知っている」

「知ってるって、どういうこと?」

日下は深々と溜息をついてから立ち上がると、自らのネクタイを几帳面な手つきで直し、キレイにセットされた髪を撫でつけた。

「彼は私の——いや、日下輝夫の勤める会社の元同僚だ」

「うそ、同僚……?」

思わず声を上げ、日下と男性を交互に見る杏奈。壮吾もまた無意識に同じ動きで二人を見比べていた。

「彼の名は定岡茂雄《さだおかしげお》という。北菱《きたびし》ヘルスケア営業部第三課の元社員だ」

「北菱ヘルスケアって……」

言わずと知れた有名企業だ。壮吾でもその名を知っているくらい、テレビCMだってたくさん流れている。

「日下って、北菱ヘルスケアの社員だったの？」

「そうだが。言ってなかったか？」

壮吾はあんぐりと口を開いたまま、ふるふるとかぶりを振った。

「北菱グループって言ったら、あらゆる分野で業界トップを争う大グループだよ。すごいじゃあないか」

「へえ、そんなに有名な企業なの？」

すごいすごい、と杏奈はさほどの感慨もなさそうに手を叩く。それに対し日下はその顔にニヒルな笑みを浮かべ、謙遜するように首を横に振った。

「確かにグループ自体は大きいが、北菱ヘルスケアはただの子会社だ。親会社ほどのエリート企業というわけでもない。働いている人間だって、平凡な連中ばかりだ。中でも日下輝夫はキングオブ平凡と呼ぶにふさわしい男だ。真面目だけが取り柄の営業社員で、周囲の連中からもつまらないやつだと思われていた」

「いた、っていうのは？」

「私が身体を借りるようになってから、少しばかり周囲の目は変わっていてな。まあその辺の話はいい。とにかくこの定岡という男は、同じ部署の社員だったが、典型的な嫌われ者でな」

「嫌われ者……」

思わず繰り返すと、日下は眉間に皺をよせ、気難しい顔をして男の死に顔を見下ろした。

「いわゆる昼行燈《ひるあんどん》というやつで、営業成績は万年最下位。それを改善しようと必死に努力することもなく、社歴の長さに胡坐《あぐら》をかき、給料泥棒と陰で揶揄《やゆ》されていた」

「そういうのなんて言うんだっけ。会社のお荷物とか？」

杏奈は顔をしかめ、軽蔑をあらわに吐き捨てた。悪魔から見ても、そういう人間は「ろくでなし」に映るらしい。

「若手の頃は張り切って仕事をしていたが、ある時期から仕事に熱意を持てなくなった定岡は、やがて重要な仕事を任されることも減ってしまった。年齢を重ねても役職を与えられることがなく、窓際に追いやられて久しい。最近じゃあずっと事務所で簡単な書類整理をさせられていたんだが、つい二週間ほど前に、かなり大きな額の経費の使い込みが問題になってな。定年を待たず会社を去っていった」

ではなぜスーツ姿なのだろうと、壮吾は首をひねる。

新しい職場を探して就職活動をしていたのか、あるいはすでに再就職が決まったのか。しかし、彼の年齢では、どちらも難しいように思えるのだが……。

「――どこで何をしているのかと思えば、こんなところで、何をやってるんだ……」

ぽつりと、呟くような声で、日下は言った。床に倒れて身じろぎ一つしない男性を見下ろすその瞳には、複雑そうな感情が揺れていた。

それは、これまで壮吾が見てきた日下という人物――正しくは悪魔だが――に似つかわしくない、感情的かつ悲観的な口調であり、その横顔に浮かぶ憐れみに満ちた表情は、ひどく人間じみてもいた。

「日下……」

かける言葉が見当たらず、さまようような声を発した壮吾は、日下に倣《なら》って定岡を見下ろした。会社のお荷物であり、大勢に疎まれていた人物。会社に切り捨てられた彼が、どういう経緯でこの場所を訪れ、強盗など行ったのか。その理由を、調べてみる必要があるかもしれないと思った。

「ちょっとちょっと、何しんみりしてんのよ。さっさと選別しちゃおうよ」

一人、杏奈だけは早々にこの件を終わりにしたいらしく、焦《じ》れたような口調で壮吾を急《せ》かした。それに対し壮吾は、一抹の疑問を投げかける。

「本当にそうなのかな?」

「どういうこと?」

「だって、彼が強盗をしたということも、この女性を殺害したということも、そして自殺したということだって、あくまで状況証拠でしかないだろ。ちゃんと調べてみたら、別の真相が見えてくるかも」

自分が何を口走っているのか、自分でも驚いていた。目の前に広がる、明白な状況をわざわざ疑い、隠された真相があるのではないかと疑う。そんな自ら深みにはまろうとする行為を、杏奈は声を大にして否定した。

「馬鹿言わないでよ。見て、ほら。このおじさんの罪は明白。自殺は一目瞭然。だから魂は地獄行き。それでいいじゃない。シンプルイズベストだよ」

「……いや、私も壮吾の意見と同感だ。まだ決めつけるのは早い」

日下がぽつりとこぼしたその言葉に、杏奈は更なる驚きと、若干の怒りをあらわにする。

「はぁ? あんたまで何言ってんの? せっかくあたしが、いい感じに運んであげてるのに、同じ悪魔のあんたがそれを邪魔するわけ?」

「それは、その……」

口ごもる日下が、申し訳なさそうに視線を伏せた。肩を怒らせ、苛立ちをあらわにしている杏奈は、まさしく般若《はんにゃ》の形相で日下をにらみつけていた。

「ちょっと待った。いい感じに運んでるって……。それじゃあもしかして、君が言っていることはでたらめなのか？　本当は、別の真相が……？」

杏奈の主張に違和感を覚え、壮吾は問う。すると今度は杏奈が「いや、それは、その……」などと日下と同様に言葉に詰まった。

やはり今回も、選別を有利に運ぶために、何かしらの印象操作を行っているのだろうか。そうはいくかとばかりに、壮吾はもう一度、室内を見回し、注意深く観察した。だが、焦る気持ちが判断を鈍らせるのか、あるいは見えるはずのものを見えなくしてしまうのか、これと言って特筆するようなものは見つからない。

開かれたままのリビングのドアから廊下に出ると、正面にある玄関扉のシリンダー錠はしっかりとかけられていた。

下駄箱の上はがらんとしていて、うっすらと埃の層が形成されていた。中央には円形に埃のたまっていない部分があり、置物か何かが置いてあったように思える。

「被害者が逃げられないように、押し入った時に鍵をかけたのかな」

ひょいと背後から顔をのぞかせた杏奈が言う。

「それとも、二人が死んだあとで鍵をかけて出ていった人物がいるとか？」

「鍵がかかっている以上、第三者がこの場に居合わせたという可能性は低いな。合鍵でもあれば別だが、現状、それを確かめる手段はない」

手持ちの情報で推理するしかない以上、両方の可能性を調べるしか手段はないだろう。さあ、どう推理する、とでも言いたげに、日下が視線を向けてくる。それは普段の挑発的なものとは違い、どこか危機感を抱いているような、切羽詰まったものに感じられた。

たしかに彼の言う通り、現時点で合鍵の有無を確認することはできない。

鍵が存在すれば、第三者の存在があったことがわかる。だが、鍵がなければ、定岡が彼女を殺害したという可能性は限りなく高くなってしまうだろう。

だがそれらの是非を確かめるよりも先に、まずは定岡が本当に強盗に押し入ったのかという、根本的な事実を確かめる必要があった。もし事実ならば、その動機だって必要だ。

「この状況で、すぐに地獄行きに決めるわけにはいかない。彼がここへ来る前にどんな行動をとっていたのか、そのことを確かめないと」

「私も賛成だ。今すぐ結論を出すのは時期尚早というものだろう」

またしても、普段の彼らしからぬ発言が飛び出し、壮吾のみならず杏奈も目を丸くしていた。

「あー、もう。わかったわよ。それじゃあいつも通り、逆行してみればいいじゃない。その代わり、あんたも一緒によ」

半ば自棄《やけ》になって声を上げると、杏奈はまっすぐに日下を指さした。

目の前に指を向けられ、日下はぱちぱちと瞬きを繰り返していたが、すぐに得意の不敵な笑みを浮かべ、

「いいだろう。今回は私も一緒に真相を探り当てる。いわゆる『バディ』ってやつだ」

「え、ちょっと待った。勝手に決めるなよ」

異を唱える壮吾を「まあまあ」と強引になだめて、日下は壮吾に向き直る。

「たまにはいいじゃあないか。私とお前、コンビを組んで謎を解決だ」

「でも……」

食い下がろうとする壮吾をよそに、日下は再び杏奈に向き直る。

「しっかり調べたうえで、魂が地獄行きという結論に至れば、文句はないだろう？」

「そりゃあそうよ。だけどあんた、悪魔のくせにその『正々堂々と』みたいな精神、どうかと思うけどね」

杏奈のあからさまな皮肉に対しても、日下は飄々《ひょうひょう》とした態度で受け流し、余裕の笑みを浮かべる。そして、改めて壮吾に向き直ると、得意げな表情を隠そうともせずに言った。

「それじゃあ、謎を解きに行くとするか、相棒」

「だから、ちょっと待ってよ。誰が相棒なんて……」

壮吾が最後まで言い終えるのを待たず、日下は右手を高く掲げ、ぱちんと指を鳴らす。

そして、世界は強制的かつ唐突に暗転した。

3

気が付くと、壮吾は見慣れた通りに立っていた。背後には『万来亭』の暖簾が風に揺られてはためいており、まばゆい日差しの降り注ぐ通りには多くの通行人の姿があった。

壮吾は時計を確認する。午後二時過ぎ。どうやら、昼食を終えた直後に戻されたらしい。本来であればここから調査対象である溝口拓海の行動を監視し、尾行する予定なのだが、時間を遡《さかのぼ》った壮吾には、そんな猶予など許されてはいなかった。

「準備はいいか、相棒？」

得意げな声で呼びかけられ、飛び上がりそうになりながら振り返ると、すぐそばの電柱にもたれかかった日下が腕組みをしてこちらを見据えていた。

「そっちこそ、僕の調査を手伝ったりして大丈夫なのか？」

「もちろんだ。基本的に選別するのはお前だが、死の真相を探るうえで、私たちが手を貸してはいけないという決まりはない」

「そうなのか……」

一度、そう応じたうえで、壮吾はふと頭に浮かんだ疑問を口にする。

「ちょっと待った。それならどうして今まで、全くと言っていいほど手助けしてくれなかったんだ？」

「……ん？」

日下は、明らかにぎくりとした様子で目を剥《む》いた。

「情報を集めるにせよ、被害者と接触するにせよ、君や杏奈が協力してくれたら、もっとスムーズに進んだことがたくさんあったはずだ。それなのにどうして……」

「それはあれだ。私たちが手を貸しすぎてお前の楽しみを奪ってしまうのは悪いと思ったんだよ」

苦し紛れの言い訳を並べつつ、日下は愛想笑いを浮かべる。

「楽しみって……」

「それに、お前だって私たちに頼りすぎて、選別の判断が鈍るのは困るだろ？」

確かに、彼らの言うことを真に受け、その意見に流されて選別を行うようになってしまうのは困る。つい忘れてしまいそうになるが、彼らは悪魔なのだ。隙あらば魂を地獄送りにすることを画策し、壮吾の選別に良からぬ影響を与えようとする常習犯だ。

これまでの事件においても、必要な情報を隠していたり、壮吾が勘違いするよう、わざとややこしい物言いをしたりと、小細工じみた方法を仕掛けてきた彼らのことだ。きっとこの先も、同じような手段を使って――いや、こちらが想像だにしないようなやり方で、魂の選別が自分たちに有利に運ぶように仕向けてくるに違いない。

日下が言っているのは、つまりそういうことなのだ。

「それはまあ、そうかもしれないけど……」

なんだか言い負かされたような気分になって、壮吾は消え入りそうな声で言った。

「その話はもういいだろ。ほら、さっさと行くぞ。もたもたしてたら日が暮れちまう」

「行くって、どこへ？」

こちらに背を向け歩き出した日下が、壮吾の質問に足を止め、肩越しに振り返る。

「決まってんだろ。『職場』だよ。被害者と私のな」

そう言い残し、颯爽と歩き出した日下を慌てて追いかけ、壮吾は足早にその場を後にした。

二人で駅から電車に乗り、ＪＲ札幌駅で下車すると、駅前通りから徒歩で五分ほど北上した先の真新しいビル。その六階から八階に、北菱ヘルスケアのオフィスは構えられていた。

セキュリティもしっかりしているようで、ビルの入口には警備員が立哨《りっしょう》しており、エントランスにはフラッパーゲートが設置されている。そこを通過するためには、受付で入館証を借りるか、社員証を提示するしかない。エントランスの途中で足を止めた壮吾をよそに、受付の女性社員となにやらやり取りをした日下は、あっさりと入館証を受け取って戻ってきた。

日下は自身の社員証を、そして壮吾は入館証を使ってビルの中に入り、エレベーターで六階に上がる。広いフロアをいくつもの仕切りで区切ったオフィスには、大勢の社員の姿があり、誰もが真剣に業務に取り組んでいる様子がうかがえた。

「それで、まずは誰にどんな話を聞く？」

あくまで調査の仕切りは壮吾にさせるつもりなのだろう。日下は一歩引いたような物言いで問いかけてきた。

「被害者本人はここにはいないんだよな？」

「ああ、二週間前にクビになっているからな。使っていたデスクはそのままだが」

日下が指さしたのは、デスクがいくつかの塊となって並んでいる島の最後方、その端にある席だった。すでに荷物らしい荷物は片付けられ、卓上には何もない。周囲のデスクと比べ、妙な空白感のある様子が、定岡茂雄の死の運命を体現しているような気がして、壮吾は複雑な思いにとらわれた。

「定岡は悪い意味で有名な社員だったから、同じ部署じゃなくても社内で知らない人間はいないはずだ。だがまずは、営業部の人間にでも話を――」

日下が言い終えるより先に、「あれ、日下さん」と声がして、壮吾と日下は同時に声のした方へと視線を向ける。オフィスの入口にほど近い席に座る女性社員が、不思議そうにこちらを見上げていた。長い髪をポニーテールにして、レンズの丸い眼鏡をかけた若い女性で、くりくりとした丸い目で壮吾と日下を見比べている。

「もう戻りですか？　いつも、ぎりぎりまで外回りなのに」

「やあ、未希《みき》ちゃん。ちょっと明日の会議資料を作るためにね」

未希、と呼ばれた女性社員は、へえ、と気の抜けた相槌を打つと、壮吾に視線を移して、不思議そうに首をひねる。彼女の心中を察したように、日下は壮吾を軽く指さし、

「彼は秋田支社の烏間くん。こっちに来たついでに、札幌支社の様子を見ておきたいって言うからさ」

もっともらしい日下のデタラメを、未希はまるで疑うそぶりも見せず、「そうなんですか」と簡単に納得してしまう。傍《はた》から見ればごく自然なやり取り。日下は見事なまでにサラリーマン日下輝夫を演じている。

いや、むしろ本物よりもなじんでいるのではないかと思わせるほどに、軽快なコミュニケーションである。そして、こんな風に若い女性社員と話ができるということは、本来の日下輝夫もまた、定岡茂雄のように社内で疎まれているという感じではないのだろう。以前、家では妻と娘に邪険にされていると言っていたが、会社では周囲との関係は良好であるらしい。その証拠に、日下は他の同僚とも気さくに挨拶を交わしたり、冗談を言い合ったりして、笑顔を振りまいている。真面目だけが取り柄のつまらない社員というより、むしろ社内の人気者と言った方がしっくりくる。

「——あの、日下さん」

先ほどの女性社員が立ち上がり、日下に耳打ちするように顔を近づける。

「この間はありがとうございました」

「この間？　なんだっけ？」

日下は首をひねる。すると女性社員は口の横に手を当てて、「ほら、この前の飲み会の時、営業部の部長があたしにしつこく迫ってきたじゃないですか」と声を潜めて言った。

「ああ、あれか。酔っぱらった部長を強引に引きはがしてタクシーに押し込んだだけだろ」

「でも部長って、若くて優秀だから異例の大抜擢をされたなんて言われてますけど、本当は東京本社でセクハラが問題になったらしいじゃないですか。でも親会社の重役の縁故採用だから、簡単にクビにはできなくて、仕方なくうちに飛ばされて来たって話ですし。実際、酒癖が悪いのも事実だし。パワハラまがいの言動で威圧的だから、みんな怖がって何も言えなかったのに、日下さんはさっと止めに入ってくれて、すごく嬉しかったです」

女性社員の目が、眼鏡の奥できらきらとうるんでいる。その時の日下の姿を思い返しているのか、わずかに両頬に朱が差していた。

「あんなにしつこかった部長が、日下さんに羽交い絞めにされて、何か言われた途端に大人しくなっちゃうんですもん。すごかったなぁ。しかも、あれ以来、営業部長は私のことを見ても前みたいに話しかけてこなくなったんです。すっかり大人しくなっちゃって、別人みたい」

「部長が？」

ふと、何かに引っかかりを覚えたみたいに、日下が聞き返す。

「それはいつ頃の話だ？」

女性社員は軽く眉を寄せ、少々考え込んでからぽんと手を叩く。

「あの飲み会の少し後だから、二週間前くらいですね」

二週間前、と小さく呟いて、日下は低く唸った。何か、思い当たることでもあるのだろうか。

「きっと、日下さんが部長に何か言ってくれたんですよね？」

「ははっ、どうかな。そんなこと、君は気にしなくていいんだよ。昔から、ああいうタイプの人間を大人しくさせるのは得意でね」

きらきらした目で女性社員に問われ、すぐに我に返った日下の表情には、あの不敵な笑みが浮かんでいた。おそらくは、その部長とやらが震え上がるような何かを耳元で囁いたのだろう。普通の人間には想像もつかないような、『悪魔のささやき』によって、その営業部長は、二度とこの女性社員に悪さができなくなった。あるいは、そうすることで、己の身を守るという選択をしたのかもしれない。

そういった可能性になどまるで気づく様子もなく、女性社員は両手を胸の辺りで握りしめ、らんらんと輝く瞳で日下を見上げていた。その横顔はまさしく、恋する乙女そのものだ。

見た感じ、その女性社員は二十代そこそこ。対する日下は四十をとうに過ぎた中年で、しかも既婚者だ。にもかかわらず、女性はぽーっと熱に浮かされたように、熱い視線を彼にそそいでいる。世間には『枯れ専』などという、おじさまにしか興味を持てない女性が少なからずいるという話は聞いたことがあるが、これがそういうことなのだろうか。

それとも、日下の中にいる悪魔から滲み出るフェロモンのようなものが、その魔性でもって人間の女性を引き付けているとでもいうのだろうか。

どちらにせよ、放っておいたら、なんだかよからぬ方向に話が進みそうだったので、壮吾はさりげなく日下の上着の裾を引っ張り、急かすように咳払いをした。

「っと、それより未希ちゃん。定岡っていただろ。ほら、営業部のベテランの」

壮吾の心中を察した様子で、日下は渋々、話題を変えた。

「ええ、『あの』定岡さんですよね。どうかしました？」

「実は、彼の私物を預かっててさ、自宅に郵送したいから、住所を教えてくれないかな？」

「わかりました。それじゃあ、あとでメールしておきますね。あ、部長には内緒ですよ。一応、個人情報なんで」

周囲を軽く見まわし、声を潜める女性社員に、日下はしたり顔でうなずく。

そうして女性社員に手を振ってその場を離れる日下。壮吾は早足で後を追い、横に並んで歩く。

「よし、とりあえず自宅の住所は手に入りそうだ。家に行けば、定岡と直接話ができるだろう」

営業部のスペースに向かって歩きながら、日下は上機嫌に言う。一方の壮吾はというと、感心した思いで日下の横顔を見つめていた。

「なんだ。じろじろ見て。私に惚れたとか言うのは無しだぞ。悪魔は人間以上に性に関してオープンだが、代行者と関係を持つのは、さすがにマズい」

得意げに鼻を鳴らす日下に、壮吾は顔をしかめてかぶりを振った。

「こっちだってそんなつもりはないよ。ただ君が、人間社会にすごくなじんでるなぁと思って」

「いまさら何を言っている。当たり前のことだろう。お前の目にどう映ってるかは知らないが、私は優秀な悪魔だぞ。人間の小娘など目線一つでイチコロだ」

ジゴロめいた物言いをして、日下は再び鼻を鳴らす。だがそれは単なる自慢というよりも、簡単すぎて興味がないとでも言いたげな、乾いた口調であった。

「けど、いつも私が主人格として出ているわけじゃないからな。普段の日下はもっとおとなしくて、年下のイヤミな上司に口答えなんてできやしない。さっきの話のときは、酔っぱらって正体不明になった日下の代わりに私が表に出ていたら、たまたまセクハラ上司に絡まれている現場に遭遇したから、ちょっと痛い目に遭わせてやっただけだ」

もちろん、精神的にな。と続けて、日下はにたりと笑う。

その部長の耳元でなんと囁いたのかは、結局教えてもらえなかった。

その後、だだっ広いフロアを衝立《ついたて》で仕切ったオフィスの中央部分に位置する営業部のスペースにやってきた二人は、唯一デスクで仕事をしていた男性社員を発見した。

「大島さん」

「どうした日下。今日はもう戻りか……って、そちらは？」

大島、と呼ばれた頭髪の薄い小太りの五十がらみの中年男性に問われ、日下は未希にしたのと同様の説明をする。こちらも疑う様子はなく日下の話を信じたうえで、壮吾に対し気さくな笑顔を向けてきた。

「ところで大島さん、定岡さんのことなんですけど」

「定岡だぁ？　あんな奴の話聞いてどうするんだよ」

大島のその口調から、定岡に対する強い敵愾心《てきがいしん》のようなものが感じられる。どうやら、日下の言う通り、定岡の評判はかなり厳しいものであるようだ。

だが大島は、言い終えた後で日下の顔を見上げ、

「そういやお前らって同期入社だったよな。新米の頃は、いいライバルで、よく一緒にプレゼン資料なんか作ってたんじゃなかったか？」

思いがけず飛び出したその一言に、壮吾はぎょっとして日下を見る。

日下は何でもないことのように肩をすくめ、曖昧に笑った。

「そんなこともありましたね。まあ、昔の話ですよ。もう十五年以上、ろくに口もきいていませんでしたし」

「そうだよなぁ。真面目なお前と違って、定岡は周りからも疎まれていたしな。ここだけの話、後輩連中からも定岡をどうにかしてくれって相談されてたんだよ。周りが必死に働いている中で、あれだけ堂々とサボられちゃ、示しがつかなかったからなぁ」

大島は周囲を窺うように声を潜めつつ、顔をしかめた。

「そういう意味じゃあ、定岡がいなくなって清々しましたね。大島さんの悩みの種もなくなったわけだ」

日下がずけずけと告げると、大島は慌ててかぶりを振り、それを否定する。

「おいおい、人聞きの悪いこと言うなよ。別に俺は、定岡のことが憎かったわけじゃないさ」

「でも、今はほっとしてるんですよね？」

「そりゃあ……」

きっと、嘘の吐《つ》けない性格なのだろう。表向きは「そんなことはない」という姿勢を見せようとするが、その顔にも、とっさにこぼした言葉にも、図星であるということが明らかに滲み出ていた。そのことを見抜かれたと悟ったらしく、大島は一度溜息をついてから、地肌の透けた頭をかく。

「そうだな。確かに清々してるよ。でも、さっきも言った通り、後輩連中だってそれは同じだよ。もちろん、あいつに個人的な恨みはないが、ろくに仕事もしないで、口を開けば昔の自慢や、元部下が上司になったことに対する不満だ。周りが嫌になるのは当然だろ。それにな、若い連中の中には、あいつに金を貸してくれと迫られていた奴もいるんだよ」

「金ですか。まさかギャンブルで？」

日下の質問に、大島は重々しい動作でうなずく。

「かなり大きな額だ。俺が思うにありゃあ、ギャンブル中毒だな。経費の使い込みはその借金に充《あ》てるためだったんじゃねえか」

「それが会社にバレて、クビということですか」

日下の言葉に、大島は断言を避け、曖昧に肩をすくめた。だが、内心ではその可能性をすっかり信じ切っている様子である。壮吾は生唾を飲み下し、日下と無言で視線を交わした。

もし、今の話が事実なら、定岡茂雄は膨れ上がった借金の返済に悩んでいた。返済のめどが立たぬなかで、会社に使い込みがバレてクビにされ、更に困窮した末に、被害者の女性宅へ押し入り、強盗に及んだ。

そんな図式が自然と脳裏に浮かび、壮吾は重々しく溜息をついた。

「ただなぁ、その噂が完全な事実だって証拠もないらしいんだよな。それどころか、実は他に横領犯がいたんじゃあないかって噂もある」

「どういうことです？」

日下が突っ込んで問いかけると、大島はきょろきょろとオフィス内を見回し、声を潜めるようにして続けた。

「だから、定岡は無実で、本物の横領犯に罪を着せられたんじゃあないかっていう話だよ」

「定岡さんはその罪を被って会社をクビになったと？　でもあの定岡がそんな人のいいことをしますかね？」

日下の反論に、大島は「しないなんて言いきれないぞ」と大きくかぶりを振った。

「ほら、あいつは決して悪い奴じゃあないが、少しばかり金にだらしのない所があるだろ。横領犯に金を積まれて、罪を被ってくれなんて頼まれたら、やりかねないだろうよ」

定岡は金を手に入れ、横領犯は地位を保っていられる。ウィンウィンの結末といえなくもない。

「いずれにしても、もうやめちまった以上、真相はやぶの中さ。会社としても、過ぎた問題を掘り起こしたくないだろうしな」

他に犯人がいるなどと騒ぎ立てたら、それこそ余計にこじれてしまうだろう。そのことを忌避してか大島は「くわばらくわばら」と呟きながら、深い溜息をつく。

「お荷物な社員を減らせたってことで、会社も清々しているってことですかね」

「おいおい、お前も滅多なことを言うなよ。誰が聞いてるかわかんないんだぞ。部長に聞きとがめられでもしたらどうする」

声を潜めるように言って、大島は座ったまま背伸びをするように姿勢を正し、パーテーションの向こうにある空のデスクに視線をやった。

どうやらそこが部長の席であるらしく、無人であることを確認すると、安堵したように胸をなでおろす。

「とにかくこの件は部長が指揮を執って片付けたんだ。変に嗅ぎまわったりするなよ」

口の横に手をやって、大島は言い含めるように告げた。日下が素直にうなずくと、大島は安心したように息をついた後で、「そうそう」と物のついでのようにこんな提案をする。

「なあ日下、お前もし時間があるなら、あいつの様子見てきてやってくれないか」

「私がですか？」

怪訝そうに問い返した日下に対し、大島はばつの悪そうな顔をして再び頭をかいた。

「いや、別に忙しかったらいいんだよ。ただ、お前にならあいつも何か話すんじゃねえかと思ってな」

　どこか歯切れの悪い口ぶりで、大島は視線を落ち着きなくさまよわせる。

「そうそう、あいつ確か苗穂《なえぼ》の方に住んでるだろ。ＪＲの駅のそばにパチンコ屋があるんだけど、昨日たまたまそこであいつのこと見かけたんだよ」

「声はかけなかったんですか？」

「バカ、なんで俺が声かけるんだよ。あいつだって俺となんか話したくないだろ。でもお前なら、あいつも話聞くはずだ」

「なぜそう思うんです？　普通に話せばいいのに」

　日下がそう指摘すると、大島は周囲をはばかるように声を潜め、耳打ちするように言った。

「実はあいつに二万貸してるんだよ。ずっと前に競馬場に行った時にな。なんとか、お前の方から返してくれるよう頼んでくれないかな？」

　頼むよ。と拝むように両手を合わせた大島を呆れた様子で見据えながら、日下は承諾とも拒否ともとれるような、曖昧な仕草でうなずいた。

北菱ヘルスケアのビルを後にした壮吾と日下は、タクシーを捕まえ、定岡の自宅がある苗穂駅周辺へ向かった。

札幌駅から苗穂駅までは電車で一駅分の距離なので、本来であればタクシーなど必要ないのだが、日下が歩くのを嫌がったので仕方なくこの方法になった。

六十代と思しき大柄な運転手が黙々と運転する車内の後部座席に並んで座り、壮吾と日下は定岡茂雄の人物像について意見を交わした。

「わざわざ確認するまでもないが、結局のところ、それが一番まっとうな動機ってことになるだろうな」

壮吾が説明した強盗の動機について同意しながら、日下はシートに深く腰掛け、身体を預けた。

「現状、その仮説を覆《くつがえ》すような情報も集められていないしな」

「けど、その場合、どうしてあの女性の家を襲ったのかって疑問が残る。金が欲しいなら、普通は若い女の子のアパートじゃなくて、一軒家とか、店なんかを狙うんじゃないか？」

細かく確認はしなかったが、被害者の女性のアパートはそれほど立派な作りではなかったし、部屋の中に金目のものは見当たらなかった。あれが突発的な犯行としても、金目当てと考えるのは、少し無理があるように思える。

「確かにそうだな。定岡のことに気を取られて、あの女の個人情報を調べるのを忘れていた。これでは二人がどうつながっていたのかもわからないな」

いやあしまった。と暢気に後頭部をかいている日下に嘆息しつつ、壮吾もつられて頭をがりがりやった。

「こうなったら、本人から聞き出せるだけの情報を引き出すしかないな。交渉は日下がやってくれるんだろ？」

「何を言っている。さっきは私ばかり喋ったんだ。今度はお前がやるべきだろう」

途端に不機嫌そうな声を出した日下は、更に付け加えるように、

「それに私は、定岡と特別親しいわけでもない」

ぶっきらぼうな口調で言い放つ。

「でもさっき、あの大島って人、日下と定岡が同期で仲が良かったたって……」

「それは私ではなく、この身体の持ち主である『日下輝夫』のことだ。まあ、奴の記憶はある程度共有しているから、新人の頃に二人が仲が良かったことくらいは私にもわかるがな」

「それじゃあ、何か理由があって関係が悪化したってことか？」

問いかけたものの、日下はすぐに答えようとせず、複雑そうに眉を寄せるばかりだった。

何か、言いづらいことでもあるのだろうか。

だが仮にそうだとして、気まずくなるのは日下輝夫であって、悪魔の方の日下ではないはずだ。彼の性格を考えれば、身体の持ち主である日下輝夫が言いづらかったり、隠そうとしたりする過去について、躊躇することなく喋りそうなものだが、そうしないということに、何か理由があるのだろうか……。

「とにかく、魂を選別するのはお前だ。まあ、門前払いを食らわないように、なんとなくの会話はしてやるから、うまく被害者とのつながりを探れよ」

「被害者とのつながりか……」

確かに、まともに問いただしても答えてはもらえない可能性の方が高いだろう。さりげなく、怪しまれることなく、あの殺されていた女性とのつながりを引き出さなくてはならない。

内心で、そう自分に言い聞かせるようにしながら、信号で停車したタクシーの窓から外を見やる。その時、壮吾はふと、通りに面した喫茶店の窓際の席に、見知った顔を見つけた。

「逆町……」

思わずつぶやきが洩れる。それに気づいた日下が、身を乗り出して、壮吾の座っている方の窓の外を見やった。

「お前のお友達の刑事じゃないか。あんなところで何をやっているんだ?」

「さあ……」

曖昧に応じながら、壮吾は信号で停車したタクシーの中から、喫茶店内の親友の様子を窺う。逆町の対面には若い刑事らしき青年の姿があり、二人ともコーヒーを片手に一休みしている様子だった。その店は、逆行する前に壮吾が利用していた店に違いなく、時刻を確認すると、あそこで逆町と遭遇した時刻と一致する。

なるほど、壮吾とばったり遭遇したために、あの若い刑事を先に行かせていたが、本来はこうやって二人で休憩するつもりだったのか。

そう納得すると同時に、壮吾は軽い安堵を覚える。

あの時、ほんの少しではあるが、逆町が壮吾の後をつけてあそこに現れたのではないかという疑念を抱いていたからだ。しかし、壮吾があそこにいないにもかかわらず、逆町が喫茶店を利用しているということは、その心配は杞憂《きゆう》に過ぎないということでもある。つまりは、壮吾の取り越し苦労というやつだ。

そんなことを思いながら、動き出したタクシーの車窓から、談笑する逆町を眺めているうちに、壮吾を乗せたタクシーは、中心部を離れ、苗穂方面へと向かった。

大島に教えてもらったパチンコ店の前でタクシーを降り、壮吾と日下は店内に入る。

自動ドアが開いた瞬間、けたたましい騒音めいた音が不可視の圧となって二人に襲い掛かり、思わず耳をふさぎたくなるような騒がしさに、壮吾はつい身構えた。

「ほう、これがパチンコ屋か。ずいぶんと騒がしい所だな」

言葉とは裏腹に、日下はその騒がしさが気に入ったのか、嬉しそうに笑みを浮かべ、忙《せわ》しなく店内を見回した。

「おい壮吾、これをひねればいいのか？　玉が出ないぞ。おい、壊れているのか？」

「や、やめろ！　台を叩くのは迷惑行為だ。追い出されるぞ」

パチンコ台のガラス面をがんがんとこぶしで叩く日下を慌てて引きはがし、そのまま引きずるようにして店内を見て回る。もちろん、パチンコ台ではなく、客の方をだ。

平日ということもあってか、店内にはそれほどの客の姿はなかった。常連と思しき作業着姿の男性客たちが談笑しながら台を打っていたり、買い物帰りの主婦と思しき女性が左右の席にエコバッグを置き、真剣なまなざしで台をにらみつけていたり、はたまた遊びもせず、椅子にちょこんと腰掛けて、うつらうつらと居眠りをしている老人の姿もあるが、肝心の定岡の姿は見当たらなかった。

「やっぱり、先に自宅に行くべきだったかな」

ぼやくように言った途端、正面の奥のカウンターで精算を終えた様子の中年男性がくるりと振り返り、こちらにやってくる。何気なく視線をやったその男性は、壮吾と、そのすぐ後ろにいた日下に視線を留めると、はっとしたように立ち止まり、その顔に驚きの表情を浮かべた。

「日下か？」

やはり、見覚えのある顔を見つけた時の驚きだったらしい。その男性——定岡茂雄はいぶかし気な顔で、日下をまじまじと見据えている。

「よう定岡、偶然だな」

「お前、何してるんだこんなところで？」

白々しい口調で言った日下に対し、定岡は更にいぶかし気な表情を深めつつ、詰問調で問いかけてきた。

「何って……決まってるだろ。パチンコだよ」

「パチンコ？　お前が？」

日下が喋れば喋るほど、定岡の口調はどんどん疑惑を深めていくかのようだった。

このままだと余計に話がややこしくなりそうなので、壮吾は割って入ることにした。

「すいません。定岡さん。あなたに少しお聞きしたいことがあるんです」

「なに？　誰だお前は？」

ぶしつけな態度が気に入らなかったのか、定岡は気色ばんだ様子で壮吾をじろりとにらみつけてきた。取り出した名刺を渡すと、「探偵……？」と驚いたように呟きを漏らす。

「ここではなんですから、どこかでお時間いただけますか。よろしければ御馳走しますよ」

元同僚と探偵。おかしな取り合わせに不信感を抱きつつも、壮吾の誘いに魅力を感じたのか、定岡は素直に了承し、三人は連れ立ってパチンコ店を後にした。

パチンコ店の敷地の並びには、全国チェーンのラーメン屋があり、その更に隣に小さなカフェが店を構えていた。店内にさほど客の姿も認められなかったため、壮吾は迷わずそこに入り、窓際のテーブル席に座る。

日下が隣に並び、対面に定岡が座る。彼は腰を下ろした途端にポケットから煙草を取り出し、断りもなく火をつけた。幸い、この店は店内喫煙可だったために、壮吾はほっと胸をなでおろした。

その時ふと、タバコの火をつける定岡の右手首に包帯が巻かれていることに気づく。確か、遺体となって発見された彼の右手には、包帯はなかったはずだ。

「その包帯、どうされたんですか？」

「ん、これか？　腱鞘炎《けんしょう》だよ。慣れないことしているせいでな。大したことはないんだが」

定岡は軽く手首をぶらぶらさせて、言葉通り大した症状ではないことをアピールする。

「それで、話ってなんだよ」

煙草を挟む指を、右手から左手へと移し替え、ふてぶてしい口調で言いながら、定岡はじろりと壮吾たちをねめつけた。だが、いざ被害者——あるいは加害者だが——を前にして、壮吾は何から切り出したものかと構えてしまい、思うように言葉が出てこなかった。その様子をもどかしく思ったのか、日下はやれやれとばかりに、ここでも会話の主導権を握る。

「使い込みの件、聞いたよ。残念だったな」

「あぁ？　何が残念だこの野郎。そんなもん会社の人間なら誰だって知ってるだろ。今更なんだよ」

途端に定岡はいきり立ち、眉間に縦皺を刻んだ。明らかに気分を害した様子で、吐き出された大量の白い煙が壮吾の顔にかかる。

「落ち着け。別にお前を嘲《あざけ》りに来たわけじゃない。ただ、どうしているのかと思って心配してるんだ」

「心配だと？　会社にいるときは俺のことなんて気にもしていなかったくせに、辞めた途端に友達面か？　同期のよしみで、クビになった俺に温情でもかけてくれる気になったのかよ？」

「そういうわけじゃあない。いちいち絡むな」

まさに一触即発か。いつ怒りに任せて怒鳴り声を上げるかとひやひやするような定岡の言動に対し、日下はきわめて冷静かつ温厚な口ぶりでその矛先をひらりとかわしていく。

静かに諭し続けたのが功を奏したのか、定岡の態度は徐々に軟化していき、一本目の煙草を吸い終わる頃には、いちいちこちらの言葉尻を掴んで突っかかってくることもなくなっていた。

「それにしても、どうして探偵なんかと一緒にいるんだ？　お前が雇ったのか？」

運ばれてきたアイスコーヒーに口をつけ、二本目の煙草をくわえた定岡が、今更ながらに気付いた疑問を投げかけてくる。

「まあ、そんなところだ。でも安心しろ。さっきも言ったが、お前を嘲りに来たわけでも、ましてや余罪追及のために来たわけでもない」

「だったら、何の用だよ」

「……どうしているか、気になっただけさ」

日下はわずかに口ごもってから、そう言った。どこか決まりの悪い、複雑そうな表情をしているのは、はたして演技なのか、それとも……。

「それはお優しいことだな。真面目が取り柄の日下主任に気にかけてもらえて光栄だよ」

「茶化すな。こっちは本気で心配しているんだ。家族とはうまくいっているのか？」

「なんだよ、急に……」

今度は、定岡がばつの悪そうな顔をする。突っ込まれたくない話題だったのか、不自然に視線をそらした。

「娘を連れて出て行ったきり、もうずっと帰ってきてねえよ」

「……やっぱりそうか。原因はお前のギャンブル、だな？」

「ああ、だったらなんだよ」

ふてくされたように返す定岡に、日下は溜息を吐く。

「悪い癖ってのは抜けないものだな。ギャンブルで身を持ち崩して借金までするなんて。『あんなこと』が起きるまでは、お前はギャンブルはもちろん、酒も煙草もやらない健全な男だったのにな」

「ふん、いつの話をしてる。十五年以上前のことを引っ張り出してくるな」

吐き捨てるような口調で強く否定し、定岡は視線を窓の外へ向けた。

対話を拒否するかのような、ひどくつっけんどんな態度が逆に引っかかる。それはまるで、古傷を抉《えぐ》られることに対する強い拒絶であるように思えた。

「挙句の果てに、首が回らなくなって、その返済のために経費を使い込みってわけか」

さらなる追撃に、定岡は再びいらだちをあらわにして日下をにらみつけた。だが、そのことについて否定はしなかった。彼の抱える問題は概ね、大島の言う通りであるらしい。

日下は壮吾に目配せをして、更に核心を突くような質問を定岡に投げかけた。

「それで会社をクビになったから、今度は強盗でもしようってんじゃあないだろうな」

「はぁ？　何言ってるんだ日下。なんで俺がそんなことをしなくちゃならないんだよ」

「金に困ってるんだろ？」

「馬鹿いえ。確かに借金はあるが、返す当てはあるんだ」

定岡は強く言い放つと、財布から一枚の名刺を抜き出してテーブルに叩きつけた。角が少し折れ曲がっているその名刺には『矢代《やしろ》清掃　人事部　折田』とある。

「これは？」

「再就職先だよ。今週からそこで働いてるんだ。かみさんの兄貴が勤めている会社で、肉体労働だが稼ぎはそんなに悪くねえ。これまでの経験は通用しねえが、中年オヤジが再出発を図るには十分な仕事さ。『これ』だって、張り切りすぎたせいで痛めちまった」

苦笑交じりに言いながら、定岡は再び包帯が巻かれた腕を持ち上げた。

「捨てる神あれば拾う神ありってやつだよ。まあ、北菱ヘルスケアには長くいたが、とっくに潮時だった。妻や娘にも愛想を尽かされちまったが、これからは心機一転、一から出直すつもりだよ」

「定岡……」

かつての同僚の名を呟き、日下は複雑そうな面持ちで押し黙る。定岡の言葉は、強盗目的で女性宅に押し入り、殺人まで犯してしまう人間の発言とはとても思えないような、強い希望に満ちたものに思えた。

「もういい加減、あんなことに縛られるのはやめるべきだって気づいたんだよ。自分を殺して生きるのも疲れてたんだ。経費の使い込みだって、本当は……」

言いかけた定岡は、不意に言葉を切り、再び気まずそうな顔をして黙り込む。何を言おうとしていたのか、複雑そうにうつむく表情からは窺い知れなかった。

「いや、いい。とにかく俺は、お前に憐れんでもらうほど落ちぶれちゃいねえってことだよ。もういいだろ。これから行くところがあるんだよ」

一方的に話を切り上げ、定岡は席を立つ。飲みかけのアイスコーヒーを一気に飲み干し、「じゃあな」と踵を返した。

「あの……」

壮吾は慌てて立ち上がり、立ち去ろうとする定岡の背中に呼びかける。

「本当に、強盗をする気はないんですね?」

「あぁ？　いい加減にしろ。会ったばかりのガキに強盗呼ばわりされるいわれなんかねえよ」

馬鹿野郎、と吐き捨てて、定岡は再び踵を返し、そのまま店を後にしていった。それ以上引き留めることもできず、壮吾は席に腰を下ろし、窓ガラス越しに、信号の点滅する横断歩道を渡っていく定岡の姿を見るともなしに眺めていた。

「――それで、どう思う？」

日下がわずかに笑みを浮かべながら訊いて来た。

「どうって、何が？」

「決まってるだろう。定岡が本当に強盗をする気がなかったかどうかだ。一応、仕事は見つかっているようだが」

たしかに、定岡にはそこまで追い詰められた様子はなかった。会社をクビになったことも、それほど気に病んでいる風にも見えず、むしろ晴れ晴れとした雰囲気が漂っていた。

「ああいう人間は、案外どんな環境でもしぶとく生き抜いていくものだからな。実際、うちの会社に居座っていられたのも、あの図太さがあってこそだったんだろう」

「日下は、定岡さんと親しかったんだろ？　あ、いや、日下輝夫の方がさ。彼の人柄を知っている者の意見としてはどう思うんだよ」

日下は腕を組み、どこか気難しい顔をして、

「どうだろうなぁ。記憶を覗いてみる限り、確かにただの同期として以上の関係ではあったかもしれないが、もう二十年近く昔の話だ。今のあいつのことなんて、何も知らないに等しい」

ただ、と付け加えて、日下は『日下輝夫』の記憶に刻まれている、定岡との関係について、わかる範囲のことを教えてくれた。それによると、同時期に北菱ヘルスケアに就職し、営業部に配属された二人は、互いに切磋《せっさ》琢磨《たくま》し合う、良きライバル同士であったという。会社の花形であると同時に、個人の成績が会社の業績に直結する過酷な部署でもある営業部は、社員同士がしのぎを削り合う、まさに戦場のような場所である。当時の責任者は絵にかいたような昭和気質で、根性論を容赦なく振りかざす人間であり、また会社もそういった気質を推奨し、まさに二十四時間働き続ける『企業戦士』のような人材が求められた。

ブラック企業などという呼称自体、まだ存在していなかった頃の話だ。

日下や定岡も否応なしにそういった空気の中で、魂をすり減らすような思いをして日夜駆けずり回り、契約を勝ち取っていた。だがある年の秋頃、一人の社員が過酷な仕事に耐え切れず、自宅で首を吊った。その遺体を発見したのは、日下と定岡であった。

その社員は二人の後輩で、中途採用で入社してきた中年の男性だった。当時二十代後半

だった日下と定岡は、この年上の後輩を気遣い、自分たちの仕事を必死にこなす一方で、彼が独り立ちできるよう、新人教育に力を注いでいた。

中野《なかの》というその男性社員は勤勉な性格だったが、しかし押しが弱く、なかなか契約が取れずに、当時の部長に毎日のように叱責されていた。ある時なんかは『無能』と書かれたコピー用紙をガムテープで背中に貼り付けられ、一日中社内の雑用をさせられていた。頼まれてもいないのにお茶くみをして、必要のない備品整理や観葉植物の水やり、清掃などをさせられているその姿を笑う者も多かったが、彼を仲間として受け入れ、一人前に育て上げようとしていた日下と定岡にとってその仕打ちは、自分自身のことのように屈辱的だった。

無断欠勤の続いた中野を心配し、二人が営業の合間を縫って自宅アパートを訪ねた時、ちょうど大家と管理人が部屋のドアを叩いていた。話を聞くと、数日前から異臭がするという苦情が同マンションの住人から寄せられていたという。大家の許可をもらい、管理人と共に中に入った二人は、バスルームのドアノブに首に巻いたタオルをひっかけた状態で死亡している中野の姿を発見した。遺書の類はなかったが、彼がなぜ死を選んだのかくらい、簡単に想像がついた。会社の業績を上げられず、お荷物となった社員には何をしてもいいという風潮が、中野を死に追いやったのだ。

「――もっとお荷物がいたら……」

「え？」

「あいつはその時言ったんだよ。意味はわからんが、独り言のようにぼやいていた」

もっとお荷物がいたら。それはどういう意味なのか。

中野よりももっと出来の悪い社員がいれば、彼は死なずに済んだ。そんな乱暴な意味にも取れる発言だ。そう思ってしまうほどに、彼にとって後輩の死はつらい出来事だったのだろう。

その後、親族が遺体を引き取り、故郷で葬儀を執り行ったらしい。日下は仕事の都合をつけられず、葬儀には参列できなかった。一方の定岡は無理に休みを取って葬儀に参列したらしい。

「それ以来、定岡は変わったよ。目の色を変えて契約を取ることに必死になっていた奴が突然、ぱったりと契約が取れなくなっちまった。最初は励ましていた部長も、ひと月もする頃には定岡の背中に『無能』の貼り紙をするようになっていたよ」

「そんな、人が死んだっていうのに……」

社員が自ら命を絶ったところで、会社の体質は何も変わらなかったという。だが、時代と共に働く者の権利が見直され、長時間のサービス残業や暴力的な言動による精神的苦痛を与える行為が批判されるように世の中が変化すると、会社はあっさりとその風潮を切り捨てるようになった。その影響からか、件の部長は数人の社員から内部告発を受け、系列会社に左遷された。中野の命が失われても何も変わらなかった会社が、ある日突然、生まれ変わったようにクリーンなイメージを重視するようになった。

ちなみにその頃から、日下輝夫は神や仏といったものの存在に懐疑的になり、信仰心というものを失っていったのだという。日下が彼の身体を借りることにした一番の理由もおそらく、そういった所にあるのだろう。

「そういうものだろう、人の世というのは。そのおかげで定岡は理不尽な社内いじめの対象になることはなくなったが、一方で真剣に仕事に取り組むこともなくなった。同僚や後輩にまで陰で昼行燈と呼ばれ、徐々に疎まれるようになっていったというわけだ」

「中野という人の死が原因で、ある種の燃え尽き症候群になったとか？」

壮吾の問いに、日下は答えをはぐらかすように肩をすくめた。

「どうかな。私の目——いや、日下輝夫の目にはそう映っていたようだが、確認したわけでもない以上、本当のところは本人にしかわからないだろうな」

それに、と続けて、日下は難しい顔を作る。

「仕事に対しいい加減だった割に、奴はこの二十年余り、無遅刻無欠勤を貫いている。仕事はいい加減な割に、会社にはしっかりとやって来るってことだ」

「なるほど……」

壮吾はつい考えこんでしまった。日下の言う通りならば、会社に来ること自体が苦痛だったわけではないということか。

「ろくに仕事もせずに会社にしがみつく給料泥棒。そんな風に奴を悪く言う奴も多かった。実際、会社の金に手を付けていたとなると、あながち的外れな指摘でもないしな」

苦笑交じりの日下は、ぼやくように言った。


その後、カフェを後にした壮吾と日下は、事件現場となったアパートに向かうことにした。

苗穂駅からさらに一駅離れた、傾斜のきつい坂の上にある閑静な住宅街の一角に、そのアパートはあった。周囲に店の類はなく、どこかの家の住人か、そこに用事のある者でなければわざわざやってこないような、静かな場所である。

「ここが、事件現場のアパートか」

「ああ、ここの二階の左側、二〇二号室が被害者の借りている部屋だ」

本来なら、逆行した壮吾が何の調査もせずに、被害者の自宅を知ることはできない。不可能を可能にしてくれたのは、日下であった。悪魔の特権なのか何なのかはわからないが、彼は事件現場となったアパートの場所がどこであるかを把握していた。

今回は特例ということで、その場所に案内してもらったのだが、二〇二号室のポストには部屋番号しか記されておらず、被害者の名前はわからない。

「本当なら、私や杏奈が不用意にお前に情報を与えるのは厳禁なんだがな」

「助かるよ。もう時間もあまりないしな」

壮吾は時計を確認した。ほどなくして、事件の起きたであろう時刻がやってくる。

窓を見上げると、被害者宅にはわずかな明かりが灯っていたが、人影のようなものが見えることはなかった。まもなく、あの部屋の住人は死を迎えることになる。もし、ここで壮吾が部屋を訪ねて、危険を知らせれば、彼女の死を回避できるのではないかという疑念が、鎌首をもたげた。

思わず駆け出そうとした壮吾はしかし、両足が凍り付いたように動かなくなっていることに気付く。

「――おかしなことは考えるなよ」

ぽつりと、背後から日下に言われ、壮吾は息をのんだ。振り返ろうとしたが、身体が言うことを聞かない。全身から血という血を抜かれてしまったみたいに、指先が冷たかった。

はっとして視線をやると、両手の指先が黒く炭化していた。

「ひっ……！」

叫び出しそうになるのをぐっとこらえ、壮吾は目を剥いた。火で熱し、燃やし尽くされたかのように黒ずんだ指先からは、タンパク質の焦げる匂いが立ち上り、思わず吐き気を催す。

しかも、その黒い炭化の跡は、指先から手首へ、そして肘へと見る間に上昇し、それに伴って、指先からはらはらと崩れ落ちていく。そして、残されるのは、異様に白く生々しい骨だけだった。

「ち……違う……これは……」

幻。そう。幻だ。これは現実の光景じゃない。日下と杏奈が壮吾に仕掛けた悪夢のような幻。使命を投げ出し、被害者の命を――死の運命を強引に捻じ曲げようとした時に壮吾を襲うようプログラムされている、悪趣味な警告なのだ。そうとわかっていても、壮吾は恐怖を振り払うことができず、驚愕《きょうがく》のその顔を歪め、無抵抗に立ち尽くすしかなかった。

「何度も言わせるな。死の運命は変えられない。彼女の死はすでに起きた事実だ。私たちが時間を逆行したところで、変化するのはその『死までの過程』に過ぎないんだよ」

言いながら、壮吾の肩に手を置いた日下が、ゆっくりと視界に入り込んでくる。研ぎ澄まされたようなその瞳が一瞬、赤く光った気がして、壮吾は更に肝を冷やした。

「……ああ。わかってるよ。でも、だったらどうして、こんなことまでして僕を止めようとするんだ？」

「なに？」

日下は険しい表情を浮かべて問い返す。

次の瞬間、身体の大半が白骨化してしまう幻覚が嘘のように消し飛び、壮吾の両腕は元通りになった。同時に自由を得た身体を確かめるように両手を握ったり開いたりを繰り返しながら、壮吾は改めて問いかける。

「本当は、嘘なんじゃないのか？」

「おい、何を言っている。嘘ってどういうことだ？」

「僕は、今までさんざん君たちの嘘に振り回されてきた。自分が死んでいるっていう嘘までつかれて、まんまとそれを信じた。そして、見事に踊らされたよ。君たち悪魔は息を吐くように嘘をつく。だから、死の運命は変えられないという絶対的な定義も、本当は嘘なんじゃないかって思うんだよ」

強く言い放った瞬間、日下の表情には息をのむほどの陰が差し、途端に人間離れした異様な雰囲気が漂ってきた。

さすがは悪魔と言ったところか。迫力のあるその表情を前に、今すぐ逃げ出したい気分に駆られる。だが壮吾は唇を強く噛み締め、決死の覚悟でその場に留まった。

「僕が行動を起こしたら、思いのほか簡単に死の運命が変えられてしまう。だからこそ君たちはそうやって必死に僕を止めようとしているんじゃないのか？」

「ふん、根拠のない疑いをかけるのは結構だ。だがそれはお門違いというやつさ。死の運命をつかさどっているのは我々悪魔じゃあない。もっと高次の存在だ」

それが何者かと疑問を浮かべる壮吾の内心を見透かすように、日下はひょいと頭上を指さした。

「それが誰かなどということは、お前が詳しく知る必要はない。私たちがするべきなのは、余計な詮索をせず、目の前の使命を全うすること。でなきゃあ、さっきの幻が花畑に思えるくらい、怖い目に遭うぞ」

今はそれ以上は言えない。と結び、日下は一方的に会話を打ち切った。腕組みをして、意味もなく通りをきょろきょろと見回している。そんな反応を前にして、壮吾は余計に、自分の抱える疑問を引っ込める気にはなれなかった。

——死の運命は、本当に変えられないのか？

いつか、その真偽をたしかめる日が来るのだろうか。そして、そうした時、自分を取り巻くこの環境にはどのような変化が起きるのだろうか。

壮吾には、想像もつかないことであった。

「……わかったよ。余計なことは考えず、目の前のことに集中する」

「そうか。それなら安心だ」

壮吾の言葉に対し満足げにうなずいた後で、日下は「ところで」と前置きする。

「今回の事件、真相は見えたのか？　このまま時間になって戻っても、定岡の地獄行きは免れないように思えるがな」

「それは……」

その通りだった。今の時点では、このアパートにやってきた定岡が女性を殺害したという事実を覆すことはできない。

彼がなぜこのアパートに来たのか。そのそもそもの理由が明らかになれば、状況はかなり変化すると思うのだが……。

「日下、君は何も気づいたことはないのか？」

暗に、情報を隠していないかと問い詰めるような口調で、壮吾は問いただす。しかし、日下は演技か事実かの判断に窮するような、曖昧な動作でかぶりを振った。

「私には、人間どものこまごました考え方は理解できない。定岡が何かしらの理由で女を殺し自分も殺したのか、それとも単にとち狂っただけなのかを判断することもな」

「でも、何か引っかかったから、一緒に調査したんだろ」

「ああ、だがその結果、それらしい答えはなにも見つけられなかった。まもなく時間切れのこの状況じゃあ、諦めるしかないかもしれないな」

冷めた口調で言いながら、通りの先へと視線を投げかけた日下の顔に、ほんの一瞬、苦しそうな表情が覗いた気がして、壮吾は言葉を失った。

口ではこう言っているが、本当は日下だって真実を知りたいのだろう。あるいは、日下の中にいる日下輝夫が、それを求めているのかもしれない。

彼らの気持ちに応えてやりたい。だが現状では、はっきりとした答えを見いだせていない。そんなもどかしさに襲われ、壮吾は下唇をかみしめた。

――何か、もう一つでもいい。突破口となる情報があれば……。

そう思い、壮吾はもう一度アパートの集合玄関にあるポストに視線を向ける。

「……ん？」

そこに記されたとある文字を目にして、思わず声が出た。〝それ〟が、何を示しているのか。そこにどんな意味があるのかと考え、想像し、そして、壮吾は息をのむ。

「まさか……」

ぽつりとつぶやきながら通りに飛び出した壮吾は、左右に伸びた通りを見渡し、駅へと続く右の坂道、その中腹辺りにある人影を見つける。

「おい、どうしたんだよ」

呼びかけてくる日下の声に応じる余裕もなく、壮吾は日の落ちた住宅街の街灯に照らされた人影——定岡と思しきその影を、じっと見つめた。

「もしかして、そういうことなのか……？」

誰にともなく問いかけながら、壮吾はつめていた息を深く吐き出した。

「——わかったよ、日下」

「何？　本当か？」

日下は思わずといった調子で壮吾の肩を掴み、揺さぶる。

その張りつめた表情を前に、壮吾は強くうなずいて見せた。

「お前……本当に……」

聞こえたのはそこまでだった。日下の声はぱたりと音を失い、同時に日下の顔も、周囲の景色すらも曖昧にゆがみ、闇の奥へと吸い込まれていく。

そして、すべてを飲み込む闇の渦の中から、今度はまばゆい光が洩れ、壮吾はその本流の中へと、なすすべもなく吸い込まれていった。

4

ベッドサイドのナイトランプ。その薄明かりによって照らされたワンルームの室内。

「おかえり」

その中央に倒れた定岡の遺体を前に立ち尽くす壮吾と日下。『正しい時間』へと回帰した二人を待ちかねたように、女性の遺体が横たわるベッドの端に腰かけ、長い脚を組んだ杏奈が二人に問いかける。

「それで、答えは見つかったの？」

壮吾はすぐに応じようとせず、定岡の遺体を挟んで対面に立つ日下に視線をやった。まっすぐにこちらを見返す日下は、先ほどの壮吾の発言の意味を考えあぐねたような表情をたたえている。その日下に小さくうなずいて見せてから、壮吾は杏奈に向き直る。

「見つかったよ。彼の死の真相が」

「え、本当に？」

思わず、といった様子で問い返してくる杏奈。壮吾は「多分、間違いないと思う」と前置きして、床の上に仰臥する定岡の遺体を手で指示した。

「結論から言うと、彼の魂は天国へ送るべきだ」

「てことは、そのおじさんは地獄に送られるような罪を犯しちゃいないってこと？　その子のことも、殺してないの？」

「そうだよ。彼女を殺したのは定岡さんじゃない」

「だったら、誰が？」

身を乗り出すようにして問いかけてきた日下に視線を移し、壮吾は小さくかぶりを振った。

「それは、わからない」

「わからないって……そんなの、真相なんて言えないんじゃないの？」

すかさず杏奈の指摘が入る。

「そうだね。でも、それがわからなくても、彼の死の真相を突き止めることができるんだ」

「なによそれ。どういう……」

困惑した様子で杏奈が口ごもる。助けを求めるように日下を見やるけれど、当の日下も、壮吾が言わんとしていることの真意を計りかねている様子だった。

「そのことを説明する前に、彼がどうしてこの部屋にやってきたのかについて話そう」

そう前置きすると、杏奈は不満そうにしながらも口を閉ざし、おとなしく成り行きを見守り始めた。同じように黙り込む日下を一瞥《いちべつ》してから、壮吾は話を進めた。

「この室内の様子を見て、誰もが抱くであろう推測は、定岡さんがここに強盗目的で押し入り、女性を殺害してしまったこと。そして、罪の意識から自殺を図ったこと。この二点だと思う。女性が首を絞められているのは予期せず争いになり、カッとなって殺害した結果と言えるし、定岡さんが自殺に用いた包丁も、そのデザインからこの部屋にあったもので、計画的に用意されたものじゃないと考えられる。一見して現場に不自然さはないように思われるかもしれない。でも、二つ引っかかることがあるんだ」

壮吾はベッドサイドに歩み寄り、虚ろに目を見開いて横たわる女性の腹部に顔を近づけ、目当ての物をそっとつまみ上げた。

「それは？」

「ガラス片だよ。細かいけれど多分、床に落ちているガラス細工の破片だ。被害者の身体の上やベッドの上に破片が散乱しているということは、誰かが投げつけて壁に激突し、割れてしまったんだろうね」

「わかんないな。それがなんだっていうのさ？　殺されそうになって揉み合ったんでしょ？　生き残るためなら、大事な置物でも投げつけることだってあるでしょ」

「もちろんわかってるよ。これが割れていること自体は不思議でも何でもない。重要なのは、絞殺された彼女の遺体の上にこれが落ちていることなんだよ」

わざと相手に考える余地を与えるように、壮吾はそこで言葉を切る。数秒の間をおいて、あっと声を上げたのは日下だった。

「そうか。確かに変だな」

「ちょっとどういうことよ？　二人で勝手に理解しないでくれる」

置いてけぼりを食らって不満げな顔をする杏奈が、女性の遺体と壮吾の顔を見比べるようにして抗議する。いつも、身勝手な言動でこちらを振り回そうとする杏奈を、やり込めたような気がして、壮吾は少しだけ気分が良かった。

「ちょっと君、何笑ってるの？」

頬を膨らませ、腰に手を当てた杏奈が胸を突き出し、気の強そうな顔でにらみつけてくる。それすらも今は負け犬の遠吠えに聞こえて、更に気分がいい。だがあまり調子に乗って、後で手痛いしっぺ返しを食らうのはごめんだ。

壮吾は軽く咳払いをして気を取り直し説明する。

「つまり、ガラス片が彼女の上に落ちているということは、このガラスが割れた時、彼女はすでに死んでいたってことだよ。もし、彼女が定岡さんと揉み合ったり、彼を攻撃するためにガラスの置物を投げ、その後で殺害されたのなら、ガラス片は彼女の身体の下に落ちていなきゃならない。彼女の身体の上に落ちるわけはないんだよ」

そっかぁ、と感心した様子で相槌を打つ杏奈をほほえましい気分で眺めてから、壮吾はくるりと振り返り、定岡の遺体のそばにしゃがみこむ。そして、包丁を握り締めている右手を指さした。

そこに巻かれていたはずの包帯が外れ、むき出しになった定岡の右手首を。

「もう一つの疑問点はこれだよ。僕が会って話をした時、定岡さんは新しい仕事の研修のせいで腱鞘炎になったと言っていた。でも今、その手から包帯は消えている。犯行のためにわざわざ外すなんてことは考えられないし、揉み合っている最中に外れたとしたら、この部屋に落ちていなきゃ不自然だ。けど見当たらない。となると残る可能性は……」

「誰かが、外して持ち去ったのか……」

日下の呟きに、壮吾はそっとうなずいて見せた。

「おそらく、その人物こそが、定岡さんを……いや、この二人を殺害した真犯人だ。女性を殺害し、その罪を定岡さんに着せ、包丁で首筋を切りつけて殺害後、自殺を図ったように見せかけるために、右手に包丁を握らせた。だがその時、包帯の存在に気が付いたんだろう。やむを得ない事情でもない限り、怪我をした手で自殺するというのはどうにも不自然だと気づき、犯人は包帯を外して持ち去った」

「それじゃあ、このおじさんがここに来たのは、その犯行を止めようとして？」

「そう考えれば、彼が靴を履いたままなのも説明がつく。女性が襲われた音を聞きつけて、様子を見るためにやってきた定岡さんは、真犯人ともみ合いになった」

「つまりそれって……」

人助けってこと、と続けて首をひねった杏奈は、すぐに首をひねり返し、自ら発した言葉を否定するようにぷるぷるとかぶりを振った。

「でも、それはおかしいよ。もし、この場所を通りかかったおじさんが悲鳴か何かを聞きつけたっていうなら、もっと他に気付く人間がいるはずでしょ」

「確かにそうだ。定岡が悲鳴を聞きつけてこの部屋にやってきて、真犯人と鉢合わせして格闘の末に返り討ちにされ、更に自殺したように見せかけられるためには、少なくない時間が必要だ。その間に、物音を聞いた他の住民がやってきてもおかしくないはずだが」

杏奈と日下、それぞれが疑問を口にする。だが、壮吾はすでに予測済みとばかりに、余裕の笑みを浮かべて、二人の抱える疑念を真正面から受け止めた。

「それこそが、最も重要な『なぜ彼がこの部屋にやってきたのか』という疑問の答えなんだ。そしてそれは、彼が強盗目的でこのアパートの一室を狙ったのではないという証明でもある」

「もったいぶらずに教えてよ。答えって何？　何を証明しているっていうの？」

焦れた様子で地団太を踏む杏奈。一方の日下はというと、視線を伏せて顎に手をやり、しばし考える仕草。だがすぐにはっと何かに思い至り、視線を持ち上げて壮吾を見た。

「集合玄関……郵便ポストか」

「そう、ここに戻される前、日下と一緒にこのアパートを訪れた。その時ポストに、『定岡』って表記されているのを見つけたんだ。部屋番号は二〇一。そして、殺された女性の部屋は二〇二。すぐ隣の部屋だ。定岡さんは別居中の妻子に会いに来たんだと思う。そしてこの部屋の前を通りかかった。そこで争うような物音か、女性の悲鳴を聞いたんだ」

「そうか。それで部屋のドアを開けたら、中で被害者が殺害されるところだった。このおじさんは被害者を助けようとして、真犯人ともみ合いになったんだね」

杏奈は、ようやく合点がいったとばかりに膝を叩いた。

「真犯人の不注意からか、定岡さんがこの部屋に来た時は鍵が開いていた。ガラスの置物は玄関に置いてあったのを定岡さんが投げつけたんだろう。埃の残り具合から見て、下駄箱の上に置かれていたのは間違いない。角度的にも、彼女にのしかかる犯人に向けて投げられたと考えて間違いないはずだよ」

矛盾はない、と内心で確かめつつ、壮吾は言い切った。

「なるほどな。それなら、女性の死と定岡の死の間に時間差ができるのもうなずける。彼が踏み込んだ時点で、すでに女性が息を引き取っていれば、私たちじゃなく別の悪魔が魂を選別して持ち去ったとしても不思議はない」

それに、と日下は続ける。

「真犯人の正体は不明だが、定岡の死の真相を導き出すには十分だ。魂の行き先を選別するのに十分な情報も出そろっている。最初に言ったのは、そういう意味だったんだな」

心底から納得したように補足し、日下は壮吾の肩を軽く小突いた。言葉にはしなかったが、何となく褒められているような気がして、壮吾は少しだけ照れくさくなった。

「なるほどね。それじゃあ、いくらこのおじさんが会社で嫌われていたとしても、地獄行きは難しいか……」

ちえ、と口をとがらせて、杏奈は溜息をつく。それから、遺体のそばで立ち尽くす日下を見て、

「ていうか、魂が手に入らないってのに、嬉しそうにしている悪魔もいるけどね」

「いや、私は……」

無意識に浮かべていたであろう笑みをすぐさま取り払い、否定しようとした日下だが、最後まで言い切らずに煮え切らない態度で言葉を濁した。

「……私はただ、定岡がなぜ死ぬことになったのか、その理由を知りたかっただけだ。納得のいく選別のためにな」

日下はまるで言い訳をするみたいに、かつての同僚の亡骸を見下ろした。

血の気を失った白い肌。うつろに開いた瞳と半開きの口。定岡の最期の表情には、無念の色が濃く現れている。それと同じ分の悔しさが、日下の横顔に浮いている気がして、壮吾は息をのんだ。

なぜ彼がそんな顔をするのか。彼の中にいる本物の日下輝夫がそうさせるのか、それとも、彼が自ら感じた悲しみが、そうさせているのか。その答えは、壮吾にはわからなかった。

妻と娘とやり直すために、新しいスタートを切る。そんな定岡の願いは、思いもかけない形で砕かれてしまった。

確かに彼は善人と呼べるような行いはしてこなかったかもしれない。周りに疎まれ、信頼される人間ではなかったかもしれない。しかし、暴漢に襲われている見ず知らずの女性を助けようと、単身で戦いを挑んだその姿は、間違いなく正義の人だったと言えるはずだ。

「なあ日下、もし、女性が死ぬ前に戻ることができれば、真犯人についての情報を得られるかもしれない。もう一度逆行して……」

「いいや、それは無理だ」

最後まで言い終える前に、日下は壮吾の言葉を強く遮った。

「私たちに任されたのは定岡の魂の選別だ。その女性の魂がすでに運ばれている以上、担当ではない私たちには、時間を遡ることはできない」

そう告げる日下の表情からは、すでに悔しさの色は消え失せ、普段と変わらぬ不敵な薄ら笑いが口元に張り付いている。

「それに、そんなものがわかったところで何になる?」

「でも……」

「何度も言わせるな。私たちの管轄じゃあない」

ぴしゃりと断じるように言われ、壮吾はそれ以上食い下がることができなかった。それ以上の会話が続かず、時の停止した室内は奇妙なほどの静寂に包まれる。冷え切った静けさに耐え兼ねたのか、やがて日下は定岡の遺体のそばに膝をつき、真っ赤な血で染め上げられたシャツの胸元へと手をかざす。

ぽう、と弱々しく光る魂が定岡の身体を離れ、日下の手中に収まる。光の玉と化したその魂を無造作に抱え、日下は立ち上がると、ほんの一瞬、何か言いたげな表情で壮吾を見る。

「あ……」

その複雑そうな面持ちにつられるようにして、壮吾も何か言いかけたが、それが言葉になるより早く、日下は影のような深い闇に覆われ、溶け込むようにして消えていった。

それらしい挨拶もなく、瞬き一つの間に去っていった日下の姿を探すように、壮吾は室内に視線を走らせる。が、二度と現れることはなかった。

「あーあ、やだやだ。柄にもなくおセンチになっちゃってさ」

再び静寂が訪れるのを忌避するみたいに、杏奈はぽつりと言った。それから、つい、と壮吾に視線を移し、

「君は本当に、このおじさんが人助けに来た正義の味方だったって信じてる？」

「もちろん信じてるよ」

「そう、あいつに引っ張られて信じ込んでるってわけじゃあないのね」

「当然だろ。僕の推理が納得いかないのか？」

「別に、そういうわけじゃあないけどさ。ただ今回も、君は天国行きにこだわっているように思えたから」

杏奈はこちらを鋭く一瞥する。その冷淡なまなざしに、一瞬肝が冷える。

「別にそんなことは……」

「前にも言ったけどさ、ずっと天国にばかり選別するわけにはいかないんだよ。いつか必

ず、魂を地獄へ送らなきゃならない日が来る。そうなった時、変な気を起こしたりしないでよね」

「変な気？」

思わず聞き返したが、杏奈はそれに応じることなく、ベッドから立ち上がった。

「魂の選別は常に公平にして誠実でなくてはならない。でもそれは、天使側に対してだけじゃない。あたしたち悪魔に対しても、君は誠実でなくてはならないの」

「そっちが僕を騙そうとしてもか？」

問いかけると、杏奈は失笑気味に表情を歪めた。

「その点に関してはノーコメントだね。でも、君は常にそれを求められる。天使だって、すべての魂を押しつけられたら、さすがに不満をこぼすはずだよ。要はバランスが大事ってこと。どちらかに偏った選別を続けていたら、いつかそのバランスは崩れる」

天国に送るだけが正しいやり方じゃない。杏奈の口調は、暗にそう物語っている気がして、壮吾は答えに窮した。

「だから、そろそろ心の準備はしておいて。よろしくね」

いつも通りに軽々しく、しかし有無を言わさぬような口調で告げると、杏奈は意味深な笑みを残し、自身の足元に丸く広がった漆黒の影の中へと、音もなく吸い込まれていった。

どうせなら一緒に連れていってくれと言いかけたものの、すんでの所で思い留まった。そんな頼みごとをしたら、それこそどこに連れていかれるかわかったものではない。

ひとり苦笑する壮吾をよそに、停止していた時が動き出す。


壮吾は玄関のドアを開け、周囲の様子を窺った。幸い、アパートの廊下に人の気配はなく、誰にも見咎められることなく外に出られた。

魂の選別を行うことにより、警察の捜査に影響を与えてはいけない。この現場に壮吾が来たことは誰にも知られてはいけないし、現場や遺体に手を加えることも絶対にダメだ。ただでさえ、殺人事件の現場で何度も目撃されてしまっていて、逆町に不審がられているかもしれないのだから、これ以上疑惑の目を向けられるようなミスは犯してはならない。

そう自分に言い聞かせつつ、壮吾は集合玄関を出る。ほどなくして建物前から緩やかに下っている坂道の向こうから、赤いパトランプの明滅する光と共に、サイレンの音が響いてきた。真犯人と定岡の格闘する音を聞きつけた住民が通報したのだろうか。ほどなくしてアパート前に停車したパトカーから、制服姿の警察官二名が飛び出して来て、壮吾が敷地から出た直後に建物に駆け込んでいった。更に気づけば周辺の住居の窓から顔を出したり、なんだなんだと物見遊山的に外に出てきた人々によって、あっという間に人だかりができる。

女性の部屋を調べるために入って行った警官が、慌てて外に出てきて、無線で応援を呼びかける。どうやら、遺体を発見し、事件が発覚した、ということなのだろう。

これから、応援がやってきて現場検証が行われ、二人の遺体の身元もすぐに突き止められるだろう。問題は、壮吾が導き出した推理の通りに、警察の捜査が進むかどうかである。ずさんな捜査やいい加減な対応のせいで真実にたどり着けない、なんてことになったら、一足先に真相を知った身としては、後味が悪い。

一台、さらに一台と警察車両が現場に到着し、応援に駆け付けた捜査員たちによってアパートの入口周辺には規制線テープが張られ、制服警官によって野次馬たちがその外に追いやられると、現場一帯がものものしい雰囲気に押し包まれていった。ほどなくして、逆町もやってくることだろう。こんなところにいるのを見られたら、ますます怪しまれてしまう。目ざとく壮吾の姿を見つけ、ここにいた理由なんかを問いただされた日には、どう言い逃れすればいいか、わからない。

野次馬の列から離れた壮吾は、足早に夜道を歩き出した。

5

司法解剖に回された定岡の遺体が戻ってきたのは、事件発覚から五日後のことだった。

その夜、市内の葬儀場で彼の葬儀が執り行われた。

市街地の一角にある、さほど大きくはない葬儀場で、つつましやかに行われたその葬儀の場に、壮吾は足を運んでいた。とはいっても、普段着のままで、香典すらも用意していないため、中に入ることはできない。家族でも友人でもなかった壮吾が、葬儀に参列するのは不自然だろう。

それに、と内心で呟きながら、壮吾は駐車場の一角から、葬儀場の入口へと視線をやった。ガラス張りの入口の付近には多くのマスコミ関係者と思しき人々がひしめき合っており、中に入って行く遺族、中から出てくる関係者問わずマイクを向け、ぶしつけな質問を繰り返していた。

マスコミの報道によると、被害者の女性——西尾《にしお》咲良《さくら》というらしい——を殺害したのは定岡茂雄であるという可能性が高く、彼を被疑者として、被疑者死亡のまま検察へ送致されるであろうとのことだった。つまり、定岡は殺人犯の烙印を押されてしまったことになる。

そのことを知った時、そうではない。彼は被害者の女性を救うために命をかけて犯人と戦ったのだと、声を上げたい気持ちが壮吾の胸の内で強くせめぎ合った。だが、一介の私立探偵が声を上げたところで、それを聞いてくれる人間がどれだけいるか、想像するまでもなかった。

魂の選別によって、定岡の魂は天国へと送られた。だが、残された遺族は彼が殺人犯であるという誤った事実を突き付けられ、世間に顔向けできない気持ちでいることだろう。

——これでは、誰も救われていない。

天国に行ったであろう定岡だって、安らかではいられないはずだ。

定岡の親族と思しき男性が建物に入ろうとしたのを発見し、マスコミ連中が群がった。無遠慮にマイクを向け、口々に一方的な質問をする彼らから逃げるように、男性は小走りに建物の中へと駆け込んでいく。ガラス越しに、わずかに見通せる建物の内部、葬儀の受付で記帳をする男性の表情は、なんとも複雑そうに沈んでいた。

記帳を終えた男性は会場に向かう途中、何かに気付いて顔を上げ、会釈をした。その視線の先にいたのは、一人の中年女性だった。

「夫人だ！　おい、容疑者の妻だぞ！」

誰かが声を上げた途端、マスコミの連中が一斉にホールへとなだれ込み、制止しようとする葬儀場スタッフをものともせずに定岡夫人と思しき人物へと詰め寄った。

「事件前の定岡容疑者の様子について教えてください」

「長年お勤めになった北菱ヘルスケアでは、定岡容疑者はお荷物社員と呼ばれて、少し前にクビになっていたそうですね。そのことと事件との関係はあるのでしょうか」

「ギャンブルによる借金があったようですが、返済のためのお金欲しさに犯行に及んだというのは本当ですか？」

あっという間に取り囲まれた夫人が、憶測の域を出ない勝手なこじつけばかりの質問を浴びせられる様は、まさしく私刑《リンチ》そのものだった。思わずマスコミ連中の後を追うようにして、壮吾は自動ドアを抜け、ホールに足を踏み入れる。警察に連行されていく犯罪者に向けるかのような、容赦のないカメラのフラッシュと、矢継ぎ早の質問の応酬がホールに反響し、耳が痛い。

「お母さん！」

定岡の妻の後を追って、会場から出てきた制服姿の少女が声を上げ、記者たちをかき分けるようにして円の中心へと飛び込んでいった。見えない力にいたぶられているみたいに、自身の身体を抱きしめ、その場に膝をついていた定岡の妻に駆け寄ったその少女は、周囲の記者たちを強い怒りのまなざしでもってにらみつける。

普通なら、あれくらいの少女に激しい怒りを向けられただけでたじろいでしまいそうだが、記者たちには通用しなかったらしい。彼らは目の前の気の強そうな子が定岡の娘であろうと察するや否や、今度は娘にマイクを向け、嬉々として質問を浴びせた。

「お父さんが殺人犯だとわかってどんな気持ち？」

「お父さんにおかしな行動はなかった？　普段から暴力を振るわれたりしていた？」

「いやらしい目で見られたり、触られたりはしなかったの？」

それはもはや、事件についての質問とは言えなかった。定岡の犯行についてどころか、人格を侮辱するような質問ばかりが飛び交い、少女がそれら一つ一つにショックを受け、心を痛めているのがはっきりとわかった。

聞くに耐えない残酷な仕打ち。いくら何でも、彼女たちがここまでされる道理など、あるはずがない。

「クソ、いい加減に……！」

いくら何でもやりすぎだ。定岡は殺人犯などではないのに。残された家族は、あんな目に遭ういわれなどないのに。

思わず駆け出した壮吾が、輪になって夫人を取り囲む大勢のマスコミの一団につかみかかろうとしたその時、

「やめろ！」

ホールに響き渡った怒号によって、その場にいた全員が押し黙った。ホールに反響するほどの強烈な怒号を放ったのは、葬儀会場から出てきた一人の男性だった。その姿を前に、壮吾はわが目を疑う。マスコミ連中をかき分け、夫人と娘のもとへ駆け寄り、二人をかばうように立ちはだかったのは、喪服姿の日下であった。普段の軽薄さは何処へやら。真剣な面持ちに鋭い眼光を携えたその姿は、まともな社会人――いや、人間そのものである。

――ひょっとして、日下じゃなくて、『本人』なのか……？

そんな疑問がふつふつと湧いて、壮吾は目をこすりながら、もう一度日下を注視する。

これまで壮吾は、日下輝夫の中に入った悪魔とばかり会話をしてきた。だから一度も本当の日下輝夫と会ったことがない。彼がどんな話し方をするのか、どういう人間なのか、そういったことについては、悪魔の日下や同僚の話から推測するしかなかった。だからこそ、今こうしてマスコミの連中を前にした彼から漂ってくる、正義の味方然とした雰囲気に、日下輝夫という人間が持つ本来の人間性を見た気がしたのだろう。

ところが――

「人の不幸を飯の種にする愚かな人間どもが。雁首《がんくび》揃えて、他人の打ちのめされた姿を見るのがそんなに面白いのか？」

日下は唐突に声のトーンを落とし、地の底を這うような声色でもって告げた。その瞬間、嬉々として搾取する側の顔をしていた記者たちが一様に表情を固め、視線を泳がせる。

「何とか言ったらどうだ。他人を貶《おとし》めてもらう金で飲む酒はうまいのかと聞いてるんだよ。お前たちのような烏合《うごう》の衆には到底理解できないだろうが、人間は死んじまえば誰もが平等だ。魂の行き先は二つに一つ。そこで天国行きに選ばれるのは、その価値があると見込まれた魂だけだ。わかるか？　その二分の一の確率を決めるのは、お前たちの生前の行動――つまりは生きざまだ。生まれてから心臓が停止するまでの間にどれだけ他人を失望させ、お天道様を落胆させたかによって、魂の輝きは変わってしまう。ほら、周りの連中の顔をよく見てみろ。どいつもこいつも貧相で欲にまみれた顔をしているだろう？　それはそのまま、お前らの魂の輝きに直結するんだ。ここにいる奴は全員、ろくな輝きを持っていない、神ですらも目を背けてしまうような、価値のない魂ばかりだということさ」

日下はその鋭い眼光で、記者たち全員を嘗《な》め回し、嘲るように鼻を鳴らす。その表情、仕草、そして発言の内容から判断するに、彼は本来の日下輝夫などではない。よく見知った悪魔に違いないと、壮吾は確信する。

そのうえで、今は彼の横暴な発言が妙に心地よくもあった。

一方の記者たちはというと、突然現れ、魂がどうのと意味不明な高説を垂れる日下を宇宙人でも見るような顔で、呆然と見据えていた。

「おっと、勘違いするなよ。別に私はお前たちを非難しているわけじゃあない。むしろ歓迎しているんだ。お前たちのように性根の腐りきった、どす黒い魂の持ち主が増えれば増えるほど、仕事はしやすくなるし、実入りもよくなる。地獄の王だって、お前たちのような人間の魂を、今か今かと待ちわびている。運んでいく魂が罪に穢れていればいるほど、人間性が汚れていればいるほど、私は良い仕事をしたとお褒めにあずかれるわけだからな」

　叩きつけるように言い放ち、得意げに笑う日下の声がホールに響く。記者たちを貶め、言い負かしてやった気分なのかもしれないが、正直なところ、彼らの中に悔しさだとか、苛立ちを抱えている者はいなさそうだった。むしろ、痛々しい人間の奇行じみた言動を目の当たりにした時の、哀れむような雰囲気が、この場に強く漂っていた。

「おい、あんた何の話をしているんだ？」

「どうかしてるぞ、こいつ……」

ようやく、我に返った記者たちが口々に怪訝そうな声を発する。

「どいてくれ。我々は犯人の遺族に質問があるんだ」

「そうだ。そもそもあんたは何者だ？　遺族をかばい立てするなんて、もしかしてそこの奥さんと深い関係でもあるのか？」

「まじかよ。犯人の妻の不倫相手とか？」

誰かが言った無責任な一言により、カメラのターゲットが日下に切り替わる。そして、バシャバシャと無遠慮にシャッターが切られていく。

それでも日下は動じる素振りすら見せず、もはやトレードマークと呼べる不敵な笑みをその顔に浮かべたまま、腕組みをして仁王立ちし定岡の妻と娘を取り込むマスコミの前に頑として立ちはだかった。

「答えてください。あなた、彼女たちとどういう関係なんですか？」

「視聴者にわかるように説明してください。国民には知る権利があるんですよ」

まるで、そうすることが当然であるかのように、自分たちは絶対的な正義を掲げているのだとでも言いたげに、彼らは強い口調で日下を責め立てた。

まずい。騒ぎが収まるどころか、さっきよりもヒートアップしている。この状況で、壮吾が飛び出して行って止めに入ったとしても、もはや焼け石に水だ。

何をどうするべきか、壮吾が考えあぐねていた時、それまでしんと静まり返っていた葬儀会場のドアがけたたましく開かれ、喪服姿の参列者たちが、次々とやってきた。そして、問答無用で記者たちを押しのけ、日下と同様に、定岡の遺族を守るような配置で記者たちの前に立ちはだかる。

「おい、何をするんだ、放せ！」

腕を掴まれ、カメラを押しのけられ、記者たちは不満をあらわにする。

「いったいどういうつもりだ！　我々の仕事の邪魔を――」

「そっちこそどういうつもりよ！」

女性の金切り声が、ホールにこだまする。小柄な女性の身体から発せられる強烈な敵意を前に、記者たちは毒気を抜かれてしまったみたいに、唖然として黙り込んだ。

「定岡さんは人殺しなんかしちゃいないわ。警察だって、彼が犯人だと断定していない。あなたたちマスコミが勝手に犯人だと決めつけて報道しているだけよ」

「そうだ。疑いがあるというだけで殺人犯扱いするなんて、報道者として恥ずかしくないのか！」

最初に抗議した女性は、北菱ヘルスケアで出会った未希という女性社員だった。そして彼女に続いて記者たちを指さし、糾弾したのは大島であった。彼らを筆頭に、マスコミ連中の前に立ちはだかったのは、全員が北菱ヘルスケアの社員たちであった。オフィスで見かけた顔が、いくつもある。

「確かに定岡さんは困った人だった。仕事はいい加減だし、細かなパワハラだっていくつもあった。お荷物社員だとか給料泥棒と言われて当然だったかもしれない」

前に出て、そう告げたのは眼鏡をかけた長身の女性だった。彼女は意を決したように強いまなざしをマスコミ連中に向けて、でも、と続けた。

「あの人は、人殺しをするような人じゃない。私聞いたんです。定岡さんが会社のお荷物を演じ続けていたのは、本当はみんなのことを思ってのことだったたって。自分が成績を上げられないダメな社員でいれば、他の社員が部長に責められることがないからって。ずっと前に自殺した同僚を助けられなかったことが忘れられなくて、同じ思いをする人をなくしたかったんだって」

強く言い放つと、女性はその勢いで、会場の入口付近にいる一人の男性に鋭い視線を向けた。

「経費の使い込みだって、本当は定岡さんがやったんじゃない。部長の不正がバレそうになって、その罪をかぶったんですよね」

「お、おい君、何を言って……」

男性はぎくりとした顔で慌てて取り繕おうとするが、女性は止まらない。

「部長の不正の罪を被って退職する。その代わりに、部下たちに対する態度を改めてほしい。定岡さんが会社を辞めた日、会議室で部長と話しているのを聞いたんです」

「そういえば、最近妙に部長が優しくなった気がしてたんだよな……」

「俺もそう思ってた……」

眼鏡の女性の話を聞いて、他の社員たちが口々に思い当たることを述べては、部長に対し不信感を剥き出しにしたまなざしを向ける。突き刺さるような無数の視線を浴びて、部長はそのまましおれて消えてしまいそうな顔をしていた。

「定岡さんは、会社や上司の理不尽な扱いから私たちを守ってくれていた。表立って何かしたわけじゃないけど、あの人がいてくれたから、助けられていたことがあったんです。少しくらい素行が悪いからと言って、人殺しだと決めつけられたり、人間性が否定されるべきじゃない」

マスコミ連中を振り返り、未希は叩きつけるような口調で告げた。

「そうだ。その通りだ！」

大島がそれに続いて、怒号交じりに声を荒らげる。

「証拠もないのに殺人犯だと決めつけるなんて、あんたたちのやってることは報道の自由じゃなくて、ネットリンチと同じだ！　さっさと出ていけ！」

強く断じるような発言を受け、これにマスコミ連中も怒号交じりに言い返し、それによって激しい言い争いが勃発した。一部の男性たちは胸倉を掴み合ったりしている。

このままではいつ乱闘になるかわからない。どうにかしなければと思うのだが、その方法がわからず、壮吾はおろおろとその場で二の足を踏むばかりだった。

何度も日下に「どうにかしろ」とジェスチャーを送ってみたが、彼は彼で、人間たちの醜い争いを楽しんでいるのか、口元に笑みを浮かべながら高みの見物を決め込んでいる。もしこの場に杏奈がいたら、それこそ手を叩いて喜んでいたかもしれない。

「そこまでだ。全員静かにしろ！」

突然、鞭を打つように響き渡った声に、場が静まり返った。壮吾のすぐ後ろから発せられたその声の主は、ホールの中ほどまで歩いて行き、胸ポケットから取り出した身分証を高く掲げた。

「道警の逆町だ。これ以上騒ぎだてするようなら、署に連行して詳しい話を聞くぞ。それが嫌なら、関係者以外は今すぐ出て行け」

ぴしゃりと、有無を言わさぬ通告。突如として現れた逆町は今にも拳銃を抜きかねない勢いで記者たちをぐるりと睨みつける。

普段なら、言論の自由だの知る権利だのを盾に何かと抗議しようとするマスコミ連中も、この時ばかりは食い下がろうとせず、引き際と見たのだろう。そそくさとホールを後にし、建物から離れていった。

一方の参列者たちは、突然現れた警察関係者の姿に驚きながらも、定岡の妻や娘に優しく手を貸し、葬儀会場へと戻っていく。その様子を安心した様子で眺めながら、逆町は壮吾のそばにやってくる。

「よう壮吾、どうしてお前がここにいるんだ?」

当然の疑問である。しかし、正直にその理由を告げることができず、壮吾は一瞬、言葉を詰まらせた。

「えっと……その、実は参列者の中に依頼人がいてさ」

「依頼人?」

「ほらあそこ、背の高い中年の……」

口から出まかせを吐き、咄嗟に日下を指さした。その気配に気づいたのか、あるいは悪魔特有の地獄耳かはわからないが、日下はつい、とこちらを振り返り、不本意そうに眉根を寄せた。

「亡くなった男性が仕事を辞めて連絡がつかなくなっていたから、探してほしいって頼まれたんだよ」

「へえ、それはまた、友達思いなことだな」

言い訳じみた説明に思われるかと肝を冷やしたが、思いのほか、逆町は疑うそぶりを見せず、納得したように相槌を打った。

「結局死んじまっていたとわかって、依頼人もつらいだろうな。聞き込みじゃあ定岡茂雄は会社でも疎まれていたようだが、人間的には好かれていたようだしな」

それ以上追及してこないところを見ると、特別な疑いの目を向ける気はないらしい。そのことに安堵しつつ、今度は壮吾が相槌を打った。

「人を殺すどころか、命を懸けて救おうとするくらい強い正義感の持ち主だった。そのことが、少しでも世間に伝われば……」

そこまで言って、壮吾ははっとする。じっとこちらを見据えている逆町の視線から逃れるように、懸命に作り笑いを浮かべて、慌ててかぶりを振った。

「あ、いや、そうだったらいいなって思ってさ。ほら、ニュースとかだと、定岡って人が殺人犯じゃないかっていう報道がされているだろ。さっき、遺族や元同僚の人たちが抗議してるのを見て、そうじゃなかったらいいなって思ったんだよ」

またしても、しどろもどろになって言い訳する。てっきり、その可能性を否定されるかと思ったが、逆町は少しばかり複雑そうに眉根を寄せ、

「さすがに鋭いな、壮吾」

「え？」

「実は、その可能性は捜査本部でも持ち上がっているんだ。その証拠に、定岡氏が犯人だっ

ていう情報は、警察の公式発表じゃあない。口の軽い捜査関係者が漏らした情報が、マスコミにいいように使われちまったんだよ」

「それじゃあ、定岡さんの疑いは晴らされるのか？」

思わず食い入るように迫って訊くと、逆町は「当たり前だろ」と苦笑した。

「天下の北海道警察をなめるなよ。現場から、被害者のスマホがなくなっていた。定岡氏がそれを所持していなかったとなると、真犯人が持ち去ったのは明白だ。定岡氏はおそらく、妻と娘の所へ立ち寄ろうとして、隣室の異変に気付き様子を見るため覗き込んだ。そこで、被害者を殺害した犯人と鉢合わせちまったんだよ。もしかすると、まだ息があると思って助けようとして、無我夢中で犯人に向かっていったのかもしれねえな」

それだけじゃない、と続けて、逆町は声を抑えつつ、真剣なまなざしを壮吾に向ける。

「検視の結果、殺された女性の首筋には死後につけられた切り傷が残されていたそうだ」

死後につけられた首筋の切り傷。そう脳内で繰り返した途端、壮吾の脳裏に関連する情報が光の速度で甦る。

「まさかそれって、あの連続殺人事件か？」

逆町は壮吾に視線を定めたままで、ゆっくりと首を縦に振った。

「まだ断定はできないが、おそらく手口が同じだ。一人暮らしの女性の部屋で絞殺。今回は争った形跡はあったが、それは思わぬ邪魔が入ったからだ。本部じゃあ、これまでと同一犯による五番目の犯行ってことで進んでる。それについても近いうちに正式に発表されるはずだ。そうすれば、定岡氏の家族があらぬ疑いをかけられるようなことは二度と起きない」

これまでに見たことがないほど、たくましい表情をのぞかせて、逆町は断言した。その力強い発言に、壮吾は強い安堵を覚える。

自分のような探偵風情が導き出せる事件の真相に、警察がたどり着けないはずはない。それはそうだとしても、定岡の無実がちゃんと明るみに出て、遺族が安心できると思うと、やはり嬉しくなる。

「ありがとう。ありがとう逆町」

思わず手を握り、ぶんぶんと上下に振る。親友に突然手を握られて驚きをあらわにしながらも、逆町はまんざらでもない様子で笑みをこぼした。

「おい、やめろって。ほら、葬儀が始まるぞ。静かにしろよ」

壮吾の手を振りほどいた逆町が、会場に視線を向ける。つられてそちらを見ると、開かれたままのドアの向こうには、用意された椅子に座る日下の姿があった。

――それにしても……。

はた目にはごく平凡な一人の人間にしか見えない日下の姿を見るともなしに眺めながら、

壮吾は内心で呟く。

今回、時間を遡った先で、日下と共に調査をしてわかったことだが、彼は思いのほか、日下輝夫としてこの世界に順応しているようだった。いったいどれだけの頻度で表に出てきているのか、詳しいことはわからないが、少なくとも悪魔の方の日下の行動によって、救われた同僚がいたり、彼に好意らしきものを抱く女性社員がいるというのも事実だった。

正体が悪魔である以上、彼がその得体の知れない魅力を駆使して人を意のままに操ることも可能なのかもしれない。だが、定岡と話をした際にも感じたのは、悪魔の方の日下の発言や行動が、人間の方の日下輝夫と比べて、それほどかけ離れたものではないということ。もっと言うなら、悪魔でありながら、人間としての一面を、彼は自己の中に構築しつつあるのではないか。そう考えると、先ほどのように、真っ先に定岡の妻子をかばうような行動をとったことも、うなずける。

おふざけではなく、彼もまた本気で定岡の死を悼《いた》み、濡れ衣を着せられたことに怒り、そして、その遺族を守ろうとした。本来の身体の持ち主である日下輝夫が抱くであろう感傷的な気持ちを、悪魔もまた自分のことのように感じたからこそ、その気持ちに共感した。

まるで、本当の人間のように……。

——人間の死を悼む、心優しい悪魔……か。

そこまで考えて、壮吾ははっとする。

もしそれが事実ならば、今後、どんな顔をして日下と付き合えばいいのだろう。そんな危機感にも似た感覚が湧き上がってくる。どんな横暴を働いても、どんなに苛立ちを覚えても、相手が悪魔だからとあきらめがついた。だが、もし彼が人の心を理解する優しい悪魔にでもなってしまったら、それはそれで、魂の選別が難しいものになりそうな気がする。

「まさか……そんなこと、あるわけないよな」

大勢の参列者に紛れて、かつての同僚の死を悼む日下の姿を遠巻きに眺めながら、壮吾は苦笑交じりに呟いた。

第二章　死の運命と束の間の再会

1

「以上のことから、調査対象である溝口さんには、これといった問題行動は見られませんでした」

まばゆいばかりに陽射しが照りつける昼下がり。壮吾は事務所兼自宅にやってきた浅沼綺里乃とテーブル越しに向かい合っていた。

たった今、口頭で説明した調査対象である溝口拓海の一週間の余暇時間における行動を簡単にまとめた書類をテーブルに置いて差し出すと、綺里乃は瞬き一つせずにその書類に見入った。

溝口はこの一週間、毎日同じようなリズムで出勤し、定時になるか、定時後の一時間以内には退勤して帰路に就く。判で押したような日々を送っていた。その後の行動は日によってまちまちであり、一週間のうち二日はまっすぐ家に帰り、一日はジムに通い、二日は同僚と食事に出かけている。そして、土曜日は家でゆっくり過ごし、日曜日には市内の実家に帰省し、両親と夕食を共にしていた。

調査対象は、市議会議員である父親の財力を除けば、これと言って特筆するところのない、ごく平凡な男性であるというのが、壮吾が調査対象に抱いた印象だった。素行調査の依頼を受ける際、綺里乃が心配していたような、女性関係の問題も見受けられず、食事に行った同僚というのも、同じ部署の数名の男女であり、同年代のこの同僚たちとは、定期的に付き合いがあるだけで、個人的に親しい相手というわけでもなさそうであった。

つまるところ、彼は潔白であり、綺里乃の抱える不安は単なる取り越し苦労であると言えるだろう。

「どうですか、安心されましたか？」

壮吾自身、その結果に満足していた。素行調査となると、どうしても人間の見たくない部分や知らずにおきたかった部分を暴き立てるような結果に繋がりやすい。こと男女関係については、その影響が顕著に現れてしまいがちだ。

そもそもが、こうして探偵を頼り、恋人や婚約者、夫や妻などを調査してほしいと言ってくる依頼人には、少なからず疑惑の芽を抱えている人間が多い。というか、疑っていなければ、調査など頼みはしないのが普通だ。調査をすれば大抵の結果として不貞が暴かれてしまったり、中には思いもよらぬ悪癖が出てきたりもする。

そういった結果を知った依頼人の反応というのも様々だが、どんな結論を出すにせよ、あまり良い結果にはつながらない。大抵はただ単純に破局してしまうか、握った相手の秘密を武器に離婚交渉に踏み切るか、あるいは弱みを握ったまま変わらぬ生活を送っていくかである。

そうして続けられる生活というのは、秘密を知る以前の関係ではいられない。小さなほころびはやがて大きな亀裂となり、気づいた時には、二人の関係には埋めようのない致命的な溝が出来上がってしまう。そうなってしまったら、もはや互いの関係を修復することは不可能だろう。

これまでの経験上、壮吾はそういった破滅の道をたどった依頼人や調査対象を多く見てきた。そのたびに、自分の仕事の意義や存在価値のようなものが揺らいでしまう。自分がしたことは本当に正しかったのか、誰かのためになったのかと自問せずにはいられないのだ。

探偵は、人と人との関係を引き裂くためにいるのではない。悩み、苦しんでいる人に寄り添い、助けになれるものだと信じているからこそ、壮吾はこの仕事を続けている。

今回も、依頼人が悲しむような行動を溝口には取ってほしくないと、半ば祈るような気持ちで尾行を行ってきた。だからこそ、こうして溝口が清廉潔白であることを証明する一助になれたことは素直に嬉しかった。

「……ええ、ええ。そうですね。安心しました」

「それは良かった。それで、この先はどうしましょうか。当初のご依頼ではとりあえず一週間ということでしたが……」

「続けてください」

窺うように問いかけた壮吾に対し、綺里乃はやや食い気味な姿勢でテーブルに手を突き、強い口調で告げた。てっきり、喜んでもらえるかと思ったが、そういった気配は感じられず、むしろ安堵とは程遠い、気難しい表情が浮かんでいる。

こんな結果になんて興味はない。さっさと『使える』情報を持って来いと、暗に求められているような気がして、壮吾は困り顔で頬をかいた。

「そう、ですか。わかりました。ではもう一週間ほど継続して調査します。結果はまた来週ということでよろしいですね」

「ええ、構いません」

さらりと言ってから、綺里乃は前回と同じようにスカーフを巻いた首元に手を触れ、どこか物憂げに視線を伏せた。そして、バッグから白く厚みのある封筒を取り出し、テーブル越しに差し出してくる。受け取った封筒にずっしりとした重みを感じて、壮吾はごくりと生唾を飲み下した。

「あの、すでに手付金を受け取っていますが……」

「追加費用です。それとも、必要ないのですか？」

鋭いまなざしを向けられ、壮吾は慌ててかぶりを振る。

「まさか、そんなことは……」

「では、そういうことで」

話もそこそこに綺里乃は立ち上がると、早々に事務所を後にする。その背中がドアの向こうに消えた後で、壮吾は背もたれにぐったりと身を預け、深い溜息をついた。それからキツネにつままれたような気分で、手にした封筒を確かめる。

綺里乃はなぜ、こんな大金を支払ってまで、婚約者の尾行を続けさせるのだろう。そこまで彼女を突き動かすものとは、いったい何なのか……。

考えたところで、答えらしい答えは出てこない。だが、そんなものはこの際、二の次である。依頼人が続けろと言えば続けるだけのこと。相応の――いや、明らかに相場以上の報酬が得られるのだから、文句など言っていられない。

自らを奮い立たせ、気持ちを切り替えて、壮吾はデスクに向かった。

調査を継続するということは、今日もこの後、溝口が仕事を終える頃を見計らって職場前で彼が出てくるのを待たなければならない。となると、後回しにしていた仕事は先に片付けておく必要がある。うんざりするほどデスクに山と盛られた調査資料や経費の伝票に手を付け、過去の調査依頼や情報屋の六郷を通して受けた依頼の報告書類などを仕上げていく。すべてを終えて一息ついたのは二時間ほど過ぎた頃だった。

ひと息つこうと冷蔵庫からミネラルウォーターのボトルを取り出し、ソファに腰かける。そこでようやく、溝口拓海の調査についての書類をテーブルの上に出しっぱなしにしてしまったことに気付いた。だらしのない自分に舌打ちをしながら、自ら作成した書類を手に取る。

写真には壮吾が撮影した溝口拓海の写真が添付されており、職場の同僚である数名の男女と共に、市内のイタリアンレストランから出てくるところを撮影したものであった。少し酒が入っているせいか、気分のよさそうな表情で笑い合っている。ごく平凡な日常の一コマであった。

そもそもの話、綺里乃は彼のどういったところに疑いを持ち、調査を依頼してきたのだろうという疑問が、今更ながらに湧いてくる。話をしたことはないが、この一週間調査をしてきて、溝口がごく平凡な好青年であることはわかっている。そういう相手だからこそ、綺里乃も婚約を決めたのだろう。もしかすると、何か疑わしいことがあるわけではなく、単純に彼の誠実さを試すような気持ちで、調査を依頼してきたという可能性もゼロとは言えないだろう。

あれだけの前金や追加調査費用をポンと出してしまう彼女のことだ。生活を切り詰めて費用を賄《まかな》っている様子はないし、あの気前の良さなら、きっとそれなりに裕福な環境にいるのだろう。年齢的にも、自分で稼いでいる可能性もなくはないが、より現実的に考えるなら、それが許される家庭環境にいるということ。

——どこぞの御令嬢、とか？

内心で独り言ち、それを肯定するかのように、壮吾はうなずいた。

結婚を控えたお嬢様が、婚約者の誠実さを試すために、女性関係を調べる目的もあって調査を依頼してきた。そう考えれば、一応の説明はつく。となると今回は、最初から怪しい行動などなく、綺里乃が勝手に不安を抱えているだけで、壮吾が懸念するような、殺伐とした結末にはならずに済むかもしれない。

もちろん、この先の調査で、溝口が婚約者に対し、不貞を働いている事実が明るみに出なければ、ではあるが。

何にしても、調査を続けられることは、壮吾自身にとってもありがたい話である。特に綺里乃のように、払いの良い——少々、良すぎる傾向はあるが——依頼人は大歓迎だ。

思いがけず実入りがあったことを思い出し、そのことに気分を良くして、壮吾は書類をまとめてデスクの引き出しに押し込むと、身支度を整えて事務所を後にした。

改めて溝口拓海の身辺調査に向かう前に、少し早い夕食をとるため、壮吾は『万来亭』の暖簾をくぐった。

夕暮れ時ということもあり、徐々に店内は混み始めており、せわしなくうごきまわる美千瑠が、通り過ぎざまに「いらっしゃい壮吾くん」と慌ただしく声をかけてくる。勝手知ったる他人の店とばかりに、壮吾はグラスに水を注いで、空いているカウンター席に腰を下ろした。

今日はカツ丼にしようか、いや親子丼もいいな。待てよ。尾行が長引くことを考えると、多めに食べておいた方がいいから、いっそのこと両方頼んでしまうという手もあるか……。

そんなことを考えていると、すぐ隣にメモを手にした美千瑠がやって来る気配を感じ、

「よし、間を取ってカツとじ定食にしようかな……って、あれ？」

顔を上げた瞬間、間の抜けた声が出た。注文を取りに来たのは、美千瑠ではなく、見たことのない若い女性だった。顔の輪郭があらわになるほどのショートカットを茶色く染め、鋭

く凛とした顔立ちをした二十代前半と思しきその女性は、首元にシルバーのネックレス、手首にもシルバーのバングルをして、左耳には、いくつも大きなピアスをあけている。

それ自体はよく似合っているし、整った顔立ちもあって、目を引く雰囲気を醸し出しているのだが、いかんせんこの『万来亭』の雰囲気にはマッチしない、洒落た格好をしており、壮吾は内心でこんな子がこの店に食べに来るのかなどと、おかしな疑問を抱いていた。

「カツとじ定食ですか」

ぼそぼそと口中に呟くような声で、女性は言った。

「え?」

「カツとじ定食でよろしいですか」

「ああ、えっと……はい」

どうやら、注文を確認されているらしいと気づき、壮吾はおずおずとうなずく。女性は女性で、壮吾をじっと見下ろしながら、手にしたメモをやり場がなさそうに手の中でもてあそんでいた。何か言いたそうにしているのかもしれないが、こわばったような硬い表情からは、その真意をくみ取ることは難しかった。

「ごめんごめん、ありがとねアキちゃん。でも、壮吾くんのオーダーは私がやる決まりなの」

奥のテーブル席に料理を出し終えて戻ってきた美千瑠が、壮吾たちの間に割り込むようにしてやってきた。というか、基本的にこの店のホール係は美千瑠一人なので、必然的にオーダーを取るのは彼女一人の仕事だ。そこに決まりも何もあったものではない。

「……アキちゃん？」

「そう、新人アルバイトのアキちゃんよ」

問いかけると、美千瑠は口の端を持ち上げて、どこか得意げな面持ちでもって、傍らの女性を紹介した。肩を叩かれ、アキちゃんと呼ばれた女性は恐縮気味にその身をちぢこめる。

立ち居振る舞いから、どことなく陰を感じさせる雰囲気だが、照れくさそうに美千瑠を見るその横顔には、年相応と思しきはにかむような笑みが浮かんだ。

「いつの間にアルバイトなんか雇ったの？」

「うん、今日。ついさっき」

美千瑠はこともなげにそう言った。あまりにあっさりと言われたので、そのまま「そうか」と受け流してしまいそうになる。

「さっきって……」

「ほら、前にちらっと話したじゃない。ウチの店もそろそろ、後継者問題を考えていかなきゃならないって。本当は、私が誰か『いい人』と一緒になって店を継ぐのが一番なんだけど、なかなかそういうわけにもいかないっていうか……」

喋りながら、美千瑠はちらちらと意味深な視線を壮吾に向けてくる。もちろんというかなんというか、壮吾は極力目を合わせないようにして、先を促す。

「それでね、今のままでお父さんの身に何かが起きたら、店が立ちいかなくなっちゃうから、私も厨房に入るようにしたいと思って」

「なるほど、それでアルバイトを雇うってことか」

言いながら、壮吾はアキちゃんと呼ばれた女性に視線を移す。目が合った瞬間、それまでニコニコと人懐っこい笑みを浮かべていたはずのアキが、険しい顔をして壮吾を凝視する。男性に対し、何か特別な警戒心でも抱いているのだろうか。こちらをけん制するかのような鋭い剣幕で見つめられ、壮吾はついたじろいでしまった。そんなアキの様子に気づくこともなく、美千瑠は説明を続ける。

「張り紙でもして募集しようと思っていた時に、アキちゃんがふらっとやってきたのよ。それで、こうして働いてもらうことになったの」

「ちょ、ちょっと待った。なんかいろいろとすっ飛ばしている気がするんだけど……」

口を挟むと、美千瑠は「ああ、そうだよね」とあっけらかんと笑う。

店に来ただけで、どうして雇うことになるのか。その説明を求めていることに気づいたらしく、再び説明を始める。

「それがね、アキちゃんったら、なんだかすごく悲しそうにしていて、食事を食べ終わっても、すぐに出て行かずにぼんやりしていたから、私から声をかけたの。それでいろいろ話を聞いていたら、どこにも行くところがないっていうじゃない？」

確認するように、美千瑠はアキを振り返る。アキは否定することなく、小さくうなずいて見せた。

「でもほら、無理に話したくないこともあるかと思って何も聞かずにいたら、アキちゃんの方から、ここで働かせてほしいって言ってくれてね。うちとしては渡りに船って感じで」

「それで、雇うことにしたの？」

「そうだよ。即決で、しかも住み込みでね」

軽い口調で言い、美千瑠はウインクして見せた。

「そんな簡単に……」

「だって、こんなかわいい子が帰る家もないって言うんだもの、私心配になっちゃって――ていうか、壮吾くんがそれを言うの？」

「え？」

思わず問い返す。美千瑠は噴き出すように笑いながら、

「忘れたの？　壮吾くんがここに住むようになったのだって、同じような状況だったじゃない」

言われてようやく、壮吾は思い出した。元婚約者にマンションを追い出され、仕事も住む所も失った壮吾がこの店にふらりと立ち寄った時、まるで捨てられた子犬を見つけたかのような顔で、美千瑠が「ここに住んだらいいよ」と言ってくれたことを。

彼女のその一言がきっかけで、その日のうちに、壮吾はこの店の二階を借りて住まわせてもらうことになった。剛三は最後まで納得いかない様子でしかめ面をしていたが、娘の強引さに負けて、賃貸契約を結んだ。

つまり、今こうして壮吾が私立探偵として糊口《ここう》をしのぎながら、どうにか生きながらえていられるのは、ひとえに美千瑠のお人好しな性格と、困っている人を放っておけないという善意があってこそなのであった。

「それじゃあ、彼女もあの時の僕みたいに困っているみたいだから、ここに住まわせて働いてもらうことにしたってこと？」

「そういうこと。ほら、情けは人のためならずっていうでしょ。アキちゃんがこうして働いてくれたら、私も助かるし。いつお父さんがぽっくり逝っちゃっても、どうにかなるかと思って」

美千瑠が笑顔でそんなことを言うので、壮吾としてはついつい、厨房にいる剛三がどんな顔をしてこの会話を聞いているのかと不安になる。狭い店内だから、聞こえないはずはない。

「とにかくそういうことだから、壮吾くんも仲良くしてあげてね」

「ああ、うん」

相変わらず、鋭い目つきでこちらを見据えているアキを一瞥し、壮吾は「本人にその気があるならね」と内心で独り言ちた。

「あ、でも仲良くしすぎちゃだめよ」

一瞬、ひやりとするほど鋭い口調で、美千瑠は壮吾とアキを順番に見据える。その点に関してだけは、冗談などではないことがはっきりとわかるような、真剣な面持ちで。

「おうい、カツとじ定食あがったぞ……って、なんだ探偵屋か。相変わらずみすぼらしい顔しやがって。貧乏人が一丁前にカツとじ定食なんざ注文するんじゃあねえよ」

「あはは、どうも……」

苦笑いしながら、壮吾は相槌を打つ。その間に、カウンター越しに定食を受け取ったアキが、どん、と乱暴な手つきで壮吾の前にそれを置く。衝撃でみそ汁の器が軽く飛び上がり、跳ねた汁が腕にかかった瞬間、壮吾は「あちぃ！」と声を上げた。

「アキちゃん、まだ慣れないところはあるけど、温かく見守ってあげてね」

「慣れないって……」

なんだか、そういう次元の話ではない気がするが、壮吾は渋々うなずいておく。

「おい新人、あっちの卓の食器下げに行け。ぐずぐずするな」

「……はい」

剛三が指示を飛ばすと、殊勝に応じたアキがその場を離れ、奥の席に向かう。デニムに黒いTシャツというラフないでたちにエプロンをしただけのアキの後ろ姿を見るともなしに見送りながら、あんな物静かで愛想のない、美千瑠とは真逆の性格をした人物が、剛三の人使いの荒さについて行けるのかと、壮吾はやや他人事のように思った。

「それにしても、あの大家さんがよく許したね。住み込みで働くなんてさ。ひょっとして、僕の時みたいに反対を押し切って強引に決めちゃったとか?」

「あら、お父さんは反対なんてしてないわよ。むしろ働き手が増えたうえに、璃子の遊び相手にもなってくれるんじゃないかって大喜びしてた」

「へえ、そうなんだ……」

意外な返答に、壮吾は素直な驚きを抱く。

「もし一階が手狭になったら、壮吾くんを追い出して二階の部屋に彼女を住まわせてもいい、なんて言ってたかな」

「そ、そんな……それは困るよ！」

思わず大きな声が出た。店内の客たちが何事かと壮吾を見やり、厨房の奥からは「うるせえぞ探偵屋！　黙って食えねえのか！」と剛三の怒号が飛んでくる。

しゅんとして座り直した壮吾の肩に、美千瑠がそっと手を置き、慰めるように笑みを浮かべる。

「大丈夫だよ。その時は、お父さんに施設にでも入ってもらって、一階は私たちの愛の巣にすればいいんだから」

念押しするように言われ、壮吾は引きつった作り笑いを浮かべることしかできなかった。


腹ごしらえを終えて店を出ると、すでに日は傾いていた。

溝口の仕事は午後五時きっかりに終わる。もし彼が定時で仕事を終えて職場を後にするとしたら、五時十五分には出てきてしまう。急がなくては間に合わない。壮吾は時計を確認し、駅までの道をひた走った。

発車直前の電車に駆け込み、札幌駅で下車してから、多くの観光客であふれる地下歩行空間を経由し、大通公園の手前で地上に上がる。そうして市役所前に到着したのが五時十分。不自然に思われない程度の距離で五分ほど待つと、これまでの行動パターンに違《たが》うことなく、十五分きっかりに溝口は庁舎から姿を現した。

先週の水曜日と同様に、溝口はこの日も駅近辺にあるジムに向かった。会員ではない壮吾は中に入れないため、受付を済ませて奥へ消えていく溝口の姿を確認したのち、通りの向かいにあるゲームセンター前のベンチに腰を下ろして、小一時間ほどトレーニングをする溝口が出てくるのを待つ。

学校帰りの学生が多く集まるゲームセンター前で、ただじっと待っているのも悪目立ちしてしまうので、入り口付近を意味もなく歩き回る。溝口がジムを終えるのを待つ間、下手にゲームで遊んで、溝口が予想外に早く出てきたりした場合に見過ごしてしまっては元も子もない。なので、細心の注意を払い、わずかな時間もジムの入口から目を離すことなく、辛抱を続ける。

探偵業の神髄とは、まさしくこの『待つ』という行為に他ならないのだと、しみじみとかみしめるような気持ちで苦笑する。

デート中の学生カップルに不審な目を向けられ、きゃあきゃあとはしゃぐ女子高生グループにじろじろといぶかし気な視線で見られ、店員の女性に不審者ではないかと怪しまれ、刺すような視線を向けられながら待つこと一時間と二十分。ようやく溝口がジムから出てきた。

その姿を見た瞬間、まさしく天の助けとばかりに安堵した壮吾は、そそくさとその場を離れて尾行を再開する。通りを挟んでやや後方から様子を窺うと、溝口はスマホを操作しつつ帰路につく様子だった。地下鉄の駅に向かい、車両に乗り込む彼を、一つ隣の車両から遠巻きに窺う。自宅がある駅はわかっているので、帰宅ラッシュの混雑した車内にいても、見失う心配は少なかった。

十分ほど地下鉄に揺られ、自宅の最寄り駅で下車した溝口を視界にとらえつつ、長いエスカレーターを上って地下鉄の駅を出る。市役所のあった辺りからはがらりと風景の異なる、その郊外に近い駅前のマンションが、溝口の住まいだった。途中で立ち寄ったコンビニで弁当を購入した溝口は、エントランスの集合ポストで郵便物を確認し、オートロックを開けて奥へと消えていく。その姿を見送った。

この後はおそらく、食事をとり風呂に入って十一時ごろには就寝という流れだろう。この一週間、帰宅時間によって多少の変化はあっても、家に帰ってからの彼の生活リズムに大きな狂いはなかった。そのことは、地上六階の彼の部屋の窓の明かりを見ていればわかる。そういう、整った生活リズムを維持している点からも、彼がいかに品行方正で日常の生活パターンをどれだけ大切にしているかが窺える。

不規則な生活ばかり送っている身としては、身につまされる思いであった。

「僕も、見習わないとな」

自らを戒めるように呟きつつ、壮吾は周囲を見回した。あまり長居しては、通行人に怪しまれてしまう。本来ならば、部屋の明かりが消えて数時間が経過するくらいまでは張り込みを続けるべきなのかもしれないが、この一週間の彼の行動を見る限り、それらしき女性の影はなく、深夜に出歩く様子も見られなかったため、必要ないように思えた。

壮吾はふと思い立ったように腕時計を確認する。

「——まだ、『ヴィレッジ』は営業中だな」

小さく呟き、再び、溝口のマンションに視線を向ける。本当ならもう少しこのまま監視を続けるべきなのだろうが、これまでのパターンからしても、今日はもうこれ以上の動きはないだろう。見切りをつけ、壮吾はスマホのメモ帳に今日の日付と時刻を記し、尾行終了と書き加えた。

2

重々しい木製の扉を押すと、カランカランと小気味よい音を立ててドアベルが鳴り、カウンターでコーヒーを淹れていた六郷雅哉が顔を上げた。

「よぉ、珍しいじゃあねえか。そっちから会いに来てくれるなんて」

六郷はぱっと笑みを浮かべ、ちょいちょいと手招きをする。それに従ってカウンター席に腰を下ろしながら、壮吾は溜息交じりに口をとがらせた。

「別に、会いに来たわけじゃない」

「そうなのか？　てっきり、仕事終わりに、わざわざ自宅とは逆方向の地下鉄に乗って俺のコーヒーを飲みに来てくれたのかと思ったんだがな」

「な、なんでそれを……」

言いかけた口をつぐんで、壮吾ははっとした。そして立ち上がると、自らの胸や腕といった身体のあちこちに手を当て、それからポケットやバッグの中身を確かめる。

すると、バッグの中には見慣れぬ動物らしき小さなマスコットのついたキーホルダーが入っていた。

「なんだよ、これ」

「かわいいだろ?」

にやにやと、悪戯《いたずら》めいた笑みを浮かべて、六郷は言った。

「僕はこんなもの買っていない。いつの間にこんな……訳のわからない動物のキーホルダーなんか……」

「おいおいおい、動物じゃあねえよ。それは河童だ。河童のかっぽん。定山渓《じょうざんけい》温泉のマスコットキャラクターだろうが。だから動物じゃなくて妖怪だな」

「そういうことを言ってるんじゃあない!」

思わず声を上げて、かっぽんのキーホルダーを突き返す。そして、カウンターから手を伸ばし、作業台の上に置かれていた六郷のスマホを取り上げる。

画面を見ると案の定、GPSアプリに周辺の地図が表示されており、その中心となるこの店の位置で、赤い球体が点滅していた。

「こんなものを仕掛けて、僕の行動を監視してるのか? なんで……」

こんなことをするのかと、壮吾が最後まで言い終える前にさっと手を掲げた六郷は、ばつの悪そうな表情を作り、

「悪かったよ。でも、別に悪用しようと思ったわけじゃない。ていうか、お前だって悪いん

だぜ」

「な、何が……」

狼狽交じりに問い返すと、六郷は淹れ終えたコーヒーに口をつけて、ふぅ、と息をつく。

それから発せられた言葉、その声音は、思わず息をのむほど低く、そして鋭かった。

「決まってんだろ。お前が『例の件』についての情報を一人で抱え込んで、俺に話そうとしないからだよ。ひどいよなぁ。俺だって訳のわからねえ記憶障害にかかったり、お前におかしな依頼を持ち掛けた相手のヒントを教えてやったりしたんだ。その答えを教えてもらう権利はあると思うぜ。それなのにお前は頑なに口を開こうとしない」

「だから、それは……」

弁解しようと思っても、続く言葉が出てこない。まともな返答が来ないことを見越していたかのように、六郷はこちらを嘲るように鼻を鳴らし、やれやれとでも言いたげにかぶりを振った。

「また言い訳か？　お前の強情っぷりにはいい加減うんざりだよ。そろそろ腹割って話そうじゃあねえか」

でなきゃ、と一呼吸置いて、六郷はカウンターに身を乗り出し、何かアピールするみたいに両手を広げた。

「俺だって、いつまでも都合のいい情報屋ではいてやれなくなるぞ。この町で探偵を続けたいなら、俺とこの『ヴィレッジ』を敵に回さない方がいい」

「お、脅すつもりか……」

問いかける声が、知らず震えた。

壮吾の動揺を察し、満足げにうなずいた六郷は、再びカップに口をつけ、勝利の美酒とばかりに自らが淹れたコーヒーを味わう。

確かにこの男がその気になれば、壮吾に入ってくるはずの仕事の大半を他へ回すことは可能だろう。探偵業というのは、客が来るのを遊んで待っていられるほど儲かる仕事ではない。ましてやそれが、どこの馬の骨とも知れぬ貧乏私立探偵とくれば、一つの仕事を失うだけで、経済的にかなりの痛手を負う。そういう意味でも、情報屋として調査の手助けをしてくれるという意味でも、六郷の存在は貴重だ。

以前とは違い、逆町に興味本位を装って殺人事件のことを訊ねることも難しくなった今、数少ない情報源である六郷にそっぽを向かれたら、『魂の選別』の使命だって、やりづらくなってしまう。

——使命……そう、使命だ。

何もかも、事を面倒にしているのは魂の選別の使命なのだ。

日下と杏奈には、使命について他人に口外することを固く禁じられている。もし口外すれば、どんな目に遭うのかは想像したくもない。少なくとも、自身の身体が崩れ落ちる悪夢なんかよりも、ずっとまずいことになるのは目に見えていた。

六郷が壮吾の実生活を脅かす存在だとしたら、あの二人は人生そのものを——ひいては命すらも脅かす存在だ。どちらの言うことを聞くべきかは、考えるまでもない。

だからこそ、ここまでのらりくらりと六郷からの追及を逃れてきたのだが、それももはや限界だった。少なくとも、六郷はこれ以上、壮吾が口をつぐむことを許してはくれないだろう。真実を話すか、あるいは彼が納得のいくような説明をしない限り、壮吾に私立探偵を続けるという選択肢はない。

だがこの状況で、当たり障りのない嘘をついてもすぐに見破られてしまうだろうし、そもそもそんな嘘なんて思いつかない。

「おいどうしたんだよ。そんなに震えることはないだろ。俺はただ、真実を教えてくれって言ってるんだ。話したところで、命を落とすってわけでもないだろ」

六郷は、軽い口調で言った。常識的に考えれば、そうかもしれない。だが、彼のその考えは間違っている。下手に口を滑らせてしまったら、壮吾だけではなく、六郷の命すらも危ぶまれる結果になりかねないのだ。

もし彼に使命について喋ってしまったら、それこそ今度は記憶が部分的に消失する程度では済まないかもしれない。何しろ相手は人間ではない。そこらのチンピラではないし、ヤクザやマフィアでもない。人の皮をかぶった正真正銘の悪魔なのだ。約束を破った壮吾は悪魔たちにこっぴどい仕打ちを受け、秘密を知ってしまった六郷は最悪の場合、生きたまま食い殺されてしまうなんてことだって、あるかもしれないのだ。

そんな危険は冒したくない。だが、どうすれば……。

この状況を打破する答えが見いだせず、壮吾は低く唸るようにして両手を握り締めた。誰か助けてくれ、と無責任な祈りを内心で叫ぶ。

だが無情にも、助けなど来るはずもない。

「さあ、観念して喋っちまいな。そしてまたいつもみたいに、仲良くやろうぜ。言っておくが、俺はお前のことを買ってるんだ。探偵にしちゃあ素直で馬鹿が付くくらいのお人よし。腕は二流だが、人間性は抜群。そんな烏間壮吾って男をな」

何の慰めにもならないような言葉をかけられ、壮吾は顔を上げる。六郷は期待と好奇心に満ちたその顔に、人懐っこい笑みを浮かべて、壮吾を促した。

思わず視線を外してうつむきながら、観念するしかないと、心の中で呟いた。それと同時に、ちょっとくらいなら話してしまっても、彼らに知られずに済むかもしれないという希望的観測も生まれる。

幸いにも、ここに彼らはいないのだから、壮吾が白状してしまっても、キチンと口止めをしておけば、どうにかなるかもしれない。

——そう、だよな……。

自らを納得させるように口中で呟き、壮吾は生唾を飲み下す。そして、意を決して口を開いた。

「実は、僕は……」

言いながら顔を上げた時、壮吾は六郷の様子に違和感を覚え、言葉を途切れさせた。

「どう、なってんだ……？」

あらゆる感情を置き去りにしたような呆けた声が六郷の口から滑り落ちた。彼は壮吾の背後に視線を留め、その目を大きく見開いていた。まるで、そこに信じられないものでも見つけてしまったかのように。

いったい何が彼にそんな表情をさせるのか。その答えは、唐突に店内に響いた声によって示されることとなった。

「ちょっとぉ。この店パフェとかないわけ？　苦いコーヒーばかりじゃなくて、あまーいものが食べたいの」

「わがままを言うな。それにコーヒーというのは人間の身体にとても良く、ポリフェノールは美容効果も抜群だ。毎日三杯のコーヒーを飲むだけで、肌荒れやくすみの改善にも役立つらしい」

そうなのー、じゃあ我慢して飲もうかなぁ。聞いた話じゃあ、猫の糞から作られるコーヒー豆があるらしい。やだー、そんなの飲めないよー。

どこかで聞きかじったような知識を披露する男の声と、何がおかしいのかけらけらと暢気に笑う女の声。それらを背中で聞きながら、壮吾はその身を凍り付かせていた。

——いる。あの二人が、すでに店内にいる。

そのことに気付いた瞬間、壮吾の胸中には、強い後悔と己の浅はかさを呪う怒りにも似た感情が渦を巻いた。

バレないはずがない。たとえ口にしていなくても、未遂だったとしても、使命のことを口外しようとする壮吾の不貞を、彼らが嗅ぎつけないはずはないのだ。

「あれあれあれぇ？　どうしたのお二人さん。気にせず続けてよ。こっちはまだメニュー選ぶのに時間がかかりそうだからさ」

聞こえよがしに響く杏奈の声に、壮吾は耐えきれなくなって振り向いた。視線の先、店の窓際のテーブル席に向かい合って腰かけた二人の悪魔が壮吾を見据えている。

目が合った瞬間、それぞれの顔には、盗人《ぬすっと》を現行犯で捕まえた時のような、勝ち誇った笑みが浮かんでいた。

「ち、違う……」

「はぁ？　何が違うんだ？　そこのお坊ちゃんに探偵業を続けたきゃ秘密を喋れと脅されて、馬鹿正直に使命のことを喋ろうとしたことか？　それとも、ちゃんと口止めしておけば、喋ったことを私たちに隠せると思ったことか？」

あるいはその両方か、と続けて、日下が嗜虐《しぎゃく》的な笑みをむき出しにした。

やはり、バレている。口にしたことだけではなく、こうして頭の中で考えたことすらも、彼らには筒抜けだった。

「おいおい、何が起きてるんだよ。こいつら何者だ……？」

六郷が、ただただ呆然と問いかけてくる。当然だ。今の今まで自分たちのほかには無人だった店内に、瞬き一つの間にこの二人が現れたのだから。

その事実だけで、六郷にとっては、日下と杏奈がまともな人間とは程遠い存在であることの察しがついたのだろうか。下手に言葉を投げかけたりしようとはせず、カウンターの壁に背中をくっつけて、成り行きを見守ろうとしていた。

「待ってくれ二人とも。まだ、僕は何も話していない。彼も何も知らない」

だから、落ち着いてくれ。そう繰り返しながら、壮吾は立ち上がった。だが、その後にどうするべきかがわからない。

今すぐここから逃げ出すべきか、それとも床に額をこすりつけて謝罪すべきか。それとも、何も言わずにいるべきなのか。最適解が見いだせず、おろおろと細かい呼吸を繰り返しながら、いつ自分の身体が崩れ落ちる悪夢が襲い来るかに怯えて、額に浮かんだ汗をぬぐうばかりである。

ところが――

「そんなことはわかっているさ」

「そうだよ。わかったうえで、わざわざこうして姿を現してあげたの」

予想だにしない言葉を口々に発した二人を前に、壮吾は数秒の間をおいて「えぇ……？」と素っ頓狂な声を上げた。

「それは、どういう……」

壮吾は自身が陥っているこの状況に理解が追い付かず、拍子抜けしたように呻く。その様子をさも愉快そうに眺めながら、日下が説明役を買って出た。

「話したければ話せばいいということだ。しつこく付きまとわれるよりも、その方がいろいろとやりやすいだろう？　逆行した先での捜査にしても、情報屋がいれば捗《はかど》るはずだ」

「でも、使命のことを口外したら僕はひどい目に遭わされるんだろ。相手だって、無事ではすまないいんじゃあ……」

「ああ、もう。鈍いなぁ。そこを大目に見てあげるって言ってるんだってば」

焦れたように声を上げ、杏奈が溜息をついた。

「……本当に、いいの？」

半信半疑で確かめると、日下と杏奈はタイミングを計ったかのように同時にうなずく。彼らの表情には緊張感のない薄笑いこそ浮かんでいたものの、壮吾をわざとだましたり、陥れようとしたりという狡猾さのようなものは感じられなかった。少なくとも壮吾には、嘘でも冗談でもなく、本気で使命のことを六郷に打ち明けてしまって構わないと言っているように見えた。

「何度も言わせるな。ほら、さっさと話してやれよ。そっちの人間は、本当のことが知りたくて、うずうずしているようだぞ」

カウンターの向こうで呆然と立ち尽くしていた六郷を指先でひょいと示し、日下はニヒルに笑う。

はっきりと言葉にはしないまでも、それが何を意味する行為なのか、壮吾はようやく思い至った。

――仲間に引き入れるつもりなのか……？

内心で自問するとともに、それが的中していることを瞬時に悟る。

二人の悪魔たちは、ここで壮吾の抱える秘密を知ろうとする六郷を始末するよりも、正式に仲間として受け入れ、彼の情報を活用しようというのだ。

そのことを考えながら、壮吾はあることを思い返していた。

以前、彼らは自分たちが直接的に人間に干渉し、傷つけ、命を奪うことは禁じられていると言った。それは言葉そのままに、よほどのことがない限りは直接害をなすことができないということなのだろう。

死の運命を知った壮吾が、運命づけられた相手――つまり被害者にその事実を伝えて死を回避させようとした場合、壮吾は自らの身体が腐り落ちるという世にもおぞましい悪夢を見せられる。強い精神的ストレスにより、壮吾は口をつぐむしかなくなるという、彼らが用いる一種の『お仕置き』だが、それによって壮吾が命を落とすことはない。

つまり、そういうことなのだろう。彼らは壮吾が六郷に秘密を喋ったとしても、六郷が知ってしまった秘密を誰かに話そうとしたとしても、それを阻止するために、直接的な危害を加えることはできない。言い方は悪いが、『悪夢を見せる程度のこと』しかできないということだ。

そんなことをして六郷の口を封じたところで、彼らにとっては旨みはないし、それで六郷が引き下がるとは限らない。最悪の場合、誰かに何かを言い残して自殺するという行動をとる可能性だってある。

この現状において、壮吾とつながりのある六郷がそんな死に方をしたことが逆町に知られることになれば、それこそ壮吾に対する疑惑は更に深まるだろう。秘密を握った六郷を自殺に見せかけて殺したなどと誤解され、逮捕でもされてしまった日には、何もかもが終わりだ。壮吾が使命を果たせなくなることは、二人の悪魔だって望みはしないだろう。

そうしたデメリットを考慮して、彼らは六郷に真実を打ち明けるべきと判断した。その行為が彼らにとってどのような意味を持つのかはさておき、ここまで軽々しく許可を出すということは、実はそれほど重要視するような問題ではないのかもしれないと、壮吾は思った。

「わかったでしょ。そういうことだから、あたしたちがコーヒーを飲み終わるまでの間に、ちゃちゃっと話しちゃってよ」

壮吾の心の中を読み取りでもしたかのように、杏奈が知った口調で言い放ち、急かすようにテーブルを指で小突いた。さっさとコーヒーを飲ませろと、暗にアピールしているらしい。

助けを求めるような視線を向けてきた六郷にそっとうなずいて見せると、彼は少しばかり震える手でぎこちなくコーヒーを二杯淹れ、トレイにのせてテーブル席へと運ぶ。それをテーブルに置く時には、哀れになるほど手が震えていて、カップとソーサーがカチャカチャと音を立てていた。

珍客二人がこの店自慢のコーヒーを味わっている間に、壮吾は言われた通り、これまでの経緯をはじめとして、悪魔たちとの関係や『魂の選別』の使命についてを、包み隠すことなく語った。すべてを話し終えた時、六郷は半ば表情を失った状態で、放心したように目を白黒させていた。

「魂の選別に、死の運命に、悪魔だって……？」

すでにキャパオーバーとばかりに、嘆くような口調で六郷は視線をさまよわせる。

驚くのは当然だし、簡単に信じられないのも無理はない。だが、事実なのだ。ここまで来た以上、信じてもらうしかない。

「六郷や鍵屋の信さんが、部分的な記憶障害に陥っていたのも、全部彼らの仕業だったんだ」

「悪魔が、俺の記憶を改ざんしたのか？」

そうだよ、と声を上げて、杏奈が微笑む。

「ちなみに、君があたしたちに会うのはこれで二度目。記憶をいじるついでに、あたしたちとのやり取りも消しておいたんだよ」

さらりと言われ、六郷は薄気味の悪さに身震いする。

「だったらどうして、今回もそうしなかったんだ？」

「だって君しつこいから。記憶をいじるのだって何度も何度もできるわけじゃないの。このまま壮吾に付きまとわれるのも面倒だし、排除するにも、こっちではいろいろと手続きが必要なんだよね」

排除……。変に回りくどい言い方をされたことで、かえってその言葉の意味が恐ろしく感じられた。

「だから基本的に、あたしたちが干渉を許されているのは『魂の選別』を執行するうえで関連のある人間だけ。それも当然ながら手荒な真似は控えるよう厳しく言われてる。まったく、現代の悪魔は規則にガッチガチに縛られてるってわけ」

肩をすくめ、芝居がかった様子で両手を広げる杏奈。それに便乗する形で、日下も深くうなずいて見せた。

「だからこそ、ちんけな情報屋風情にかかわっている暇はないということだ」

ちんけって……と六郷が不満げに呟く。

「それよりも、今問題にすべきはあの刑事だと、我々は判断した」

カップを置いた日下が、小さく息をついてから、おもむろに壮吾を見据える。咎めるようなそのまなざしに、思わず喉が鳴った。

「お前も気づいているだろう。あの刑事、お前が見ず知らずの男の葬儀にいたことで余計に疑いを強めたぞ。何気ない風を装っているが、明らかにお前を怪しんでいる」

先週の、定岡の葬儀に行った時のことを言っているのだろう。壮吾は渋々といった様子でうなずいた。

「それはわかってるよ」

「いいや、お前は自分が置かれた状況を何もわかっていない」

ぴしゃりと断じるように、日下は言い放った。その鋭い声色に、壮吾は思わず息をのむ。

「我々悪魔にとっては、人間などどれも同じだ。外見に多少の変化はあっても、一皮むいてしまえば脆弱で愚かな肉の塊でしかないからな。だが、お前をよく知るあの男は刑事だ。刑事というのは人間の中でも、そこそこに厄介な部類に入る。しかもお前のことをよく知っている。お前がこの先、使命を継続できるかどうかの生殺与奪《せいさいよだつ》権を握られていると言っても過言じゃあない。わかるかこの愚図が。お前は、最も目を付けられてはならない相手に目を付けられているということだ。万が一にも逮捕されてみろ。代行者が使命を全うできなければ、『上』に処分されるのは私たちなんだぞ」

自らの保身からか、日下は切羽詰まったような口調で一気にまくし立てた。

「そして、そうなるのは時間の問題だと、私は睨んでいる」

どこかあきらめにも似た物言いで、突き放すように言われ、壮吾は再び生唾を飲み下した。

「僕や六郷にしたみたいに、逆町の記憶を操作することはできないのか？」

「できないことはないが、前にも言った通り、記憶の改ざんは万能ではない。一つ消したところで、奴がお前を怪しむに至る動機が他にも出てくれば、再び疑いの目を向けられるだろうな」

結局、元の木阿弥《もくあみ》というわけか。

「悪魔とはいえ、そう都合よく『まほー』が使えるわけじゃないのよ」

どこか自虐的に言って、杏奈は苦笑した。

「私たちが人間に直接的な干渉を許されているのは、あくまで魂の選別をスムーズに進めるために限られる。お前の正体をひた隠すために決まりを破っていることが上にバレたら、すぐに代行者失格とみなされちまうだろうな」

「そうなったら、どうなるんだ？」

「決まってるでしょ。これまでの記憶は全部消されて『解雇』される。ちなみにその場合、強い衝撃に脳が耐えきれなくて、最悪の場合二度と意識が戻らない可能性があるわ」

「そんな……」

あっけらかんとした口調で言われ、壮吾は絶句する。

杏奈はその反応を見て楽しんでいたようだが、だからと言ってただのハッタリなどではなく、本当のことなのだろう。それは絶対に避けなくてはならない。だが、このまま逆町に疑惑を持たれたままで使命を続けることには、一抹の不安が拭い去れなかった。

日下の言う通り、逆町に決定的な現場を押さえられ、逮捕されるのは時間の問題なのではないかと、焦燥感が拭えない。

自分で考えていた以上に、逆町の件は悪魔たちにとっても、厄介な問題であるらしい。

この先、使命を続けていくためには、避けては通れないこの問題を前に、壮吾を含む三人はいつしか重々しい沈黙に包まれていた。

「――あの、それならどうにかできるかも……」

そんな中、おずおずと六郷が声を上げた。

「本当か？」

「いい加減なことを言って、この問題から逃げ出そうって魂胆じゃあないわよね？　言っておくけど、話を聞いた時点で君はあたしたちの協力者になったんだよ。逃げようったって、そうはいかないから」

杏奈がそう言って、ひょいと持ち上げた指先で六郷を指さした。その瞬間、彼は胸に痛みを感じた様子で手を当てた。そして、シャツの裾をまくり上げると、心臓にほど近い辺りに、手のひら大の赤黒い痣が浮かび上がっている。

「うわっ、なんだよこれ！　これ……！」

「慌てないで。ただの印だよ。あたしたちとかかわりを持ったっていう証明だね」

「悪魔とかかわりを持った証明って……」

そんな縁起の悪いものはいらないとでも言いたげに、六郷はその顔をしかめた。杏奈はくすくすと愉快そうに笑い、日下は何でもないことのように鼻を鳴らす。

「それで、どうにかできるというのは？」

促された六郷は引きつったような笑みを浮かべ、気を取り直したように咳払いをしてから、こんな提案を口にする。

「現場のそばで目撃される人物が、他にも現れればいいんじゃないか？」

「他にも……？」

思わず繰り返すと、六郷は繰り返しうなずきながら、説明する。

「そもそも、問題なのは壮吾によく似た人物の姿が殺人事件の現場で目撃されていることなんだろ。それで、逆町刑事がお前を疑っている。だがもし、その目撃情報が他にいくつも出てきて、そのたびに情報が二転三転したら？　人相も体格も服装も、何もかもがごちゃごちゃで、絞り込むことができないくらいバラバラだったら？」

「――そうか、目撃されたのが僕だって特定することは難しくなる。でも、そんなことが可能なのか？」

問いかけた瞬間、六郷はぷっと噴き出すように笑い出した。

「おいおいおい、俺を誰だと思ってるんだ？　ここ以上にこの町の情報が集まる場所はねえ。逆に言えば、ここ以上に情報を流すのに適した場所もないってことだ」

頼もしい口調で言い放つと、六郷はスマホを取り出し、素早い指使いで操作しながら、

「取り急ぎ、いくつか情報を流しておく。解決した事件現場での目撃証言だったら、それが根も葉もないでたらめだと知っても、警察だって目くじらは立てないはずだ。要はただの都市伝説レベルの噂ってことにしちまえばいいんだ。それをいくつか繰り返していくうち、壮吾に似た背格好の男がうろついていたって情報は埋もれちまう。逆町刑事が熱心に情報を集めようとすればするほど、ドツボにハマるって寸法さ」

なんとも卑劣な手段ではあるが、それが今は何より頼もしく感じられた。

「へえ、思った通り使えそうね」

「引き入れて正解だな」

互いに小声でやり取りをする杏奈と日下。いぶかし気な視線を向けた壮吾に対し、杏奈は無邪気に笑う。

そして、カップをソーサーに置くと、テーブルに手をついて立ち上がった。

「さて、対策も立てられたことだし、そろそろ行こっか」

「行くってどこへ？」

「決まっている。使命だ」

同じように立ち上がった日下が、ずかずかと壮吾のそばにやってきて、襟首をつかむや強引に立ち上がらせる。

「おい、何を……！」

「招集がかかった。たった今、選別対象ができたようだ」

「ちょっと待っ……」

言い終えるのも待たず、日下と杏奈の姿がすぅっと背景に溶け込むように消えた。それに続いて、壮吾の身体もまた、音もなく透けていった。

「おい、おいおいおい！　どうなってんだよ。おい壮吾。壮……」

六郷の声がふいに途切れる。振り返ると、彼はその場で凍り付いたように立ち尽くし、その目を大きく見開いたまま硬直していた。

店内に流れていたジャズが止まり、世界から一切の音が消える。そして、次の瞬間に壮吾は次元の壁を突き破るようにして、全く別の場所へと飛ばされた。瞬き一つの間に景色が一変し、明るい店内から漆黒の闇に塗りつぶされた屋外へと移動して、気づけばマンションらしき建物の外階段に立っていた。

「ここは……」

周囲を見回す。停止した時間の中で、一層深くなった闇に包まれた一棟のマンション。外階段から見下ろした先、地面に横たわるのは、一人の女性。

雨に湿ったアスファルトの上で、その長い髪は黒くのたうつ蛇のように見えた。

3

外階段を降りて、倒れている女性のそばに近づいてみると、片方の足があらぬ方向へねじれているのが見て取れた。この場所に連れてこられた時点で十中八九わかっていたことではあるが、女性はピクリとも動かず、こと切れている様子だった。

「転落の衝撃で足が折れたようだな。それに、頭を強く打っているし、全身が擦り傷だらけだ」

壮吾のすぐ横に立つ日下が、たった今下りてきた階段と女性を見比べるようにして言った。マンションの外階段は四角いらせん状になっており、各階の踊り場には壮吾の身長で胸の位置くらいまでの柵が設置されている。そのため、階段を転げ落ちたというよりは、柵を越えて転落したと考えるべきだろう。

「誤って落ちたのか、落とされたのか、それとも……」

「自分から落ちた、なんて可能性もあるよね」

壮吾の独り言に付け足すようにして、杏奈は軽い口調で言う。

それから女性のすぐそばにかがみこんで、おもむろに伸ばした手で乱れた女性の顔にかかった髪をかき分ける。長い黒髪に覆われていたその顔があらわになった途端、杏奈がひゅっと息をのむ気配があった。

「……え？」

かすれた声で、何かを問い返すかのように呟くと、杏奈は表情を凍り付かせた。その横顔に、女性の姿を目の当たりにした時には感じられなかった強い動揺の色を感じ取り、壮吾は怪訝に眉を寄せる。

まるで、自分の目を疑うかのような杏奈の様子に違和感を覚えて、「どうかしたのか」と

呼びかけた。すると杏奈は、ゆっくりと時間をかけて呼吸を整え、深く息をつくと、か細く震えた小さな声で、

「……真衣《まい》ちゃん」

絞り出すように言った。

壮吾は思わず押し黙り、日下と目を合わせた。

杏奈の呟いたその名前が、目の前に倒れているこの女性の名前であることは明白だった。問題は、なぜ彼女がそれを知っているのかである。

壮吾はすぐにそのことを問いかけることができぬまま、打ちひしがれたような杏奈の横顔を見つめる。やや紅潮した頬に一筋の涙が伝い、杏奈はその整った顔をくしゃっと歪めるようにして両目をつぶった。

一秒、二秒と沈黙の時間が流れ、たっぷり五秒ほど過ぎた時、目を開けた杏奈はどこかすっきりしたような顔をこちらに向けた。

「彼女の名前。渋谷《しぶや》真衣。『杏奈』とは同じ高校に通っていた友達同士みたいね」

壮吾と日下が同時に抱いたであろうその疑問を見透かしたように、杏奈は言った。表情はもちろん、普段と変わらぬあっけらかんとした口調からは、悲愴な雰囲気は伝わってこない。たった今、目を赤くして涙を流していたというのに、その切り替えの早さに違和感を覚

える壮吾。すると杏奈はそれすらもお見通しとばかりに肩をすくめて、

「さっきのは、あたしの涙じゃないよ。ちょっとびっくりして『杏奈』が出てきちゃったみたい」

「出てきたって……どういう……？」

その問いには、日下が応じた。

「お前も知っての通り、私たちは人間の身体を借りてこの現世で活動している。その間、本来の身体の持ち主は眠った状態で、覚醒した時には、違和感を覚えないほどに記憶を操作して私たちの存在には気づかないようにしてある」

「それは前に聞いたよ。そうやって日常生活に支障が出ないようにしているんだろ？」

「ああ、だが稀《まれ》に、眠っているはずの身体の持ち主が覚醒してしまうことがある。視覚や聴覚などを通して、強いショックを受けた時なんかに、ほんの一瞬ではあるが表に出てきてしまうんだ」

つまり今回で言えば、かつての友人の遺体を前にして、強いショックを受けた『杏奈』が、悲しみに暮れて涙を流した。そういうことであるらしい。

「それで、大丈夫なのか？　その、今は……？」

壮吾がもごもごと問いかけると、杏奈はなんてことなさそうにかぶりを振る。

「問題ないよ。一瞬目が覚めたけど、またすぐに眠ったから。きっと目を覚ましても、悪い夢を見ていた程度にしか思わないはず」

「そうか……」

そういうものなのか、と壮吾は内心で納得する。

「知り合いだっていうなら話は早いな。これは事故か？　自殺か？　それとも他殺……」

「ちょっと待ってよ。そんなのあたしが知るわけないでしょ。さっきも言った通り、彼女は昔の同級生で、今現在、つながりがあるわけじゃあないのよ。それに、ちょっと複雑な事情があるみたいだし」

慌てて弁解する杏奈に対し、それでも日下は食い下がる。

「だとしても、この女がどんな人間かはわかるだろ。人に恨みを買うタイプなら殺人を疑うべきだし、自分で自分をとことん追い詰めるようなタイプなら、自殺の疑いも出てくる。というか、自殺だってんなら、今回は苦労することもねえな」

「ちょ、ちょっと待ってよ。そんないい加減に決めないで。彼女は簡単に自殺なんかするタイプじゃないわ」

「だったら事故だな。コンビニにでも行こうとして足を踏み外して転げ落ちたってところじゃあねえのか」

「だから、そんないい加減に……」

もどかし気に食い下がる杏奈を見ていて、壮吾は言い知れぬ違和感を抱く。

普段、こんな風に被害者の死にざまを推測するとき、他の誰よりも自殺の疑いを口にし、やや強引に結論を出そうとするのは杏奈なのだ。それなのに、今回は同じように結論を出そうとする日下に対し異を唱えては、いい加減な憶測で結論を出すことをためらっているように見える。

珍しいこともあるものだと、感心気味に思っていると、不意にこちらを向いた杏奈が「ねえ、君もちゃんと考えてよ。何か、手がかりがあるはずでしょ」と焦れたように声を上げた。

慌ててうなずき、壮吾はもう一度、倒れている女性とその周辺を観察する。

女性は外階段に対して横向きに仰臥しており、顔は道路側に向けた状態で両手を左右に軽く広げている。折れた左足はあらぬ方向を向いており、靴やサンダルといったものも履いていない。落下するときに脱げてしまったのかと思い、周囲を見回してみたけれど、それらしいものは発見できなかった。

「これだけじゃあ、彼女がどうして亡くなったのかを判断するのは難しいよ。やっぱりいつも通り、時間を戻して調べてみないと」

壮吾がそういった途端、杏奈は待ってましたとばかりに何度も首を縦に振り、鼻息を荒くして身を乗り出した。

「うんうん、そうだよね。そうしようよ。逆行して、まずは真衣ちゃんの最近の様子とか、交友関係とか調べて、トラブルに巻き込まれていなかったか探ってみよう」

「ああ、うん。そうだね……」

これまでに見たことのない、杏奈の真剣な面持ちを前に、壮吾はただただ圧倒されてしまう。

「大丈夫。安心して。あたしも一緒に調査するから。時間は少ないから、なるべく無駄は省いてしまった方がいいでしょ。元同級生のあたしがいれば、君が一人で調査するよりもずっと、情報を集めやすいと思うし」

「なんだ？　らしくないじゃあないか。いつもなら、そんな面倒なことは絶対に買って出たりしないはずだが」

さては、と日下は何事か思い至った様子で目を細めた。

「身体の持ち主に影響されて、情でも芽生えたか？　随分とお優しいことだ」

「何言ってんのよ。あんたが死んだ同僚の葬儀にいそいそ出かけて行ったこと、あたしが知らないとでも思ってるの？　自分のことを棚に上げて、言いたい放題言うのは止めてよね」

杏奈は居心地が悪そうに肩を縮めると、噛みつくような口調で言った。

日下は痛い所を突かれたとばかりに咳払いをして、不自然に視線を逸らす。

「と、とにかく、そういうことならさっさとやってしまおう。どのみちこのまま放っておいたら、魂が傷《いた》んでしまう」

「言われなくてもわかってるよ。ほら、行こう」

杏奈は壮吾の腕を強引に掴み、引き寄せるようにしてしがみついた。

思いがけず密着されたことに壮吾が戸惑いをあらわにすると、杏奈は「変な気起こさないでよ」と冷たく言い放ち、空いている方の手を顔の横に掲げる。その横顔には、どことなく追い詰められたような、切羽詰まった表情が浮かんだ気がして、壮吾は目を瞬いた。

やはり今回の彼女は、いつもと違う。そんな感想を抱いた時——

「……頼んだからね。逆行探偵」

ぎりぎり聞き取れる程度の小さな声で呟き、上目遣いに壮吾を見上げた杏奈は、問い返そうとする壮吾を遮るように指を鳴らした。

ぐにゃり、と紙を丸めでもするかのように視界がゆがみ、そして次の瞬間には、頭のてっぺんから強力な力で吸い上げられるようにして、壮吾の意識は虚空へと飛ばされた。

「——は？」

なにやら、声がする。聞き覚えのある女性の声だ。

「あの、ご注文は？」

一度目よりもやや強めに響いたその声のおかげで壮吾は我に返った。

瞬きを繰り返し、まどろみに似た意識の混濁を、かぶりを振って振り払うと、目の前にショートカットの女性の顔があった。

「うわっ！」

思わず声を上げてのけぞった拍子に、カウンターからグラスが落ちて、中身をまき散らしながら床を転がった。

「おい、何やってんだ探偵屋！」

「す、すみません……！」

すかさず飛んでくる剛三の怒号に平謝りしながら、慌ててグラスを拾い上げる。エプロンをつけたショートカットの女性は、何をやっているのかとでも言いたげに眉を寄せ、注文用のメモをポケットにしまうと、手近にあった雑巾で床を拭き始めた。

「あの、ごめんね……えっと、アキちゃん」

「……え？」

声をかけた瞬間、アキは更にいぶかしむような視線を壮吾に向ける。驚きと不信感がごちゃ混ぜになった猫のように鋭い視線が、壮吾を無遠慮に凝視する。

「ちょっと壮吾くん、大丈夫？　ありがとねアキちゃん……って、そうか。まだ壮吾くんには紹介してなかったね。新しく入ったアルバイトのアキちゃんだよ」

しまった。内心で呻きながら、壮吾は己のうかつさに苦々しい気分になった。同時に甦る記憶を辿《たど》り、自らが犯したミスを思い知らされる。

まだ美千瑠に紹介されていないのに、壮吾がアキの名前を口にしたことで、あらぬ不信感を抱かれてしまった。ただでさえ、彼女は壮吾を警戒し、敵視しているとでもいうべき態度だったというのに、余計に火に油を注ぐような結果になってしまった。

「あれ、どうしたのアキちゃん。そんなかわいい顔で壮吾くんを見つめて。……まさか、一目ぼれ？」

どう見たらそのように判断できるのかは知らないが、美千瑠は口元に手をやり、驚愕の表情を浮かべる。

「だ、ダメよそんなの。壮吾くんはほとんど私の旦那様なんだから。色目を使うなんてダメ。あなたみたいに若ければ、いくらでもいい人がいるじゃない。でも私には、もう壮吾くんしか選択肢がないの！　それを妥協と言うなら好きに言ってくれて構わない。だから、彼を奪ったりしないで。ね？」

「あ、あの……私はそんな……」

目に見えて狼狽しているアキの両手を掴み、美千瑠は懇願する。誰がどう見ても、アキの顔に壮吾に対する好意的な表情など浮かんでいないのだが、美千瑠にとっては、危機感を覚えるにふさわしい、強い視線であることには変わりなかったようだ。

——というか、妥協とは何たる言いぐさだ。

「ちょっとみっちゃん、誤解だよ。僕がいきなり彼女の名前を口にしたせいで、驚いちゃっただけだって」

「え、そうなの？　いやだ……私ったら……」

美千瑠は慌てて手を放し、取り繕うように前髪を撫でつける。その途中でふと思いついたように「どうしてアキちゃんの名前を知っていたの？」と至極まっとうな質問を投げかけてきた。

「実は、さっき店に入った時に、みっちゃんが彼女に話しかけている声が聞こえてさ。それで彼女がアキちゃんだってわかったんだ」

「なぁんだ。そういうこと」

美千瑠はさほど疑う様子も見せず、すぐさま納得したように安堵の声を漏らす。硬い顔をしていたアキも「そういうことなら」とでも言いたげに、表情を幾分か和らげていた。

二人の疑惑が解けたことに、壮吾が内心で安堵した直後、ピリリと電子音がした。上着のポケットからスマホを取り出す。

「……ごめん、そろそろ行かなきゃ」

ああん、残念。と名残惜しそうに言いながら、しなを作る美千瑠と、その様子を不思議そうに眺めるアキ、それぞれに別れを告げて店を出た壮吾は、通話ボタンをタップしてスマホを耳に当てる。すると途端に、六郷の取り乱したような声がスピーカーから慌ただしく響いてきた。

『おいおいおいおい、どうなってるんだよ。なあ壮吾！　さっきまで店の片づけしてたのに、気づいたら、時間が……戻って……』

気が動転しているらしく、最後は消え入るように弱々しくなっていった声を聞きながら、壮吾もまた、少なくない驚きに見舞われていた。

「ちょっと待て。それってまさか、君も時間を遡ったってことか？」

『遡った……ああ、そうだ。そうだよ。遡ったんだ。俺の意思とは無関係にな。つうか、お前大丈夫なのか？　いきなり現れた連中と一緒に消えちまって、心配したんだぜ。そしたら今度はこれだろ。もう訳がわかんねえよ』

そう思って当然だろうなと内心で呟きながら、壮吾は苦笑する。

『もしかしてこれが、悪魔の力ってやつか？　なあ、こんなことに巻き込まれちまって、俺ってば大丈夫なのかよぉ』

「ちょっと落ち着いてくれよ。害はないはずだから――」

そこまで言って、壮吾ははたと言葉を切った。そして、湧き上がる疑問を口にする。

「ちょっと待った。今なんて言ったんだ？」

『ん？　何がだよ？』

「だから、今『悪魔』って言ったのか？」

『そうだよ。悪魔だよ』

そうか、と壮吾は内心で膝を打つ。時間が遡ったことを知覚しているということは、必然的に戻る前の記憶を保持しているということになる。悪魔たちとの会話についても、覚えていて当然だ。

だが問題は、なぜそんなことが起きているのかということだ。少なくともこれまでの経験において、このようなことは一度もなかった。

「いったい、何がどうなって……」

不可解な現実を目の当たりにして、壮吾は頭を抱えたくなった。背筋を刷毛《はけ》でなぞられたようなぞわぞわとした感触に、得も言われぬ気味の悪さを覚える。

『俺も驚いたけどよ、はっきり覚えてるぜ。「今夜」、お前が俺に話して聞かせてくれたこと。店に突然現れた男女の悪魔。そして、お前の使命——魂の選別のことも、全部覚えてる』

「そうなると、やっぱり君が僕と同じように時間を遡ったというのは間違いないみたいだ」

『そう考えざるを得ないだろうな。おおかた、あの悪魔たちが、同じ流れをもう一度やり直すのが面倒だったんじゃあないのか？』

なるほど、実に短絡的ではあるが、その可能性は大いにあるだろう。

『とにかく事情が事情だ。こうなりゃ俺も悪の手先に仲間入りをしたってことで、腹をくくるしかないよな』

「悪の手先はやめてくれ。それより逆町の件なんだけど……」

『ああ、その点に関してはしっかりやっておく。心配するな。俺だって、悪魔たちのお仕置きを受けるのは御免だからな』

苦々しい口調で言うと、六郷はくたびれたように笑う。突然の非現実的な出来事の応酬に、精神が疲弊してしまったのかもしれない。

そう思う一方で、事情を知る初めての人間との会話は、壮吾にいささかの安心感を与えてもいた。一人じゃない。少なくともこれからは、使命について相談する相手がいる。罪悪感や過度のプレッシャーを一人で抱え込まずに済むというのは、悪くない気分だった。

「――なぁにニヤニヤしてんの？　こんな道端で恥ずかしい人だね」

ふいに声をかけられ、視線をやると、腕組みをした杏奈が繁華街の喧騒を背に仁王立ちしていた。

「ぼやぼやしてる暇なんてないのよ。さっさと調査に行かなきゃ」

急かすように言われ、壮吾はうなずく。どうやら、一緒に調査をするというのは本気であるらしい。そこまで考えたところで、壮吾はあっと小さく声を上げ、舌打ちをする。

せっかく六郷が協力してくれるというのだから、被害者についての情報を調べてもらえるよう頼めばよかった。そのことを杏奈に説明すると、

「大丈夫よ。今回は特別にこのあたしが手を貸してあげるから。さっきも言った通り、あたしと真衣ちゃんは高校の同級生。彼女が卒業後に進学した大学のことなら覚えてる。だから、まずはそこから調べよう」

「ああ、なるほど……」

確かに六郷に聞くよりも早く情報は出てきたが、さほど有益なものとも言い難い。

もっとこう、悪魔の力によって、より簡単に情報を引き出せるのではないかと期待したが、そういうことではないらしい。

ひそかに落胆しつつ、壮吾は杏奈に教えてもらった大学名をスマホで検索する。ここからだと、地下鉄と電車を乗り継いで一時間ほどの距離だった。

そのことを伝えると、

「はぁ？　乗り継ぎなんて面倒なことさせないでよ。ほら、早くタクシー捕まえて」

当然のように言われ、壮吾は泣く泣く捕まえたタクシーに乗り込み、札幌市の北のはずれにあるという大学へ向かうことにした。


藤ヶ谷《ふじがや》女子大学は、カトリック系の大学であり、広大な敷地の裏手には造成された森林公園が広がり、豊かな自然に隣接したキャンパスは解放感に満ちていた。併設された建物には小学校から高校までがあり、裏の森の中には、ひっそりと佇む修道院があった。そして、つい数年前には、その敷地の隣に認定こども園がオープンしている。生まれた直後から大学卒業までをすべてこの学園によって完結できるという、まさに理想の一貫教育が可能というわけだ。ごく平凡な公立の学校を卒業した壮吾にとっては、想像もつかない世界である。

気後れする壮吾を置いて、杏奈はさっさと構内を進んでいく。すれ違う十代の若者――しかも女性ばかり――に向けられる視線をものともせず、我が物顔で校舎に入っていく彼女の後に続いて進むと、学生課の受付はすぐに見つかった。

そこで被害者――渋谷真衣について聞いてみたのだが、受付の中年女性は気難しそうな顔をこれでもかとばかりにしかめて、「失礼ですが、あなたは？」と問いかけてきた。当然の反応だろう。

ここで探偵と名乗るべきか、それとも親族であると嘘をつくべきか、壮吾は悩んだが、どちらに転んでも「個人情報なので教えることはできません」と言われるのがオチだと思った。このご時世、赤の他人の情報を聞き出すのは、とても難しい。

いっそのこと、わいろを渡して彼女を買収してしまおうかと考え始めた時、壮吾を押しのけた杏奈が、ずいと受付台に身を乗り出して、至近距離で女性と向かい合う。

「ねえ、お願い。真衣ちゃんのこと、教えてくれない？」

「ですから、ご家族であることを証明されなければ、お答えするわけには――」

ふと、女性が不自然なタイミングで押し黙る。その目は、まっすぐに向けられた杏奈の瞳に釘付けで、口を半開きにさせて半ば呆けたような表情をしていた。

「いいでしょう？　あたしたち、すごく困っているの。何でもいいから、彼女のこと教えてよ」

甘く囁くような声を出す杏奈の目が、不意に青白い光を帯びた。見ているだけで人の意識を吸い取り、そのまま消失させてしまいかねないような、怪しい光だった。

その光を間近で見つめていた女性は、やがて「ああ、そうですね……」と従順に返事をして、慣れた手つきで目の前のＰＣを操作し始める。

「渋谷真衣さんでしたら、日本文学科に在籍する四年生です。しかし、ここ数週間は講義を欠席しているようですね。就職課にも顔を出していませんし、企業説明会に出ている様子もありません」

「そう、どうして大学に来ないのかな？」

「これはあくまで噂話ですが、彼女は学業や就職よりもアルバイトに専念しているらしく、友人にバイト先のクラブの名刺を配っていたそうです」

「クラブの、名刺……」

つまりは水商売かと口中で呟いた壮吾を一瞥し、杏奈は更に問いかける。

「つまり真衣ちゃんは、学業そっちのけでクラブで稼いでいるうちに、大学なんてどうでもよくなっちゃったってこと？」

「どうでしょう、あくまで噂なので……」

わかりかねます。と沈んだ声を出した受付の女性は、瞬きを忘れてしまったみたいに虚ろなまなざしで中空を見据えている。

杏奈は壮吾と視線を合わせ、これ以上の情報は引き出せなさそうだと判断すると、ふっと詰めていた息を吐き出すようにして脱力した。

杏奈が「ありがとう」と告げた刹那、呪縛が解けたように女性の瞳に光が戻る。すると彼女はきょろきょろと周囲を見回し、次に自身の胸に手を当てて、奇妙なものでも見るかのような目を杏奈に向けた。それはあたかも、得体の知れない何かを目の当たりにした時のような、困惑と恐怖に翻弄された者が見せる怯えた表情であった。

杏奈はわざとらしい笑みをその顔に張り付けて軽く手を振ると、踵を返して歩き出す。慌てて後を追いながら、何をしたのかと問いかけると、杏奈は軽くこちらに視線を向け、

「別に、ちょっとお願いしただけだよ。ほら、あたしって魅力的だから、お願いしたらみんな親切に教えてくれるの」

冗談めかして軽く舌を出した。その表情には普段と変わったところはなく、その目も不可思議な青白い光を放ってはいなかった。

学生課を後にした壮吾たちは、仕入れた情報をもとに、渋谷真衣と同じ学科の学生に話を聞いて回ることにした。

学食やホールスペースで目に留まった学生に声をかけ、真衣の知り合いならば話を聞く。違っていれば次を探すという、実にアナログな聞き込みであったが、幸いにも、別館は日本文学科の生徒しか利用しないらしく、学年さえ一致していれば、渋谷真衣についての情報は比較的簡単に聞き出すことができた。しかしその内容はというと、ここ数日は、彼女のことを見かけていない。連絡を取ろうとしても電話に出ない。メッセージを送っても既読がつかないという物ばかりだった。まるで周囲との連絡を絶ち、どこかへ雲隠れでもしてしまったかのようである。

いったい、渋谷真衣の身に何が起きているのか。そうまでして身を隠さなくてはならない理由でもあるのだろうか。そんな疑問の答えを見つけようと必死に考えを巡らせてみたけれど、ろくにヒントを得られていない現状では、答えにたどり着くことなど到底不可能であった。

杏奈はというと、壮吾が額に汗して地道な聞き込みをする間、別館の中に設置されたリラクゼーションルームのソファで優雅にティータイムを楽しんでいた。しかもどういうわけか、彼女の周りには大勢の女子学生が集まり、飲み物を勧めたりお菓子を勧めたりと、かいがいしく世話を焼いていた。先ほどの、受付の中年女性に対して行ったような、得体の知れない力を使って、周囲の学生たちを小間使いにでもしてしまったのだろう。

そんなこんなで、小一時間ほど聞き込みをした後、二人は大学を後にして、真衣の自宅アパートへ足を運んだ。だが案の定というかなんというか、そこにも彼女の姿はなく、隣室の住人に話を聞くと、やはりもう何日も姿を見ていないという。

また、一つ明らかになった事実として、真衣の自宅アパートは、彼女が命を落としたあのマンションとは全く違う建物だった。つまり彼女は、自宅で何者かに襲われたのではなく、あのマンションに住む誰かを訪ね、そこでトラブルに巻き込まれた可能性があるということだ。となると、彼女の自宅の前でどれだけ待っていても意味がない。

無駄足を踏んだことにもどかしさを覚えつつ、二人は次に、真衣が働いていたというクラブに向かうことにした。

4

来た時と同様にタクシーに乗って街の中心部にあるすすきのへ向かい、ホームページの情報をもとに繁華街の一角にあるガラス張りのビルを探し当てた。正面入り口わきの電飾看板を見ると、そこの最上階にクラブ『スターライト』があった。

エレベーターを降りると、目の前の廊下が九十度に折れ曲がり、その先に薄暗い直線の廊下が続いている。歩を進めていくと、突然頭上でいくつもの光が灯り、ゆっくりと落下してきた。天井、壁、そして床に至るまで、すべてにきらびやかな電飾が施されており、きらきらと明滅する光が、あたかも星の光のように降り注いでいるのだった。

なるほど、店名にふさわしい演出である。

時間的にまだ営業前だが、従業員が開店準備をしているらしく、星降る廊下を進んでフロアを覗き込む。店内には黒服の男性が二名と、カウンターで書き物をする四十代と思しき着物姿の女性の姿があった。

壮吾の姿を見つけるなり、黒服の男性は「開店前です」と不審そうな目を向けてくる。その気になれば壮吾のことなど片手でひねりつぶしてしまえそうなほど、筋骨隆々とした黒服に圧倒されながらも、壮吾は正直に探偵であることを名乗ったうえで、渋谷真衣と連絡を取りたい旨を伝えた。

大学と同様に、こちらでも門前払いを食らうかに思われたが、意外なことに、黒服の男性はなにやら考え込むような表情を見せ、「ママ」と着物姿の女性に助けを求める。店内は見渡すほど広かったが、営業前ということで静まり返っており、壮吾たちの会話内容は彼女に

も聞こえていたらしく、

「真衣ちゃんなら、しばらく店に出てきてないわよ」

ママはそう言って、電子タバコを手に取り、軽くふかした。帳簿か何かを書いていた手を止め、身体を壮吾たちの方に向けて、煙草を手に取ったということは、少なくとも話を聞くつもりはあるらしいと判断し、壮吾は話を続ける。

「いつ頃から出てきていないのですか？」

「そうねぇ。先週末から急に休みだしたから、今日で四日目かな。ここのところ毎日のように入ってくれていたし、真面目な子だからこっちも当てにしてたのに」

愚痴っぽく言って、ママは真っ赤な唇の隙間から紫煙を吐き出す。

「まじめな子なら、大学よりもこっちの仕事を優先したりしないいんじゃない？」

さらりと告げた杏奈の言葉が癇《かん》に障ったのか、ママは片方の眉を吊り上げて彼女をにらみつける。

「仕事に一生懸命って意味よ。苦労して大学に通うより、こっちで働いた方がずっと稼げるってことにはだいぶ前から気づいていたみたいだしね」

「なるほど。彼女はなぜそんなに稼ぐ必要があったんです？」

壮吾の質問に、ママは「そんなの、学費を稼ぐために決まってるでしょ」と鼻を鳴らした。答えがわからないことに対する皮肉ではなく、決まり切った答えそのものに嫌悪めいた感情を滲ませて。

「奨学金だなんだって言っても、生活費までは面倒を見てくれないし、結局いつかは返さなきゃならないお金でしょ。親にも頼れなさそうだったし、あれくらいの年の子が自分で稼ぐってなれば、水商売しかないじゃない。実際、真衣ちゃんはあの見た目だから、すぐに人気が出たし、客もついた。こういう仕事に偏見を持つ人もいるでしょうけど、最低時給でコンビニのバイトなんかするのは、それこそ素材の無駄遣いでしょ」

吐き捨てるように言ったあと、ママは憎々し気に現在の総理大臣をくさすような発言をした。

「しかし、その稼げる仕事をも放り出して姿を見せない原因は何でしょう。病欠というわけではないんですか？」

タイミングを見計らって質問に戻ると、ママは力なくかぶりを振った。

「少し前から調子が悪いとは言っていたのよ。最後に出勤した時も、『身体がだるくて熱っぽいけど、少し休めば大丈夫』とか言ってたしね。こっちはそれを信じてシフトに入れたのに、二日経っても三日経っても現れやしない」

ママは溜息交じりに言った。その口ぶりから、最初は苛立ちをあらわにしていた彼女も、実際のところは真衣を心配しているらしいことが窺える。少なくとも、店の人間ともめたり、何かトラブルに巻き込まれたということはなさそうである。

「ここ最近の彼女の様子はいかがでしたか？　何か、変わったことでも？」

「あら、何よそれ。刑事みたいなことを聞くのね」

ママは口元に手をやって、くすくすとからかうように笑う。

本来であれば、もっとうまく情報を引き出すのだが、今は体裁に構っている暇はない。こうしている間にも、タイムリミットは迫っている。

「彼女の交友関係も調査対象なもので」

そう言葉を濁す。やや苦しいかとも思ったが、ママはさほど疑う様子もなく「そう」と呟いただけで、壮吾や杏奈を怪しむような素振りを見せはしなかった。

「別に……。お給料の前借りは何度かあったけど、それくらいよ。他の子とも多少の小競《こぜ》り合いはあったかもしれないけど、そんなのは真衣ちゃんに限ったことじゃない。日常茶飯事だし」

仕事柄、キャストの女性について聞かれたりすることは多いのだろう。ママはさほどの抵抗もなさそうに、質問に応じてくれる。

「でも、そういえば……」

「何か、気になることでも？」

壮吾が身を乗り出して尋ねると、ママは視線を斜め上にやって、何か思いだそうとするみたいに腕組みをした。

「少し前まで、彼女のお得意客がよく店に来てくれていたんだけど、最近は全く見なくなったわね」

「得意客、ですか」

「そう、同伴したり、アフターで一緒に遊びに行ったりする相手だったみたい。大手広告会社の社員だとかいう男の人よ。金回りがよくて、うちとしても上客だったんだけどね……」

ママはそこで急に周囲を窺い、口の横に手を当てて声を潜める。

「本人にはっきりと訊いたわけじゃないんだけど、真衣ちゃん、そのお客さんと関係を持っていたみたいなのよ」

「関係というと、つまり……」

そういうことよ、と同意して、ママは長いつけまつげを上下させるようにしてうなずいた。

「正直に言って、その男の人は真衣ちゃんにはもったいないくらいのお客だった。うちにはもっとかわいい子が大勢いるもの。でも、その人は他の子に目もくれなかった。相当彼女に入れ込んでいたみたいよ」

「その男性の名前と仕事先はわかりますか？」

「それは……ねえ……？」

さすがに、そこまで喋ってしまうのは抵抗があるのか、ママは戸惑いがちに着物の袖で口元を覆うように隠した。

当然だ。真衣のことを心配してここまで話してくれたのだろうが、客の個人情報となると、話は全く変わってくる。

どうしたものかと考えあぐねていると、それまでじっと黙り込んでいた杏奈が、壮吾を押しのけるようにして前に出た。

「ねえおばさん。あたしたち急いでるの。その男の身元がわからないと、いろいろと面倒なんだよね。だから……教えてくれる？」

最後の一言が、不思議な響きとなって壮吾の鼓膜を震わせた。その途端、目の前の光景がぼんやりとかすみ、思考にもやがかかったような、心地よいまどろみに誘《いざな》われる。

慌ててかぶりを振ってその誘惑めいたまどろみを振り払う。われに返った壮吾は、その怪しげな声の発信源である杏奈の瞳が、またしても青白い光を放っていることに気づいた。

その冷たく冷え切ったまなざしを一身に受けたママは、案の定、強い呪縛に捕らわれたように、直立不動で呆けたように立ち尽くしていた。

「おい、また……」

壮吾が咎めるように言うと、杏奈は視線をママに据えたままで、軽く肩をすくめる。

「仕方ないでしょ。こうでもしなきゃ聞き出せなさそうだし。ていうか、君がだらしないからいけないいんだよ」

「悪かったな。ていうかそれ、害はない？　僕たちが帰った後で、彼女が倒れたりなんてことになったら……」

「大丈夫よ。ちょっと貧血っぽくなるくらいだから」

なんてことはないとばかりに言って、杏奈はもう一度ママを促す。焦点の合わない瞳で杏奈を見つめていた彼女は、驚くほどスムーズに、得意客の男について教えてくれた。

「名前はたしか、神原《かんばら》っていったわね。三十代半ばくらいで、いつも取引先の社員を連れて飲みに来ては、年上の下請け業者を顎で使う嫌みな男よ」

「真衣ちゃんは、その嫌みな男と本気で付き合っていたの？」

「わからない。でも、そいつが来た日はいつも、アフターでどこかへ行っていたみたいよ。真衣ちゃん、同伴はしてもアフターはあまりしない子だから」

神原という男と、それなりに深い関係なのは間違いないだろう。

「最後にそいつが店に来たのはいつ？」

「そうねえ。多分、一週間前くらいかしら」

「その時の様子は？」

ママはわずかに考え込み、それから「ああ」と何かに思い当たった様子で手を叩く。

「少しだけ険悪な感じがしたわね。いつもは二時間以上飲んでいくのに、その日は三十分程度で帰っていった。少し、口論しているみたいだったから、喧嘩別れでもしたのかと思っていたんだけど……」

少々、困り顔になって、ママは苦笑する。

「真衣さんは何か言ってませんでしたか？」

「その時は何も。でも、ロッカールームで着替えている時に声をかけようとしたら、あの子小さな声で、変なこと言ったのよ」

「なんて言ったんですか？」

「一人で逃げるなんて許さない、とかなんとか」

何のことかはよくわからないけど。そう続けて、ママは頬に手をやった。

その言葉の意味は判然としないが、彼女が何かを思い、男性と言い争っていたことは事実である。おそらくはそこに、彼女が殺害されるに至った動機が隠されているはずだ。

「その後、男性はお店に来ていますか？」

「いいえ、あれっきり見てないわね。向こうも気まずくて来られないでしょ。ああいうタイプは、プライドばかりが高いから」

そう言って鼻を鳴らし、電子タバコを咥える。深く吸い込んだ煙が、真っ赤な唇の隙間から吐き出され、ふわふわと天井へと伸びていく。

「そういえば、真衣ちゃんが店に来なくなったのも同じタイミングよ。だから、うちとしても変なトラブルに巻き込まれていないかって心配はしているんだけどね。ただこういうのは、他人がどうこう口を挟むものでもないでしょ」

壮吾と杏奈は、互いに顔を見合わせた。もっともな意見に同調する一方で、真衣が最後に残した言葉の意味を考えあぐねる壮吾と同様に、杏奈の顔にもまた、不可解な問題に直面した際の、困惑をあらわにした表情が浮かんでいた。

「わかったわ。ありがと」

そう言って、杏奈が一度閉じた瞼《まぶた》を開くと、青白い光は消失していた。聞きたいことを聞いた杏奈は満足げに踵を返し、店を後にしていく。

数秒が経過すると、やがて自我を取り戻したかのように、ママが我に返った。

「あら、私……いま何か……」

ママはおかしな夢でも見ていたかのように、何度か瞬きを繰り返していたが、痛みや具合の悪さを訴えるようなことはなかった。傍から見ても、肉体的にも精神的にも、ダメージを負った様子はない。

どうやら、杏奈の言葉通り、強引に話を聞き出しただけで、彼女を傷つけるような行為ではなかったらしい。そのことに安堵し、壮吾はそっと胸をなでおろす。

こんな方法があるなら、いつも手助けしてほしいものだが、そういうわけにはいかないのだろう。前回、日下が事件現場のアパートの場所を教えてくれたのと同様に、特別サービスといったところか。

「ご協力ありがとうございました。僕たちはこれで失礼します」

「あ……ええ……ご苦労様……」

意識が定まらず、依然として困惑するママに一礼し、壮吾は杏奈の後を追って店を出た。

神原が勤めているという広告代理店の入ったビルはすすきのから程近い、商業施設群の一角に居を構えていた。すでに勤務時間を終えた社員たちが自動ドアから吐き出されていき、日の落ちた雑踏へと吸い込まれていく。その様子を、壮吾と杏奈はビルの一階にあるコンビニの前に陣取って観察していた。道行く人々に怪しまれないよう、吸いもしない電子タバコを手に持ってスーツ姿の社員たちを一人も漏らすことなくチェックしていく。

『スターライト』の入ったビルを出てすぐに、壮吾は神原の会社に電話をかけた。取引先の人間を騙《かた》り、神原について問い合わせてみると、たまたま残業で残っていたらしく、電話をつないでもらえた。

「――探偵、ですか……？」

取引先を名乗ったことをわびたうえで壮吾が自己紹介をすると、電話の向こうの神原の声は、一段階低く、か細いものに変化した。

「渋谷真衣さんのことでお話を伺いたいのですが、お時間取っていただけますか？」

「……わかりました」

もう間もなく会社を出る。そう言った神原の言葉を信じ、壮吾はこの場所で彼を待つことにした。電話を終えてからまだ五分足らずだが、神原と思しき人物がやってくる気配はない。

「あっさり探偵って明かしちゃってよかったの？　ビビって逃げられたりしたら面倒じゃない」

「もし逃げたりしたら、その時点でやましいことがあるって証拠だろ。むしろそっちの方が手っ取り早いよ」

なるほど、と相槌を打って、杏奈はまたきょろきょろと周囲を見回す。

「そういえば、まだ聞いてなかったと思うんだけど」

おもむろに切り出した壮吾に、杏奈は不思議そうな顔をして眉を寄せる。

「何？」

「ほら、前に言ってただろ。渋谷真衣とは複雑な事情があるって」

「そんなこと、言ったっけ？」

杏奈はわかりやすくとぼけて見せる。壮吾が何も言わずじっと視線を向けていると、彼女は責め立てるような空気に耐え兼ねたのか、「冗談じゃない」と狼狽して見せた。

「高校の時にね、ちょっとあったみたいなのよ。それ以来、『杏奈』と真衣ちゃんとの関係は壊れちゃったの」

「ちょっとって、何があったんだよ」

突っ込んで訊いてみると、杏奈は少しうつむいて、ためらうような素振りを見せた。

「そうだよね。話しておくべきだよね」

まるで自分自身の後ろ暗い過去を振り返りでもするかのように、気の進まない様子で杏奈はこぼした。

それから、深く息を吸い込んで顔を上げる。

「渋谷真衣は、決して人に褒められるようなタイプの人間じゃあなかった。それは、君もうすうす感じているでしょ？」

壮吾が曖昧にうなずくと、杏奈は得心した様子で先を続ける。

「高校生の頃、渋谷真衣は仲の良い女子グループの中でも頭一つ飛び出すくらいかわいくてね。メイクやファッションのことに関しても詳しくて、少し田舎の平凡な高校にいたせいもあって、結構目立つタイプの子だった。当然、男の子にもモテてね。クラス内だけじゃなくて、クラス外の大勢の男子が、休み時間になると真衣ちゃんのことを一目見ようと押し掛けていたくらい。クラブでそれなりに人気だったたって話を聞いた時も、真衣ちゃんだったらまあ、当然かなって思ったよ」

昔を懐かしむように目を細めつつ、杏奈はどこかはかなげに微笑んだ。

彼女が語るのは、『杏奈』の記憶であり、悪魔としての杏奈の記憶ではない。それはそのはずなのだが、『杏奈』の記憶をまるで自分のことのように語る姿を見ていると、目の前にいるのがどちらの杏奈であるのかがわからなくなってくる。

もちろん、人間の方の彼女とは喋ったこともないし、向こうも壮吾のことは知らないはずである。けれどもその身体を利用した悪魔と接する時間が長くなっていくにつれ、彼女とはもうずっと長い付き合いであるかのような錯覚に陥りそうになるのだ。

　そんなおかしな錯覚に惑わされながらも、壮吾は彼女の語る『杏奈』と渋谷真衣の過去と、彼女たちの身に起きた重大な出来事について、耳を傾ける。

「二年の時の、確か学校祭準備の頃にね、真衣ちゃんが突然、一人の気弱そうな女の子をグループに入れてあげようって言いだしたことがあったの。その子、名前は確か里美《さとみ》ちゃんだったかな。背が低くてお世辞にも洒落ているとは言えない、図書委員をしている地味なタイプの子だった。休み時間には文庫本を読みふけって、おしゃべりしたり一緒にお弁当を食べるのも、似たような目立たないタイプの子たち。あたしはそういう子とでも普通に話していたけど、真衣ちゃんはどちらかというと相手にしていなかった……ううん、正直に言って、馬鹿にしていたんだと思う。面倒な掃除当番をやんわりと押しつけたり、仲良しグループの写真を撮ってもらうための撮影係程度にしか思っていなかったんじゃあないかな」

　苦々しい口調で言った後、「あたしは違うからね――ていうか、『杏奈』はそういう人を見て態度を変えるタイプじゃないの。かわいいのに性格もいい、すごくできた子なんだから」などと、自画自賛めいた発言で強く訴えた。

「真衣ちゃんが言うにはね、里美ちゃんが、前の席に座っている男子生徒に恋をしているっていうの。突拍子もない話だけど、高校生女子にとって、恋愛ほど大好物なものはないでしょ。だから、みんな大盛り上がりで詳しい事情を聞きたがった。もちろん、あたしもね。で、詳しい話を聞くと、その男子生徒——サッカー部の山地《やまじ》くんはそこそこのイケメンで、女子からの人気もそこそこだった。普通に考えて、里美ちゃんとはタイプが違うっていうか、多分放っておいたら絶対にくっついたりしないだろうなって感じだったの」

「だから、渋谷真衣はその恋愛を手助けしようとした、とか？」

何気ない予想は的中したらしい。杏奈は深くうなずき、壮吾の鼻先に指を突き付けた。

「そうなの。目標は学校祭最終日。告白を成功させて後夜祭の花火を二人で見られるように、里美ちゃんを改造しようって話になったってわけ。名付けて『里美ちゃん改造計画』ね」

なるほど、よくある女子たちの恋愛相談から、協力して告白を焚きつけるイベントになったというわけか。

高校生と言えば、そういったことに夢中になる年頃だろうし、実際、壮吾が学生の頃にも、他人の恋愛に妙に夢中になる女子生徒は何人もいた。学校祭という舞台装置も効果を発揮し、個人の恋愛が大勢のイベントに変化してしまうこともよくあることだろう。

だが、と壮吾は内心で呟く。

そういうイベントごとというのは、大抵がうまくいかないものだ。最初は純粋な気持ちで友人を助けようとしていたとしても、ふと気づくとイベントを成功させることに夢中になってしまい、当人の気持ちが置いてけぼりになってしまう。そして結末は、なんとも哀れなものになる。そんな風に、相場は決まっているのだ。

「その『里美ちゃん改造計画』はうまくいったの？」

半信半疑で尋ねると、案の定、返ってきた答えは「残念ながら、失敗」だった。

「みんなで里美ちゃんを美容室に連れて行って、真衣ちゃんがメイクをして、ばっちり変身した里美ちゃんが学校祭最終日に、誰もいない教室に山地くんを呼び出して、いざ告白タイム。里美ちゃんは誰が見ても見違えたって驚くくらいかわいく変身した。けど、残念ながら山地くんのお眼鏡にはかなわなかったみたいでね。断られちゃったの。里美ちゃんは大泣きして、みんなも意気消沈。なんだか、必死に積み上げた砂のお城があっという間に波にさらわれたみたいな感覚だった」

でもね、と杏奈はわずかに表情を曇らせる。

「ただ一人、真衣ちゃんだけは違ったんだよね」

「違った？」

「あの子、一人だけ笑ってたの。一生懸命言葉を選んで、勇気を出して告白した里美ちゃんが山地くんにフラれちゃって、おいおい涙を流している時、みんなが彼女に駆け寄って彼女を慰めている時にも、真衣ちゃんは一人離れた場所で、腕組みをして薄く笑っていたの。その時に嫌な予感はしていたんだけど、それからすぐに、その予感の正体がわかった」

杏奈はやや呼吸を整える。それから、この先が重要だとでも言いたげに、強いまなざしで壮吾の目を見つめた。

「『杏奈』は見ちゃったんだよ。後夜祭の時、山地くんと手をつないで花火を見上げてる真衣ちゃんのこと。そして気づいちゃった。最初から、真衣ちゃんは里美ちゃんのことを応援する気なんてなかったってことにね」

「じゃあ、何のためにそんなことを？」

「玩具《おもちゃ》だよ。学校祭を盛り上げるための道具に過ぎなかったってこと。里美ちゃんの気持ちとか、想いとか、そういうのはどうでもよくて、ただ自分が楽しめればいいっていう身勝手な感情。たったそれだけのために、真衣ちゃんは里美ちゃんをみんなの玩具に選んだってわけ」

壮吾は返す言葉を失っていた。いくらなんでも、そんなくだらないことのために、一人の少女の気持ちを踏みにじるなど、そう簡単にできることじゃない。

「渋谷真衣は、里美って子に恨みでもあったのかな？　もしそうなら……」

「ううん、それはないよ。さっきも言った通り、最初から相手にもしていなかったはず。

もっと言うなら、真衣ちゃんは山地くんのことが好きだったわけでもないと思う」

「えぇ？」

素っ頓狂な声を出した壮吾に対し、杏奈は困り顔で肩をすくめた。

「学校祭が終わって少しの間、山地くんと真衣ちゃんは人目を忍んで付き合っていたみたいだけど、すぐに破局したらしいの。『杏奈』は卒業後に、一度だけ山地くんと近所のコンビニで再会して、当時のことを聞いてみたのね。そしたら、真衣ちゃんは学校祭の少し前から山地くんと連絡を取り合うようになって、前日に付き合うことになった。後夜祭で一緒に花火を見た後、少しの間は交際していたけれど、そのうち連絡がこなくなって、そのまま自然消滅。山地くんにしてみれば、いったい何だったのかって不思議になるような展開だったんだって」

「里美ちゃんとのことは何か言ってなかった？」

「何も。でも真衣ちゃんが里美ちゃんの告白がうまくいかないように、好きでもない山地くんと付き合っていたことは間違いないよね」

杏奈の言う通り、真衣は最初から里美を応援する気などなかった。ただの『イベント』として、面白がっていただけだった。

その推測に間違いはないようだ。

壮吾は深く吸い込んだ息をゆっくりと吐き出す。胸の内に暗く重たいものがのしかかるような気分に陥った。

「取るに足らない思い出話かもしれないけど、真衣ちゃんがどういう人間かはよくわかるでしょ。彼女は自分が楽しむためなら他人の気持ちなんてなんとも思わない。欲しいものは意地でも手に入れるけど、手に入れた途端に興味を無くしてしまう。もっとも、あたしにしてみれば、人間性がよく出ている面白いエピソードだけどね」

ふふん、と鼻を鳴らして、杏奈は悪戯っぽく笑う。

「とにかく、そういう経緯で『杏奈』は真衣ちゃんと距離をとるようになった。彼女のほかにも数人が真衣ちゃんのことが怖くなっちゃったみたいで、そのまま卒業まで、つかず離れずの距離感を保ちながら過ごしていたみたい」

「そして、卒業後はぱったりと連絡を取らなくなった？」

「そう。後でわかったことだけど、真衣ちゃんの高校卒業と同時に、彼女の両親は離婚したみたいね。大学に通い続けるためにはお金がいる。クラブで働きだしたのもきっと、奨学金と母親の稼ぎじゃあ生活していけなかったからだと思う。お店の客と関係を持っていたっていうのも、別に驚くほどのことじゃないっていうか、真衣ちゃんらしいとさえ思えるよ」

ころころと表情を変えながら、杏奈は軽快に喋り続ける。その様子を見ていると、なんだかここにいるのが悪魔としての杏奈ではなく、人間としての『杏奈』であるかのように思え、妙な気持ちに襲われる。それほどまでに、悪魔が人間性を身に付けているのか、それとも人間としての『杏奈』との精神的なつながりが深まってきているのか。

どちらなのかは、壮吾にはわからなかった。

「真衣ちゃんは欲しいものを手に入れるためなら、他人を犠牲にすることなんて気にも留めない。イベントを盛り上げるために同級生を平気で貶めるし、相手に飽きたら、何のためらいもなく相手を捨てる。クラブで言い合いしていたのも、そういう別れ話がこじれたせいじゃあないのかな」

さほどの感慨も見せずに、杏奈は勝手な憶測を口にした。だが、その憶測は頭ごなしに否定できないほど、妙な説得力を感じさせる。

「それでもあたしは——っていうより『杏奈』は、真衣ちゃんの身に危険が及んだことをざまあみろなんて思わないでしょうね。真衣ちゃんは確かに性格のひん曲がった悪女だったかもしれないけど、『杏奈』にとっては大切な友達だった。少なくとも、里美ちゃんのように傷つけられたことはなかったし、楽しい時間もたくさんあった。だからこそあの一件で驚き、傷つき、悩んだんだろうね。『あの子』が死んでしまったことについても、とても心を痛めているみたいだし」

言いながら、自身の胸の辺りにそっと触れて、杏奈はその顔をうつむけた。そこには、言葉通りの悲し気な表情がはっきりと浮かんでいる。

またただ、と壮吾は思った。

今回、真衣の遺体を発見してからというもの、普段の杏奈とはまるで違う言動がたびたび見受けられている。あたかも器である『杏奈』の感情が自分のものであるかのように、悪魔としての杏奈もまた、真衣の死に心を痛め、その死の真相を知りたいと強く願っているように見える。それは単に魂を手に入れるためでも、選別を速やかに行うためでもない。友人がなぜ死ななければならなかったのかという純粋な気持ちから、壮吾の調査に同行し、協力してくれているように思えてならなかった。

それは前回の選別で日下が見せた人間味のある言動と同様に、杏奈の中にも、器となる人物の人間性が注ぎ込まれているからではないのか。

そんな考えが、壮吾の脳裏をよぎった。そしてたぶん、その可能性は大いにあるのではないかと思った。

もちろん、本人に問いかけたところで、はいそうですと認めてはくれないだろうけれど。

「――ねえ、あれじゃない?」

杏奈の声に、壮吾は思考の世界から舞い戻り、指さされた方向を見やった。

ビルのガラスドアを開き、壮吾たちの姿を見るなり小走りにやってきたのは、背の高いスーツ姿の男性だった。短く切りそろえられた髪に精悍な顔つきが、スポーツマンといった印象を抱かせる。

「お待たせしました。神原です」

「烏間壮吾です。こっちは真衣さんの友人の杏奈さん」

どうも、と会釈をした神原を値踏みするように見据えていた杏奈は、おもむろに笑みを浮かべ、媚びるようなしぐさで会釈を返す。

「それで、俺に聞きたいことというのは？」

神原は電話口とは一転し、迷いのない口調で問いかけてきた。本人は平静を装っているつもりかもしれないが、壮吾にしてみれば、何を聞かれても動じないぞという気合のようなものが見え透いていて、彼に対する疑惑は更に深まった。

「先週、真衣さんに会いにクラブ『スターライト』に行かれましたね。その日以来、真衣さんの行方がわからないんです。大学にも店にも姿を現さないようで、みんな心配していますす」

「そうですか……。しかし、俺は彼女とそれほど親しい関係ではないので」

「その割に、よくアフターで会ってたみたいだけど？」

杏奈に鋭く切り込まれ、神原の顔には早くも動揺の色が浮かぶ。

「お店の方が教えてくれたんです。神原さんと真衣さんが親しい関係だったと。他のお客さんとはアフターなんてしない真衣さんが、あなたとだけは閉店後に会っていたそうですね」

うぐ、と呻くような声を出して、神原は額の汗をぬぐう。何をそんなに焦っているのかと、見ているこっちが息苦しくなるほどの取り乱しようから察するに、この男は真衣との関係を第三者に知られることを恐れている。

相手が探偵であれば、尚更だ。

「彼女とのこと、奥さんにバレてしまったのかと怯えているんですよね？」

「そ、それは……！」

神原は飛び上がらんばかりの勢いで肩をびくつかせ、大きく目を見開いた。

その反応を満足げに確かめてから、壮吾はこう続ける。

「安心してください。僕は探偵ですが、あなたの奥様に依頼を受けたわけじゃあない。調べているのはあくまで真衣さんのことです。彼女の無事を確かめたい。そのために、あなたに話を聞きたいのです」

「ほ、本当ですか……？　妻の依頼じゃないんですね？」

もちろん、と応じると、神原は手にしていたビジネスバッグを地面に落とし、安堵からか両手で顔を覆った。左手の薬指には、結婚指輪が光っている。

「大体のことは想像がついちゃったけど、改めて教えてくれない？　真衣ちゃんとの間に、何があったの？」

杏奈は優しい声で、諭すように言った。その目は青く光ってはいなかったが、神原に話の先を促すことには成功した。彼はコンビニの壁に手を突き、周囲に誰もいないことを確認してから、ゆっくりと語り出す。

「確かに真衣とは付き合っていました……いや、そう思っていたのは俺だけだったのかもしれないけど……」

「奥さんがいる身じゃあ当然よね」

杏奈の冷静な突っ込みに反応し、神原は脇腹を刺されたような顔をして唇を噛《か》んだ。

「それはそうですが、真衣といるときは家族のことは忘れて彼女のことだけを考えていました。実際、彼女もそれで満足だって言ってくれた。それなのに、最近になって急に態度を変えたんですよ」

「というと？」

「関係を終わらせたいって言われたんです。つい先週にね」

彼が店に来て、真衣と口論していた時と一致する。ママが目撃したのは、やはり別れ話がこじれてもめていた場面だったのか。

「別れてあげればいいじゃない。もともと、火遊びのつもりだったんでしょ？」

「違う！　あ、いや、違わないかもしれないけど、俺は火遊びなんかじゃなく、本気で彼女を愛していたんです。だから、納得がいかなかった。別れるのは仕方がないとして、その理由が知りたいと思うのは当然でしょう」

「理由、教えてもらえなかったんですか？」

壮吾が問うと、神原はかくんと糸が切れた人形のようにうなずいた。

「挙句の果てに、しつこくするなら妻に全部ばらすなんて言って……。おかしいでしょう？それに、あんなウソまで吐いて……」

「ウソ、ですか？」

「あ、いや、何でもないです。とにかく、そんなのはルール違反だと思いませんか？」

「ルール違反ねぇ……」

杏奈が腕組みをして、嘲るような視線を神原に向ける。

悪魔から見ても、不倫は許しがたい行為なのだろうか。あるいは、醜態をさらす情けない男を軽蔑しているだけか。

壮吾には判断がつかなかった。

「それで、彼女に最後に会ったのはいつですか？」

「クラブで会ったのが最後だよ。それ以来連絡もとってない」

神原は強く言い切った。さっきのように動揺している様子はないため、嘘をついているようには見えない。

となると、彼は真衣の失踪に関与していないのか。殺人犯が彼女を監禁し、どこかに閉じ込めていたという推測は、的外れだったということか。

彼女は自分の意思で姿を消し、今もどこかで普通に暮らしている。そして、あのマンションの外階段から転落し死亡する。

これは、事故ということなのか。

いや、しかし……断定するのはまだ早いかもしれない……。

「あの……探偵さん？」

思考の沼に足を取られそうになり、慌てて我に返る。怪訝そうにこちらを見る神原に「失礼しました」と詫びてから、壮吾はふと、思い付きの質問をする。

「いつも、彼女とはどこで会っていたんですか？」

「どこでって、そりゃあ適当にその辺の……」

答える神原の口調が、油切れの機械みたいに鈍くなる。答えづらい質問をしたわけではないのに、この反応は妙だ。

「もしかして、マンションなんてお持ちじゃないですよね？」

「ま、まさか。愛人を囲うための部屋があるとでも？　飲み代はごまかせても、マンションの家賃を払う金はさすがにごまかせません。うちの嫁はそういうところ、鋭いですから」

神原は即座に否定したが、どことなく歯切れの悪い口調が引っかかる。杏奈も同じ疑いを抱いたらしく、二人は無言で神原を見据えた。その後に訪れたのはほんの数秒の沈黙であったが、神原を追い詰めるには十分なプレッシャーとなったらしい。

「じ、実は友人の部屋を借りていたんです。牧田《まきた》という奴で、大学の同期なのですが」

問い詰めるまでもなく、神原はそう白状した。

「つまり、その牧田という方の部屋で、あなたと真衣さんは逢引きをしていたと？」

「信じらんない。浮気部屋ってこと？　その友達もどういう神経してるの？」

「いや、でも真衣のアパートは母親が突然来ることもあるし、俺の家からは遠すぎるんです。かといってホテル代だって馬鹿になりません。うちは小遣い制で、いくら稼いでも嫁が……」

喋っているうち、情けないことを口走っている自分に気づいたのか、神原はごにょごにょと語尾を濁し、そのまま黙り込んでしまった。もうこれ以上、醜態をさらすのは嫌だとでも言いたげに、荷物を手にして立ち去るタイミングを計り始めている。

「その牧田という方は、真衣さんと面識はあるのですか?」

「いいや、俺が部屋を使わせてくれって頼んだら、あいつは気を利かせてどこかへ出かけていてくれるんです。だから、二人が顔を合わせることはありません」

「ずいぶん都合のいいお友達だね。どうしてそんなことしてくれるの?」

「それは俺にもさっぱり……。大学卒業後、牧田とはしばらく会っていなかったんですけど、たまたま仕事で一緒になったカメラマンがあいつだったんです。昔、あることであいつとは気まずくなってしまって、俺のことなんて嫌っていると思っていたけど、何度か飯に誘われて、真衣のことを話しているうちに、あいつが部屋を貸してくれるって言ってくれたんです」

にわかには信じがたい話だが、やはりこの男は嘘を言っている時とそうでない時がわかりやすい。今回も、嘘を言っている様子は窺えなかった。

牧田というその人物は、なぜそうまでして神原に義理立てするのだろうか。真衣のことは無関係だとしても、その理由を聞いてみたいと思った。

「あの、もういいですか? 今日は俺が子供のお迎えに行く日なので……」

神原はしきりに時計を確認しながら言った。

無理に引き留めるわけにもいかないし、これ以上この男と話していても、真衣の行方につながる情報はおろか、その死の謎すらもつかめそうになかった。

「では、牧田さんのマンションを教えていただけますか？」

神原が渋々といった様子で口にした住所をスマホにメモし、マップで経路を確認する。

さほど遠くないので、話を聞きに行ってみようか。そう思った時、神原が言う。

「本当に妻の依頼ではないんですよね？　できれば真衣とのことは、内密にしてほしいのですが……」

「もちろんです。僕たちは警察ではないので」

「よかった。ありがとう」

ただ、と付け加えて、壮吾は神原を強く見据えた。

「真衣さんの身に『もしものこと』があった場合、僕たちは全面的に警察に協力します。知っていることはすべて話すつもりです」

「そ、そんな……」

蒼白になる神原。その顔を見て、杏奈はさも愉快そうにけらけらと笑う。

「それに、僕たちが黙っていたとしても、警察は簡単にあなたと真衣さんの関係を突き止めるでしょう。どのみち、逃げ場はありません。それが嫌なら、彼女の無事を真剣に祈ることです」

だめ押しとばかりに告げると、神原はそのまま卒倒してしまいそうなほど真っ青な顔をして、おぼつかない足取りのまま、夜の街に消えていった。

彼は今夜、絶対に通じない祈りをひたすらに捧げ続け、そして、警察からの電話によって祈りはおろか、ないがしろにしてきた家族との絆すらも打ち砕かれることになるだろう。

——たとえそうなったとしても、ちっともすっきりなんてしないけれど。

内心で毒づき、壮吾はどこか投げやりな溜息をついた。

時刻は午後八時半を回り、事件が起きた時刻が迫っていた。

大急ぎでタクシーを走らせ、神原に教えてもらった住所のマンションにやってきた時、壮吾は強い既視感に襲われた。

やや広めの路地を走り去っていくタクシーのテールランプが宵闇《よいやみ》に浮かぶ。その闇に溶け込むようにして鎮座する白亜のマンション。地上六階の建物はあちこちが薄汚れ、外壁の一部が剥離していたり、入居者のいない部屋の網戸が外れかかっていたりと、手入れの行き届いていない様子が窺える。主に単身者用であろうの年季の入ったそのマンションを見上げているうち、壮吾は言い知れぬ感覚に襲われる。

「まさか……」

壮吾は誘われるような足取りでマンションの敷地脇にある細い路地に入って行く。そうしてマンションの裏手に回り込むと、建物の裏手に設置された外階段と、その下に広がるアスファルトの地面が目に入り、そこが渋谷真衣の遺体を発見した場所であることを理解した。

「ここだ。僕たちが見た被害者の遺体は、確かにここに横たわっていた」

まだ記憶に新しい、渋谷真衣の姿が脳裏をよぎる。力なく投げ出された両腕。長い髪の毛はそれ自体が生き物であるかのように乱れ、いびつに折れ曲がった左足も相まって、凄惨な光景を演出していた。網膜に焼き付いたその様子を鮮明に思い返し、壮吾はたまらず目を閉じてかぶりを振った。そうすることで、彼女の凄惨な死にざまを、少しでも意識から遠ざけたかった。

「牧田の部屋は五階だから、転落したのはあそこかな？」

杏奈が外階段を見上げ、軽く指を差す。つられて上を見上げながら、壮吾は考える。

真衣が倒れていたのは、外階段の踊り場の下にあたる地面だった。踊り場には平均的な大人の胸の辺りに達しようかという柵があるから、ちょっとつまずいただけでは、落下するとは考えにくい。意識して乗り越えるか、あるいは……。

「やっぱり、落とされたのかなぁ。だとしたら、犯人はこのマンションに住む牧田ってこと？」

「即断するのはまずいんじゃあないかな？　神原が保身を考えて犯行に及ぶっていう可能性だって捨てきれないよ」

むしろ、その方がよっぽど可能性があるかもしれないと、壮吾は内心で苦々しく思う。

杏奈は「確かにそうね」と相槌を打ちながら、左右に視線を向け、路地を見渡す。

「でも、ここが事件現場なら、もうすぐ真衣ちゃんはここへやってくるはず。普通に考えたら、牧田に会うために来たことになるよね。てことは、二人は面識があるってこと？」

「たぶんね。そこで何らかの口論が起きて、エレベーターを待ちきれずに外階段を使って帰ろうとした真衣を牧田が引き留め、そして……」

「ひゅー、べちゃ。ってことね」

不謹慎な口調で言いながら、杏奈は軽く握った右手を頭上に掲げてから下に移動させ、ぱっと手を開く。

なんとも悪趣味なジェスチャーに壮吾は顔をしかめたが、杏奈の横顔には真衣の死を過剰に笑い飛ばそうとする意思は見られず、むしろ物悲し気な表情が浮かんでいた。

やはりいつもの彼女とは様子が違う。『杏奈』の心が感じた悲しみを、同じ身体を共有する者として、自分のことのように感じているのだろうか。そして、それほどまでに、渋谷真衣は『杏奈』にとって、大切な友人であるということなのか……。

「何にしても、本人に話を聞かなきゃ始まらないね」

「でも、もう時間があまりない。早く彼女を見つけないと……」

壮吾は額にぽつりとした感触を覚え、思わず言葉を切る。見上げると、空は重たい雲に覆われ、しとしとと雨のしずくが降り始めていた。

雨露に濡れた花壇とアスファルト、そしてレンガ敷きの地面。真衣の身体が横たわっていた光景が、否応なく脳裏をよぎり、壮吾は息をのんだ。

この雨が止む頃には、真衣は外階段から落下している。

もう、本当に時間がない。そう内心で語り掛けると共に杏奈を見ると、彼女もまた、これまでに見せたことのないような緊迫した表情で、不安げに眉を寄せていた。

「とにかく牧田の話を聞こう。事故にしろ殺人にしろ、彼女がここへ来ることは間違いない。待っていればきっと現れるよ」

杏奈の返事も待たず壮吾は外階段を一気に駆け上がり、五階の角部屋に位置する牧田の部屋の前に立つ。

チャイムを押すと、少しの間を置いて、スピーカーからいぶかしむような男性の声がした。壮吾が端的に名乗ると、更に少しの間をおいて、玄関のドアがゆっくりと開いた。

顔を見せた牧田という男は、見るからに線が細く気の弱そうな青年で、神原とは対照的な雰囲気を漂わせていた。彼とは大学の同期だと言っていたが、二人が仲良く会話をしたり、行動を共にしていたとは思えない。

どちらかというと、勉強の出来そうな牧田がいいように使われていた、という勝手な印象を、壮吾は抱く。

「探偵さんですよね。真衣さんのことを聞きに来たんでしょう?」

こちらが切り出すより先に、牧田はそう言った。先手を打たれた気分になり、少々驚きはしたものの、神原から話を聞いたのだろうと納得し、壮吾はすぐに平静を取り戻す。

「渋谷真衣さんとはお知り合いなんですか?」

「いいえ、僕は神原くんに部屋を貸していただけです。彼女とは何の面識もありません」

そうですか、と一応は答えておく。それが事実かどうかは、しっかりと見極めなくてはならないだろう。

「つめたーい! ねえ、雨ひどくなってきたよ」

杏奈が不満げに漏らしながら、肩を縮こめる。彼女の言う通り、マンションの外廊下はむき出しになっていて、共用部分には容赦なく雨が降り注いでいた。壮吾も杏奈も傘を持っていないため、被害を防ぐ方法はない。

そのことに鑑みてか、牧田はすぐにドアを押し広げ、

「よかったらどうぞ。散らかっていますが……」

二人を室内に誘った。杏奈は壮吾に一瞥をくれた後で「お邪魔しまーす」と二つ返事で中に入って行く。

彼女に続いて玄関に入ると、ふわりと良い香りが鼻孔をくすぐった。芳香剤の匂いというよりは、アロマか何かだろうか。狭い三和土《たたき》で牧田のスニーカーややけにかわいらしい果物柄のクロックスを踏まないよう気を付けながら靴を脱ぎ、短い廊下を抜けて、さほど大きくはないリビングに移動すると、その匂いはさらに強まった。

本人が言うほど、室内は荒れている様子はない。リビングにはテレビや二人掛けのソファのほかに、作業用と思しきデスクがあり、デスクトップ型のＰＣと大きなデュアルディスプレイが並んでいる。そして、そのデスクの上には、よく使いこまれた一眼レフのデジタルカメラが置かれていた。

杏奈がそれを興味深そうに眺め、興味本位に手に取ると、リビングのテーブルにアイスコーヒーの入ったグラスを置いた牧田が、我が子を取り戻すような手つきでさっと取り返し、慎重な手つきでデスクに置き直した。

「どうぞそちらへ」

テーブルのそばに適当に座るよう促され、壮吾と杏奈は並んで腰を下ろした。リビングのほかには、小さなキッチンと窓の外に猫の額ほどの小さなベランダ。そして、奥にもう一部屋あるのは寝室だろう。半開きになった引き戸の向こうに、シングルのベッドが見える。

神原に部屋を貸した際には、当然ながらそのベッドを使うことになるのだろうけれど、果たしてそのことに牧田は抵抗感を抱かないのだろうか。

キッチンカウンターの上には、火をつけるタイプのお香があり、先端からゆらゆらと白い煙を立ち上らせていた。つけたばかりで長さが十分あるそれが匂いの元らしい。そんなことを考えていると、牧田がテーブルを挟んだ対面に座り、麦茶を一口含みながら、促すように視線を向けてくる。

「お仕事は何をされているんですか?」

神原からすでに職業は聞いていたが、話のきっかけとして、まずは当たり障りのない質問をしてみる。牧田は落ち着いた様子で「カメラマンです」と応じた。

「一応プロとしてやっていますが、生活は見ての通り平凡です。気ままにやれているぶん、実入りは少ないんですよ」

ははは、と弱々しく笑いながら、後頭部をかく。その顔には、必要以上に自分を卑下するネガティブな性格がよく滲み出ていた。

「へえ、カメラマンか。真衣ちゃんもカメラマンになりたいって言ってた。もう何年も前のことだけど」

「そう、ですか」

別段驚いた様子もなく、牧田は相槌を打つ。

「高校の時、親にねだって一眼レフを買ってもらったって喜んでてね。進学先の大学には写真部があるから、そこで頑張るって言ってたんだけど……」

真衣が藤ヶ谷女子大学で写真部に在籍していたという情報は得られていない。杏奈もそのことにすぐに思い至った様子で、つらそうに視線を伏せると、

「あの様子じゃあ、その夢はあきらめたみたいだね」

重く息を吐き出すように言った。彼女の抱える暗鬱な気持ちを体現するかのように、室内にはどんよりとした空気が満ち、束の間、耳鳴りを覚えるほどの沈黙が下りる。

「ええと、牧田さんと神原さんは大学の同級生だそうですね」

再び、当たり障りのない質問をひねり出し、壮吾は問いかけた。

「はい、学部は違いますが、卒業後に偶然再会して、たまに連絡を取り合う程度の関係です。特別親しいわけでもないので」

「たまにしか連絡を取らない、特別親しくもない友人に、あなたはどうして部屋を貸していたんですか？」

壮吾はやや食い気味に、相手の顔をじっと見据えて言った。窓にぶつかる雨は、徐々に勢いを弱めつつある。あまり悠長にしている時間はない。

単刀直入な質問に、牧田は一瞬、ためらうように口ごもったが、答えを拒否したりはしなかった。

「それは、単純にお金のためです。実は近いうちにスタジオを構えようと考えていたんです。小さな物件ですけど、知り合いに格安で譲ってもらえそうな場所がありましてね。コツコツ貯めた貯金をはたいて購入する準備を進めていたんですよ。そんな時に神原くんに再会して、恋人との密会場所に困っていたみたいだったのでアルバイト感覚で提案したんです」

「アルバイト感覚、ですか」

「はい。ただ、支払いは最初の一回だけで、あとはなあなあになっていきました。僕の方も、ちょっとした事情からスタジオを譲ってもらう話が流れてしまったので、それほどお金に固執する必要もなくなったんです。だから、そろそろ部屋を貸すのもやめようかなと思っていました。正直、不倫の片棒を担ぐみたいで気が咎めた部分もあったというか……」

「でも、それを神原氏に言い出せなかったと？」

そういうことになりますねと、自嘲気味に言いながら、牧田は後頭部をかいた。

要するに、断り切れなくなったということらしい。気の弱そうな牧田を見ていたら、それも仕方がないような気がしてくるから不思議だ。

「神原氏は、どれくらいの頻度で部屋を借りに来たんですか？」

「だいたい、週に一度です。神原くんはああ見えて見栄っ張りなところがあって、月に一度くらいはホテルに行っていたようですが、奥さんにカードの明細を見られるようになってからは、もっぱら僕の部屋を使っていました」

その口調に、いくばくかの冷笑じみた笑いが含まれていた点を、壮吾は見逃さなかった。

やはり、彼はあまり神原を良く思ってはいない。大学時代、彼らの間に何があったのかは知らないが、これでは友人同士というのも怪しい所だ。しかも、支払いが滞っているということは、実質ただで使わせていることになる。果たして、そんなことがあり得るのだろうか……。

「もちろん僕は、神原くんからの支払いなんて期待していませんでしたし、それを独立資金の足しにするつもりはありませんよ。ただ、彼が勤めている広告代理店とは、何度か仕事をしたこともありましたから、また新しい仕事を紹介してもらえるという期待はありました。フリーの身としては、頼れる人脈があるのは強いですからね」

やや自嘲気味に、牧田は言う。

表向きは持ちつ持たれつの関係であるのかもしれないが、壮吾には今の話が、『仕事が欲しければ神原の言う通りにするしかない』という、力関係の表れであるように感じられてならなかった。

単に友人というだけでなく、仕事上の付き合いのある相手の頼みであれば、立場の弱い牧田は無下にできない。そうした心理を理解したうえで、神原が強引に迫った。

そう考えるのが、自然な解釈であるように感じられた。

「おいしーい。ねえこれってあなたが淹れたコーヒー？」

壮吾が必死に頭をひねって考えているのを尻目に、杏奈は暢気なことこの上ない様子で出されたコーヒーに口をつけ、無邪気に感心しては、ぐびぐびと飲み干している。見た目は誰もが振り返るほど美しい女性であるというのに、中身は飢えた子供のようだ。

外階段を見上げていた時の悲愴な感じは何処へ行ったのかと、突っ込みたくなったが、ぐっとこらえる。

「それは、行きつけの喫茶店で販売している豆です。マスターがブレンドしたものを売ってくれるんですよ。僕の淹れ方がうまいわけじゃありません」

「ふぅん、素敵なお店があるんだね。六郷の淹れるコーヒーより、ずっとおいしいじゃん」

「確かに、そうかもしれない」

杏奈に促され、グラスに口をつけると、口当たりの良い苦みが爽やかにのどを潤し、芳醇なコーヒーの香りが鼻から抜けていった。

一口飲んだだけだが、確かにうまい。杏奈の言う通り、執拗に味の深みやコクばかりをアピールする六郷のコーヒーとは違った爽やかな味わいで、ぐいぐい飲みたくなるのもうなずける。

よかったら、お代わりでもと腰を浮かせた牧田に、杏奈は大喜びで空になったグラスを手渡した。彼がキッチンでアイスコーヒーを淹れ直している間に、杏奈はやや声を潜め、壮吾に耳打ちした。

「それで、何かわかった?」

「何かって……とくには何も……」

言いかけた壮吾は、そこで杏奈の意味深なまなざしに気付く。彼女はしきりに視線を室内に走らせ、窓辺に置かれた観葉植物や、仕事用のアルバムと思しきファイルが多数おさめられた背の高い棚、キャビネットの上の置物、あらゆる箇所を見据えては、何か言いたげにアイコンタクトを送ってくる。

「なんだよ。言いたいことがあるならはっきりと……」

言いかけたところでふと、壮吾は棚の上の動物の置物の奥に何かあることに気付く。キッチンの方を窺いつつ、そっと腰を浮かせて棚の前に立ち、動物たちの置物を倒さないよう慎重に手を伸ばす。

「これは……」

指先に触れたのは倒れた写真立てだった。掴んで持ち上げてみると、おさめられていたのは、海辺の町と思しき風景をバックに、二人の人物が並んで立っている写真だった。

一人は牧田。そしてもう一人は、彼よりも頭一つ分ほど背が低い女の子だった。断言はできないが、牧田の服装や髪型から察するに、数年前——おそらくは大学の頃に撮影されたものだろう。隣に立つ女の子は高校のものと思しき制服を着ている。

どことなく似た雰囲気の二人は、レンズに向かって溢れんばかりの笑みを浮かべていた。彼女が何者で、牧田とどういう関係なのかはわからないが、とても仲の良い二人であることは、その表情を見ていればおのずと理解できる。そんな写真だった。

「壮吾!」

小声で、しかし強く咎めるような口調で杏奈に呼ばれ、振り返ると、すぐ背後に牧田の姿があった。杏奈のコーヒーのお代わりをテーブルに置き、落ち着いた動作で近づいてきた彼は、壮吾の手から写真立てを取り、デスクの引き出しを開けてその中に押し込んだ。

「今の写真、写っているのはどなたですか？」

気づけばそう、問いかけていた。牧田はしばしの間、無言を貫き、答えることをためらうような素振りを見せる。まるで、その女性のことを知られることが都合が悪いとでも言いたげな、あからさまな反応であった。

あんな風に、わざわざ写真立てを倒していたのだから、きっと複雑な事情があるのだろう。初対面で聞き出すのは難しいだろうかと壮吾が内心であきらめかけた時、

「……妹です。もうずっと前に亡くなりました」

牧田は顔を上げ、ぞくりとするほど冷たい声で言った。

「亡くなった？」

「ええ、恋愛関係でとてもつらい体験をした妹は、そのことを苦にして死んでしまったんです。ニュースなどでは、マンションの屋上から飛び降り自殺をしたと報道されています」

ほんの一瞬、時が停止したかのように沈黙が走る。室内の空気が、ぐっと冷えたような気がして、壮吾は人知れず身震いした。

「転落死のオンパレードだね」

「つらい体験というのは？」

小さく呟いた杏奈を視線で咎めつつ問いかけると、牧田はどこか自嘲気味に笑う。

「付き合っていた男性にこっぴどくフラれてしまったんですよ。妹は少し思い込みの強いところがあったので」

ただ、と続けて、牧田は鋭く引き絞るように目を細めた。

「相手の男は僕の同級生だったんです。手当たり次第に女に手を出して、飽きたらすぐに別の女に乗り換えてを繰り返すろくでもない男です。妹はこうと決めたら頑なに思いこんでしまうタイプでしたが、あんなくだらない男に遊ばれたせいで、心身ともにボロボロになり、挙句の果てに、あんな死に方をしてしまった。僕は今でも、その男を許せません」

そう告げる牧田の唇は怒ったように引き結ばれた。彼の身体から発せられる強い波動のようなものが、壮吾の肌をびりびりと炙った。たとえ何年経っても冷めることのない激しい怒りの業火が、今も牧田を覆い、その身を焦がしているかのようであった。

「あの、その同級生というのはまさか……」

「昔の話です。忘れてください」

壮吾が口にしかけた言葉を手でさっと制し、牧田はぴしゃりと告げた。

はっきりと言葉にしないまでも、この会話を続けることを拒否しているのは明白であった。

それ以上、しつこく詮索することもはばかられたため、宙ぶらりんになった言葉を引っ込めて、壮吾が元の場所に腰を下ろそうとした時、不意に室内のどこかで、ごと、と物音がした。何の音かといぶかしむ杏奈、そして壮吾の視線を受けた牧田は、一転して緊張の面持ちとなり、引きつったような笑みを口元に刻む。

「お隣さんかな。この部屋、壁が薄いんですよ。ちょっとした物音でも響いてくるんです」

ははは、と力なく笑い、牧田は肩をすくめた。

確かに、そうなんだろう。築年数から考えても、隣室の音が漏れ聞こえることはよくあるし、不思議なことでもない。

だが、何か違和感が残る。そしてその正体は、はっきりと『何』かはわからないが、お隣さんが立てる音などではない、もっと別の何かなのではないか。

無言のまま、思考を巡らせる壮吾の視線は、牧田の背後、寝室の方に吸い寄せられていく。

何かが引っかかっている。しつこく抜けない棘のように、無視したくてもできないその感覚の正体がわからぬまま、この部屋を後にするのは、得策ではないような気がした。

「あの、それじゃあ僕、仕事があるんでそろそろ……」

話を切り上げようとする牧田に促される。どうにか引き留めようとしても、彼はさっと立ち上がり、廊下へと続くドアの取っ手に手を伸ばす。

やむを得ず立ち上がり、そちらへ向かおうとした壮吾は、しかしそこで、はたと足を止める。そして、先ほど杏奈が視線を留めていた棚の上にある、置物に目をやった。どこにでもあるような動物の置物。ガチャガチャなんかでよくみかける、いくつもの置物の中に、ふと違和感を覚える物体を認め、壮吾ははっとした。

職業柄、こういうものには目が利く。その物体の正体が理解できた瞬間、それまでつかえていたいくつかの事実と事実の間に電撃が走り、一筋の光が瞬いた。

——そういう、ことか。

思わず見開いた目を牧田に向ける。

彼は最初は驚いたように壮吾を見ていたが、やがてこちらの考えを理解したかのように苦しそうな表情を浮かべ、そして、探し物がなくなっていないか、確かめるような視線を寝室の方に向けた。

「杏奈、わかったよ。彼女は……」

言いかけたところで、チャイムが鳴った。インターホンの画面を見ると、そこには神原の姿が映っている。やはり、彼はここへやってきたのだ。はっきりとした意志を持って。

「牧田さん、すぐに彼女を……」

言いかけた壮吾は、突如としてうなじの辺りにぞわぞわとした感覚を覚え、言葉を切った。

向かい合った状態で何事か言わんとしている様子の牧田は、虚空を見つめた状態で停止していた。

気づけば、世界から音が消え、冷え冷えとした停止した時間が壮吾を押し包んでいる。

「杏奈……」

振り返ると、杏奈は芝居がかった仕草で肩をすくめ、

「時間よ。結局、真衣ちゃんには会えなかったわね」

そう言って、いつものように、片方の手を高く掲げる。そして、ゆっくりと指をはじく。

乾いた音と共に、壮吾は視界がぐるぐると回転するほどの激しいめまいに見舞われ、次の瞬間には、足元が消失して底の見えない闇の淵に真っ逆さまに落下していった。

5

湿気を多く含んだ生ぬるい夜の風が、頬を撫でていく。

目を開けた壮吾は、自分がマンションの裏手にいること、すぐそばに杏奈と日下がいることと、そして目の前の地面に、真衣が倒れていることに気付く。

「戻ったか」

花壇の縁に腰かけ、退屈そうに欠伸をかみ殺した日下が、壮吾たちの姿を認めるなり呟いた。

「それで、成果は上々か？」

「まあ、なんとかね」

そう応じて、壮吾は杏奈に視線を送る。杏奈はどことなく思いつめたような顔をして、地面に横たわる真衣の姿を見つめていた。声をかけてやるべきかと考えたが、何を言ってやればいいかがわからず、結局は何も言えないまま彼女の隣に立ち、同じように真衣の身体を見下ろす。

「魂の選別をしよう」

壮吾が言うと、杏奈は物憂げな表情を浮かべたまま、無言でうなずいた。

友との別れを決意したとでも言いたげな、切なくも儚《はかな》い横顔に、わずかながら覚悟の色が浮かぶ。

「いつも言ってることだが、魂はできるだけ新鮮な状態で運びたい。長々とした説明はいらないから、単刀直入に頼む」

「わかってるよ。でも今回はしっかりと説明しないと、全容を掴むのが難しいかもしれない」

そうなのか、と虚を衝《つ》かれたように目を瞬く日下。どうやら、時間を遡った先でのことはすべて杏奈に任せて、今回は本当に何もせず壮吾たちの帰還を待っていたらしい。

全く悪魔というのは何処まで怠惰なのか、それとも単に、自分の出る幕じゃないと思っているのか。それでいてしっかりと『手短な選別』を要求してくるのだから、ちゃっかりしているというか、何というか。

「最初に言ってしまうと、渋谷真衣を外階段から突き落としたのは、彼女と愛人関係にあった神原だ」

できるだけ手短に、という要望どおりに、壮吾はまず真衣を外階段から突き落とした犯人の名を口にする。

「動機はおそらく、口封じ。愛人関係の事実を口外されないため。だけど、それだけじゃない。神原は自分が不倫していたという事実よりも、もっとずっと都合の悪いものを彼女に知られていた」

「なんなんだ、その都合の悪いものってのは？」

当然の疑問を口にして、日下は小首をかしげた。

壮吾は少しばかり間をおいてから、絞り出すような声で告げる。

「神原が、一人の少女を追い詰め、自殺に追い込んだという事実だよ」

「少女だと？　どういうことだ？」

ますます疑問を深めた様子で、日下は更に首をひねった。

一方の杏奈は、その顔にわずかな思案の色を浮かべ、やがて思い当たったように、

「牧田の妹……」

そう呟く。

「そう、牧田が大学の頃、妹は神原と関係を持っていた。どういう経緯でそうなったのかはわからない。でも、彼らの関係はいい終わり方はしなかった。その結果として、妹は自ら命を絶っている」

「その原因が、神原にあると？」

うなずくと、日下は腕組みをして難色を示す。

「だとしたら、神原は牧田にとって妹を奪い去った憎い敵《かたき》ってことにならないか？　交際自体はどうであれ、妹が命を落としてるんだぜ」

「もちろんそうだろう。だが、そこの部分をしっかりと証明する証拠はなかったんだと思う。それが周囲から見た神原の姿であれ、妹の遺書なんかが見つからなかったという事実であれ、疑うに足る確証がない以上、牧田は神原に妹の死の責任を問うことができなかったと

考えるべきだ」

「疑わしきは罰せず、ということか。人間ってのはつくづくおめでたいな」

これが事実だとしたら、牧田はただのお人よしというより、不自然なほどに神原を信じ切っているということになる。妹の死がどのような状況で起きたことだったのかは定かではないが、少なくとも、神原はその場におらず、また遺書のようなものもそこには存在しなかったのだろう。

「そんなお人よしだから、頼まれたら逢引きのために部屋も貸してしまうということか」

「いいや、それは違う。二人の話では、牧田の方から部屋を貸し出すことを持ち掛けていたそうだ」

「なんだと？」

驚いたように眉を寄せ、日下は壮吾と杏奈の顔を交互に見つめる。

杏奈は無言のまま、説明を壮吾に任せている。

「牧田は何だって、自分からそんなことを申し出た？　それもお人よしで済む問題か？」

「違うだろうね。牧田は、しっかりとした目的のもとに神原に部屋を貸し出した。その動機こそ、さっきの『疑わしきは罰せず』につながる重要な要素なんだよ」

顎に手を当て、無精ひげを撫でながら、日下はしばし考え込むように黙った。彼が答えを出すより先に、それまで黙りこくっていた杏奈が遠慮がちに口を開く。

「彼は証拠を掴みたかった。そうでしょ？」

きっとね。と相槌を打って、壮吾は続ける。

「戻る直前に見つけたんだ。彼の部屋には、動物の置物なんかに紛れて小型のカメラが設置されていた。おそらく、他にもいくつか仕掛けられていたんじゃあないかな。収音性の高いカメラなら、録音した会話も簡単に聞き取れたはず。それらを設置して、牧田は待った。神原が真衣に対し、牧田の妹の死について言及するのをね」

「いや、待て。実際にカメラが設置されていた以上、そこまでの推理に異論をはさむつもりはない。まあ、牧田って男が友人の情事を覗き見て楽しむような性癖の持ち主って線もないとは言い切れないがな」

冗談めかして肩をすくめた日下は「だが」と一転して真剣な表情を作る。

「神原が本当に牧田の妹の死にかかわっていたとして、そんな過去の話を、聞かれもしないのに愛人に話すものなのか？」

とてもそうは思えない、といった様子で日下は腕組みをし、低く唸った。

そう思うのも当然だろう。だが、それはあくまで、相手が『ただの愛人』だった場合だ。

「確かにその通りかもしれない。でも、その愛人の方から喋るように誘導されたとしたら？」

「なに……？」

「渋谷真衣が、その話を聞き出すために、あえて話題を持ち出していたんだよ。神原は軽薄で小心者。ああいうタイプの人間は、自分を大きく見せようとしたり、女性の気を引くためにしばしば大口をたたく。相手に感心されるためなら、過去の悪事を武勇伝かのように語ることだってあるだろう。だからこうは考えられないかな。牧田の部屋にある、彼の妹の写真を見た真衣が『かわいい子だね』などと話題を振る。すると神原は調子に乗って口を滑らせた。『あの女は俺に恋い焦がれて自殺までしたんだ』ってね」

神原が、真衣を相手にそのようなことをのたまう場面を鮮明に想像し、壮吾は胸やけがした。

「それじゃあ何か？　牧田と渋谷真衣はつながっていたっていうのか？　二人で共謀し、神原から妹の死について関係していないかを聞き出すために、一方は自宅の部屋を貸し出し、一方は愛人になった」

その通り、と相槌を打って、壮吾は右手の人差し指を立てた。

「そう考えれば、一連の事実がつながるんだ。神原はいい会社に勤めてはいるけど、大富豪ってわけじゃない。おまけに奥さんに財布の紐を握られているせいで、ホテル代もケチるような男だ。そんな奴を不倫の証拠があるからと脅しても、大した金額をせしめることなんてできないだろう。逆に言えば、その程度のことで神原が真衣を殺害する理由にもならない。動機としては、少し弱い気がしたんだ」

「妹の死に関係していたっていう事実を聞き出せれば、不倫の事実よりも強い脅迫のネタになるってことか。まあ、動機としてはうなずけるが……」

まだ、もうひとつ納得がいかないとでも言いたげに、日下は眉間に皺を寄せた。

「具体的に、どうかかわっていたかが問題だな」

「それも想像はつくよ。いくら神原が小心者とはいえ、よほどのことがない限り、人を殺そうとなんて思わないだろ。だとしたら考えられるのは、やむを得ず人の命を奪ってでも隠し通したい事実。つまりそれは、思いつく限り最悪の事実ってことになる。たとえばそう、牧田の妹の死は自殺なんかじゃなくて、神原の犯行だった、とかね」

少なくとも、牧田はそう思っていたのではないだろうか。その証拠に、彼は妹の死を説明するとき、「自殺だったと報道されています」という表現を用いた。曲解になるかもしれないが、それは彼が妹の死を自殺と認めていない気持ちの表れではないだろうか。

「それは、なんという……」

呻くように言った日下はもちろん、杏奈までもが口元に手をやって息をのんだ。何かがあ

ると は予想していたようだが、ここまでの悲劇を想定してはいなかったのだろう。続けて語る壮吾の言葉に耳を傾けながら、杏奈はひたすら息苦しそうにあえいだ。

「もちろん、神原だって相手を選んで喋るはずだ。誰彼構わず殺人を吹聴するようなことはしないだろう。だが『犯行の暴露』は時と場合によっては、強烈な魅力を伴う場合がある。自らの悪事を語り、他人には真似できないようなことをやってのけたと思い込むような人間は少なからずいる。渋谷真衣は、それを狙ったんだよ」

「神原は真衣にカッコいいと思われたいという気持ちから、牧田の妹の件をつい話してしまった。更にはそのことに気付かない馬鹿な兄貴が、こうやって逢引きのための部屋を貸してくれていると言い、彼をあざ笑っていたんだな。そして真衣は一緒になって牧田を嘲るふりをしながら、牧田と共に神原を陥れたというわけか」

何度もうなずきながら、日下は感心した様子で低く唸った。一筋縄ではいかない、それぞれの思惑が絡み合った事件の真相が、かなりお気に召した様子である。

ところが、それまで黙り込んでいた杏奈が突然待ったをかけた。

「今の話が事実だとして、わからないのは真衣ちゃんの動機だよ。好きでもない相手と関係をもって陥れる。その点に関しては、真衣ちゃんなら平気でやれると思う。けど、その見返りがあまりにも少ないんじゃない？　もし牧田の作戦がうまくいって、神原の過去の罪が明らかになったら彼は逮捕される。そこに真衣ちゃんのメリットはある？　ただお店のお得意さんを失っただけじゃない？」

確かに、その通りだと、杏奈の意見を全面的に肯定して、壮吾は話を次の段階へと進める。

「もちろん、彼女の動機は正義なんかじゃない。牧田に対し、ある程度の同情はしたかもしれないし、犯罪者の悪事を暴いてやろうっていう気持ちはあったかもしれない。でも、彼女を動かした一番の動機はお金だよ。彼女はその働きに見合うだけの対価を、牧田から受け取ることになっていたはずだ」

「対価って……」

わずかに言いよどむ杏奈。視線を斜め上に向けて、牧田との会話を思い返したであろう彼女は次の瞬間、その答えにたどり着き、手を叩いて声を上げた。

「そっか、スタジオ購入のための資金だ」

正解、と壮吾はうなずく。

「くはは、こりゃあ参ったな。私たちよりも、よっぽど悪魔らしいじゃあないか。人間というのはつくづく……」

日下は苦笑を浮かべ、杏奈もまた、何度目かになる深い溜息をついた。

「ここまで明らかになれば、あとの流れは難しくはない。不倫の事実のみならず、過去の殺人の自白ともとれるような音声データを手に入れた牧田は、これ以上関わらないようにと真衣に告げて、二人を別れさせようとした。神原の様子を見る限り、彼はまだ、牧田がデータを手に入れたことも、真衣とつながっていたことにも気づいていなかったんだろう。『スターライト』で神原と真衣が口論していたのもきっと、別れ話に苛立って口論になっただけだ。神原がその事実を知るのはきっと、僕たちが戻される直前に牧田の部屋を訪ねてきたとき。あそこで彼は、失踪したフリをして神原から逃れるために身を隠していた真衣の存在に気付いた。そして、牧田と真衣が繋がっていることにも気づき、瞬間的に彼らの目的が理解できてしまったんだろう」

その結果、神原に見つかり、力づくで連れ出された真衣は外階段から転落することになった。

「以上が僕の推理だ。このことを踏まえて魂の選別をする」

壮吾の言葉に、日下は待ってましたとばかりに立ち上がる。

「その様子じゃあ、迷いはなさそうだな」

「いや、そんなことはないよ。今もまだ悩んでる」

壮吾の答えに感心した様子で、日下はおどけて見せた。

「そうだよなぁ。確かに神原ってクズを追い詰めようとしたことは、人間の常識では正義と言えなくもない。だが、やっていることは人を欺き、陥れる行為に過ぎない。胸を張って天国行きとは言えないな。しかも真衣は、神原を陥れる報酬として、牧田が必死にため込んだ金を受け取った。金のために不倫相手を陥れたとなるとやはり善意とは言い難い」

日下の言い分はもっともだった。だが、そうとわかっていても、やはり壮吾の胸から迷いは消えなかった。たとえ善人ではないにしても、誰かを地獄へ送るという行為には、どうしても抵抗がある。

「彼女は……」

激しい迷いと焦りにも似た戸惑い。それらが交互に壮吾を苛み、心臓をわしづかみにされたような息苦しさに襲われる。

「彼女の魂は……」

地獄へ送るべき。そう口にしようとして、倒れ伏している真衣にもう一度視線を向けた時、壮吾はそこで、かすかな違和感を覚える。

――なんだ、何かが……。

その正体を必死に探る。杏奈と日下はそれを邪魔するように選別を急かしてくるが、すでにその声も、違う世界のもののように遠い。

やがて、違和感の正体に視線が吸い寄せられ、そして次の瞬間には、脳内に激しい稲妻が走った。同時に、たった今自分が口にした真相が、粘土細工のようにうねうねと形を変え、新たな一面を見せる。今の今まで、予想だにしなかったその姿を確認した途端、壮吾は深い溜息をついて、額を手で押さえた。

——なんてことだ。そんな……

導き出された新たな真相は、これまでに導き出された事実とは全く別のベクトルで、壮吾の心を打ちのめす。

「……天国だ」

「え、今なんて?」

真っ先に聞き返したのは杏奈だった。さっきまでの悲痛そうな表情などかなぐり捨てて壮吾に詰め寄った。

「おいおい困るぞ壮吾。いくら何でも、この女を天国に送るってのは……」

「違うよ。送るのは彼女の魂じゃない」

強く告げた瞬間、日下と杏奈は凍り付いたように身動きを停止し、そして次の瞬間には「しまった」とでも言いたげな表情で互いに視線を向け合った。

何度も繰り返すうちに、ようやくわかってきた。彼らが悪だくみを失敗したときは、たいていこういう顔をする。

「送るのは、お腹の赤ん坊の魂だ」

壮吾は迷いのない口調でそう告げた。

「彼女は妊娠していた。そして、相手は間違いなく神原だ。このことを加味して考えた時、事件の真相は百八十度反転する」

「まさか、犯人が神原じゃないとでも言うつもり？」

「ああ、そうだよ」

思いがけず真相を突き止めていたことに驚いて、杏奈がおかしな声を上げる。

「順を追って話そう。当初の予定では、真衣は神原と縁を切り、金を受け取って姿をくらますつもりだった。その後、牧田は神原を告発する。だが、この数日で状況は変化した。まず、真衣の妊娠が発覚。彼女は神原にこのことを打ち明ける。当然、既婚者である神原はうろたえ、逃げ出すように店を後にした」

店での騒動は、別れ話ではなく、お腹の赤ん坊をどうするかの口論だった。そして、思いがけず産みたいと打ち明けられたために、神原はうろたえてしまったのだ。壮吾たちにそのことを言わなかったのはおそらく、冷静になって考えてみた結果、妊娠したというのは彼女の嘘で、脅し文句であると決めつけていたからだろう。

「牧田から金を手に入れ、新たな生活を送ろうとしていた真衣は、お腹の子の存在を知ったことで心変わりした。神原を告発するのをやめて、彼と一緒になるという、新たな目的をさだめたんだ。当然、困るのは牧田だ。彼だって、少なくない犠牲を払って今回の計画を実行した。金だって真衣に支払った。それなのに、土壇場で告発をやめるなんてできるはずがない。それぞれの意見は対立し、そして、悲劇は起きた」

一呼吸置いてから、壮吾は一気呵成に告げる。

「やってきた神原と口論になった結果、牧田は神原を力ずくで黙らせた。その隙にデータを奪った真衣が部屋から逃げ出そうとした。追いかけられ、外階段の踊り場で追いつかれた彼女は、抵抗むなしく突き落とされてしまった。だが、一命をとりとめた状態で今も生きている。これが真相だ」

たどり着いた真相によって、真衣の死という前提もまた百八十度変化する。真衣は神原を陥れた末に殺害されたのではなく、彼との未来を始めようとしたが、牧田によって阻まれ、赤子の命だけが犠牲になってしまった。

束の間夢見た神原との未来は、母親になるという未来と共に露と消えてしまった。目を覚ました彼女はきっと、そのことを知って深い悲しみに打ちひしがれることだろう。

壮吾は二人を振り返り、咎めるように鋭い視線を向ける。

「君たちは、やっぱりわかっていたんだろ。僕が選別すべき魂が、彼女ではなく、お腹の子であるということを」

「いや、それは……その……」

彼らはまたしても、壮吾を誘導しようとしていた。その事実を突きつけられてうろたえる日下とは裏腹に、杏奈の方はどういうわけか、安堵にも似た穏やかな表情を浮かべていた。

「あはは、バレちゃったか。やっぱり鋭いね、君は」

口ではそう言いながらも、ちっとも悔しそうには見えない。その反応を見て、壮吾はあることに気づく。

彼女は最初から、真衣の死を嘆き、悲しんでなどいなかった。彼女のお腹の中に芽生えた、小さな命が、人としてこの世に生まれ出ずる前に、その存在もろともはかなくも潰《つい》えてしまったことに胸を痛めていたのだと。

考えてみれば、今回の彼女の言動には不可解な点が多かった。真衣の死を悼むような発言をしたかと思えば、次の瞬間には生前の彼女がいかにひどい人間であったかを平気で口にする。その二分されたような発言に、ずいぶんと振り回された。

だが、今にして思えばちっとも不思議なことなどなかった。杏奈は真衣のことを話すときは彼女を名指しで呼び、一方で、お腹の子の死を嘆く時には、『あの子』と呼称していた。

つまりは、ちゃんと二人の人間に対する物言いを使い分けていたのだ。

そのことに今更ながら気が付き、壮吾は杏奈の本心にもようやく気付けた。

「悪魔でも、赤ん坊の魂まで地獄に持っていきたいとは思わないんだろ」

「当然でしょ。赤ちゃんの魂は未成熟だし、純粋すぎてこっちじゃあ歓迎されない。天国のお堅い連中に任せるべきなのよ」

言いながら、とぼけた様子で肩をすくめる。

「だったらどうして最初から言ってくれないんだよ。危うく地獄行きに決めちゃうところだったんだぞ」

「だって、言ったら面白くないでしょ。君を試した……あ、いや、信じていたの」

それに、と続けて、杏奈は日下の方を指し示す。

「あたしはこっちのカタブツと違って、なりふり構わず魂を集めさえすればいいなんて思ってないし」

「ふざけるな。普段のお前がどれだけなりふり構わず壮吾を誘導しているか、胸に手を当てて考えてみろ」

口論を始めた悪魔たちを苦笑交じりに眺めながら、壮吾は思う。

結局、杏奈が昔の友人が亡くなっている姿を見て、その死の真相を解き明かしたくなったのだという推測は、壮吾の思い違いだということだ。友人であれ家族であれ、悪魔は容赦しない。ただし、生まれる前の小さな命に関しては、多少なりとも配慮する。

そんな性質が見えただけで、なんだか得した気分になった。

「ああ、もう。無駄話してないで、さっさと魂持っていきなよ。小さいぶん、傷むのだって早いかもしれないんだから」

「わかっている」

日下は渋々、といった様子で真衣の腹部の辺りに手をかざした。ふわりと、音もなく彼女の身体から浮かび上がった淡い光。ピンポン玉くらいの小さな光の玉となった小さな命を、彼はどこか慎重な手つきで胸に抱える。

「いいか、今回は大目に見るが、次回からはちゃんと自分の仕事を――」

「早く行ってよ。うるさいなぁ」

しっしと追いやられ、日下は不満そうにしながらもこちらに背を向けると、瞬き一つの間に、闇に溶けて消えていった。ふわりと、一条の光が夜空を横切り、飛んでいったかに見えたのはたぶん、幻覚ではないだろう。

「それじゃあ、あたしも行こうかな」

言いながら、杏奈は最後にもう一度真衣の身体を見下ろした。

「彼女についていてやらなくていいのか？」

どこか名残惜しそうにしているその横顔に、壮吾は訊ねた。

「別に。話したがっていたのはあたしじゃなくて『杏奈』の方だからね。生きていたってだけで、悲しい気持ちも飛んでいったでしょ」

器である杏奈が、この状況をどれくらい理解できるのかはさておき、旧友の死を嘆くことなくいられるという点では、安心してよさそうである。

どことなく、ほっとしたような杏奈の横顔には、満足げな笑みが浮かんでいた。

6

二人が去った後、いつものように世界に音が戻り、停止していた時間は動き出す。

しゃがみこんで真衣の様子を窺うと、やはり壮吾の思った通りに、彼女は弱々しいながらも呼吸をしていた。意識を失っているだけで、まだ息がある。

ろくな知識もない壮吾に応急処置ができるわけもなく、下手に手を触れるわけにいかないが、救急車を呼ぶことくらいはできる。そう考えてスマホを取り出そうとした時、徐々に近づいてくるサイレンの音が聞こえた。

更に、マンションの窓が開く音がして、住民のものらしき声がちらほらと聞こえ始める。どうやら、すでに落下した真衣の姿を見つけ、通報してくれた人がいるのだろう。非常階段に牧田の姿がないことからも、それくらいの時間の経過があることは想像がついた。

そのことに安堵する一方で、壮吾は自分がこの場所にいることや、発見者としていろいろと話を聞かれるわけにはいかないことに気付き、慌てて立ち上がった。

「――ねえ、あそこに誰かいるよ」

そんな住民の声が聞こえ、すぐに走り出した。暗がりとなっているため顔を見られる心配はないかもしれないが、このまま長居してはいられない。

こうしてまた一つ、事件現場に現れる不審な男の目撃証言ができてしまったわけだが、壮吾にはどうしようもないことであった。そもそも、あんな状況で現場に取り残されて、誰にも見咎められることなく逃げるなんて至難の業《わざ》である。

二人の悪魔たちがその点を考慮し、対策を取ってくれれば丸く収まるのだろうけれど、彼らにそれを期待するのは無駄というものだろう。

そんなことを考えているうちに、サイレンの音が大きくなり、路地の先の角を曲がって来る救急車が見えた。鉢合わせするのはまずいと考え、壮吾は踵を返してマンション脇の路地を抜け、マンションの正面に出た。その瞬間、まばゆいヘッドライトの光が、視界を白く染めた。

「うわっ……何だ……」

目を細め、呟きながら立ち止まる。壮吾が路地から出てくるのを待ってましたとばかりに、ヘッドライトをハイビームで照らしているのは、白いクラウンだった。ナンバーを一目見て、壮吾はそれが警察の捜査車両であることに気付く。

まずい。そう頭では思っていても、身体は動かない。どこかの怪盗よろしく、ドタバタの逃走劇を繰り広げることもできぬまま、車から降りてきた男の姿を、呆然と見据えていた。

「よう壮吾。どうしたんだこんなところで」

いつもと変わらぬ軽い口調。だが今、その声の主の顔は、ちっとも笑っていない。

「逆町、どうして……」

「それはこっちの台詞だよ壮吾。もう一度聞くが、どうしてお前がここにいる?」

逆町は視線をわずかにずらしてマンションを一瞥し、すぐに壮吾に戻す。その鋭いまなざしから、指の一本でも動かしたら、すぐさま飛び掛かってきて取り押さえようとするかのような威圧感がビシバシ感じられ、壮吾はたじろいだ。

普段どれだけ腑抜けた姿をさらしていたとしても、逆町は刑事だ。たとえ高校時代からの親友が相手でも、必要とあらば国家権力を行使することは厭わないだろう。

そして今、壮吾にはそうされるにふさわしいだけの疑いがかけられているのだ。

「ど、どうしたんだよ逆町。怖い顔して。らしくないなぁ」

答えをはぐらかすように笑い飛ばそうとするが、逆町は少しも表情を変えようとせず、無言の圧力でもって壮吾を責め立てる。

肌を突き刺すような眼光に気圧《けお》されて、かすかに後ずさりしただけで、逆町の視線は更に鋭く突き刺さるように研ぎ澄まされ、わずかに身を低くして、半ば戦闘態勢に移行した気配があった。

やはり本気だ。逃げる素振りなど見せようものなら、本気で押さえ込まれ、即逮捕されかねない。

「違うんだよ。これは、その……」

何か言わなくては。この状況を打開するための、もっともらしい言い訳を並べ立てて、どうにかしてここを突破しなくては……。

そう思うのに、言葉が出てこない。情けなく作り笑いを浮かべていた顔が、徐々に引きつったものに変化し、やがて完全に笑みが消え失せる。その表情の変化ですらも、逆町にとっては疑いを更に加速させる材料になっていたことだろう。

なぜ、事件現場にいるのか。ここそこと逃げ出そうとしていたのか。やましいことがなければ簡単に答えられる質問だ。

しかしながら壮吾には、どちらも答えるのが容易ではない難問である。

この際、すべてを洗いざらい話してしまおうか。もしかすると悪魔たちも、六郷のように逆町を引き入れようと提案してくれるかもしれない。

――いや、無理だ。

悪魔たちは言っていた。壮吾が最も警戒すべきは警察機関であると。もし犯罪者として逮捕され、使命の継続が難しくなった場合、途中放棄とみなされる。

使命を継続すると自分の口で約束してしまった以上、続けなくてはペナルティがあるのは当然だろう。そしてそのペナルティが、壮吾だけではなく、周囲の人をも巻き込むものだとしたら……。

それに、六郷の場合とは違い、逆町に使命や悪魔について話をしたところで、信じてもらえない可能性の方が高い。仮にここに悪魔たちがやってきたとしても、ただの不審者としかみなされない可能性は大いにある。

彼らにしても、使命に関係ない所で人間に危害を加えることは禁じられていると言っていたから、つまるところ警察に連行されることになっても、抵抗の一つもできないのではないだろうか。

彼らもまた人間世界のルールにある程度従わなくてはならない。不審人物とみなされ、行動を制限されることは、何より警戒すべき事柄なのだ。

「どうしたんだよ。黙っていちゃわからないだろ」

焦れたように言いながら、逆町は一歩前に足を踏み出す。まばゆいばかりだったヘッドライトの光がふいに消え、頼りない街灯の明かりに照らされた逆町のシルエットが、ぼんやりと浮かび上がる。

何も言おうとしない壮吾から視線を外し、落胆めいた溜息をつきながら、逆町は再びマンションを見上げた。

「少し前に、このマンションの住人から通報があった。マンションの外階段から女性が転落したってな。直前に、五階の住人である男性と揉み合っている姿も目撃されていて、現場から逃げ出したという証言を得た。その住人――牧田という若い男はすでに警邏《けいら》中の制服警官が身柄を確保している。詳しい事情聴取はまだだが、自室を訪ねてきた別の男を殴って気絶させたうえに、女性をマンション上階から突き落とした旨の供述をしている。事件は早期解決ってやつだ」

経緯を説明しながら、逆町は更に歩を進め、壮吾の前に立つ。

「本来なら、俺も今頃は署で被疑者を取り調べするはずだったんだが、相棒に無理言って現《こっ》場《ち》に来させてもらったんだよ」

——お前がここに現れるんじゃないかと思って。

そう、言外に訴えかけてくる逆町のまなざしはまるで、少しの動揺も見逃さないとでも言いたげに、鈍い光を放っていた。

だめだ。もう限界だ。頭の中で、糸が切れるような感覚があった。これ以上、彼の目を欺くことも、言い逃れをすることもできない。

観念するしかない。本当のことを話して、悪魔たちにどんな目に遭わされるのかを想像する気力は残っていなかった。今はとにかく、この状況から抜け出したかった。

「逆町、僕は——」

親友に嘘をついて、いくつもの犯罪とのかかわりを疑われるような状況を終わりにしたい。半ば自棄になって、すべてを打ち明けようと口を開きかけた時だった。

「——探偵さん？」

ふいに、呼びかける声がした。壮吾と逆町はほとんど同時に、声の方に振り返る。

マンションのエントランスのガラス戸を開け、こちらに身を乗り出すようにしていたその人物を目にした瞬間、壮吾はあっと声を上げてしまった。

「浅沼さん……？　どうしてあなたが……」

思わず飛び出した言葉に、逆町も反応を示す。マンションから現れた女性と壮吾が顔見知りであること——ひいては依頼人か何かであることを瞬時に悟ったのだろう。

驚く壮吾をよそに、浅沼綺里乃は口元を軽く手で押さえ、

「やっと来られたんですね。遅かったから心配しました」

「……え?」

「調査の報告ですよ。今日は私が体調を崩していたので、わざわざ自宅に報告にいらしてくれるとおっしゃっていたでしょう」

彼女の発言の意味が、すぐには理解できず、壮吾は餌を求める金魚のように目を見開き、その口を意味もなくパクパクさせていた。

「ちょ、ちょっと待ってください。それじゃあ、彼は、あなたのもとを訪ねるためにこのマンションへ?」

「はい、そうですよ。ここの二階が私の部屋ですので」

当然のように言いながら、綺里乃はエントランスの集合ポストを指さす。大量に並ぶポストの一つには確かに『ASANUMA』の表記があった。

低い階段を駆け上がり、綺里乃を押しのけるようにしてポストを確認した逆町は、しばし考え込むようなそぶりを見せ、それから困惑がちにこちらを振り返る。

「本当なのか壮吾。お前は、ただ依頼人に会うためにここに来たのか？」

咎めるような、それでいてどこか願いを込めたような、複雑な顔だった。

壮吾は親友と依頼人、それぞれの顔を見て、それからゆっくりと、確かめるようにうなずいた。

「……なんだ、そうなのか？」

わずかな沈黙の後で、逆町が呟いた。それから噴き出すように笑い出し、がりがりと自分の頭をかく。

「なんだよ……当てが外れちまった。悪かったな壮吾。今の話は忘れてくれ」

「逆町……」

どう言葉を返せばいいかがわからず困惑する壮吾をよそに、逆町は半ば苦笑しながら、そしてそれ以上に安堵した様子で、晴れ晴れとした顔をしている。

壮吾たちがやり取りをしている間に、マンションの裏手で渋谷真衣を乗せたであろう救急車が走り去っていき、入れ替わりのように多くの警察車両がやってきて、現場検証の準備が進められている様子だった。

そこに合流しようと足を踏み出した逆町は、後続の車両に乗ってきた相棒らしき若い刑事に呼び止められる。そこでなにやら短くやり取りをした後、壮吾の方を振り返った逆町は、

「呼び出しだ。これ以上油は売ってられねえ。じゃあな壮吾」

「あ、ああ……」

いつものように軽い口調で言い、相棒と共に捜査車両に乗り込む。そうして走り去っていく車を見送った後で、壮吾は改めて綺里乃を振り返った。

「浅沼さん、あの……」

「危ない所でしたね、探偵さん」

壮吾の言葉にかぶせて言うと、綺里乃は訳知り顔で微笑む。

何もかもを見透かしているかのようなその笑みを前に、壮吾は言い知れぬ違和感のようなものに襲われた。

なぜ彼女は、壮吾を助けてくれたのか。いや、それ以前に、あの状況で刑事に追及されていることを理解し、そのうえで、体《てい》のいい嘘をついてまで助け舟を出してくれた理由は何なのか。そこには、単純に婚約者の調査を依頼しているからというだけではない、もっと別の理由がある気がしてならなかった。

「どうして助けてくれたんですか？」

普通なら、刑事に疑われている壮吾に対し、何かしらの不信感を抱くはずだ。話も聞かず咄嗟に助けに入るには、かなりの勇気が必要だろう。下手をすれば、彼女だって疑惑の対象にされかねない。

にもかかわらず、彼女は絶妙なタイミングで助けに入ってくれた。こちらが頼みもしないのにだ。壮吾には、その理由が全くわからない。

出会った時から、どこかつかみどころのない印象を受けていた依頼人だが、今回のことで更にその感覚は強まった気がする。

「深い意味はありませんよ。ただ、困っていらっしゃるようだったので」

「そんな……意味がないわけないでしょう」

納得のいかない返答ではぐらかされたような気分になり、壮吾は食い下がる。

「それよりも、調査の方はいかがですか。あの人の行動におかしな点は？」

あの人というのは当然、溝口のことだろう。

逆行する前の記憶を辿り、壮吾はかぶりを振る。

「特に変わった様子はありません。それこそ、報告することは何も」

「……そうですか。わかりました。では引き続きよろしくお願いいたします」

静かな口調で言い残し、綺里乃は踵を返した。しかし、一歩歩き出そうとしたところですぐに立ち止まり、何か思いだした様子で肩越しにこちらを振り返ると、

「……〝彼女〟は本来、被害に遭うべき人間ではなかった。やはりあなたは……」

そこまで言って、綺里乃はふいに口をつぐむ。

「……いえ、何でもありません。それでは失礼します」

一方的に会話を切り上げ、去っていく綺里乃の背中を見つめながら、壮吾は一人取り残され立ち尽くす。

マンション脇の道には規制線が張られ、制服姿の警官が、続々と集まりつつある野次馬の整理を行い始めた。静まり返った住宅街がやにわにざわめき、眠れぬ夜を迎えようとしているなか、壮吾は逃げ出すようにその場を後にする。

自宅に帰り着くまでの道中、頭の中に繰り返し映し出されていたのは、逆町の確信めいたまなざし。口ではああ言っていても、壮吾への疑いを決して捨ててはいないであろう様子だった。

そして、綺里乃が口にした不可解な言葉。

『〝彼女〟は本来、被害に遭うべき人間ではなかった』

それは、真衣のことを指した言葉だったのか、それとも、別の誰かを……？

答えの見えぬ迷宮めいた思考の狭間《はざま》をさまよいながら、壮吾は熱に浮かされたような気分で帰路に就いた。

第三章　死の運命と孤独な死体

1

「……はぁ」

渋谷真衣の一件から七日が過ぎた金曜日の午後。何度目かの溜息をついて、壮吾は水の入ったグラスをあおった。すでに氷は溶け、生ぬるい水が喉を伝って流れていく。

正午をだいぶ過ぎているせいか『万来亭』の店内は閑散としており、壮吾のほかに客の姿はなかった。

普段は何かと騒がしい店内が、今は寂しさすら感じられるほど静まり返り、テレビから流れるワイドショーの声が虚しく響いている。その寒々しいほどの静けさが、物思いにふける壮吾の沈んだ気持ちに拍車をかけるのだろう。さっきから、何度目になるかわからないような溜息を更にもう一度ついて、グラスの水を飲みほした。

いつもならこういう時、美千瑠が真っ先に壮吾のもとへ駆けつけ、頼んでもいないのにあれこれと世話を焼いてくれるのだが、この時は娘の璃子を迎えに行っていて不在だった。今まで当たり前すぎて気にしたこともなかったのだが、今この瞬間に限っては、彼女の底なしの明るさが恋しく感じられて、壮吾はそんなことを考えている自分に苦笑した。

いったい何が壮吾をこのような気分にさせるのか。そのきっかけは、先日の『魂の選別』によって訪れたマンションでの出来事。使命を終えて現場から立ち去ろうとしたところを逆町に見つかってしまったことだった。

逆町は、数か月前から警察関係者の間で囁かれる噂話——事件現場付近で目撃される怪しい男について個人的に調べているらしく、その人物がいくつもの事件に何かしらの形でかかわっていること、そしてその人物が壮吾であることを疑っているのだ。

だが先日あの夜は、突如として現れた浅沼綺里乃によって、壮吾は窮地を免れた。もし彼女が壮吾をかばうために嘘をついてくれなければ、あのまま逆町にすべてを打ち明けてしまっていたかもしれない。そして、それは『裏切り行為』とみなされ、二人の悪魔が壮吾に制裁を加える。それればかりか、都合の悪いことを知ってしまった逆町に対しても、何らかの危害を加える可能性は大いにあった。

日下や杏奈とは、これまで一緒に使命を全うしてきた仲だ。有無を言わさず壮吾の命を奪うようなことは、いくら悪魔とてないかもしれないが、その一歩手前くらいのことはしてくるかもしれない。

彼らもまた、人間社会の仕組みを理解しているからこそ、警察機関にだけは目をつけられてはいけないと言っていた。その禁を危うく破りかけた壮吾に対して、次に会った時にどんな辛らつな言葉をかけてくるのだろうか。

そのことを考えただけでも、気が重くなる。

ただでさえ、壮吾は使命を続けることに少なくない疑問を抱えている。というのも、使命を行うこと自体には、以前ほど抵抗はない。むしろ、誰かがやらなければならないのなら、自分がその役を買って出ることは、いいことだとさえ思っている。

だが一方で、逆町や美千瑠に対し、後ろめたい気持ちを抱いているのも事実だった。人の魂を、天国か地獄へ送る手助けをしている。そんな風に、はっきりと口にできたら、どれだけ楽だろう。そんなことを考えずにはいられない。

もちろん、それを信じてもらえるかどうかは別の話なのだが。

こうして悩んでいてもどうなるわけでもない。それはわかっているのだが、どうにも気が重い。それに、別れ際の綺里乃の言葉も不可解なものだった。

『〝彼女〟は本来、被害に遭うべき人間ではなかった』

あれはいったい何だったのだろうか。被害とは何のことを指していたのか。あのマンションで死亡した渋谷真衣のお腹の子の件だろうか。それとも、もっと別の何かが……？

そんな疑問を抱いた時、壮吾は改めて、あの依頼人のことがわからなくなっていた。婚約者の身辺調査を依頼してきただけの彼女に、今はなんとも形容しがたい、言い知れぬものを感じる。

調査の結果をいくら報告しても、眉一つ動かすことなく、興味すらないように見える。その一方で、調査の延長を希望してくるのだ。ひょっとすると、彼女の目的は婚約者の調査などではなく、もっと別のところにあるのではないか。

たとえばそれは、壮吾の使命に関係のあることで……。

――いや、そんなはずはない。彼女が『魂の選別』について知っているわけがない。

そうに決まっていると自分に言い聞かせる。その一方で、漠然とした疑問が頭に張り付いて離れなかった。

はぁ、と再び溜息が洩れた時、不意に人の気配がして、壮吾は顔を上げた。すぐそばに、お盆を手にしたアキがいて、刺々しいまなざしを壮吾に注いでいる。

目が合った瞬間に、更にすっと細められた二つの目――そこから放たれる鋭い眼光が、無防備な壮吾を射貫いた。

「お待ちどおさま」

アキは冷たく言い放ち、どん、と乱暴な手つきでお盆をカウンターに叩きつけた。その反動により、弧を描くようにして壮吾の太ももにスープが跳ねた。

「ぅあっちぃ！」

サルの断末魔みたいな奇声を発し、壮吾は飛び上がる。『万来亭』自慢のとろみのある熱々の中華スープがジーンズの生地に浸透し、壮吾の皮膚をいたぶった。慌ててグラスの水をかけようとしたが、すでに飲み干しているせいで中身は空《から》だった。

仕方なく、おしぼりを太ももに押し当て、どうにか冷却を試みる。

「な、何するんだよ急に！」

「……ああ、すいません」

当然のように抗議する壮吾をじっと見据え、アキは謝罪の言葉を口にしたが、誰が聞いても気持ちのこもっていない、形だけの言葉であることは明白だった。

わざとスープが飛ぶように仕向けたのか、それとも単に乱暴なだけなのか。どちらかはわからないが、少なくとも他の客が彼女に対して文句を言っているのを見たことはない。となるとアキは、ぎこちないながらも丁寧な接客を心掛けているはず。

すると必然的に、彼女は壮吾に対してだけ冷たい態度をとっているということになる。

問題は、なぜ彼女がそんな態度をとるのかである。彼女がここで働き始めてからまだ日は浅く、彼女に嫌われるようなことをした覚えはないし、そもそもの付き合いが短いのだから、恨まれる筋合いなどないはずだ。

だが今、改めて見てみると、彼女はまるで悪びれる様子もなく、親の仇でも見るような視線を壮吾に向けたままである。

「あの、探偵さん……」

「な、なんだよ」

今度は何をされるのかと警戒し、壮吾は身構える。アキはなにやら言いづらそうに口を動かし、躊躇いつつも何かを言おうとして、それでもやっぱり言葉が出てこないのか、最終的にはばつの悪い顔をして黙り込んでしまった。

——なんなんだよ、いったい……。

しばしの間、奇妙な沈黙の中で壮吾とアキは見つめ合う。一方は困惑のまなざしで。もう一方は怒りにも似た強いまなざしで。

そんな二人の無言の時間に割り込むようにして、入口の戸が開く音がした。

「ただいまー。アキちゃんごめんね。一人で大丈夫だった？　って言っても、お父さんがいるから心配ないか。あ、壮吾くん来てたのね。いらっしゃい。随分遅い昼食だね……って、あれ……？」

璃子の手を引いた美千瑠が、いつも通りのテンションで現れ、壮吾とアキのただならぬ様子を見るなり、事情が呑み込めないといった様子で黙り込む。

「なにこれ。どういう状況？　璃子、わかる？」

「さあ。こどもにはわかりません」

普通、子供は言わないであろう発言をさらりと述べて、璃子はさっさと店の本棚からお気に入りの絵本を取り出し、特等席であるカウンターの一番奥の席に座る。発言の通り、大人たちが何をしていようとまるで自分には関係ないといった様子で、意気揚々と絵本の世界に飛び込んでいったたくましい娘から視線を外し、美千瑠は改めて壮吾とアキを見比べる。

「まさか、あなたたち……」

やがて、何かに思い当たったかのように、美千瑠はゆっくりと歩を進め、アキの両肩をがしりと掴む。

「私がいないのをいいことに、深い関係になろうとしていたんじゃあないでしょうね？」

「ふ、深い関係……？」

「みっちゃん、何言ってるんだよ。そういうんじゃないって」

予想外の疑惑をぶつけてきた美千瑠を前に、アキはぽかんとした様子で繰り返し、壮吾は困惑気味に否定した。

だが、スイッチの入った美千瑠はたちまち疑惑にその顔を染め、物々しい雰囲気をまとっては、その目を大きく見開いて、壮吾を凝視した。

「本当かしら？　壮吾くん、私がいない間に若くてかわいくて、小さくてコロコロして、どことなくミステリアスなアキちゃんと『お近づき』になろうとしたんじゃないの？」

「ち、違うってば。どちらかというと、距離は縮まるどころか開く一方というか……」

「本当に？　本当に違うの？　天地神明にかけて誓える？　お父様の墓前で胸を張って違うと言えるのね？」

「僕の父親はぴんぴんしてる。縁起でもないこと言わないでくれよ」

ずい、と至近距離まで詰め寄られ、壮吾は後ずさる。

「アキちゃんも、そんなつもりはなかったのね？　何でもないふりをして、実は虎視眈々と私の壮吾くんを狙っている、なんてことはないのよね？」

「ありません」

バッサリと、迷う余地すらないほどに言い切ったアキは、壮吾に向けるのとはまるで違う、真摯で実直なまなざしでもって、美千瑠を見つめていた。

「……そう、ならいいわ。私の思い過ごしね」

必死の否定が功を奏したのか、あるいは「その通りです」とうるんだ瞳を向けるアキの発言を信じることにしたのか、美千瑠は渋々ながらも矛を収め、納得した様子で冷静さを取り戻してくれた。

「――おい、いつまでくっちゃべってるんだお前ら。さっさと夜の仕込みをしねえと間に合わねえぞ。探偵屋、てめえもだ」

「はい……？」

「性懲りもなくうちの娘をたぶらかすんじゃあねえ。こっちは忙しいんだ。さっさと食って出て行け」

厨房からぬっと顔を出した剛三にバッサリと告げられ、壮吾は返す言葉を失った。

どちらかというとたぶらかされている側の壮吾に対し、剛三の態度はあまりにも威圧的かつ一方的なものだったが、立場の弱さから言い返すこともできず、ただただしゅんと肩を落とす。

剛三の乱入によって気持ちの切り替えが済んだのか、美千瑠は普段通りの表情に戻り、「はーい」と生返事をしながら奥に引っ込むと、エプロン姿になって戻ってくる。

そのタイミングで、店には数名の客がやってきたため、無駄話をしているわけにもいかなくなり、アキもまた業務に戻っていった。

アキが三人連れの客の注文を受け、美千瑠はカウンターに座った別の客の注文を受けに行く。それぞれが真剣な顔付きで仕事に戻ったタイミングで、壮吾も気を取り直し、天津飯セットに手を付ける。

何気なく視線をやったテレビでは、ワイドショーの合間にさしはさまれたニュース番組で、白髪交じりの男性キャスターがしゃちほこばった顔で、札幌の郊外で発見された男性の焼死体についてのニュースを報じていた。

『――この遺体の身元は依然として不明であり、警察は、焼死した男性の身元の特定を急ぐと共に、死因の特定を進める方針です』

カウンターにこぼれたスープをおしぼりで拭いてから食べ始め、半分ほど食べた頃に、水のお代わりを注ぎに来た美千瑠が「また、ひどい事件があったのね」と小さく呟いた。

「逆町さん、また大変になりそうね」

「うん、そうだね」

連続殺人事件で忙しい逆町が、この事件を担当するのかどうかはわからないが、一応同意しておく。

何気ない感想を口にした美千瑠は、やはり何気ない様子で「最近は全然店に来ないけど、壮吾くんも会ってないの？」と聞いてくる。

つい昨日、かなり気まずい状況で鉢合わせした。などとは言えるはずもなく、壮吾はただ曖昧に「うーん、まあね」などとはぐらかすことしかできなかった。

できることなら、この調子で逆町が忙殺されてくれればいい。事件現場に現れる不審な男の噂も、タイミング悪く壮吾と鉢合わせしてしまったことも忘れてしまうくらいに事件の捜査に追われて、それが解決した暁《あかつき》には、いつものようにこの店にやってきて、ビール片手に自慢話を聞かせてくれたら、どんなにいいだろう。

これまで、幾度となく繰り返されてきた何でもない日々が、妙に遠く感じられて、壮吾は食事の手を止め、思わず息をつく。

頭では、わかっているのだ。その当たり前のように繰り返されてきた時間が、もう二度とやってこないことを。きっと自分たちは、以前のようには笑い合えない。掛け違えたボタンを戻すのは至難の業だ。それどころか、下手をすると、もう二度ともとには戻せないかもしれない。いつの間にか自分は、そんなところにまで来てしまっていた。

崩れかけた平凡は、もはや止められない。そして、それを止めるためにすべてを投げ出すこともまた、できなくなっていた。壮吾には使命が、逆町には刑事としての職務がある。そしてその二つはきっと、絶対に交わらないことも、わかり切っていた。彼だけではない。美千瑠や璃子、剛三らとも、いずれは交わることのない場所に、自分は向かっているのかもしれない。そして、壮吾は理解する。途中下車の許されない一方通行の列車。使命という名の足かせによって二人の悪魔と繋がれた、出口の見えないトンネルは、どこまでも続いていくのだと。

『次のニュースです。一人暮らしの女性ばかりを狙って部屋に押し入り殺害する通称「首切りマニア連続殺人事件」に新たな犠牲者が出ました』

可能な限り感情をそぎ落としたような、淡々としたキャスターの声に反応し、壮吾は再びテレビ画面に向き直った。

事件が起きたのは昨夜九時過ぎ。市内のアパートで、争うような物音を聞いた近隣住民が鍵のかかっていない部屋を覗き込むと、室内で女性が倒れていた。すでに息はなく、通報を受けて駆け付けた警察の調べによると、女性は絞殺されており、頸部には死後に刃物でつけられたと思しき切り傷が残されていた。この手口から、犯行はこれまでの連続殺人事件と共通しており、犯人が新たに事件を起こしたものと当局は判断している。

「例の連続殺人事件。昨日また一人殺されたんだね。若い女性ばかりを狙った犯行なんて……ひどい……」

「ああ、本当に……」

いい加減な返事に聞こえたかもしれないが、そんなつもりはなかった。そうとしか答えようがないくらい、この事件は凶悪で、こうして改めて事件の経緯を追っていくと、犯人の残虐性を再認識させられる。

小さな娘を持つ身である美千瑠は、もしも我が子がこんな目に遭ったらと思わずにはいられないのだろう。自らの肩を抱くようにして、戦慄めいた表情を浮かべている。

彼女だけじゃない。店にやってきた三人連れの客も、カウンターに座る壮年の男性客も、そして彼らの料理を厨房から運んでいたアキまでもが、一様に不安を抱えたような顔をしてテレビに見入っていた。

画面には、これまでに殺害された五名の女性の顔写真に続き、昨夜被害に遭った女性の顔写真がひときわ大きく表示された。その瞬間、壮吾はわが目を疑った。

勢いよく立ち上がった拍子に、椅子が甲高い音を立てて倒れ、美千瑠がひゃっと声を上げる。店内の人々の奇異のまなざしや、厨房から顔を出した剛三の「うるせえぞ探偵屋！」という怒声に反応する余裕すらもなく、壮吾は唖然としてテレビに映る被害女性の顔を、ただただ凝視していた。

「壮吾くん、もしかしてこの人、知っている人なの？」

「……ちがう。そうじゃない……そうじゃないんだ……」

呻くように言いながら、壮吾はスマホを取り出し、写真フォルダに保存されている一枚の画像を表示させ、食い入るように見つめる。

「もう行かないと……」

「しょーご、そんなにあわててどうした。わるいものでもたべたのか」

「なんだとぉ！　俺の飯がまずくて食えねえってのかぁ！」

心配してくれる璃子に手を振り、憤怒の形相で言いがかりをつけてくる剛三をさらりと受け流して、壮吾は店を飛び出した。

連続殺人事件の新たな被害者は水川莉緒《みずかわりお》。溝口拓海と同じ市役所に勤める女性職員だった。

2

大通公園のベンチに座り、道路を挟んだ向かい側にある市役所庁舎の出入り口をじっと眺めていると、就業時間を終えた職員たちがぽつりぽつりと帰宅していく。その中に溝口の姿が現れるのを、壮吾はじっと息を殺して待ち構えていた。いつも通りの時間に出てくる様子がないことから、今日は残業だろうかと予想を巡らせつつ、注意をそらすことなくスマホの画面に視線をやる。

水川莉緒。それが昨夜連続殺人事件の新たな被害者となった女性の名前だった。いくつかの新聞社が掲載した情報によると、彼女は溝口と同じ総務課に所属する、勤続二年の職員だった。以前、壮吾が溝口を尾行中に、溝口は彼女を含む数人の同僚と共にレストランに食事に出かけていた。もちろん、その際に溝口が必要以上に彼女と接近したり、一緒に夜の町に消えるというようなことはなく、食事を終えた後は普通に別れ、それぞれの帰路についていた。彼らの間に、恋愛感情はなかったはずだ。

その点に関して、壮吾は溝口に疑いを抱いているわけではない。それよりも壮吾の頭の中を占めているのは、突拍子もない一つの疑惑であった。人に話せば笑われてしまうのではないかというほどの、無責任かつ荒唐無稽な仮説。

連続殺人犯は、溝口拓海ではないかという疑惑だ。

何故そう思うのか、正直に言うと、それは壮吾にもわからない。ただ単に、殺された水川莉緒が溝口と同じ職場にいたから。仕事後に食事をしていたから。たったそれだけの理由で溝口を犯人と決めつけるのはあまりにも早計だし、根拠に乏しいと言わざるを得ない。

それでも、壮吾の中に、いささかの不穏な影を落としたのは事実であった。これまで彼を尾行し、日々の生活サイクルを目の当たりにしている間、彼が連続殺人犯であるという確証などどこにもなかった。だが、細かいところで何かが引っかかっていた。溝口拓海という男を尾行している時の、えもいわれぬ違和感のようなもの。規則正しく、まっとうな生活を送っている彼が、その生き方が、どこか作り物めいた感じがしてならなかった。まるで、誰かに見られることを前提に、都合の悪いものは徹底的に隠し、見せられる部分だけを見せているかのような、うさん臭さにも似た疑惑を、彼に対して抱いてしまうのだ。

もちろんそんなものは、壮吾が勝手に抱いている感覚、ただの直感に過ぎない。だが、その直感が、全くの見当違いであるとは、どうしても思えなかった。

溝口の生活は完璧なほどにシミひとつない清廉潔白なものであり、婚約者を裏切るどころか、社会一般的に見てもケチのつけようのないものである。しかし同時に、完璧だからこそ裏に何かがあるのではないかという、粗探しにも似た疑惑をつい抱いてしまうのだ。

その答えが、溝口が連続殺人犯だというのは無理があるかもしれない。しかし、もし本当に溝口が連続殺人犯だったとしたら、この湧き上がるような違和感は解消される気がした。同時に、浅沼綺里乃が伝えたかったことは、もしかするとこれなのではないかという閃《ひらめ》きが脳裏をよぎる。

彼女は婚約者である溝口のことを知るうちに、彼に信頼を寄せる一方で、その張りぼてめいた人物像に疑いを持つようになったのかもしれない。もしかすると、壮吾がまだ見つけられていない、他の被害者とのかかわりを、彼女が偶然にも見つけてしまったという可能性もある。そのことをきっかけに、彼女は溝口への疑惑を深めた。一方で、彼を信じていたいという感覚も変わらず抱き続けていた。疑わしいという理由だけで彼を疑いきれないほどに、愛してもいるのだろう。

だからこそ、結婚する前にはっきりさせておきたいと思った。壮吾のもとに身辺調査と称して依頼を持ち掛けてきたのには、そんな背景があったのではないだろうか。

そう考えれば、一連の出来事すべてに説明がつく。疑う余地のない溝口の身辺調査を行わせたことも、その報告を聞いても眉一つ動かすことなく、まるで必要な情報を得られていないから、やり直してくれとでも言いたげな様子で調査の延長を申し出たことも、すべての理屈が通るのだ。

やはり、浅沼綺里乃は何かを知っている。溝口が殺人犯ではないかと疑い、その疑いが晴れることを願うという、対極の葛藤を抱えている。

そういった疑念を頭の中でこねくり回していると、庁舎の入口から、見慣れた男が出てくるのが見えた。溝口だった。

いつもと違い、溝口の顔には重苦しい影が差し、足取りも重かった。水川莉緒の訃報を受け、ショックを受けているのか……。

――あるいは、そう見せようとしているだけか。

うつむいて肩を丸め、とぼとぼと帰路に就く溝口の後を追って、壮吾は歩き出す。溝口はいつものように地下鉄に乗り込み、この日はどこにも立ち寄ることなく自宅マンションに帰り着いた。

あまりにもあっけなく、そして普段と何ら変わらぬその行動にいささか拍子抜けをしつつ、しかし壮吾は思う。このあっけなさに慣れてしまい、壮吾は尾行に力を入れることをしなかった。もし、もっと早く彼に疑いの目を向けていたら、一晩中でもマンションの前に張り付き、彼が深夜に外出していくところを押さえられたかもしれない。

自分の詰めの甘さに嫌気が差す。もし今、以前勤めていた探偵社にいたら、同僚や上司にはきっと、こっぴどく叱られているだろうと、自分を蔑むような気持ちで、舌打ちをした。

そんな風に考えれば考えるほど、壮吾の中で溝口を疑う気持ちは膨れ上がり、彼が殺人犯ではないかという突飛な疑惑は膨らんでいく一方であった。

その疑いを取り払うためには、彼が潔白であるという決定的な証拠を得る以外にはない。それを見つけるためにも、今夜から彼に張り付いて、その行動を一つ残らず監視するべきだろう。

――いや、待てよ。

ふと、己を押しとどめるように独り言ちて、壮吾は更に考える。

溝口が本当に殺人にかかわっているとしたら、昨日の今日で不審な行動はとらないのではないか。少なくとも、数日は時間を空けて、捜査の手が自分に伸びていないことを確信したうえで、新たな犯行に手を付けるのではないか。

そうなると、今は冷却期間であり、そんな状態で尻尾を出すような行動はとらないのではないか。そう思うと、途端にこんな場所でじっとしていることが無駄に思えてしまう。なぜこんな風に焦りを覚えなくてはならないのかと、自分で自分に苛立ちを覚えなくもなかったが、その理由はきっと、『魂の選別』にあった。

事件が起きたのは昨夜の十時過ぎ。マンションから転落した渋谷真衣のお腹の子の魂の選別を行った後、壮吾がまっすぐ家に帰った後の出来事だ。

選別のために悪魔たちに呼び出されていなければ、壮吾は昨夜もこうやって溝口の尾行・監視をしていたはず。そして、彼が水川莉緒を殺害しに向かっていたとしたら、その現場を押さえることができたかもしれない。

言い方を変えれば、壮吾が『魂の選別』を行っていたせいで、防げるはずの殺人事件をみすみす見逃してしまったかもしれないのだ。

それはただの憶測や直感などとは違う、明確な事実であり、だからこそ壮吾をひどく陰鬱な気分にさせた。

罪悪感。そんな言葉が頭に浮かび、じわじわと壮吾の胸を内側から締め付ける。死者の魂の行き先を定めている間に、生きている人間の死を見逃してしまう。そんなことがあっていいのかと糾弾する声が、頭蓋の中で反響していた。

「……くそ。畜生……」

やり場のない怒りに手が震え、呻くような声がこぼれた。

何でもいい。何か、あの男が殺人犯であると確信できるような情報があれば、逆町に事情を話してこれ以上の被害が出ないように働きかけることができるのに……。

こんなことを悪魔たちの前で言ったら、きっと怒られるだろうけど、死者の魂を選別するよりも、生きている人間の命を救うほうが、よほど重大なことであるように思えた。

──何かないのか。これ以上傷つく人が出ないようにする方法が……。

ぴたりと、停止スイッチを押したみたいに思考が停止した。同時に、暗くよどんだ沼の底からずるりと這いずり出るように、脳裏をよぎる声。

『〝彼女〟は本来、被害に遭うべき人間ではなかった』

昨夜、別れ際に綺里乃が呟いた不可解な一言。いったい何のことを指していたのかと疑問に感じていたその一言が、今は大きな質量を伴うみたいにして、壮吾の背中にのしかかっていた。

彼女は、世迷言《よまいごと》でも何でもなく、真実を言い当てていたのかもしれない。

壮吾はどうしても彼女に会わなければならないと思った。綺里乃に会って、知っていることをすべて話してもらわなければ、真相にはたどり着けない。そんな気がしたのだ。

スマホに手を伸ばし、登録していた綺里乃の番号に電話をかける。だが、「おかけになった電話番号は、現在使われておりません」という電子音声が虚しく響くばかりで、綺里乃に通じることはなかった。

おかしい。番号を間違えたのか。それとも事情があって番号を変更したのか。

——仕方ない。直接会って話を聞くしか……。

踵を返し、夜の街に向かって駆け出そうとした壮吾は、しかしすぐに立ち止まる。何か、言い知れぬ違和感のようなものに襲われ、そして次の瞬間にはその正体に気付き、壮吾は息をのんだ。

「会う……？　そうだ。なんで気付かなかったんだ……？」

どうして、どうしてと自分を責めるような言葉が、幻聴のように繰り返される。

考えてみればおかしなことだった。溝口の身辺を調査するあいだ、壮吾は彼が様々な人と会い、共に過ごす場面を見てきた。その中で、不審な行動を取りはしないか、他の親しい相手と会ったりはしていないかということにばかり目を光らせていた。そのせいで、もっとも『不可解』でもっとも『不審』に思うべきことがあったことに、全く気が付かなかった。

重要なのは、「あるはずのもの」がすっぽり抜け落ちていたこと。

浅沼綺里乃はこの三週間の間に、一度も溝口と会っていない。結婚を前提にした付き合いをしているというのに、平日の仕事後も、休日にも、二人が顔を合わせることはなかった。外でも、どちらかの家を行き来することすらもなかった。

二人は、婚約者同士であるはずなのに。

「どうなってるんだよ。これは……」

車通りの少なくなった通りに立ち尽くし、壮吾は呟いた。こんな時、どちらかの悪魔がやってきて、ヒントをくれればと思う。しかし言うまでもなく、そんな都合のいいことは起こらなかった。

当たり前だ。彼らは神や天使の類じゃない。人を惑わし陥れる悪魔なのだから。

そう、内心で独り言ちた時、手の中でスマホが鳴った。

『よう、調子はどうだ？』

空気を読まないあっけらかんとした声で問われ、壮吾は溜息交じりに返事をする。

「何の用だよ。六郷」

『随分と御挨拶じゃあねえか。せっかく、浅沼綺里乃についての情報を調べてやったっていうのによ』

「浅沼さんの情報？　そんなの、頼んだ覚えは……」

『頼まれちゃいないが、必要だと思ったんだよ、そしたら、意外なことがわかったぜ』

「意外なことって……何だよいったい？」

恩着せがましい言い方に辟易しながらも、六郷が調べたという情報に気を引かれ、問いかける声にもつい力が入る。

『おいおいおい、ずいぶんと前のめりじゃあねえか。依頼人との間に何かあったのか？』

こちらが焦っていることを察した様子で苦笑しつつ、六郷は問いかけてきた。

「別にそういうわけじゃない。ただ……」

『ただ？』

「なんていうか、彼女は俺に嘘をついているのかもしれないって思ったんだよ」

『嘘……か。そう思う根拠はあるのか？』

「それは……その……」

壮吾は即答をためらって言葉を濁すが、結局は自らが陥っていた疑惑の内容を六郷に話して聞かせた。

壮吾が喋る間、六郷は口を挟むことなく聞き入っていた。顔を見ることはできないが、壮吾の抱いた考えを頭ごなしに否定するつもりはないらしい。

『つまり、浅沼綺里乃は溝口拓海と婚約者でもなんでもなくて、下手をすりゃあこの世に存在もしていないんじゃあないかと、そう思っているのか？』

「総括すると、そういう感じかな……」

『なるほどな……。悪くない推測だが、残念ながら読み違ってるぜ』

えっと声を上げた壮吾の反応を楽しむように、六郷は笑い飛ばすように言う。

『浅沼綺里乃はちゃんと存在しているし、溝口拓海とも、婚約関係にあった。そういう意味じゃあ、彼女はお前に嘘なんかついちゃいない』

「……ちょっと待て。『あった』ってなんだよ。まるで過去のことみたいに……」

ふと、思考の隅で何かが引っかかる。問いかける壮吾の声が、力なく消え入った。

こちらが黙り込んだのを待ち構えていたかのようなタイミングで、六郷は話を進める。

『二年半前、ある事件に巻き込まれて以来、彼女は昏睡状態に陥って、病院で寝たきりだったそうだ』

「病院で、寝たきり……？」

繰り返したその言葉が、しかしすぐに理解できずに、壮吾は更に困惑を強める。

それも当然だとでも言いたげに、六郷は深い溜息を一つついてから、浅沼綺里乃について調べ上げた情報を説明してくれた。

かいつまんだ内容はこうだ。

浅沼綺里乃は大学卒業後、札幌市のとある住宅メーカーに就職し、溝口の実家のリフォームを担当したことをきっかけに溝口と出会い、そこから交際がスタートした。二人の関係はとても良好で、交際から二年が経過したころ、溝口のプロポーズを受けて、二人は婚約した。だがその直後、綺里乃は仕事帰りに突然姿をくらませて、一切連絡が取れなくなってしまった。

三日後、いなくなった現場から数十キロ離れた札幌市郊外の農道をはだしで歩いている女性がいるという通報を受け、警察が綺里乃を保護した。彼女は数人の男に拉致監禁されて暴行を受け、全身の数か所を骨折、あちこちに打撲や擦過傷《さっかしょう》があり、顔じゅうがあざだらけであった。

病院に搬送される途中、彼女は意識を失い、それっきり目を覚ますことはなかった。それからというもの、二人の関係は停滞し、時間の経過とともに溝口は病院に足を運ばなくなっていったという。

「それじゃあ、溝口の方から婚約を解消したってことか？」

『というより、溝口の両親が、って線が濃厚らしいな。お前も知っての通り、奴の父親は代々市議を務める資産家一族だ。いずれは溝口も議員に立候補することになる。胸糞悪い言い方になっちまうが、そういう事件の被害に遭った女性を嫁に迎えるのは避けたかったようだぜ』

吐き捨てるように言って、六郷は苛立ちをあらわにした。それを聞いている壮吾も、暗澹たる気分に押し包まれる。綺里乃の過去にそんなことがあったのかと思わずにはいられない。だがその一方で、どうしても引っかかることもあった。

「その事件がきっかけで二人の関係は終わってしまった。そして、彼女は意識を失ったまま。そうなんだよな？」

『そうだな』

「だったらどうやって、彼女は俺のところに依頼に来たんだ？　まさか……」

あれは別人か、それとも幽体離脱……？

馬鹿げた妄想を真剣に思い浮かべた時、電話の向こうで六郷が笑い出す。

『おいおいおい、まさか幽霊だとでも思ったか？　安心しろ。それはねえよ。彼女がお前の前に現れたのは、単に目を覚ましたからに決まってるだろ』

「それじゃあ、回復して退院したんだな」

『いいや、そうじゃない。担当する看護師に話を聞いたら、ある朝突然、彼女は病室から忽然と消えてしまったらしい』

「消えた？」

『ああ、文字通り、ドロンだよ。つっても、ごく一般的な病院だからな。日中は自由に出入りできるし、外来の患者や見舞い客に紛れてしまえば、見とがめられることなく病院を抜け出すことは可能だ』

「家族は知っているのか？」

『それがな、病院を抜け出した浅沼綺里乃は家族のもとには現れず、どこへ消えたのか行方知れずなんだよ』

「そんな……」

そんな状態で、彼女は壮吾の所にやってきたということらしい。

長く意識を失っていた彼女は目を覚まし、いったい何を思って家族ではなく壮吾を頼ったのか。そして、婚約者であったはずの溝口の調査を依頼したのはやはり、彼のことを疑ってだったのだろうか。

あり得ないことではないと、壮吾は内心で独り言ちる。

もしかすると、彼女が溝口を疑うきっかけが、彼女自身が被害に遭った事件に関係しているとしたら……？

目を覚ました彼女が家族のもとに帰らなかったのも、元婚約者である溝口を頼ろうとせず、見ず知らずの私立探偵に助けを求めたのも、すべては、意識を失う前に、彼女が見聞きしたことに、溝口が関係していたからではないのか？

「なあ六郷、その話、もっと詳しく……」

『おおっと、俺が調べたのはここまでだよ。時間もなかったからな。もっと詳しく知りたきゃあ、直接病院に行けよ』

「彼女が入院していた病院か？」

そうそう、と相槌を打って、六郷は市内にある総合病院の名称を口にする。

『そこの佐伯瑞葉《さえきみずは》って看護師が綺里乃の担当だ。偶然にも、こいつとはちょっとした仲なんだよ。俺の名前を出せば詳しい話を聞かせてくれるはずだぜ』

「でも、こんな時間じゃ……」

『それが都合のいいことに、今夜は夜勤で詰めているらしい。こっそり訪ねて話を聞いてみろよ』

俺はもう店じまいだ。などとおどけた調子で続けて、六郷は欠伸交じりに会話を切り上げようとする。

「わかった。訪ねてみるよ。ありがとう」

『礼なんかいらねえよ。その代わり、今回のお前の身に降りかかった奇妙な依頼の全貌がわかったら、いの一番に教えてくれ』

報酬よりも、知的好奇心を満たす方がずっと有意義だとでも言いたげに、六郷は豪快に笑った。


佐伯瑞葉という女性が勤務する病院は、札幌の中心部にほど近い商業街の一角にあった。この時間、正面玄関の明かりはすでに落とされ、何人《なんぴと》の侵入も拒むように閉ざされている。夜間外来の出入り口から中に入ると、窓口にいる警備員はうつらうつらと舟をこいでいた。見とがめられることなくそっと通過し、院内に進む。

人気がなく、静まり返った廊下を歩きながら、壮吾は院内に漂う形容しがたい暗鬱な気分に引きずられるようにして、自らも鬱々とした溜息を吐き出した。

溝口の件はまだ、はっきりとした答えが見いだせていない。そんな状況で飛び込んできた綺里乃の素性と、彼女が入院していたという事実。一度にあまりに多くの情報が入ってきたせいか、すでに脳味噌はオーバーヒート状態である。

いったい、何を信じて何を疑うべきなのか、その判断すらも危ういほどに、壮吾はこの一件にすっかり翻弄されてしまっていた。

だが一方では、溝口の件をつまびらかにするために必要なのは、綺里乃の本当の目的を探ることに他ならないという、妙な確信がこの胸の内を漂っていた。

溝口と連続殺人事件がどうかかわっているのか、その鍵を握っているのが浅沼綺里乃であり、彼女のことをもっとよく知ることで、壮吾に調査を依頼してきた真の目的も見えてくるはずだ。

半ば強引に、自分に言い聞かせるようにして、廊下の奥にあるホールへと足を踏み入れる。

二階まで吹き抜けになったホールの明かりは六割ほど落とされていた。白く磨き抜かれたリノリウムの床や等間隔に点在する黒い柱、各所に配置されたベンチソファ、そのいずれもが洗練されたデザインをしていて真新しい。病院のホールというよりはむしろ、ホテルのラウンジか劇場のエントランスといった雰囲気である。

そのホールの奥には無人の受付があり、更にその先のナースステーションを覗いてみると、看護師と思しき女性の姿があった。

「あの、すみません」

声をかけると、二十代と思しき若い看護師が、やや隈《くま》の目立つ顔をのっそりと上げた。

「……何か？」

「佐伯瑞葉さんはこちらに？」

「……はぁ、いますけど。ていうかあたし」

眠そうな声で、応じたその女性は、だらりと手首から先が垂れた腕を持ち上げた。

看護師、という言葉の持つイメージとは程遠い、気だるげでどこか投げやりな印象を受けるその女性に、六郷の紹介で来たことを伝えると、彼女は露骨に顔をしかめ、「あいつ……」と忌々し気に独り言ちた。

どうやら、六郷の言う『ちょっとした仲』というのは、さほど良好な関係を指す言葉ではなかったらしい。

「浅沼さんのこと、聞きたいんだっけ？」

追い返されるかと思ったが、意外にも瑞葉は拒否の姿勢を示すことなく、自身が腰かけていたスツールの二つ隣の席を、壮吾に勧めた。

ステーション内に他の看護師の姿はなく、そのことを聞くと巡回に行っているのだという。戻ってくるまでの十五分程度なら、気兼ねなく話せるよと言われ、壮吾はスツールに腰を下ろし、瑞葉と向かい合う。

「あなたは、えっと……」

「烏間壮吾といいます」

「そうそう、確か探偵さんだっけ？」

壮吾が来るまでの間に、ある程度の話を六郷から聞いていたのだろう。合点がいったという様子で、瑞葉は手を叩く。

「それで、浅沼さんの何を知りたいの？」

「できれば詳しくお聞きしたいんです。彼女が入院していた時の話や、婚約者の溝口さんがどれくらいの頻度でお見舞いにやってきていたかなどを……」

「元、婚約者の溝口さんね」

壮吾の発言を遮って、瑞葉は強調した。

「彼女が被害に遭った事件のことはあのクズから聞いたでしょ」

そのクズが六郷のことを指していることは察しが付いた。あえて詳しく聞き返したりはせずに、そっとうなずいておく。

「その事件が起きたのが二年半前。それからつい三週間前まで、彼女は意識不明のままだった。あの元婚約者は、最初の頃こそかいがいしく見舞いに来ていたけどね、半年も経った頃にはぱったりと来なくなっちゃったよ」

二年半前となると、ちょうど連続殺人事件の最初の被害者が現れた頃だ。それが奇妙な一致などではなく、必然的なものであることに思い至り、壮吾は生唾を飲み下した。

「溝口さんのご両親が、婚約破棄を申し出たとか？」

「そう。ひどい話だよね。確かに浅沼さんはずっと寝たきりで、いつ目覚めるかもしれぬ状態だったけど、そういう人間を平気で切り捨てるってどうなの？　しかも、本人じゃなくてその親がだよ。息子に苦労を負わせたくないって親心もあったかもしれないけどさ、浅沼さんの気持ちを考えたら、許せないよホント」

まるでわがことのように怒りをあらわにして、瑞葉は憤慨した。彼女が怒るのも無理はないだろう。同じ女性でなくとも、話を聞いただけで、ろくに綺里乃のことを知らない壮吾ですらも、怒りを禁じえなかった。

本来であれば、事件の被害に遭った彼女を支え、励ましていくのは他でもない婚約者の務めであるはずなのに。それを簡単に放棄するなんてと、溝口に対する苛立ちは募る一方だった。

「本人はなにも知らないまま眠り続けていたわけだけど、考えてみれば幸福だったのかもしれないよね。婚約までした相手がそんな冷血な人間だったって知らずにいられたんだからさ」

「彼女が目を覚まさないのはつまり、事件の時に負った傷のせいで、脳機能に障害が残ったということですか？」

「ううん、そうじゃないの。先生は……」

そこまで言いかけて、瑞葉はふいに押し黙る。それから、にんまりと奇妙な笑みを浮かべると、掌《てのひら》を上に向けて、壮吾の前に差し出した。

「一応《いちおう》、シュヒギムがあるからさぁ。詳しい話を無関係の人にペラペラしゃべるのは、ねえ？」

「……え？」

言葉の意味がはっきりとは理解できない壮吾を前に、瑞葉はわかりやすく、人差し指と親指でわっかを作り、ずいと突き出した。

「情報料っていうんでしょ、こういうの」

「ああ……そう、ですよね……」

まさか、こうもあからさまに要求されるとは思っておらず、壮吾はたじろいだが、ここで引き下がるわけにもいかない。

渋々、財布から抜き出した五千円札をそっと瑞葉の掌に載せた。

それをパタパタと顔の前で振りながら、ふふん、と瑞葉は満足げに表情をほころばせた。

「浅沼さんは確かに、全身傷だらけで運び込まれてきた。集団で性的暴行を受け、それだけでは飽き足らない犯人が殴る蹴るの暴行を加えていたらしいのね。でも幸いというべきか、頭部にはそれほどひどい怪我を負ってはいなかった。つまり、意識が戻らないのは脳が損傷を受けたわけじゃあないってこと」

「それじゃあ、どうして二年以上も眠り続けていたんですか？」

「先生の話じゃあ、意識が戻らない原因は心因性のもので、本人が現実を受け止めることを拒否しているからだろうって」

確かに、過酷な現実を突き付けられることを恐れ、眠りの牢獄に身を隠してしまいたくなる気持ちは、十分に理解できる。

「唯一の救いと言えば、犯人グループが事故を起こして全員死亡したことくらいよね」

「全員死亡？　犯人たちがですか？」

「そうだよ。あれ、ニュース見てないの？」

何かと慌ただしくしていたせいで、当時の記事をしっかりと読み解いてはいなかった。瑞葉は特に気にした素振りを見せずに、事件後の犯人グループの動向について教えてくれた。

それによると、綺里乃が監禁された現場付近で目撃されたワンボックスカーの持ち主とその友人グループは、地元でも質《たち》の悪いことで有名な連中であったらしく、警察もすぐに彼らの犯行であることを突き止めた。

綺里乃が発見された日の夜にはたまり場であるリーダーの自宅を警察が訪ね、そこから逃げ出した彼らと激しいカーチェイスを繰り広げた挙句、犯人グループは運転を誤ってカーブを曲がり切れず、ガードレールを突き破って三十メートルの崖下へと転落した。悲惨だったのは、全員が即死ではなく、ガソリンに引火して燃え盛る車中から逃げ出すことができぬまま焼け死んでいったことだった。

このことは悲痛な事故として新聞やマスコミに書き立てられたが、世間からは同情の声など一切上がらなかった。犯人死亡によって事件は解決。はた目には、そういった幕引きが行われたようだが、当の被害者である綺里乃の問題は何も解決などしていなかった。

事件の後、意識不明の状態が続いた綺里乃は、恋人を失い、仕事を失い、明るい未来がことごとく潰されてしまった。目を覚ましても、自分を襲った男たちの幻影に悩まされ、精神的につらい日々が待ち受けている。そんなことを思うと、目を覚ましたくなくなるのも当然だったかもしれない。

「きっと彼女、眠っている最中もずっと、夢を見ながら苦しんでいたんじゃないかな」

「どうしてそう思うんですか？」

「目を覚ましたら怖いことが待っている。だから夢の中に留まり続けたい。けど、いつかは目を覚まさなきゃならない。深層心理でそう思っていたら、身体は意識を目覚めさせようと働きかけるでしょ。そしたら夢の中でも居心地が悪くなっていく。悪夢とまではいかなくても、幸せな夢にはなりえないよね」

瑞葉は少し困ったような顔をして、頬杖を突いた。愁いを帯びたその表情には、綺里乃の苦しみに共感し、彼女を思いやる優しさが滲んでいる。

「だから目覚めた時、パニックになって病院を出て行っちゃったのかもしれない。ご両親もすごく心配して、方々駆けずり回って探しているけど、全然見つからないみたいで」

「そう、ですか……」

軽々しく、「うちに依頼に来ましたよ」などとは言えない空気だった。

それに、二年以上も寝たきりだったにしては、壮吾の前に現れた綺里乃にはそんな様子は見られなかった。確かに病的なほど肌が白く、どこかはかなげで、油断したらぽっきりと折れてしまいそうなほど手足も細かった。それが寝たきりだったからだと説明されれば、納得はできる。だが、そんな彼女が、なぜ警察ではなく壮吾のような私立探偵を頼ってきたのか。それがわからない。

なんだか、綺里乃のことを知ろうとすればするほど、出口の見えない迷宮に押し込められるかのような気がして、なんとも形容しがたい息苦しさに、壮吾は胸やけがした。

瑞葉もまた、綺里乃の話をしたことで、少なからず気持ちが沈んでしまったのだろうか。互いに言葉を失ったみたいに黙り込み、二人の間には気まずい沈黙が下りた。

やがて、卓上に置かれていた瑞葉のスマホが短い電子音を響かせる。

そろそろ、巡回に出ていた同僚が戻ってくる時刻だという。

「最後に一ついいですか?」

「いいけど、何?」

立ち上がった壮吾は、わずかに逡巡したのちに、意を決して質問した。

「溝口さんについてなんですが、何か変わったことはありませんでしたか?」

「変わったことって?」

意識不明の恋人を捨てて、平気で普段の生活に戻っていく以上に変わったことなどあるものかとばかりに、瑞葉は問い返してきた。

「例えばその、彼が綺里乃さんを傷つけようとするとか、事件に遭う前に、二人の間にトラブルがあったとか」

「うーん、どうかなぁ。あたしが知ってるのはここに運ばれてきてからのことだけだし、そもそも浅沼さんと話したこともないしね」

「そう、ですよね……」

やはりそうかと引き下がろうとした時、瑞葉は「あっ」と声を上げた。

「そういえば、一度だけおかしなものを見たかも」

瑞葉は顎《あご》に指をやって首を傾け、斜め上を見上げる。

「溝口さんが病院に来なくなる少し前、お見舞いに来た時にね、彼の前で包帯を外したのよ」

暴行によって負った傷が癒え、不要となった包帯を外したということだろう。

「その時に、溝口さんが浅沼さんにそっと手を触れたんだよね」

「それのどこが変なんですか？」

「普通、恋人だったら、傷が癒えて元通りになった恋人の手に触れたり、頬に触れたりするものでしょ。でも、溝口さんは手でも頬でもなくて、首筋に痛々しく残った傷を撫でていたの。刃物で切り裂かれた傷で、それほど深くはなかったんだけど、大きく痕が残ってしまったのね。それも、いとおしそうに何度も何度も撫でていたのよ」

「首筋の傷……」

どくん、と。壮吾の心臓が大きく跳ねた。頭に浮かぶのは、溝口の話をする時に綺里乃が見せた、首元のスカーフに手を触れる仕草だった。

まさか、と頭をよぎった一つの仮説。ふってわいたようなその考えを後押しするかのように、記憶が一つの情報を指し示す。

――死後、頸部を刃物で切り裂かれた痕が……。

報道で何度も耳にしたフレーズ。それは、連続殺人事件の被害者たちに、犯人が残していった共通する手がかり。首切りマニア連続殺人事件の犯人の手口だ。

やはり、溝口は殺人犯なのではないか。

首筋に残された切り傷に固執する溝口の姿を想像し、壮吾は内心で自問した。

「あの時初めて、あたしは溝口さんのことが気味悪くなってね。ああ、婚約解消してよかったのかなあなんて思っちゃった。まあ、あくまであたしの感想だけど」

「そうですか……ありがとうございました……」

依然としてまとまらない思考をぶら下げたまま、壮吾は瑞葉に礼を述べると、ナースステーションを後にした。

「探偵さんが何を探しているのかはわからないけどさ、もし浅沼さんのこと見つけたら、あたしにも知らせてね」

廊下まで見送りに来てくれた瑞葉に「もちろんです」と応じて、もう一度頭を下げる。

ホールの階段を下りてくる看護師のものらしき足音を聞きながら、踵を返して歩き出した

時、

「あ、ちょっと待って。最後に……」

何か言い忘れたことがあるのかと思い、彼女を振り返ると、左手の人差し指と親指でわっかを作り、反対の手を壮吾の前にすっと差し出してきた。

「いや、あの……情報料ならさっき……」

「これは首の傷の話の分。追加料金ね」

白衣の天使。そんな形容がぴったりな笑みを浮かべながら、瑞葉は更にずい、と、催促するように手を伸ばした。渋々、財布を取り出した壮吾は、なけなしの五千円札をもう一枚彼女の手に載せる。それを嬉しそうに胸に抱きしめるようにして、その場で軽く跳ねた瑞葉は、軽やかな足取りで去っていった。

その背中を見送り、今度こそ病院を後にしようと歩き出した壮吾は、しかしそこで、うなじの辺りに妙なむずがゆさを覚えて立ち止まった。階段の方から、パタパタと響いてくる看護師の足音が不意に消え去り、ホールの大きな柱時計の振り子が、ぴたりと停止する。

そして、壮吾の意識は唐突に暗転した。

3

気が付いた時、壮吾は見知らぬ家のリビングに立っていた。

白い壁紙、白い天井に木のフローリング。やや年季の入ったダイニングテーブル。三人掛けと二人掛けに分かれたソファ。毛足の長いラグカーペットと横長のテーブル。

半開きのドアの向こうには玄関があり、二階へと続く階段が見える。正面の窓の外は住宅街と思しき外の様子が確認でき、左手にある窓の向こうには砂利の敷き詰められた小さな庭がある。

どうやら飛ばされた先は、どこかの一軒家であるらしい。そのリビングのダイニングテーブル横の床に一人の女性が仰向けに倒れている。うつろに開かれた眼は虚空を見据え、命の輝きは失われていた。

「見た感じは三十代——いや、ギリ二十代って感じかなぁ。化粧っ気のない、地味な顔だねこの子」

椅子に腰かけた状態で、ダイニングテーブルに頬杖を突いた杏奈が、哀れみを込めた口調で告げた。

「着ている服も地味だな。これじゃあ実年齢より老けて見られても仕方がないかもしれん。素材は悪くないようだが」

「ちょっとちょっと二人とも、亡くなった人に対して何て言い草だよ」

無神経なやり取りに割って入り、壮吾はあからさまに溜息をついた。すると二人は、ようやく気が付いたとばかりにこちらへと視線を向ける。

「あ、君来てたんだ」

「すまん、気づかなかった」

ぬけぬけと言い放つ。自分たちで呼び出しておきながら、何て勝手なことをと苛立ちを覚えるも、言ったところで無駄なのでもう一度これ見よがしに溜息をついて、不満を訴える。

「あはは、怒らないでよ。あたしはただ、君が忙しくて使命をこなすのが大変なんじゃないかって心配してるんだよ」

「え、それってどういう……」

「こんな時間まであちこち駆けずり回って、何を調べているんだ？」

日下の眼が鋭く引き絞られた。ここへ来るまでの壮吾の行動を、ある程度把握したうえで、あえて尋ねている様子である。

「実は……」

わずかに逡巡したものの、たとえ嘘をついても、どうせ彼らには隠し通すことはできないと諦め、壮吾は素直にこれまでの経緯を説明した。

話を聞き終えた二人は、やや困惑気味に顔を見合わせて、

「どう思う？」

「うむ、そうだな……」

などと、こちらが不審に思うほど真剣な面持ちを見せた。

二人にしては珍しく壮吾の抱える問題について真面目に考えてくれたようだ。そう思うとなんだか心強い味方を得たように思え、悪い気はしなかった。

「その溝口という人間が本当に殺人犯だとしたら、お前はかなり危険な調査を任されていることになるな」

「まあ、そうだね」

「依頼人の浅沼綺里乃だって、何考えてるのかわからないよね。やばい感じがするなら、さっさと手を引くのが懸命な判断じゃあないの？」

「それは、そうなんだけど……」

二人の思いがけぬ優しさに戸惑いつつも、煮え切らない反応をする壮吾に業を煮やしたように、二人は更に突っ込んだ質問を投げかけてくる。

「そもそも、その女の狙いは溝口の行動云々じゃあなくて、お前にあるように思うがな」

「僕に？」

なんで、と内心で続けた壮吾を嘲るように、杏奈が肩をすくめる。

「だから、溝口っていう男の悪事を君に暴いてほしいってことでしょ。それなのに、彼は浮気はしていません。誠実な男性ですよなんてとぼけた報告ばかりするから、がっかりされてるんじゃあないの」

「そんな……だって僕は言われた通りにしているだけだよ。溝口が殺人犯じゃあないかっていう疑惑だって、今朝のニュースで初めて抱いたものだし、それまでは怪しい所なんて何も……」

「本当に、何もなかったのか？　言い訳に使われるのは気に入らないが、『魂の選別』に気を取られて尾行がおざなりになったり、時間を逆行したせいで溝口って奴から目を離してしまったことが、お前の『気づき』を阻害したってこともあるんじゃあないのか？」

「それは……」

あるかもしれない。というより、その可能性がかなり大きい。水川莉緒が殺害されたニュースを目にしなければ、今でも綺里乃の本当の狙いが別にある可能性にも気づけなかったはずである。

こうして異常な事態に身を置いていることに気付けたのは、単なる偶然の結果なのか、それとも何かしら理由があってのことなのかはわからない。それこそ、何か大きな力のようなものに導かれるかのようにして、自然にたどり着いた疑惑ともいえる。

「あーあ、それはあたしも嫌だなぁ。探偵のお仕事がうまくいかないことをあたしたちのせいにされても、責任なんてとれないからね」

「そんなことを言うつもりはないよ。溝口の件だってまだ仮定の段階だし、それに……」

言い知れぬ不穏な気分に毒されてか、壮吾は焦りにも似た感覚に声を詰まらせた。

魂の選別など行わず、溝口に張り付いていたら、彼の犯行の決定的な瞬間を押さえられたかもしれないことは、曲げようのない事実だ。そしてそれは、本来であれば救えたはずの命を、見殺しにしてしまったのではないかという、最悪の想像へと繋がるのだった。

——でもまだ、そうと決まったわけじゃ……。

壮吾はかぶりを振って、捕らわれかけた嫌な予感を振り払った。そうと決まったわけではないと自分に言い聞かせ、考え得る最悪の現実から必死に目をそらす。

「何にしても、依頼人の女ともう一度会って、どういうつもりかを問いただすのが一番早いのではないのか。ここでうだうだ考えていても、結論が出るわけでもないだろう」

「そうだよねぇ。『魂の選別』と違って、まだ奪われていない命に関する問題である以上、あたしたちがどうのこうの言えるものでもないし」

　腕組みをした杏奈は、しかし直後に、あっと声を上げる。何かひらめいたらしい。

「悩んだり慌てたりする必要なんてないじゃん。もしその溝口ってのが殺人犯で、依頼人の身に危険が迫っているのだとしたら、彼女の方が殺されるかどうかしちゃうわけじゃない？　そしたら、あたしたちが魂を選別すれば、彼女が何を考えていて、何の目的で行動していたかを大手を振って調査できるんじゃあないの？」

「それは名案だな。壮吾はごたごたから解放されて、私たちは仕事が増える。あとはその女の魂をどうにかして地獄行きにしてくれれば、まさに一石三鳥で……」

「待て待て待て。いい加減にしろよ二人とも。縁起でもないことを言わないでくれよ」

　さすが悪魔とでもいうべきか。人の命を何とも思っていないかのような発言に、壮吾は我慢できずに声を上げて二人を遮った。

「浅沼さんが何を考えているかは不明だけど、それでも過去に犯罪被害に遭ってつらい思いをしたことは事実だ。そんな彼女が、婚約者が殺人犯じゃないかって疑いを持つなんて、どれだけ苦しいことか、少し考えればわかるだろ」

　思いがけず大きな声が出た。日下と杏奈にとっても、それは意外なことだったのだろう。壮吾の剣幕に気圧されたように、二人はばつの悪い顔をして押し黙る。

「そんな人が殺されて、魂の選別を行えばすべてが解決なんて、無神経にもほどがあるよ。僕はそんな君たちの考え、絶対に賛成できない」

「わ、わかったわよ。そんなに興奮しないで。ちょっとした言葉のあやじゃない」

「なにぶん私たちは悪魔だからな。お前みたいに繊細な人間の気持ちを完全には理解できない。いくら説明されても、そういう道徳心みたいなものは、身につかないように出来ているんだよ」

悪魔に人間のモラルを求めたところで、意味がないことはわかっている。それでも、綺里乃の境遇を考えると、せめてこの先の人生を穏やかに過ごしてほしいと思ってしまう。だからこその、無神経な物言いに対して過剰に怒りをあらわにしてしまった。普段なら聞き流せる日下や杏奈の軽口に、必要以上に噛みついてしまったことを自覚した壮吾は怒りに荒くしていた息を落ち着かせ、やり場のないもどかしさに眉根を寄せた。

「わかってるよ。とにかく今は使命に集中しよう。ぐずぐずしている時間はないって、いつも君たちが言っていることだろ」

壮吾が強引に会話をそらして、床に倒れている女性のそばにかがみこんだ。日下と杏奈は顔を見合わせ、後ろ髪を引かれるような様子を見せたものの、壮吾の提案に反対することなく、同じように女性の様子を注視する。

先ほど杏奈が言ったように、この被害者は年齢は三十前後と思われ、身長、体重共に平均的な中肉中背。首筋にはくっきりと変色した手の痕と思しき痕が残っている。強い力で頸部を圧迫された証拠だ。

この時点で自殺の可能性は潰えた。彼女が何者かに殺されたのは間違いないだろう。問題は、それが何者かということだが……。

「服装に大きな乱れはないから、乱暴目的で襲われたわけじゃない。それにリビングは片付いていて、荒らされた形跡はない。物取りの途中で鉢合わせたっていう感じでもないな……」

「ここで死んでるってことは、この家の住人、だよね」と杏奈。

「たぶんね。一応訊くけど、今回はどっちも彼女と面識はない？」

壮吾は問いかけながらそれぞれに視線をやるが、どちらも首を横に振る。となると、捜査において二人の力を借りるという安易な方法は使えそうにない。

これは、気を引き締めてかからなければならないぞと自分に言い聞かせながら、壮吾は立ち上がり、室内の様子を詳しく調べていく。

一見してよく片付いたリビングだが、言い換えれば殺風景な印象を受ける。室内に観葉植物の類はないし、ペットを飼っている様子もない。壁際のアンティーク調の棚には、古い雑誌やいくつかの書籍、やや抽象的な何かの置物など、整然と置かれてはいたが、そのどれもが長い間手を触れられた様子がない。おまけに統一感もなく、家族がそれぞれの持ち物を勝手に置いて行ったと想像できる。

キッチンを覗き込むと、一人分の食器とコップが水切り籠に入れられており、コンロに置かれた鍋も小さ目なものだった。

「もしかしてこの人、一人暮らしだったのかな」

壮吾の視線を追って、一人分の食器があるのを確認した杏奈が、「そうみたいだね」と同意する。

「見てみろ、窓の鍵が開いている。殺人犯はそこから出ていったのかもしれんぞ」

背後で声がして振り返ると、日下がリビングの窓を指さしていた。彼の言う通り、そこには鍵がかかっておらず、わずかに隙間が開いていた。単に、帰宅した彼女が空気を入れ替えるために開けたとも考えられるが、それにしても不用心ではある。

「同居している家族がいないのなら、侵入者がいたと考えるのが妥当だ。もしくは……」

「彼女が自ら誰かを招き入れたか、だね」

杏奈は腰に手を当てると改めて室内を見回した。

「言われてみれば、広いわりによく片付いた部屋だよね。家具とかそういうのも、年季が入ったものばかりで新しいものが全然ない。余計に物を増やしたくないっていう意志がビシバシ感じられるよ。見た感じまだ若い子だから、欲しいものがあってもおかしくないのに。こういうの、ミニマリストっていうんだっけ？」

杏奈の独り言めいた質問に応じることなく、壮吾は半開きになっていたドアを軽く押し開け、玄関を覗き込む。大雑把に想像して、女性が小さい頃に建てられた家だとしたら築三十年ほどだろうか。三和土にはサンダルとかかとの低いパンプスが一足ずつ。下駄箱の脇にはコート掛けがあり、そこにはこげ茶色のカーディガンと黒いショルダーバッグがかけられていた。

「服もバッグも、年齢の割に地味だね。なんかこう、見てくれには一切気を遣いませんってタイプだったのかな」

ぼやくような杏奈の感想を聞きながら、壮吾は玄関ドアを調べてみる。玄関扉はごく一般的な木製のドアに、大きな金具のついたドアノブ。回転式の錠に金属のチェーン。こじ開けられたような跡はなく、鍵はかかっていない。一人暮らしの女性が戸締まりをしないことは考えにくい。発見を遅らせるためには玄関に鍵をかけたうえでリビングの窓から出ていくべきだろう。そうしなかったのは、そこまで気が回らないほど動転していたか、あるいは、そうそう彼女を訪ねてくる者がいないことを知っている人物とも考えられる。

「やっぱり、顔見知りの犯行かな……」

今度は壮吾が呟いた。それから下駄箱の上に視線を転じると、小さなカエルが傘を差して雨宿りをしている置物の横に、この家のものであろう鍵と、車のキー、そして、首から下げるタイプのＩＤケースがあり、『北海《ほっかい》銀行　本町支店　江原愛実《えはらえみ》』とある。顔写真から殺害された被害者のものであることは間違いない。

下駄箱の横にはスリッパ立てがあり、三足分あるラックはすべてスリッパで埋まっていた。やはり来客はスリッパを使っていないか、丁寧にラックに戻して出ていったか、そうでなければ使わなかったという可能性もある。

いずれにせよ、女性を殺害した犯人は、被害者にとって招かれざる客であったとみるべきだろう。彼女が普段から恨みを買っていたり、トラブルに巻き込まれていなかったかという部分に焦点を絞って調べる必要がある。

一通り観察を終えてリビングに戻ると、杏奈は待ちかねたようにダイニングの椅子に腰を下ろし、日下はテーブルの縁に寄りかかっていた。壮吾がやってきたことに気付くと、彼はこれ見よがしに腕時計を確認する。

「おい、そろそろいいか。あまりのんびりしていると……」

「魂が傷む、だろ。いいかげん聞き飽きたよ」

先ほどの無神経な物言いに対する怒りがまだ残っているのか、あえて意識してはいないが、日下に対する口調が自然ときつくなってしまう。

壮吾は遺体のところへ戻り、最後にもう一度、殺された被害者——江原愛実の顔を覗き込んだ。力なく開かれた目はあらゆる希望を打ち砕かれたかのように虚ろで、血の気を失ったその表情からは、一切の感情が抜け落ちている。

無念だったろうな、と勝手に彼女の気持ちを想像し、壮吾は胸の痛みに顔をしかめた。彼女の死の理由がなんであれ、こんな風に、広い家にたった一人で暮らしていたであろう彼女が、誰にも看取られることもなく打ち捨てられたように亡くなっているという状況が、さらなる悲しみの追い打ちをかけているような気がしてならなかった。

人を傷つけるどころか、傷つけられたとしても強く反撃に出られなさそうな、優しい人柄を感じさせる面立ち。水仕事のせいか、少し荒れた指先。目尻に残る涙の痕。まだ若く、明るい未来が待っていたはずなのに、物言わぬ亡骸となってしまった彼女の身体に残されたあらゆる断片が、壮吾の胸を強く締め付ける。

そのガラス玉のような瞳を見つめ、そこに最後に映ったであろう犯人の姿を想像する。その顔は黒く塗りつぶされたいびつなものであったが、殺意の念にあふれた醜悪な人間に違いないと、壮吾は強い確信を抱いた。

――絶対に、突き止める。

それは今初めて目にした江原愛実に対する同情心からか、それとも、浅沼綺里乃が被った口にするのもはばかられるような凄惨な事件に対する怒りを引きずってのことか。

壮吾には判断がつかなかった。ただ一つ言えることは、これまでのどの事件よりも、壮吾の胸の内には、殺人犯に対する憎しみが色濃く渦を巻いているのであった。

「なんか、かわいそうだね。この子」

ぽつりと、杏奈が言った。彼女が人間を慮《おもんぱか》るような発言をしたことに驚き、壮吾は目を丸くした。

「なに？　そんな顔しないでよ。あたしだって、それくらいの感傷を抱くことはあるんだから」

「ごめん、ちょっと驚いちゃって……」

でも、と続けて、壮吾は言う。

「僕も同じことを思った。この人がどういう生き方をしていたのかはわからないけど、この家を見ているとなんだか……がらんとしていて寂しいっていうか……」

胸の内に広がる気持ちがうまく表現できなくて、壮吾は言葉を失った。再び、気まずい沈黙が訪れるのを忌避してか、日下は「なんなんだよお前たち」と溜息交じりに声を上げる。

「暗くなっている時間などないぞ。落ち込んでる暇があったら、さっさと逆行して、納得のいく真相を見つけ出せ」

「うん。わかってる」

彼の言う通りだ。落ち込むのは簡単だが、いま必要なのはそんなことじゃない。

そう自分に言い聞かせて、壮吾はうなずいた。

「それじゃあ、いくよ」

確かめるように言って、杏奈が指を鳴らす。ぐにゃり、と足元が床に沈み込むような感覚と共に、視界に映るすべてのものがぐるぐると渦を巻いた。

そして、ゆっくりと、眠りに落ちるような感覚で、壮吾の意識は途切れていった。


事務所で目が覚めた時、時刻は午後二時を回った所だった。

逆行する前は、いくつか事務仕事を片付けて、『万来亭』で食事をし、そこでニュースを見て事態に気付き、溝口を尾行しに行った。だが今、その予定は、丸ごとキャンセルせざるを得ない。綺里乃と溝口の件が頭をよぎったが、戻る前と同じ行動をとっていては使命に差し支えてしまう。

まだ溝口が殺人犯と決まったわけではない。それに、今優先すべきは、江原愛実がなぜ殺されたのか。その真相を探ることだ。そう自分に言い聞かせながら、壮吾は身支度を整え、事務所を飛び出した。

一刻も早く江原愛実を見つけるために、壮吾が向かった先、彼女のIDに記載されていた北海銀行本町支店は、地下鉄沿線の大きな商業施設や薬局、ファストフード店などが立ち並ぶ通りの一角にあった。近くまで来て壮吾はふと、既視感のようなものに襲われる。だが次の瞬間には、実際に見覚えのある場所だということに気付く。ここには以前、溝口を尾行している時に一度立ち寄ったことがあった。三日ほど前、溝口は定時より二時間ほど早く仕事を切り上げ、自宅とは逆方向のこの銀行を訪れていた。窓口は利用せず、ATMで現金を下ろしていたようだが、なぜこんなところまでわざわざやってくるのかと疑問に思ったのを覚えている。

その時はまだ水川莉緒は殺害されていなかったため、溝口に対して疑惑を向けてはおらず、さほど深くは考えていなかったのだが……。

「ただの偶然……だよな……？」

銀行の入口前に立ち、壮吾は誰にともなく呟いた。溝口に疑惑を抱いてから、嫌な予感はずっとこの胸の中で渦を巻いている。はっきりとした正体がつかめぬことで、常に視界に靄《もや》がかかったような、なんともすっきりしない気分が続いていた。

気を取り直すようにして、首を左右に振った。

溝口のことは一旦忘れよう。彼と江原愛実が顔見知りでもない限り、深く考える必要はないはずだと首を左右に振ってから、壮吾は自動ドアをくぐった。

店内の正面右手にカウンターがあり、その奥の広い区画には、十数名ほどの職員がいて、それぞれが真剣な面持ちで職務に励んでいる。左手は待合所になっていて、中央に設置されたロビーチェアは半分以上埋まっている。割合的には老人が多いように感じるが、スーツ姿の中年男性やベビーカーを押した若い女性の姿もあり、クーラーの利いた銀行内は涼しいためか、赤ん坊はすやすやと心地よさそうな寝顔で眠っていた。

壮吾は不審に思われない程度の速度で静かに歩を進め、窓口業務を担当している女性職員にちらちらと視線を走らせつつ発券機を操作する。

――いた。

現在、開いている窓口は三か所。その真ん中の二番窓口で、年老いた女性に笑顔で対応しているのが、江原愛実だった。

先ほど目にした死に顔に比べて、幾分か若々しく見えるのは、血色の良い唇のおかげか、あるいは営業用の笑顔のおかげだろう。壮吾らが勝手に抱いていた孤独で寂しい女性というイメージとは異なり、全体的に明るい印象をはなっていた。

カウンター上の表示板には『26』の数字があり、壮吾が手にした番号は『31』だった。五人待ちか。と内心で独り言ちて、壮吾はとりあえずほっと胸をなでおろす。これが私用でやってきた場合だったら、うんざりするような待ち時間になるだろうけれど、今は愛実の職場での様子を窺いに来たのだ。待ち時間が長ければ長いほど、怪しまれることなく彼女の様子を観察できる。

ロビーチェアの最前列に腰を下ろし、スマホをいじるふりをしながら愛実の様子を窺う。彼女は人当たりの良い受け答えで利用客と円滑なやり取りをし、同僚とも、時折笑顔を織り交ぜて会話し、上司らしき相手とも良好な関係性を築いている様子だった。

少なくとも、客とのやり取りでストレスを感じているとか、同僚とうまくいっていないとか、上司にハラスメントを受けているという、一般的なトラブルの芽は感じられない。

もちろん、十分やそこら観察していただけで何がわかるわけでもないのだが、これまで何度か使命を行うにつれて、少しずつ培われた壮吾の観察眼をもってしても、今の時点では彼女の周りにトラブルの種は見受けられなかった。

「あの様子じゃあ、職場のトラブルで殺されたってわけじゃあなさそうだな」

「うわっ、なんだよ！」

突然、背後から声がして振り返ると、さも当然のような顔をしてベンチに腰掛けた日下の姿があった。思いがけず大きな声が出てしまったせいで、周囲の客や職員の注目を浴びてしまう。壮吾は引きつった笑みを浮かべながら会釈をして、小さくなって座り直す。

「どうしたんだよ急に。もしかして、また調査を手伝ってくれるのか？」

「甘ったれたことを言うな。毎度毎度、悪魔の力を借りようったってそうはいかんぞ。今回は代行者らしく、自分の力でどうにかするんだな」

ぴしゃりとはねつけられ、壮吾はわずかにたじろぐ。

「わ、わかってるよ。でも、だったら何をしに来たんだよ」

「お前を見ていたら、ついもどかしくなってしまったんだ。こんな風に観察しているだけじゃあ、いつまでたっても埒《らち》が明かない」

「だったら、どうしろっていうんだ？」

わかり切ったことを言われ、つい挑戦的な気持ちで問いかけると、日下は得意げに鼻を鳴らし、

「ふふん、任せておけ。私がとっかかりを作ってやる」

いつもの不敵な笑みを口元に刻みながら立ち上がる。そして、おもむろに歩き出すと、二番窓口の愛実をまっすぐ見据え、わき目もふらず一直線に歩き出した。つかつかと大股で窓

口に歩み寄り、やり取りをしていた若い大学生風の青年を押しのけるようにしてカウンターに両手を突き、愛実をにらみつける。

「おいおいおい！　この銀行はいつまで客を待たせるんや！　あぁん？」

突然、建物中に響き渡るような声を張り上げた日下が、これ見よがしにカウンターをこぶしで叩く。

静かな昼下がりの一時を破壊するかのような怒号が響き渡り、銀行内は束の間、水を打ったように静まり返った。

壮吾はすぐに立ち上がり日下を止めようとしたが、しかしながら、これがあの男の言う『とっかかり』なのだとしたら、安易な行動を取るわけにもいかず、立ち尽くした状態でうろたえるばかりだった。

以前は天使のふりをして壮吾を騙していた悪魔が、今度はどこぞのチンピラ——しかもエセ関西弁——になりきって、愛実に詰め寄っている。高級なスーツを着て、ネクタイを必要以上に緩めたその恰好も相まって、よからぬ筋の人間ではないかと、壮吾を除く全員が警戒をあらわにしていた。

壮吾はというと、日下の身勝手な『暴走』ともいえる行動に面食らい、ただただ呆然としてしまっていた。この状況はいったい何なのかと、まだ理解が追い付かない。

「あ、あの、お客様……何か問題でも……？」

「問題やとぉ？　なめとんのかワレェ！　いったい何時間待たせりゃ気が済むのかって訊いとるんや。こちとら忙しいんじゃぼけぇ！」

　再びカウンターをこぶしで殴りつけながら、日下は目いっぱいの柄の悪さでもって愛実を威圧した。一番と三番の窓口の女性は自分に被害が来ないよう、必要以上に距離を取って避難し、カウンター奥では、上司と思しき男性職員が、青い顔をして成り行きを見守っていた。そばの女性職員が「支店長！」と尻を叩くような声をかけているが、彼は「いやいやいや……」とすっかり怖気《おじけ》づいた様子だった。本来であればすぐに止めに入るのがセオリーなのだろうが、あまりにも唐突かつ強烈な日下の剣幕に恐れをなしてしまったようだ。

「やだ……またなの……？」

　背後で、小さく呟く声がした。そっと振り返ると、パンフレットを胸に抱えた女性職員が、怪訝そうに眉を寄せ、不安そうな顔で様子を窺っている。

　その女性職員の「また」という発言にわずかながらも違和感を覚えた壮吾だったが、今はそれどころではない。

「おい、聞いとんのかお前ぇ！　〝えはらあいみ〟っちゅうんか？　ぼんやりしやがって。わしの番はいつになったらやってくるねん！」

「あ、あの……お客様は何番でお待ちで……？」

「何番かやとぉ？　お前、そんなことも知らんのかいな。わしが何番かなんて、わしかて知らんわ。そんなことはどうでもいい。とにかく、わしの番はまだかと訊いとるんや！」

傍で聞いていても、日下が何を言っているのかさっぱりわからない。この場にいる大半の人間は、きっと同じ思いを抱いていることだろう。もしかすると、ただの酔っぱらいだと思われているかもしれない。

どこで覚えてきたのか知らないが、いくら何でも、やりすぎである。本当に手助けをするつもりがあるのか、それともただ面白がって首を突っ込んでいるだけなのかがわからず、ただただ困惑していた壮吾はその時、日下がちらちらと視線を送ってきていることに気がついた。同時に、壮吾は日下が何を狙ってこんな行動に出たのか、その目的にようやく察しがついた。彼は自分が面倒なクレーマーを演じ、壮吾に撃退させてことをおさめることで、愛実に恩を売る作戦に出ているのだ。

そういうことなら、乗ってやろうじゃないか。

「ちょ、ちょっと待てそこのチンピラ！」

壮吾は声を張り上げ、意気揚々と二番窓口へ駆け寄る。慣れない大声を出したせいで、少し声が裏返ってしまったが、構うことなく日下の肩を掴み強く引き寄せた。

「あぁ？　なんやとこの砂利《じゃり》たれが。貴様どこのもんじゃあ！」

「僕は通りすがりのしがない探偵だ。君のような悪事を働く者は許しておけない。僕にやっつけられて警察のお世話になるのが嫌なら、今すぐここから出て……へぶっ」

「じゃかしいんじゃ、このぼけぇ！」

一喝すると同時に、日下は振りかぶった拳を壮吾の顔面に見舞った。

これまた予想外の展開に壮吾は頭が真っ白になった。目の前で火花が散り、一瞬で世界が反転する。ほんの一瞬、重力を失ったかのように身体が軽くなり、直後に後頭部を床にしたたかに打ち付け、激痛にその身をよじる。

「あーあ、訳のわからん邪魔が入って余計に気分が悪い。もうこんな銀行利用せんわ。ぺっ」

日ごろの鬱憤を晴らすかのように壮吾に鉄拳を食らわせて満足したのか、わかりやすい捨て台詞を残し日下はその身を翻した。自動ドアの向こうへと歩き去っていくその背中に「覚えてろよ……」と小さく呟いたのを最後に、壮吾は意識の手綱を手放した。


次に目を覚ました時、壮吾は見慣れぬ部屋の応接ソファで横になっていた。身体を起こした拍子に、額に載せられていた冷たいタオルが胸元に落ちる。

「あ、目が覚めました？」

声がして視線をやると、ドアから半身をのぞかせた江原愛実が、心配そうにこちらを窺っていた。

「僕いったい……」

「怖いお客さんを止めようとしてくれたんですけど、一発ＫＯされちゃって気を失っていたんですよ」

「そうだ……。あの野郎」

みるみる甦る記憶を辿り、壮吾は呪詛めいた言葉を呟く。

「あの、申し訳ありませんでした」

「どうしてあなたが謝るんですか。僕が勝手にしたことですし……」

「いえ、でも助かりました。ああいうお客さんはたまに来るんです。普段は支店長が助けてくれるんですけど、今日の人はちょっと、なんていうか様子がおかしくて、みんな驚いてしまったみたいで……」

やっぱり、やりすぎなのだ。どこぞの古い仁侠《にんきよう》映画を見て学んだ知識だったのかもしれないが、あれではチンピラというより頭のおかしい通り魔ではないか。

「素直に言うことを聞いてしまった僕が間違っていたんだ……」

「え、なんですか？」

「いや、何でもないです。はは、あはは……」

慌てて取り繕う壮吾に、愛実は困惑気味に笑みを浮かべる。それから改めて怪我の具合を心配してくれた。

「あの、もし必要なら病院に行かれてはいかがです？」

殴られた箇所は軽く痣になっているが、骨やなんかに異常はなさそうだった。後頭部にも大きなたんこぶができていたが、軽い脳震盪《のうしんとう》だろうと察しが付く。

「いえ、これくらい大丈夫です。職業柄、生傷は絶えないんで」

冗談めかして言ったつもりだったが、愛実は感心したように深くうなずいて見せた。

「やっぱり探偵さんって、ドラマみたいに悪者を追跡したり、格闘したりするんですか？」

そればかりか、あり得ないような質問を投げかけては、その目を輝かせている。

「まさか。そんなことはしませんよ。僕はもっぱら、身辺調査や浮気調査、人探しにペット探しが専門です」

「人探し……」

愛実はそう呟き、少しの間思い詰めたような顔をした後で、突然壮吾の腕を掴んだ。

「わ、ちょっと、どうしたんですか?」

「私、探してほしい人がいるんです……」

「探してほしい人?」

おうむ返しにすると、彼女はわずかに逡巡した後で深くうなずく。

それから時計を確認し、

「詳しい話は、仕事を終えてからお話しします。すぐ向かいに喫茶店があるので、そこで待っていていただけますか?」

そう一方的に言い置いて、愛実は慌ただしく部屋を出ていった。

4

まもなく営業時間を終えようとする銀行を後にした壮吾は、愛実に言われた通り、通りを挟んだ向かいにある喫茶店で彼女を待った。

銀行の就業時間を終えて、息を切らしてやってきた愛実は壮吾の向かいに着席すると、注文したアップルティーが運ばれてくるのを待つ間に、

「無理言っちゃってすみませんでした。人探し、お願いできますか?」

と念を押してきた。

人探しは壮吾の仕事だ。依頼とあらば断る理由はない。だが正直な話、今は『魂の選別』のために時間を逆行している最中であり、その目的は愛実の死の真相を突き止めることである。暢気に人探しを請け負っている時間はないし、そもそも彼女は『今夜』命を落とす運命なのだ。人探しをしていては、彼女の身に何が起きたのかを見極めることができないし、仮に見つけられたとしても、彼女が死んでしまうのでは何の意味もない。

「うーん、今はちょっと……」

壮吾は遠回しに拒否の姿勢を示す。だったらどうしてここへ来て話を聞こうとしたのかと責められるかと思ったが、愛実はそんな素振りを見せたりなどせずに、ただ静かにうつむいて「ですよね……」と小さく呟いた。

「その探してほしい人っていうのは、家族か、それとも恋人ですか？」

「家族じゃないんです。恋人……っていうのとも、少し違うかな……」

答えに詰まるようにして言いよどんだ愛実を見る限り、やはり訳ありなのだろうと察しが付く。

日下が大声を張り上げていた時、待合所にいた女性職員が「またなの……」と呟いていたのを聞いた時から、愛実には何か込み入った事情があるのだろうとは思っていたが、それと関係しているのだろうか。

そのことを愛実に伝えると、彼女は「実は、そうなんです」と曖昧にうなずいて見せた。

壮吾は人知れず確信を抱く。彼女が抱える悩みの種、そして彼女に危害を加えようとする人間の影は、おそらくそこにあるのだと。

「無責任かもしれませんが、よかったら聞かせてください。何か、力になれることがあるかもしれないし」

「……ありがとうございます」

テーブルに身を乗り出すようにして訴えかける壮吾に対し、愛実は驚いたように目を瞬いてから、どこか寂しそうに笑って見せる。

壮吾は一瞬、心臓をわしづかみにされたかのような強い痛みを覚えた。

これから数時間の後に命を落とす運命の彼女が浮かべる、いくつもの感情が入り混じった複雑なその表情から、目が離せなかった。

結果的に、日下の作り出した『とっかかり』は、見事に機能したと言わざるを得ない展開だ。

「その人と――マコトと出会ったのは、二か月くらい前でした」

そして、おとぎ話でもし始めるかのような穏やかな口調で、愛実は語り出した。

＊

大学を卒業して今の銀行に就職してから三年後に、私の両親は不慮の事故で他界しました。

それまでずっと親子三人で過ごしてきた家で、私は一人で暮らすようになったんです。最初はとても寂しかったし、一人で食べる食事は味気なくて、体重が十キロ落ちちゃいました。

でも、毎日決まった時間に起きて、仕事に行って帰ってくる。そんな生活を繰り返しているうちに、家に一人でいることにもすぐに慣れてしまいました。思い返してみれば、小さい頃からずっと、一人でいることが普通でしたから。

小、中、高と地元の学校に通っていたのですが、これと言って仲の良い友達はできなかったんです。クラスが一緒になって、なんとなく会話をする人はいたけれど、親友と呼べるほど打ち解けられる人には出会えなかった。だから、いつも一緒に過ごして、どんな時でも笑い合っているような仲のいい人たちを見るたび、うらやましいなと思っていました。けど、いざ自分ではそれができず、引っ込み思案な性格も相まって、仲間に入れてと積極的に言えないでいるうちに、グループも固まってしまう。気が付けば私は、行事がある時だけ同情的に仲間に入れてもらえる、いつも隅で本を読んでいる生徒になっていました。

たぶん、勇気がなかったんでしょうね。誰かに声をかけて受け入れてもらう。たったそれだけのことが他のどんなことよりも難しくて、拒絶されるのが怖くて、結局一人でできることばかりしてしまう。だから学生生活の思い出と言えば、休み時間に読んでいた本の内容ばかりが浮かんできます。誰にも必要とされないけれど、否定もされない。そのことに安心して、本の物語の中に逃げ込んでいたんだと思います。

両親はごく平凡な二人で、父はサラリーマン、母は近所のスーパーで総菜を作るパートをしていました。私が小学三年生の頃に、猫の額ほどの広さしかない庭がついた建売の一軒家を購入して以来、住宅ローンにきりきり舞いしていた両親の手前、大学は奨学金制度を利用して入りました。大学のそばの住宅展示場で清掃のアルバイトをしながら勉強をして、就職活動も必死に取り組みました。おかげで今の銀行に入れたのですが、就職できたことに安堵するばかりで、その先の展望は正直何もありませんでした。

幸いというかなんというか、窓口の業務は私に合っていました。毎日決まった時間に仕事が始まり、決まった時間に終わる。時々トラブルが起きることはあるけれど、大きな問題は起きない。同僚の中には単調な毎日の繰り返しが苦痛だという人もいますけど、私は肌に合うようです。

けれど社会というのは難しいもので、仕事さえしっかりやっていれば安泰ということはありません。どんなに仕事ができても、周りとコミュニケーションがうまく取れない人間は、生きづらさを感じるものだと思います。

例えば同年代の同僚が仕事後に仲良く食事に出かけることがあっても、私は呼ばれない。自分から仲間に入ることができないので、溝は埋まるどころか深まる一方です。支店全体の飲み会に参加しても、地蔵のように座っているか、飲み物の注文と空いたグラスの片づけしかしない私に、誰も興味など示しません。楽しい話ができる人は、楽しい話ができる人同士で盛り上がるものですから。

学生時代から一人で過ごしてきた私は結局、社会に出て組織に属しても、やっぱり一人でした。いつの日か、仲の良い友人に囲まれ、好きな人と結ばれて、温かい家庭を築く。そんな当たり前の幸せが自動的にやってくると思い込んでいた私にとって、自分が立っているこの場所は、あまりにも寂しく、神様に裏切られたような気分にもなりました。まるで、お前はずっと一人でいるべきなんだよと言われているような気分です。

つくづく人生って、ままならないものですよね。

両親の件にしても、父はお酒を一滴も飲まない人でしたし、常に法定速度を遵守《じゅんしゅ》し、黄色信号ではなにがあっても停車するような安全運転を心がけていました。それなのに、前日の深酒を会社に隠し、タンクローリーを居眠り運転した二十代の男のせいで、両親は交通事故死してしまいました。ほとんどノーブレーキで交差点に進入したタンクローリーは両親の車の横っ腹に突き刺さり、そのまま大型バスに激突。間に挟まれた父の軽自動車は車体がひしゃげ、押しつぶされた両親の身体は二目と見られないほど無残に変わり果ててしまいました。

自分がどれだけルールを守っていても、用心して安全運転を心がけていても、向こうからやってくるのを防ぐことはできないんです。絶対に交通事故を起こさないような人が、交通事故の犠牲になって死んでしまう。世の中はそういう風にできているんですよね。

両親を失ったことで、もともと孤独を抱えていた私の心には、更に冷たい風が吹くようになりました。決して良好ではなかった周囲との関係が更にぎくしゃくしてしまい、両親の訃報を聞いて心配してくれていた同僚や上司も、いつもうつむいて暗い雰囲気を漂わせている私を疎ましく感じるようになっていたはずです。

それでも生きていかなければならない。生きていくためには仕事をしなくてはならない。だから、淡々と目の前の仕事をこなし、毎日同じリズムで同じ道を通り、一人の食卓で味気ない食事をとる。

それが私の人生。この先何十年と、これが続くんだって、そう思っていました。たとえるならそう、森の中を流れる小川のように、静かで誰にも干渉されない穏やかな水流のような日々が、永遠に続くのだと。

その流れに変化が訪れたのは、今から二か月ほど前。マコトが私の前に現れた時でした。

ある日家に帰ると、リビングの窓が少しだけ開いていて、キッチンでは冷蔵庫に入っていたいくつかの食材の包みが散乱していました。盗みに入った泥棒が金目の物よりも冷蔵庫の中身を奪っていくというのはなんだか間抜けに思えました。でも、それ以上に間抜けに感じたのは、リビング脇の仏間でうつぶせに倒れて眠っている泥棒の姿を発見した時でした。

最初は、死んでしまったのかと思いました。しかし、慎重に近づいて窺ってみると、泥棒の背中はわずかに上下していて、規則的な寝息が聞こえてきます。空き巣や泥棒と聞くと、どうしても中年のおじさんをイメージしますよね。当時の私もそんな想像をしながら、横を向いた泥棒の顔を覗き込みました。ところが、その泥棒は私よりもずっと若くて綺麗な顔をしていて、思わず見とれてしまいそうになったくらいです。

普通ならそこで、悲鳴を上げるなりして追い出すか、警察に通報するべきなのでしょう。でも、私はソファの上にあった薄手の毛布を泥棒の身体にそっとかけ、食事の支度を始めました。

……探偵さん、驚きました？　当然ですよね。改めて思い出してみても、自分の行動はおかしなものだったと思います。

どうしてあんなことをしたのか。あの時ははっきりとはわかりませんでした。たぶん、冷たく凝《こご》ったようなあの家に、自分以外の誰かがいるという状況に、どこかなつかしさのようなものを覚えていたのかもしれません。

そこにいるのが誰であれ、寝ている人を起こさないよう気を遣いながら包丁で食材を切り、鍋で湯を沸かすあの感覚は、何にも代えがたい喜びを与えてくれた気がします。

すっかり食事が準備できて、ダイニングテーブルに二人分の盛り付けが完了した頃に、泥棒は目を覚ましました。

「おはよう」

声をかけると、泥棒は飛び上がるようにしてこちらを見ました。その時の顔は、今思い出してもおかしいくらい、キツネにつままれたような顔って、ああいうのを言うんだと思います。

「よかったら、一緒に食べない？」

私の申し出をぽかんとした表情で聞きながら、泥棒はどうにかしてここから逃げ出さなくてはと考えていたと思います。でも、漂ってくるシチューの香りに反応したのか、立ち上がると、慎重な足取りでやってきて、テーブルに並べられた食事を確認しました。

ゴクリ、と。喉を鳴らす音がして、私はおかしくなって笑い出しました。その泥棒は良くも悪くも家出をした子供みたいに弱々しく見えました。だからと言って危険なことをしないとも限らないのでしょうが、私はある種の確信をもってその肩を掴み、椅子に座らせました。

そして私は対面に腰を下ろし、「いただきます」と手を合わせて食事を始めました。黙々と食べ続ける私にようやく警戒を解いた様子の泥棒は、スプーンを手に取り、毒でも入っているのではないかと慎重な手つきでシチューをかき混ぜていましたが、とうとう食欲に負けたのか、大きめにカットしたジャガイモをぱくっと口に含みました。

「……おいしい」

先ほども言いましたけど、本当に家出した子供みたいに不安げだった顔に、ぱっと笑みが浮かんだあの瞬間を、私は今もはっきりと覚えています。

それから、シチューを三杯おかわりする間に、泥棒と私はいろいろな話をしました。名前が『マコト』であること。年齢は十九歳であること。実年齢よりも若く見えるのは、小さい頃に母親にネグレクトを受けていて、発育が進まなかったせいだと自己分析していること。少し前まで、ちょっと離れた町の町工場で住み込みで働いていたこと。そこを無断で飛び出し、行く当てもないままにネットカフェを転々としてきたこと。所持金が底をつき、空腹に耐えかねて、たまたま通りかかったこの家のリビングの窓が開いているのを見つけ、出来心で侵入してしまったこと。

「どうして、逃げているの？」

その質問に、マコトは答えませんでした。シチューを平らげ、そっとスプーンを置くと、椅子から立ち上がり、私に深々と頭を下げて、入ってきたときにそうしたように、リビングの窓から外に出て行こうとしました。

「ありがとう……」

警察に通報しなかったことに対してか、それとも、食事をふるまったことに対してだったのかはわかりません。でも、その一言を聞いた途端、私の中で何かのスイッチのようなものがカチリと音を立てたのです。

「待って！」

私は駆け寄って、マコトの腕を掴んで言いました。

「行くところ、ないんでしょ？」

「……え？」

「ここにいたら？」

マコトは、やっぱり驚いた顔をして私の顔を見つめていたけれど、私の申し出が嘘じゃないことがわかると、どこか安心したように笑顔になって、うなずいてくれました。

それから、私たちの生活は始まりました。いつもより少しだけ早く起きて、身なりを整えて、二人分の朝食と、マコトの昼食の準備。仕事を終えたら急いでスーパーに行き、夕食の買い物。家に帰ると、二人分の夕食の支度をする。たったそれだけのことが、虚ろだった私の世界に彩りを与え、乾いていた心を潤してくれました。

毎日二人で食卓を囲み、たわいない話をして笑う。それだけで、私は幸せだった。私たちはこれまで歩んできた人生も、育った境遇も何もかも違っていたけど、不思議と息が合いました。お互いの気持ちに気付くのにも、そう時間はかからなかった。

二週間ほどが過ぎても、マコトは私の家にすっかり住みついたまま、寮に帰る素振りは見られなかった。なぜ寮を逃げ出したのかも話してはくれなかった。私もしつこく聞こうとしなかったし、万が一、理由を聞いてしまったら、この生活が終わってしまうんじゃないかって思うと怖かった。だから、マコトの『今まで』じゃなくて、『これから』を考えることにしたんです。

休みの日には二人で出かけて、たくさん写真を撮りました。それまで全く興味がなかったSNSにアカウントを作り、写真を載せたりもしました。ろくにフォロワーもいないから、いいねなんて全くつかなかったけど、そんなことはどうでもよかった。

すごく楽しくて、幸せな毎日でした。マコトのおかげで、両親を亡くしてから初めて笑顔になれた気がしたんです。

マコトとの生活は、私の仕事環境にも少なからず影響を与えました。同僚の女性職員はみんな、口をそろえて「明るくなったね」と言ってくれたし、それまでコンビニのおにぎりだった昼食が手作りのお弁当になったことで、「もしかして、いい人ができたの？」と鋭いカンを発揮する人もいたくらいです。そのことをきっかけに、三年間一緒に働いていたのにプライベートな会話をしたことがなかった同僚とも、打ち解けられるようになった。下ばかり向いて、ぼそぼそと覇気のない喋り方しかできなかった私が、気が付けば目と目を合わせて、笑顔で喋ることができるようになりました。

仕事でもプライベートでも外すことをせず、身体の一部と化していた眼鏡を外してコンタクトレンズに替えたのも、伸ばし放題だった髪の毛をきちんと切りにいったのも、一生着ることはないだろうと思っていたブランドの服を思い切って買ったことも。

何もかも、マコトとの生活のおかげだと思いました。暗い穴倉のような場所に一人で閉じこもっていた私に手を差し伸べて、そこから連れ出してくれたマコトには、感謝の気持ちしかありませんでした。

それに私は、人を好きだと思う気持ちをこんなに強く抱いたのも初めてだったんです。だからこそ、マコトが何を恐れているのか、何から逃げてきたのかを知ることが、日に日に恐ろしくなっていきました。

私と笑い合う一方で、マコトは常に何かに怯え、他人の目にさらされることを警戒している。何処へ行くにも帽子を目深にかぶり、写真にもあまり積極的に写ろうとしない。最初は単に恥ずかしがり屋なんだと思っていたけど、そうじゃないことが徐々にわかってきました。

そして、今から三週間ほど前に、決定的な出来事が起きたんです。

その日、銀行の窓口に一人の中年男性がやって来ました。用件を聞くと、その人は声を潜めるようにして一言。

「――殺人犯をかくまっているのはお前か」

そう言ったんです。

最初は何のことかと首をひねりました。昼間から、酔っぱらって銀行にやってきては、窓口係に何かといちゃもんをつけてくる人というのも、それなりにいますから、この時もそうかと思ったんです。でも違った。岩間と名乗ったその中年男性は、スマホの画面を私に向けました。そこに表示されていたのは、とあるSNSの私のアカウントでした。マコトがショッピングセンターのフードコートでソフトクリームを食べている姿を画角に入れ、私が自撮りした写真です。

その時初めて私は、岩間が酔っ払いでも何でもなく、マコトを追ってきた人物であることを知りました。

「あんたはあいつが警察に追われていることを知っているのか？」

「警察……？」

まさか、よそで働いた空き巣の件で警察に追われているとでもいうのでしょうか。しかし、それにしては岩間の剣幕はただならぬものがありました。単に犯罪者を憎み、敵視するという程度のものとは明らかに違う。彼の顔には、禍々《まがまが》しさすら覚えるほどの怒りと憎しみが混在する、鬼気迫る表情が確かに浮かんでいたのです。

「あいつは何処だ。俺に会わせてくれたら、悪いようにはしない」

「あなたは、いったい……」

「俺は、あいつに娘を殺された。あんたもニュースくらいは見るだろう。あの連続殺人事件だよ」

男が言っている事件のことは、すぐにわかりました。連日ニュースで報道されては、未《いま》だに犯人が捕まっていない『首切りマニア連続殺人事件』です。岩間が言うには、その事件の重要参考人としてマコトの名前が挙がっているのだと。

にわかには信じがたいその話を、当然私は突っぱねました。しかし、岩間はしつこく食い下がると、

「嘘じゃない！　俺を疑うなら、本人に聞いてみろ！」

岩間は激高し、なりふり構わず喚《わめ》き散らしました。その時は、支店長や同僚の男性職員が数人がかりで彼を追い出してくれたのですが、岩間はその後も懲りずに銀行にやってきては、マコトが人殺しであることを私に主張し続けました。

当然のことですけど、私は岩間の話が信じられなかった。しかし、「もしかして」という気持ちが芽生えてしまったのもまた事実でした。

家に帰った私は、いつもと変わらずマコトに接し、可能な限り、何事もなかったようにふるまいましたが、そういった私の微妙な態度の変化を、マコトは敏感に察知しました。問い詰められた私は、岩間がやってきたことをマコトに打ち明けました。

そこでもし、マコトが「そんなのはでたらめだ」と言ってくれたら、どんなによかったでしょう。しかし現実にはそんなことはなく、見る見るうちに表情が青ざめ、マコトは言葉を失っていました。

その表情を見てすぐに、私はすべてが理解できた気がしました。マコトは連続殺人事件に

かかわっている。もしかしたら犯人かもしれない。話を聞いてほしいと訴えるマコトの手を振り払い、後ずさった私の顔は、恐怖に戦慄していたことでしょう。

マコトは、弱々しく伸ばしていた手を引っ込めると、そのまま踵を返し、玄関から出て行ってしまいました。追いかけなければ、ここですべてが終わってしまう。二度と会うことはできない。そう思っても、足が動きませんでした。

後悔という名の呪縛を振り払い、ようやく自由を取り戻して家から飛び出した時には、すでにどこにもマコトの姿はありませんでした。

*

「それ以来、マコトさんとは会ってないんですか？　連絡も取っていない？」

「はい……スマホは持っていないようでしたから」

「岩間という男は？」

「一週間くらい前まで、頻繁に銀行に来ていました。私は正直に、マコトは出て行ったと言っているのですが、信じていないようなんです」

愛実は不安げに眉根を寄せ、胸の辺りで両手を握り締める。その様子を見る限り、岩間という男の訪問は定期的に続いているのだろう。窓口で声を荒らげる日下を見た女性職員が「またなの」と言っていたのは、つまりそういうことだったのだ。

「SNSのアカウントはすぐに削除して、写真もすべて消去しました。でも、職場を知られている以上、あの人から逃げることはできなくて……」

——となると、岩間という男がしびれを切らして彼女に危害を加える可能性は十分にあり得る。

壮吾の頭に一つの仮説が浮かぶ。岩間はマコトの行方を探るうち、愛実がまだかくまっていると思い込み、家に押し掛けたのではないか。そこでもみ合いになり、頭に血が上った岩間によって愛実は殺されてしまった……。

可能性はゼロじゃない。計画的じゃないにしろ、起こり得る事件だと思った。しかし、わからないのはマコトという人物のことだ。

壮吾は連続殺人事件の犯人が溝口ではないかという疑いを抱いていた。しかし、彼女の話を聞く限り、その事件の被害者遺族である岩間がマコトを犯人だと決めつけている。

そう思われるだけの理由がマコトにはあるのだろう。岩間がどんな方法で情報を仕入れているかはわからないが、仮に彼の掴んでいる情報が事実だとしたら、警察がマコトを被疑者あるいは重要参考人としてマークしていることになる。

もし、被疑者であれば、マコトが逃亡したとなると、指名手配をかけることもあり得るだろう。しかし、そうじゃないということは、まだ被疑者とまではいかないが、事件に関与している可能性のある人物として、マークされているということになる。となると、重要参考人として行方を追っている状況だ。

マコトに対する疑いが確かなものではない以上、大っぴらに報道するわけにはいかない。つまりは、現在もマコトなる人物は警察の手を逃れてどこかに潜伏していると考えるのが妥当だろう。そして、そこまでして逃亡を続けるということは、何かしらの形で事件にかかわっている可能性が大いにあるということ。

では、溝口はどうなるのか。彼の身辺を調査する段階で、彼が警察にマークされている様子はまったく見られなかった。となると、溝口はシロと言わざるを得ないのか。あるいは、共犯関係にあるとも考えられるが、しかし、これまで壮吾が調査してきたなかで、マコトなる人物と接触している様子は見られなかった。

これまでの経緯を考えて、溝口が連続殺人事件の犯人であるという疑惑は、壮吾の中で半ば確信に近いところまで育ちつつあった。そこへきて、マコトなる人物がどのようにかかわっているのかが、さっぱりわからない。

――どうなってるんだ、いったい……。

依頼人である綺里乃と連絡が取れれば、はっきりと問い詰めることができるのに、それができないことがもどかしかった。

「あの、探偵さん、大丈夫ですか……？」

「ああ、はい、すみません」

落ち着け、と内心で自分に言い聞かせる。とにかく今は、愛実のことを考えるべきだ。今夜、彼女が危害を加えられるとしたら、最も疑うべきは岩間という人物だ。彼のことを調べるべきだろうかと考えながら時計を確認すると、すでに時刻は六時を回っている。今から岩間という人物の居場所を探り、聞き込みをするなら、急いだほうがいい。

「それじゃあ、あなたが探してほしいと言っていたのは、マコトさんのことなんですね？」

「はい。正直に言って、マコトが事件にかかわっているとは思いたくないんです。でも、なにが本当であれ、もう一度会いたい。ちゃんと別れを言いたかったんです」

でも、と続けて、愛実は控えめに笑う。

「探偵さんに話したことで、少し吹っ切れた気がしました」

「江原さん……」

「それに、会ったところでどんな顔をしたらいいのかわかりません。正直後悔もしているんです。あの時、どうしてあんな顔をしてしまったのかなって。マコトのことを信じていれば、岩間さんの言葉なんて撥《は》ねのけられたはずだって。出て行ってしまったのは、私がマコトを疑っていたせいだって。結局私は、偽善者の顔をして手を差し伸べたけれど、肝心なところでその手を引っ込めてしまったんです。マコトががっかりするのも無理はないですよね」

「でもそれは……」

仕方のないことだった。そう続けようとしたけれど、彼女は遮るようにかぶりを振る。

「いいんです。もう、全部終わったことですから」

物分かり良く言って、愛実はアップルティーを口に含んだ。

「ただ、今はマコトのことを信じています。あの人は人殺しなんかじゃない。寮から逃げ出したのはきっと何か事情があってのことだって」

そう信じていれば、きっと自分のもとに帰ってきてくれる……。

愛実の思い詰めたような表情を見ていると、そんな声が聞こえてきそうだった。しかし、と内心で呻くような声を上げ、壮吾は言葉を詰まらせた。彼女には、そのような未来はやってこない。それどころか、あと数時間で命を落としてしまう。切なる願いは叶えられず、無念の内にこの世を去るのだ。

そんなの、あまりにもひどすぎる。

「江原さん。今日は一人で家に帰っては……」

いけない。そう言い切る前に、壮吾の心臓が大きく脈打った。どくん、どくんと立て続けに高鳴る心臓の音が鼓膜を内側から叩き、両手足が馬鹿みたいに震えだす。

「うっ……！」

自らの身体を見下ろした時、壮吾は咄嗟に声を上げた。愛実と向かい合っているテーブルの下から伸びた白い腕——それも、一本や二本ではない、大量の腕が、壮吾の手足をがっちりと掴んでいた。

それらの腕は力任せに壮吾の四肢をへし折り、皮を引き裂いて肉をちぎる。容赦なく解体されていく自身の身体を見下ろしながら、壮吾は耐えがたい苦痛と恐怖にさいなまれ、悲鳴すら上げられずに小刻みな呼吸を繰り返した。

「——さん。探偵さん？　大丈夫ですか？」

はっとして我に返る。視線を持ち上げると、愛実が驚いたような顔でこちらを覗き込んでいる。

——クソ、またか。

忌々しげに舌打ちをすると、壮吾は軽くかぶりを振った。

「すいません。ちょっとぼーっとしてしまって。暑さのせいかな……」

ははは、と作り笑いを浮かべてごまかしながら、額に浮いた脂汗を拭う。

——どうしていつも邪魔をするんだ……。

気づけばこぶしを握り締め、壮吾は内心で、ここにいない悪魔たちに恨み節をこぼす。時間を逆行し、被害者のことを知れば知るほど、いつも壮吾はこの葛藤に悩まされてきた。いい加減うんざりだと叫び出したい気分に駆られる。

どうして毎回、こんな思いをしなくてはならないのか。魂の選別の形式上、仕方のないことだと言われればそれまでだ。たとえどんな理由があっても、死の運命は変えられないし、変えようとしてもいけない。その決まりを無下にしようとすると、途端にさっきのような悪夢が壮吾の意識をからめとり、前後不覚に陥らせる。それはある種のペナルティであり、彼らの警告なのだ。

この使命を始めた時、そして続けると決めた時にも、きっと誰かのためになることだと思った。命を救うことができなくても、その死の意味を変えることができれば、被害者の心に救いをもたらすことができると、信じたかった。でも、結局は違ったのかもしれない。使命の本質はあくまで『選別』だ。人の命を救うことじゃない。その事実を、改めて突き付けられたような気がして、壮吾はその非情ともいえる本質に、ただただ打ちひしがれた。

互いに黙り込み、妙な沈黙が二人の間に下りようとしたその時、鳥の鳴き声のような着信音がして、愛実がバッグからスマホを取り出す。

そして、画面を操作し、メッセージか何かを確認したところで、彼女ははっと息をのんだ。

「江原さん?」

呼びかけてから、たっぷり十秒以上かけて、彼女は戸惑いをあらわにした表情をこちらに向ける。

「――ごめんなさい。私、そろそろ帰らなくちゃ」

腕時計を確認し、愛実は席を立つ。伝票を手に取ろうとした彼女に先駆けて、壮吾はさっと手を伸ばした。

「ここは僕が……」

「いえ、でもお誘いしたのは私ですし」

「いいんです。本当に。ここは出させてください」

お茶の一杯や二杯で恩着せがましいことを言うつもりはない。ただ、彼女のために何かしたかった。でも同時に、こんなことくらいしかできない自分が、つくづく情けなく思えてならなかった。

気持ちの折り合いがつかず、壮吾はろくに彼女の顔を見ることもできないまま席を立つ。

会計を済ませ、店の前で改めて礼を述べられた時も、やはり壮吾は、愛実の目をまっすぐに見ることができなかった。店の前で「それじゃあ」と会釈をして立ち去る愛実の背中——おそらく最後になるであろう彼女の生きている時の姿——が、通りの角を曲がって見えなくなるまで、壮吾はその場に立ち尽くしていた。

愛実と別れた後、壮吾はすぐに六郷に『大至急。連続殺人事件、遺族、岩間』とメッセージを送信した。それから、ものの五分程度で戻ってきたメッセージを確認すると、断片的なキーワードにもかかわらず、連続殺人事件の被害者である岩間麗衣と遺族についての情報が記載されていた。

「やるなぁ、六郷」

思わず呟かずにはいられなかった。おそらく六郷は、壮吾が時間を逆行し魂の選別のために必要な情報を集めていることを察してくれたのだろう。互いに「悪魔に魅入られた」者として、本気で協力してくれていることがしっかりと伝わってくるレスポンスの速さであった。

六郷の集めてくれた情報は過去のニュースやマスコミ関係、週刊誌の記事などをまとめたものであり、それによると、岩間麗衣が殺害されたのは先月のことだった。大学進学と同時に実家のある滝川《たきかわ》市から札幌にやってきた彼女は、卒業後に市内の家電量販店に勤務していた。ある日、彼女は出勤時刻となっても職場に現れず、その翌日も無断欠勤が続いた。何度連絡しても電話に出ず、メッセージも既読にならない。心配した上司は父親に連絡を入れた。遠方であったために父親は市内に住む妹——つまりは麗衣の叔母に娘の安否の確認を頼んだ。叔母が管理人立会いの下でアパートの部屋に入った所、ベッドの上で変わり果てた姿となっていた麗衣が発見されたという。

父親である岩間哲也《てつや》は、娘の死に激しいショックを受けた。もともと、娘が幼い頃に妻と別れ、内装関係の仕事をしながら、男手一つで娘を育ててきた岩間は、決して過保護な性格ではなかった。必要以上に干渉しない彼の接し方が功を奏したのか、娘の麗衣は自立した女性に成長し、就職してからも、たまの休みには実家の父親のもとを訪れ、部屋の片づけや料理の作り置きなどをして帰っていったという。

父一人娘一人。肩を寄せ合い、力を合わせて生きてきた。週刊誌の取材に対し、岩間はそう話していた。だからこそ、一粒種《ひとつぶだね》の娘を失った悲しみは計り知れず、犯人に対する怒りの度合いは生半可なものではなかっただろう。

「警察には犯人を見つけてほしい。だが、逮捕してほしいとは思わない」

「犯人をこの手で殺してやりたい」

「卑劣な犯人には死刑でさえも生ぬるい。この手で断罪しなければ気が済まない」

これらは、岩間が方々取材に応じた際の、特に過激と思われる発言だ。マスコミは彼の犯人に対する怒りを書き立て、世間の同情を煽ると共に、犯人に対する憎しみをも扇動したことで、殺人犯に対する怒りの声がネット上で噴出した。

これに対し、警察は「犯人の逮捕は警察の、罪を裁くのは司法の役目である」とはっきり主張した。更に一部の死刑制度反対や加害者側の人権保護を訴えるＮＰＯ法人がＳＮＳ上で「私刑やネットリンチを誘導する過激な記事の取り消し」を求めたことにより、前述のネット民によって激しい誹謗中傷の的となったことも、記憶に新しい出来事だった。

結局、警察の必死の捜査も虚しく、殺人犯は依然として逮捕されていない。しびれを切らした岩間は仕事を放り出し、自ら犯人を捕まえるために関係各所に話を聞いて回るようになったという。

六郷からの情報は以上であり、その後岩間がどのような足跡をたどって「マコト」なる人物を警察が探しているという情報を掴んだのかは定かではない。だが彼はその途方もない執念によって運を引き寄せ、江原愛実が投稿した一枚の写真に写り込んでいたマコトを発見した。そして、そのことを警察に訴えることをせず、自ら江原愛実の職場を突き止めて、彼女に詰め寄ったのだ。

そこまではいい。だがわからないのは、なぜ岩間が江原愛実を殺害する必要があったのかだ。思いつく動機としては、マコトの行き先を喋ろうとしない彼女に対し怒りを覚え、カッとなって殺してしまったというものになるが……。

——本当に、そんな動機で？

自らに問いかけて、壮吾は答えに詰まる。

無理はない。それなりに説得力を持った推測だ。マコトが愛実のもとを去ったことを知らない岩間は、定期的に愛実の職場に押し掛けていた。きっと、愛実に会うたびに、娘の仇がどこにいるのかを知っているに違いない彼女に対し、それを教えようとしないことに怒りを募らせていたことだろう。目の前にニンジンをぶら下げられた状態で走り続けているようなものだ。いつ感情のダムが決壊し、暴力的な手段に出ないとも限らない。

そう考えると、やはり愛実を殺害した犯人は……。

その時、壮吾はうなじの辺りにナメクジが這うようなむずがゆさを覚え、無意識に手で押さえた。

次の瞬間、ぐらりと視界が揺れる。どうやら、時間切れであるらしい。日が沈み、通りを行き交う人々の動きが遅くなり、やがて光も音も、何もかもが停止する。意識を吸い上げられるように正しい時間へと戻される最中、壮吾は愛実が歩き去っていった道の先に視線を向ける。

やがて消えゆく命が去っていった暗い夜道の先では、穴倉のような闇がぽっかりと口を開いていた。

5

瞬き一つの間に、壮吾は江原家のリビングへと移動していた。

時間を遡る前と変わらず、床に倒れている愛実と、それを見下ろす二人の悪魔。そんな光景が広がっているであろうことはわかっていた。だが、わかっていたからこそ、やりきれない思いにさいなまれて、壮吾は深い溜息をついた。

「よう、戻ったか」

こっちの気も知らず、日下はニタニタと意地の悪い笑みを浮かべ、からかうように壮吾を指さした。その態度に怒りを覚え、壮吾はつかみかからんばかりの勢いで日下に迫る。

「さっきはよくもやったな！　この……！」

「おおっと、なんだなんだ？　穏やかじゃあないな。何か嫌なことでもあったのか？」

「他人事みたいに言うな！　僕を思いっきり殴りつけたくせに！」

殴った？　と怪訝な声を上げたのは杏奈だった。同族の同僚に疑惑の目を向けられてもなお、日下は人を食ったような態度で肩をすくめ、すっとぼけている。

「言っただろ。あれは『とっかかり』を掴むためにしたことだって。おかげでスムーズに進んだろ？」

「それは……そうだけど……」

一瞬、言い負かされそうになったが、壮吾はぶるぶるとかぶりを振って食い下がる。

「だとしても、僕が君を撃退すればよかっただけの話だろ。下手な芝居はともかく、あんな風に大勢の前で、しかも本気で殴りつけるなんて……」

「悪い悪い。そんなに力を入れたつもりはなかったんだがな。思ったより貧弱だったんで、逆にびっくりしたくらいだよ」

くくく、と愉快そうに含み笑いをする日下の顔には、「悪い」という感情などまるっきり感じられない、酷薄な表情が浮かんでいた。公衆の面前で壮吾に恥をかかせたことが、よほど面白かったらしいと見える。

どれだけまともに見えても、やはり中身は悪魔だ。人間以上に意地が悪く、そしてとにかく癇に障る。これ以上何を言っても、まともな謝罪などするつもりはないのだろう。そう考えると、意地になればなるほど損をした気分になりそうで、壮吾は腕組みをしてそっぽを向いた。

「ちょっと二人とも、こんなところで喧嘩しないでよ」

「喧嘩なんてしてないさ。せっかく協力してやったのに、つまらないことでへそを曲げているのはこいつだ」

この期に及んで減らず口を叩いた日下が、勝ち誇ったように鼻を鳴らす。

「そうやって煽るのもやめてって言ってるの。もう、見た目はいいおっさんなんだから、ガキみたいなことすんのはやめて」

杏奈に小言を言われ、ようやく矛を収める気になったのか、日下はこめかみのあたりをぽりぽりやって口を閉じる。

二人が話を聞く姿勢を見せたことで、壮吾も気を取り直し、平静を装うように咳払いをしてから、江原愛実殺害の真相に意識を向けた。

「今回の真相はいたってシンプルだ。江原愛実さんが殺された理由はおそらく、『マコト』という人物の行き先を岩間哲也に教えなかった——いや、知らなかったせいで、激高した犯人によって理不尽に殺害された」

「その犯人は何者だ？」と日下。

逆行した壮吾の動向を理解している彼らなら、すでにある程度の経緯は把握しているはずだが、集めた情報の断片をつなぎ合わせる意味も込めて、壮吾は順を追って説明する。

「犯人は岩間哲也という人物で、先月連続殺人事件の被害者となった女性の父親だよ。彼は独自に入手した情報から、愛実さんと一緒に暮らしていた『マコト』という人物が殺人犯であると決めつけていた。愛実さんがSNSに上げた写真から、彼女がマコトと一緒にいることを知り、他の写真から職場を特定して彼女に接近した」

「犯人の居場所がわかったなら、どうして警察に通報しなかったのかな？」

「岩間は雑誌の取材で何度も『犯人を自分の手で掴まえる』という旨の発言を繰り返していた。彼の目的は逮捕じゃなくて、犯人に私的制裁を加えることだったんだよ」

なるほどな、と日下が唸るように言った。

「だがそれなら、すぐに江原愛実の家に押し掛けなかったのはなぜだ？」

「目的が目的だけに、事は慎重に運ばなきゃならない。最初は、愛実さんに危険を伝えるために近づいたんだろうね。彼女は悩むそぶりを見せ、岩間の話を聞いて一度はマコトを疑いもした。だから、岩間は愛実さんが協力してくれると考えていたんだ。うまく警察に知らせることなく、マコトの身柄を拘束したい。そういう思いから、何度も彼女を説得するために職場を訪れたんだ」

「でも、彼女は結局、協力を拒んでマコトを逃がしてしまった？」

杏奈が問いかけるように言った。壮吾はそれにうなずいて、話を進める。

「厳密には、逃がしたというよりも、疑われていることを知ったマコトが逃走し、そのことによって、愛実さんはマコトが事件に何かしらのかかわりを持っていることを悟った。けれど、本人が言っていた通り、愛実さんはマコトが殺人を犯したとは思っていない。つまり、彼女は進んで犯罪者の逃亡を手助けしたわけではなかったんだ」

この点は、選別に関して重要な判断材料になる。

「ここから話すのは、今夜ここで具体的に何が起きたのかだ。おそらく岩間は、愛実さんが帰宅する前からこの家の中に侵入し、彼女が帰宅するのを待った。家の場所は、職場から彼女を尾行して突き止めていたはずだ」

「何度説得しても埒が明かないことにいら立ったか、あるいはしびれを切らして、実力行使に出たというわけか」

日下の補足に、壮吾はうなずく。

愛娘《まなむすめ》を失った岩間にとって、復讐こそが生きる糧《かて》であったのだろう。彼にとって愛実はもはや、その復讐を邪魔する存在となっていた。

正義は我にあると信じ、それに与《くみ》せず志を阻もうとする者を人は悪とみなす。江原家に侵入し、愛実の帰宅を待つ間、岩間の頭の中にあったのは彼女に対する敵意でも、逆恨みからくる憎しみでもなく、絶対的な正義だったのかもしれない。

半ば狂信的にその志を抱え、突き動かされていた岩間にとって、悪を討つ行為に水を差す愛実もまたれっきとした『仇敵《きゅうてき》』に分類されていたのだろう。

「岩間は帰宅した愛実さんに詰め寄り、マコトの居場所を喋るよう迫った。だが彼女は知らないの一点張り。それまで抑え込んでいた理性は崩壊し、ついに岩間は、愛実さんをその手にかけた」

首筋に残された手の痕は、サイズから見て男性のものに違いない。女性がどれだけ抵抗しようとも、男が死に物狂いで襲い掛かってきたら、それを撃退するのは至難の業だ。逆に言えば、彼女がどれほど助けを求め、命乞いをしても、岩間は聞き入れることなく、その瞳から命の灯《ひ》が完全に消え失せるまで、細首を力いっぱい締め上げたということだ。

その時の彼はまさしく、悪魔に取り憑かれでもしたかのように、すさまじいまでの殺意に突き動かされていた。そして同時に、人とは思えぬほど恐ろしく変貌した暴漢によって、愛実は無残にも命を落とした。

それがどれほど恐ろしく、そして無念だったか。想像するに余り有る。

「確かに君の言う通り、事件はシンプルだし、動機を持っている人物は岩間くらいかもしれないね。でも、自宅に入り込んでいたっていうのにはどんな根拠があるの？」

家にいるところへ押し入ったかもしれないじゃない。と続けて、杏奈は首をひねる。

「それはないよ。まず、玄関ドアの鍵は破損していなかったし、靴や下駄箱の上の置物が乱れている様子もなかった。来客用のスリッパは片付いたままだったから、使われていない。リビングでも争った形跡はほぼ見られないことから、最初は友好的に家にやってきたって可能性も考えられたけど、使われた食器は一人分。しかもすっかり乾いているから、今朝使われたものだ。お茶を出した形跡がないとなると、岩間をもてなした可能性はないと言っていい」

杏奈の意見に対し、壮吾はかぶりを振って一息に告げた。立ち上がり、改めて愛実の遺体を見下ろした日下は、納得した様子で腕組みをする。

「つまり江原愛実は、何も知らず帰宅し、リビングにやってきたところを室内に潜んでいた岩間に捕まり、首を絞められてしまったということか」

だがここでも杏奈が「待って待って」と割って入る。

「だとしたら、最も大きな疑問が残るじゃない。岩間はどうやってこの家に侵入したの？窓でも割って入った？」

「いいや、そういう手段は使ってないよ。彼はごく普通に『窓を開けて入ってきた』んだ」

「どうしてそう思う？」

日下の質問にすぐには答えようとせず、壮吾は窓辺に歩いていって、鍵のかかっていない窓をそっと開けた。

「多分だけど、ここの窓は、最初から少しだけ開いていたんじゃあないかな」

「えぇ？　リビングの窓を開けたまま出かけたの？」

いくら何でも不用心だと、杏奈は否定する。それでも、壮吾はその可能性を捨てきれなかった。

「普通に考えればあり得ない。でも、この家は周囲から奥まっているし、リビングの窓は通りに面していない。庭に入ってきて初めて窓が開いていることがわかるんだ」

「だからって、開けっ放しにするってことはないでしょ。現に、一度はマコトに侵入されてるんだから、同じことが起きないように警戒を……」

言いかけたところで、杏奈は言葉を切った。何かに気付いた様子で、視線を泳がせる。

「まさか……」

呟いた日下と共に、二人の視線が壮吾に集まった。

「そう、わざと開けて行ったんだよ。以前、マコトがやってきた日と同じようにね」

二人はもう一度、互いに顔を見合わせた。愛実のとった行動が、悪魔にとってはまるで理解できない、驚くべきものであることは、その表情が物語っていた。

「窓を開けておいたら、また、マコトが来てくれるかもしれない。そう思ったってこと？」

「……人間というのは、つくづく……」

杏奈は驚いたように目を見開き、日下は吐き捨てるように言った。

しばしの沈黙がリビングに流れる。

愛実のとった感傷的なその行動は、結果的に自分の首を絞めることになった。しかし、それを笑い飛ばせるほど、壮吾は現実的ではなかった。チクリと針で刺されたような痛みが胸に走り、わずかに顔をしかめる。

その痛みはたぶん、愛実の死に対してのものではなかった。

「彼女の魂は、天国へ送ってほしい」

「……まあ、最初にお前が言った通り、シンプルな事件だ。今回は推理を聞くまでもなかったかもな」

肩をすくめ、無理に冗談めかした口調で、日下は言う。そして、倒れている愛実の胸に手をかざし、ふわりと浮かび上がった白く輝く球体を、そっと胸元に抱えた。

「でも、人間らしい愚かな話が聞けたじゃない。何もかもが疑わしい相手をここまで信じられるなんて、あたしには無理だもん。せめてあの世で一緒にしてあげられたらいいけど」

「そんな都合のいい話はないと思うがな。そもそも、そのマコトという人間が殺人犯かどうかについても、まだわかっていない。この女を天国に運んだところで、そっちが地獄行きだったなら、永遠に再会なんてできないだろう」

その通りだ。連続殺人事件が解決されないうちは、マコトという人物が殺人犯である可能性もゼロとは言えない。愛実は愛した人の潔白を信じて死んでいったが、その思いが正しかったと証明されるのには、もうしばらくの時間が必要になるだろう。

「犯人はきっと明らかになる――いや、してもらわなきゃ困る」

壮吾は口中で呟いた。その声が聞こえたのか聞こえなかったのか、二人の悪魔はあえて何も言おうとせず、一方は空に向かって飛び立ち、もう一方は床に穿《うが》たれた黒い穴に吸い込まれていった。

一人残された壮吾は、停止していた時間が動きだすのを知覚しながら、愛実の傍らに膝をつく。

「そうすればきっと、また会えるから……」

物言わぬ骸《むくろ》と化した愛実にそう語り掛け、壮吾はいつまでも、永遠の眠りについた彼女の白い寝顔を見つめていた。

6

「なるほど、連続殺人事件の犯人ねぇ……」

話を聞き終えた六郷は、長い唸り声をあげて首をひねった。

「つまり今回の依頼人は、元婚約者が連続殺人犯ではないかと疑っていて、それを確かめるために探偵を雇って後をつけさせた。ところが、まったく別の方向から、連続殺人事件の犯人と思しき人物が浮上しちまったわけだ」

閉店時間を迎えた店内に客の姿はない。しばらくうろうろと歩き回りながら何事か考え込んでいた六郷は、手近にあったテーブル席の椅子にどっかりと腰を下ろし、腕組みをして難しい顔を作る。

「で、結局そのマコトってのは何者なわけ?」

「それがわからないんだよ。愛実さん——今回の被害者の女性も、その名前以外に素性は知らなかった」

名字すらも聞かず、自宅に空き巣に入った人物と一緒に暮らしていたというのだから、改めて考えてみても驚きである。

——それほど、その相手を思う気持ちが強かったってことなんだろうな。

内心でそう呟き、壮吾は押し殺したはずの虚しさに胸を痛めた。

江原愛実の魂を天国へと送り、選別を終えた壮吾はその足で『ヴィレッジ』を訪れ、事の経緯を六郷と共有した。今回も、六郷は記憶を保持したままで壮吾と同じように時間を遡っていた。もちろん、彼自身の行動が魂の選別や被害者の死の運命に干渉しない限りは無害とみなされる。そのことを本人も理解しているらしく、一日をやり直したからと言って、別段変わった行動をとりはしなかったという。

「何かやばいことに巻き込まれたり、競馬ですっちまった時なんかは、積極的に時間を戻してくれると助かるんだけどな」

暢気な顔をしてそううそぶいていた六郷だったが、悪魔がそんな風に都合よく願いを聞き入れてくれるはずもない。

いや、悪魔にかかわらず、神や天使だってそんなことはしてくれないはずだ。

「そうそう、岩間の写真、見つけたぜ」

冗談もそこそこに、六郷はタブレット端末を操作し、画面を壮吾に向ける。そこには、週刊誌の取材に応じる中年男性の姿がズームで映し出されていた。画質はやや荒いが、人相はつかめる。

岩間哲也は、日に焼けた肌に細身の身体。引き締まっているというよりも、骨と皮ばかりといった感じの体型で、げっそりと頬がこけ、眼窩が落ちくぼんでいるように見える。内装関係の職人ということだったが、いくら体を使った仕事をしているとはいっても、少しばかり病的な痩せ方である。

「娘がいなくなってから仕事が手につかず、ろくな生活を送っていなかったんだろうなぁ。仕事も何もかも放り出して、札幌で事件のことを調べていたらしいが……」

普段、ちょっとやそっとのことでは飄々とした態度を崩さない六郷が、珍しく言葉を濁した。それほどまでに、岩間は鬼気迫る表情をしており、画面越しに見ているだけで、彼が復讐に囚われた悪鬼のような雰囲気を醸し出していることが窺える。こんな相手に連日詰め寄られ、マコトの居場所を教えろと迫られた愛実の気持ちになると、彼女があれほど怯えた表情をするのもうなずけた。

「とはいえ、今回の被害者——江原愛実を殺害したのはこの男なんだろ？　警察が本気になって調べりゃあ、居場所だってすぐに知れるだろうな」

「ああ。そうだな」

壮吾が現場を立ち去った後、愛実の遺体は彼女の叔母が訪問したことで発見された。すでに警察が動き出し、ニュース速報でも報じられている。六郷の言う通り、警察が調べれば岩間の行方はすぐに知れるはずだ。マコトという人物が本当に殺人事件にかかわっているのなら、その件に関しても、やがては情報が開示されるだろう。

もちろん、溝口の件に関しても……。

そこまで考えた時、不意に店のドアがノックされた。六郷は驚いたようにそちらを見てから壮吾を振り返る。

再び、ドアを叩く音。二度、三度と繰り返されるノックの音を聞きながら、壮吾は言い知れぬ不穏な思いに駆られた。何か嫌な予感がする。おそらくは、この身に訪れるであろう災厄めいた何事かが、目前に迫っていることを警告するものだと、頭の中の自分がわめきたてる。

六郷はそっとドアに近づき、サムターンを解錠すると、慎重な様子でドアを開けた。

「あんた……！」

外側からぐいとドアごと押しのけられ、六郷はたたらを踏んだ。そうして現れた人物を前にした彼は、日下と杏奈が現れた時と同じか、それ以上の驚愕をその顔に浮かべ、その場に立ち尽くす。

「悪いが邪魔するぞ」

でくの坊のように突っ立ったままの六郷を押しのけたその人物は、店内に壮吾の姿を見つけても、眉一つ動かさず、さも当然とでも言いたげに、隙のない視線を向けてきた。

「逆町……どうして……？」

「お前がここにいるのがわかったのか、か？　そんなもん、警察をなめるなよとしか言いようがねえよ」

吐き捨てるように言って、逆町はわずかに視線を逸らす。その一瞬に垣間見た表情の中には、怒りや苛立ち、焦り、そしていくばくかの困惑といった、複雑な感情が入り混じっていた。だが、それらすべてを無理やり押し入れの中に押しとどめるようにして蓋をした逆町は、壮吾が手にしているタブレット端末を指さした。

「その写真に写っているのは岩間哲也だな。どうしてお前がこの男の写真を見ているんだ」

「いや、これは……」

「言っておくが、警察が掴んだ岩間の情報はまだどこにも開示されていない。今夜、江原愛実という女性が殺害された事件に何らかの関連があるとされていることも、当然報道されていないはずだ。それなのに、どうしてお前はこの男を調べているんだ？」

下手な言い訳で切り抜けようとするのを先んじて封じ、逆町は六郷を振り返る。

「この町の情報屋の元締めが隠れ蓑にしている洒落たカフェに出入りしているんだ。その下っ端に調べさせたことくらいはわかるが、江原愛実とは何のかかわりもないはずのお前が、なぜこのタイミングで岩間の行方を調べようとしているかなんだよ。まさかお前、岩間と面識があったのか？」

「それはないよ。彼とは会ったこともない」

「だったら、江原愛実とはどうだ？」

壮吾が反射的に口をつぐんだのを見て、逆町はすべてを察したように深い息をつく。

そして、次の瞬間に飛び出した彼の言葉に、壮吾は更なる動揺を覚えることになる。

「それとも、彼女が一緒に暮らしていた人物について話すか？　その人物が『首切りマニア連続殺人事件』に何かしらの関連があるとして、重要参考人としてマークされていたことも、仕事先の寮から逃亡し、もう二月以上も行方が知れない状態だってことも、お前は掴んでるんだろ？」

「逆町……ちょっと待って……」

「いいから黙って聞け！」

逆町は突然声を荒らげ、力任せにカウンターをこぶしで打ち付けた。

「お前、何やってるんだよ。江原愛実と知り合いじゃないなら、どうして現場付近の防犯カメラにお前の姿が映っているんだ。昼間は彼女の職場にも行ってる。彼女と一緒に近くの喫茶店で話をしているところも目撃されているんだ。いい加減に下手な嘘ばかりつくのはやめろ」

「それは……」

「だいたい、殺人事件の現場をうろつくなんて現実の私立探偵のすることじゃねえだろ。それも一度や二度じゃない。この前のマンションでのことだってそうだ。依頼人の女と口裏合わせて切り抜けたつもりだろうが、後で調べてみたら、あの女はあそこに住んでなんかいなかったぞ。表札は全くの別人の名前だった。程度の低い手品を使って俺を騙したんだよな？」

綺里乃はあのマンションに住んでいなかった？

自問しながら、壮吾は心のどこかで合点がいったような気分を味わっていた。やはり綺里乃はあの時、嘘をついてまで壮吾を助けてくれたことになる。だがそうなると、あのタイミングで彼女があそこにいたのが、なぜなのかがわからない。

頭に浮かんだ疑問に集中する暇もなく、逆町はさらに詰め寄ってくる。

「しまいにはこんな如何《いかが》わしい店に入り浸って、裏社会にも通じているような奴とつるんでいるなんてな」

逆町は肩越しに振り返り、六郷に対して鋭い視線を投げかける。六郷はというと、さすがに現役の刑事を相手にして戸惑っているのか、軽く肩をすくめ、静観するばかりだった。

「この男だけじゃない。あと二人いるよな。お前が最近、一緒にいる連中だよ」

「逆町、それ以上はもう……」

だめだ。彼らに近づきすぎたら、逆町がどんな目に遭うかわからない。今のこの会話だって、彼らには筒抜けなのだろうから。下手をすると、この場にやってきて、逆町に対し実力行使に打って出る可能性だってあるのだ。そんなことになるのは、壮吾だって望んではいない。

——それだけは、絶対に阻止しなければ……。

慌てて止めようとするも、興奮した状態の逆町は、これ以上の譲歩はしないとでも言いたげに壮吾の言葉を再び遮り、鬼気迫る表情で詰め寄ってきた。

「答えろよ壮吾。お前、俺に隠れて何してる？　今回の件にかかわっているのか？　まさか、例の連続殺人犯と関係——」

矢継ぎ早に質問を繰り出す逆町は、しかしふいに鳴り響いたスマホの着信音によって言葉を切った。

余計な邪魔が入ったことに苛立ちをあらわにしたものの、それが捜査本部からの連絡であったなら無視することはできない。小さく舌打ちをして取り出したスマホを耳に当て、いくつかやり取りをした後、すぐに通話を終えた逆町は、改めてこちらを向いた。その表情からは、さっきまでの迸る怒りの色はすっかり消え失せ、その代わりに隠し切れないほどの焦りの色が浮かんでいた。

「どうしたんだ。何かあったのか？」

「……江原愛実と同居していた人物の居場所がわかった」

警察が捜査情報を一般人に明かすことはまずありえない。だが逆町には、酔っぱらった時に解決した事件の捜査情報をべらべらと喋り、自分がいかに活躍したのかを披露する癖がある。もちろん今はそんな状況ではない。酔ってもいない逆町が、解決していない事件の情報を漏らすなんてことは稀だった。

その理由はただ一つ。今こうして壮吾に打ち明けなくてはならないほど、切羽詰まった状況だということだ。

「マコトの居場所が？」

逆町はうなずいてから、生唾を飲み下す。何か、とてつもなく言いづらいことを切り出す時のように慎重なその態度が、壮吾の不安を更に助長する。

「壮吾、落ち着いて聞けよ。そいつの名前は『秋村《あきむら》真琴《まこと》』。今年で二十歳になる女性だ」

「……え？」

思わず素っ頓狂な声で聞き返しながら、壮吾は視界がぐるぐると回転するかのような奇妙な感覚を覚えた。

――マコトが、女性？

「秋村真琴は連続殺人事件の被害者たちと面識がある。といっても、昔からの友人というわけじゃなく、ネットを介して知り合ったり、偶然を装って知り合いになったりした相手ばかりだがな。そんな彼女には事件当日のアリバイがない。そのことから、任意で話を聞くはずだったが、その前に姿をくらましてしまった。だが手口や首筋に残された手の痕などから、犯人は男性であるという疑いが強い。被疑者と断定するには至らないという本部の方針から、彼女の捜索は後手後手に回っちまった」

その間に、真琴は江原愛実の家に身を潜め、彼女と暮らしていた。ということは、やはり愛実を利用していたということなのか……。

いいや、違う。愛実の話を聞いた限りではあるが、真琴は愛実に危害を加えたりはしなかった。もし、彼女を殺すつもりで近づいたのなら潜伏するためとはいえ、ひと月以上も一緒に過ごすだろうか。岩間のせいで正体がバレそうになり、逃亡する際に愛実を傷つけることなく去っていくだろうか。壮吾の頭の中で形作られたマコトという人物のシルエットが、どうしても、殺人犯の姿に一致しない。

何かがおかしい。その違和感の正体がつかめぬまま、壮吾は逆町の話に聞き入っていた。

「今回、江原愛実が殺害され、彼女の叔母から話を聞いた。俺たちはそこで初めて、真琴が彼女と一時的に同居していたことを知った。江原愛実は真琴に恋愛感情を抱き、真琴も同じ気持ちで愛実に接していたようだと、その叔母は語ったよ」

「それじゃあ、やっぱり彼女を殺したのは岩間なのか？」

逆町は、ぎこちない素振りで首を横に振った。

「いいや、それはあり得ない。岩間哲也は数日前に殺害されている」

「……殺された？」

思わず、といった様子で声を上げたのは六郷だった。彼自身、岩間が死亡していたという情報はつかめていなかったために、素直に驚いてしまったのだろう。

「情報屋が知らないのも無理はない。郊外で焼死体が発見されたってニュースは見ただろ。あの遺体を詳しく調べたところ、ＤＮＡ鑑定で岩間哲也であることがわかった。俺が報告を受けたのも、一時間ほど前のことだ」

六郷は悔しそうに舌打ちをして、がりがりと頭をかいた。それなら、自分が情報を仕入れられていないのにも納得がいく。

「だったら、真琴が愛実さんを……？」

どうして、という言葉が脳裏をよぎる。二人の関係は常識では測れないものだったかもしれない。しかし、だからと言って、互いが思い合っていなかったとは限らない。どんな状況であれ、惹かれ合った二人はともに過ごし、束の間であっても心を通わせたはずだ。それなのに、その相手をあんな風に無残に殺してしまうなんて……。

ぎり、と奥歯が鳴った。ここへ来て初めて、壮吾は秋村真琴なる人物に対し、強い怒りを覚えた。

岩間がすでに死亡していたとなると、壮吾の推理は、間違っていたことになる。愛実を殺害したのは別の人物だ。そしてその可能性が最も高いのは秋村真琴である。

愛実の境遇を考えれば、彼女が天国へ行くのは間違いではなかったと思える。だが、考えていたよりもずっと彼女の抱いた無念は大きく、そして悲惨なものであった。

そのことに気付けなかった。真相を探り当てたつもりが、全く違うものであった。

——僕は……なにもわかっていなかった……。

情けない自分に嫌気が差す。耐えがたいほどこの身を焦がすもどかしさは、やがて強い後悔へと転じ、壮吾の身を内側から容赦なく苛んだ。痛みさえ覚えるほどに強まった心臓の鼓動が、さっきから鳴りやまない。

愛実の純情に付け込み、彼女を利用した挙句にその命すらも奪っていった殺人犯に対する怒りが、憎しみが、限界まで膨れ上がり、壮吾を激情へと駆り立てる。

「それで、秋村真琴はどこにいるんだ」

強い口調で問いただす。逆町は下唇をかみしめ、先ほどと同じように、焦燥感に満ちた表情を浮かべていた。その切羽詰まったような様子は、彼が告げようとしている悪夢のような事実が、まだ続いている。それどころか、さらなる災厄が待ち受けているのだと、壮吾に思わせるには十分だった。

小さく呼吸を整えた逆町は、やがて意を決したように告げる。

「『万来亭』だよ。少し前に、そこで働き出したアルバイトが秋村真琴によく似ているという情報が、パトロール中の警官から寄せられたそうだ」

終章

1

最後の一人となった客は、いつも仕事帰りに立ち寄り、決まって餃子と天津飯にビールを添えて注文するサラリーマンだった。年齢は五十代の半ばくらいだろうか。哀愁の一日の疲れをその顔に滲ませ、しかしこの一杯が楽しみだとばかりにうまそうに喉を鳴らしてビールを飲む。

結婚指輪はしているから家庭を持ってはいるのだろう。一度、注文を取りに行った時に見えたスマホの待ち受け画像も小学五、六年生くらいの女の子の写真だったから、毎日一生懸命家族を養うために働いている、という感じか。

家では食事を用意してもらえないのか、あるいは共働きで奥さんも家にいないのかもしれない。そうなると子供の食事はどうしているのだろう。ひょっとすると、家庭を顧みなかったことが原因で別居状態にでもあるのだろうか。

そんな想像を膨らませながら、秋村真琴は餃子をほおばるその男性の姿をぼんやりと観察していた。

「アキちゃん、暖簾と看板は私が片付けるから、食器と卓の片づけをお願いね」

サラリーマンが差し出した代金をレジにしまい、引き戸を開いて外に出ていく美千瑠の背中に向けて、真琴は返事をする。それから布巾を片手に奥のテーブル席の片づけに向かった。

『万来亭』で働き始めて約三週間。美千瑠はもちろん、店主の剛三もとてもよくしてくれている。おかげで仕事にもすっかり慣れたし、最初はぎこちなかった常連さんとの会話も、自然にこなせるようになってきた。

部屋が空いているからと、店の奥の住居部分に一緒に住まわせてくれて、三食寝床付きの住み込みアルバイト。行く当てもなく町をさまようことしかできなかった真琴にとって、『万来亭』の人たちと出会えたことは、まさしく僥倖と言えた。

何もかもから逃げて、帰る場所を失っていた真琴に、優しく声をかけてくれた美千瑠の親切心には、感謝してもしきれない。あのまま町をさまよっていたら、そのうちきっと不審人物として職務質問でもされていたことだろう。だからと言って、適当な家に空き巣に入り、金目のものを盗むなんてことはもう、したくなかった。

あの時だって、相手が愛実じゃなかったら、自分は間違いなく警察に突き出されていたはずだ。周りに迷惑をかけて、里親のところから家出同然で飛び出し、年齢をごまかしてもぐりこんだ工場の寮。たった一年とちょっとしかいなかったが、そこでも真琴は親切な同僚や上司の優しさに生かされていた。

誰かの善意によって、かろうじて存在を許されている。そんな状況は今も変わっていない。工場の人々を裏切り、愛実を失望させた。だからこそ、今度ばかりはこの店の人々に迷惑をかけたりしたくない。

ふと、片付けの手を止めてエプロンのポケットをまさぐると、指先に何かが触れた。取り出してみると、折り紙で折られたパンダが出てきた。思わず振り返り、カウンターの一番奥の『特等席』に座り、天板に突っ伏して寝息を立てている璃子に視線をやった。今日の休憩中、遊ぼうとねだられて一緒に折り紙をした時に、彼女が真琴にプレゼントしてくれたものだ。

「璃子が家族以外の人にこんなになつくなんて珍しいわ。壮吾くんでさえ、まだここまで仲良くないのに。最近は私よりもアキちゃんと一緒に寝るって言ってきかないもの」

そう言って、美千瑠は驚いた顔をしていた。実際、璃子は毎日のように真琴の部屋に枕を抱えてやってきては、布団にもぐりこんで来る。いったい自分の何がそんなに面白いのかはわからないが、一緒に遊んでいる時の璃子はとてもたくさん笑ってくれる。

娘を育てた経験がないのはもちろん、妹だっていなかったが、施設にいた頃、自然と小さい子たちの面倒を見ていた。璃子の笑顔を見ていると、当時の記憶が思い起こされるような気がした。

子供は純粋だ。そして璃子は素直な子だ。自分のような得体の知れない人間に対して心を開き、何のためらいもなく甘えてくれる彼女の存在は、一度は凍り付き、ずたずたに引き裂かれた真琴の心を、優しく癒してくれる。

誰かに愛される権利、あるいは誰かを愛する権利が、まだ自分にも残されているような気がして、胸が熱くなる。

——そんな権利、あるはずないのに。

自らを抑え込むように心中で呟き、真琴はうつむいた。

自分にそんな資格がないことは自覚しているはずだった。だから、愛実のところを出てきたのだって、当然の結果だったのだ。大切にしなければならなかったのに、結局彼女を苦しめることになった。最初から、ああいう終わり方になることは、わかり切っていたはずなのに……。

人知れず溜息をついて、底なしの沼に陥りそうになる意識を振り払うと、真琴は顔を上げた。心地よさそうに夢を見ている璃子の横顔に自然と笑みをこぼしながら、真琴はパンダの折り紙をそっとエプロンのポケットに戻した。布巾で卓上を丹念に拭いてから、食器を載せた盆を手に厨房へ向かいかけた時、聞くともなしに聞いていたニュースに耳が反応した。

『――この家に住む江原愛実さんが、亡くなっているのが発見されました』

……え？

立ち止まり、そのまま凍り付く。確かに聞き取れたはずの言葉が、しかし頭の中でグニャグニャに折れ曲がり、うまく認識できない。思考が、あるいは本能が、理解することを拒絶しているのだ。

『繰り返しお伝えします。本日午後八時過ぎ、東区《ひがし》北十五条《きたじゅうご》にある住宅で、この家に住む江原愛実さんが遺体で発見されました。遺体には首を絞められたような痕があり、警察は殺人事件とみて捜査を進め……』

テレビを食い入るように見つめていた真琴は、全身の血が凍り付いてしまったかのような感覚に陥った。

――愛実が……死んだ……？

頭の中で繰り返しても、なかなか現実味を帯びてはこない。

なんで、どうしてという疑問ばかりが脳裏を駆け巡り、返ってこない答えに苛立ちを覚える。テレビには、愛実の自宅と思しき建物が映し出され、大げさにブルーシートがかけられた玄関の様子が遠巻きに確認できた。見覚えのあるその光景に、真琴はさらなる衝撃を受ける。何かの間違いであってほしいという微かな希望すらも抱く余地がなかった。

愛実が死んだ。殺されたのだ。

——いったい誰が？　何のために彼女を？

その場にしゃがみこみたくなるのをかろうじてこらえ、真琴は自問する。

まさか、と脳裏をよぎったのは、岩間という男のことだった。『首切りマニア連続殺人事件』の被害者の父親で、愛実がＳＮＳに載せた写真から彼女の職場を特定し、真琴の居場所をしつこく聞きに来ていたという人物だ。

愛実にその話を聞いた時、真琴は身の危険を感じると共に、愛実を危険にさらさぬよう、彼女のもとを去った。岩間はそのことを知らずに愛実に付きまとっていたのか。

黒いシルエットの男に愛実が追い詰められ、首を絞められる光景をつぶさに想像し、真琴は激しい焦燥感と恐怖に押し包まれた。自分の身が危なくなるだけでなく、大切な人が危険な目に遭うことがこんなにも恐ろしいということを、改めて思い知らされた。

信じたくなかった。何かの間違いだと思いたかった。だってそうだろう。何の罪もない愛実を殺す動機のある人間なんているはずがない。彼女は人に愛されこそすれ、殺されるような人ではないのだから。

——それなのに、どうして……。

グラグラと揺れる視界の中、自らに問いかけた時、店の引き戸が開いて、暖簾を抱えた美千瑠が戻ってきた。

「お父さんごめーん、もう一人お客さんいいかな？　滑り込みってことで」

厨房から「おう」とぶっきらぼうな剛三の声がする。美千瑠はほっとしたように息をつくと、後ろを振り返り、滑り込みだという客を中に案内する。

すみません、と会釈をしながら申し訳なさそうに店に入ってきた男が立ち止まり、ぐるりと店内を見回した。男の視線と真琴の視線が、自然とぶつかった。

その瞬間、店内にけたたましい音が響き、真琴の足元に落ちて砕けた食器の欠片《かけら》が床に散乱する。

「わっ、どうしたのアキちゃん。大丈夫？」

暖簾を店内の卓上に置いた美千瑠が驚いたように言い、厨房の剛三も何事かと顔をのぞかせる。唯一、璃子だけが何も気づかぬ様子で眠り続けていた。

「あ……あ……」

言葉が出てこない。何か言わなければ。いや、それ以上に、今すぐ逃げなければ。何もかもをかなぐり捨てて店の外に飛び出さなくてはならないのに。身体が言うことを聞かない。

凍り付いたように立ち尽くし、驚愕に打ち震えながら男を凝視する真琴。それに対し、男は懐かしい友人に再会でもしたかのように、にっこりと笑いかけてきた。

「久しぶりだな。真琴。ずいぶん探したぞ」

感慨深く、溜息交じりに告げると、その男は、今一度店内をぐるりと見まわしながら、

「てっきり地方にでも逃げ出したかと思っていたら、まさかこんなところで働いているとはなぁ。俺のマンションからそんなに離れてないじゃあないか」

世間話をするように語り掛けながら、男はこちらに迫ってくる。一歩、また一歩と相手が足を踏み出すたび、真琴は同じ分だけ後ずさった。

「どうして……」

「どうしてお前の居場所がわかったか、か？　ほら、これだよ」

男は上着のポケットから取り出したスマホを乱暴に放り投げた。がちゃ、と嫌な音を立てて床を滑った白いスマホが、真琴のすぐそばで止まった。

「これ……愛実の……」

間違いなかった。彼女の細くて繊細な指がこのスマホを操作する様子を、何度も目にした。間違いなく、愛実のスマホだ。瞬間的に、先ほどのニュースが脳内でリピートされる。

首を絞めて……殺された……。

――いや……いやだ……まさか、そんな……。

嘆く心の叫びはしかし言葉にならず、真琴はあうあうとかすれた声を発しながら、呼吸困難に陥った。

「お前、あの女に連絡入れただろ。元気にしているとか、会いたいとか、そんなくだらないことを伝えるために危険を犯すなんて馬鹿だよホント。ご丁寧に、潜伏しているこの店のことまで教えるなんて、逃げ回っている意味ないだろ」

男は、まるで身内の恥をさらすかのように、自嘲的な声を出す。

男の言うことは、全て事実だった。

忘れなくてはと思いながらも、どうしても愛実に無事を知らせたかった。この店の人たちの温かみに触れ、ここでの暮らしになれていくにつれて、気がゆるんでいたのかもしれない。

「でも仕方ないよな。いい加減、逃げるのにもこりごりだろ？　逃亡生活なんて最初から無理だったんだよお前には。だから、そろそろ捕まってくれないか？」

「何を……」

言い返そうと口を開いた瞬間、男の目が鋭く引き絞られた。真琴は条件反射的に言葉を失い、ひゅっと音を立てて息を吸い込んだ。

男の視線が、声が、忘れ去ったはずの記憶を呼び覚まし、この身体に刻み込まれた無数の苦しみを想起させる。小学六年生の頃から、家出同然で里親の家を飛び出すまでの間、この『義理の兄』から執拗に繰り返された暴力の残滓《ざんし》は、いまだに真琴の身体の奥深くにまで根を張り、苦しみを与え続けていた。まるで抜けない棘のように、皮膚の奥深く、骨の髄まで食い込んでいるのだった。

――怖い……怖い……。

気づけば真琴は腕を交差させ、自らを抱きしめるように力を込めていた。そうでもしなければ、頭からこの男に飲み込まれ、その存在を食い尽くされてしまう気がしてならなかった。そんな妄想めいた恐怖に陥りながら、目の前の男の恐ろしさを改めて実感し、真琴は呻いた。

やはり間違いだった。もっと早く、遠くへ逃げるべきだった。この男の悪事を暴いて、警察に突き出す方法を見つけようなんて、土台無理な話だった。少しでも抵抗しようとした自分が間違っていたのだと、もう一人の自分が蔑むように言い放つ。

「あの、あなたはアキちゃんのお友達？」

真琴の様子にただならぬものを感じたのか、問いかける美千瑠の口調は柔らかかったが、その表情は真剣そのものだった。

男は振り返り、軽く肩をすくめると、

「これは失礼。私は溝口拓海といいます。そこにいる真琴の兄なんですよ」

「お兄さん……？　それは……」

美千瑠は驚いた顔で口元に手をやり、溝口と真琴との間で視線を往復させる。

「でも、アキちゃんは――真琴さんの名字は秋村ですよね？」

「それは彼女の元の名字です。施設にいた頃に名乗っていたのが秋村で、うちに養子に来た後は溝口の姓になったはずなんですが……」

溝口はくるりとこちらに視線を向け、嘲るように口の端を持ち上げると、

「どうも、我が家になじめなかったみたいでね。恩も忘れて反発して、今でも秋村を名乗っているようなのです」

あきれた口調で言い放つ。まるで、小さい子供の悪戯を咎めるかのような、見下した表情は、あの頃から何も変わっていない。出会った時からそうだった。この男は、真琴が何を訴えようとも、この顔で相手の意見を否定し、時には黙殺して、己のいいように操ろうとする。

暴力、苦痛、羞恥、あらゆる手段で真琴を言いなりにさせて、まるで操り人形のように

操作することで、己の欲求を満たしてきた正真正銘のクソ野郎。そして、かかわる人間をことごとく利用し、必要とあらば平気で命を奪うサイコパス。

それが、この男の正体だ。

「……じゃない」

「ん？　なんだって？」

問い返した溝口の視線から逃れるようにうつむき、真琴は言葉を絞り出す。

「兄なんかじゃ……ない……」

弱々しく先細りしたその言葉に、溝口は一瞬目を丸くしたが、すぐに噴き出すようにして笑った。

「何を言っているんだお前は。俺たちは兄妹だろ。俺を大切な兄妹だって認めているから、俺のために何人もの女と知り合いになって、そいつのことを調べ上げてくれたんじゃないか」

「……やめて！」

思わず大きな声が出た。真琴の視線は溝口ではなく、美千瑠と、剛三を交互に見据えていた。

「くはは、この人たちの前でお前のしてきたことをばらされるのは嫌か？　そうだよなぁ。

自分の正体が、連続殺人事件の共犯者だなんて、知られたくねえよなぁ」

「やめてよ！」

叫ぶと同時に、真琴は床に散らばった皿の破片を掴み、駆け出した。

無我夢中で破片を握り締め、鋭い痛みをその手に感じながらも、切っ先を溝口へと定めて、真琴は足を前へと踏み出す。

振りかぶった腕を溝口の顔面目掛けて突き出そうとしたその時、彼の姿がすっと視界から消え失せ、足を払われた真琴は前のめりに転倒した。

「アキちゃん！」

美千瑠の悲鳴が店内に響き、剛三が何事か叫ぶ声がした。

破片で手を切ったらしく、生ぬるい血が滴《したた》る手を、床に突き、真琴は振り返る。その視線の先、厨房で作業中だった剛三が包丁を手にしたまま飛び出してきたのを見た溝口が、素早い動きで抱え上げた椅子を剛三に叩きつけた。

その先の出来事は、真琴の目にはまるでスローモーションのように映った。

うめき声と共に床に頽《くずお》れる剛三。落とした包丁が床に転がる甲高い音。何が起きたのかと、目をこすりながら体を起こす璃子。そして、「お父さん！」と叫びながら駆け出した美千瑠を羽交い絞めにして、その手に包丁を握った溝口が、恍惚めいた顔で笑いながら、刃の先端を美千瑠の首筋へと添える。

「おおっと、動くなよ真琴。この人たちには恩があるんだろ？　どこの馬の骨ともわからないお前を受け入れて、仕事まで与えてくれたんだ。感謝してるんだろうなぁ」

「美千瑠さんを放して。この人たちは関係ない！」

真琴が叫ぶように言う。それでようやく異常を察知したのか、璃子はその大きな目いっぱいに涙を浮かべ、見知らぬ男に捕まっている母親に手を伸ばしながら泣きじゃくる。溝口はそれすらも楽しんでいる様子で、抑えきれないほどの嗜虐的な笑い声を店内に響かせた。

物の数秒の間に、心休まる場所であったはずの『万来亭』を襲った災厄。その元凶である溝口を見据えながら、しかし真琴は、この出来事はすべて自分が招いた結果であることを、否応なしに思い知らされた。

やはり間違っていた。自分は誰かに助けてもらえるような存在ではない。そんな資格は、これっぽっちも残っていなかったのだ。

溝口家で暮らしていた頃、真琴は溝口に言われるがまま、ＳＮＳで友人募集と謳い、同年代の女性とつながりを持った。時にはマッチングアプリを利用して、真琴を恋愛対象として見てくれる女性を、溝口の欲求を満たすための被害者として差し出した。そうしなければ自分が殺される。そんな恐怖心と罪悪感とがないまぜになり、正常な判断などできなかった。

わされた。

溝口が最初の被害者を殺害した時、真琴は現場の指紋を拭き取ったり、証拠の隠ぺいを手伝
――これで、お前も共犯だ。

その一言が、とどめの一撃とばかりに真琴を打ちのめした。もう逃げ道はないと、強く思いこまされた。二人目、三人目と殺人を繰り返す溝口から逃げ出したくて、家出同然に里親のもとを飛び出し、寮で暮らすようになった。だが溝口は共犯であることを脅し文句にして真琴に犯行を手伝わせ続けた。どれだけ逃げようとも、真琴の心も身体も溝口の支配下にあることを強調するかのように。

岩間麗衣が殺害された後、真琴は再び逃げ出した。寮の周りに、刑事がうろつくようになったこともその理由の一つだった。その後、愛実のもとに身を寄せた。しかし、そこで岩間に存在を気付かれ、また逃げ出した。そうするしかないのだと、自分に言い聞かせて。

「全部……あんたのせいで……」

腹の底から湧き上がる強い怒りに突き上げられ、真琴はかすれた声を絞り出す。

「俺のせい？　何を言ってるんだ。お前も共犯だろ」

そう言えば真琴が言い返せないことをわかったうえで、溝口は勝ち誇ったように告げる。

そんな狡猾さも、今となってはただただ醜くすら感じられた。この男の醜悪な本性が、薄笑

いを浮かべる色黒の顔にありありと表れていた。

「だからもう観念しろ。もう逃げ回るのはやめて逮捕されてくれよ。お前が犯人だって自供すれば、警察だって信じてくれるさ」

「何言ってるの。殺したのはあんたじゃない……」

「きっかけを作ったのはお前だよ。今回のことだって、お前がヘマをしてＳＮＳなんかに写真を載せられなきゃ、岩間がやってくることもなかった。そうだろ？」

押し黙る真琴を満足げに見据える。その顔に浮かぶ狂気じみた異常な熱を感じ取り、真琴ははっとした。

「まさか、殺したの？　岩間のこと……」

「ああ、殺した。お前のために『二人』も無関係の人間を殺してやったんだ。妹想いの兄貴だろ？」

――二人……二人……？

「ちょっと待って……それじゃあ、まさかあんたが愛実を……」

その先は、言葉にならなかった。心臓が早鐘を打ち、こめかみのあたりに激しい脈動を感じる。強いめまいを感じる一方で、愛実の笑った顔が脳裏をよぎっては霧散していく。

「かわいそうになぁ。あの女、マコト、マコト、って最後までお前のことを呼んでいたぞ。

自分を捨てて逃げた、薄情な恋人の名前をさ」

何かが引きちぎれるような音が脳内に響き、真琴は叫んだ。獣の雄たけびのような声をほとばしらせながら、前後不覚に陥ってその場に頽れる。

後先考えずに逃げ回り、大切な人を奪われても何一つ抵抗できず、嘆くことしかできない無様な姿を見て、溝口は笑っているのだろう。繰り返される暴力と苦痛によって人格を否定され、尊厳を踏みにじられ、服従することでしか生きる道を見いだせなかった真琴から、また一つ大切なものを奪い去り、打ちのめされる姿を見て楽しんでいることだろう。

——だれか……助けて……。

藁にも縋《すが》る思いで願う。手を差し伸べてくれるなら、それがたとえ悪魔だとしてもかまわない。

——この男を……殺して……。

もし聞き届けてくれるなら、この命だって惜しくはない。もうこれ以上、失うものはない。

生きることに執着する必要すら、無くなってしまった。

「さて、閉店時間も過ぎたことだし、これ以上騒ぐのも近所迷惑だ。そろそろ終わらせて帰らなきゃな」

溝口の握った刃の切っ先が、美千瑠の首筋にあてがわれ、薄い皮膚を破ると、つつ、と流れ出した血が筋を作る。その傷をじっと見つめ、舌なめずりをした溝口の呼吸が、徐々に荒くなっていく。肩を上下させ、血走った眼を見開いて、よだれを垂らして興奮するその姿は、おぞましい悪鬼のそれに違いなかった。

「璃子、大丈夫……大丈夫だからね……」

泣き叫ぶ璃子の声が、店内にこだましている。我が子をなだめようと、必死に声を上げる美千瑠。頭から血を流し、ピクリとも動かない剛三。絶望に押し包まれた店内で、溝口の卑屈な笑い声が、悪魔の嘲笑のように響く。

何もかも終わりだ。

己の運命を呪い、人生を台無しにした怪物を呪いながら、真琴が固く両目を閉じたその時、入口の引き戸がけたたましい音を立てて開かれた。

「みっちゃん！」

駆け込んできたのは、烏間壮吾と、見慣れぬスーツ姿の男だった。

二人は店内の様子を見るや、何がどうなっているのかと驚愕に目を剥き、答えを求めるようにして真琴を見据えた。

強い疑惑の色に染まっていた壮吾の目。そのまなざしは、やがて事態を察していくにつれ、強い確信の色に変化する。

「やっぱり、あんたが犯人だったのか」

烏間壮吾は、すべてを理解した様子で言い放ち、美千瑠を盾にする溝口を強く睨みつけた。

2

「おい、どうなってんだよ壮吾。これ、どういう状況だ？」

問いかけてくる逆町の声は、強い困惑に満ちていた。

『ヴィレッジ』で逆町から、重要参考人として捜索されていたマコトが『万来亭』の新人アルバイト、アキちゃんこと『秋村真琴』であることを聞かされ、壮吾は取るものもとりあえず『万来亭』に向かった。

逆町の運転する捜査車両を思い切り飛ばし、町を横断して、ようやくたどり着いた店内では、犯人と目していたはずの真琴が呆然とした様子で座り込んでおり、剛三は頭から血を流して床に倒れている。璃子に至っては、激しくおびえた様子で「ママを返して」と泣き叫んでいた。そして、店の中央辺りで美千瑠の首に手をまわした一人の男が、刃物の切っ先を彼女の首にあてがっている。

これが、ただの強盗というのなら、まだ理解できる状況だった。しかし、そうではないことは明らかだった。刃物を手に美千瑠を拘束しているのは、溝口拓海だったからだ。

なぜ、この男がここにいるのかという疑問を抱いたのはしかし、ほんの一瞬だった。この場所で溝口の姿を目にした途端、壮吾の脳内で電気回路が激しくスパークし、宙ぶらりんのまま放置されていたいくつもの違和感や疑惑、そして懸念材料といった様々なものが一気に収束し、一つの答えを見いだしていた。

「クソ、なんだよこいつら。警察か？　真琴、お前が呼んだのか！」

「ちがう……私じゃ……ちが……」

ゆるゆると力なくかぶりを振って、真琴は否定する。たったそれだけのやり取りでも、二人が赤の他人ではなく、ごく親しい関係――たとえるならそう、家族や兄妹といった間柄であることには察しがついた。

江原愛実と恋愛関係にあった真琴と溝口が恋人同士というのは考えにくいし、何より、二人の間には、明確な上下関係が確立しているように思われた。

「くそ……くそ……くそぉぉ！　お前ら、こっち来るなよ！」

「やめて！　その人に乱暴しないで！　お願い！」

興奮し、美千瑠の首に回した腕に力を込め、これ見よがしに包丁の刃を突き付ける溝口。真琴がすがるような声で叫び、璃子の泣き声に拍車がかかる。

「んだよ畜生……。こいつ本気か？　なんで美千瑠さんを？」

逆町がうろたえた様子でこっちを見た。犯人は真琴じゃなかったのかと、その目が訴えていた。

「この男が、連続殺人事件の犯人だからだよ。愛実さんを殺したのも、岩間を殺したのもこの男だ」

じわじわと胸の内に広がっていくその確信に従って、壮吾は絞り出すような声で告げた。砕け散っていた無数のピースは、ようやく正しい位置に戻りつつある。

脳裏に浮かんでくるのは、喫茶店でメッセージを受け取った愛実は、慌てた様子で去って行った。あれはおそらく、真琴からのメッセージだったのだろう。

そして、その愛実と岩間を殺害したのは、真琴ではなくこの男——溝口拓海だ。彼は愛実から真琴の居場所を聞き出し、この場所にたどり着いたのだろう。

真琴と溝口との間につながりがあるとわかった以上、どちらが犯人なのかという疑問はもはや意味を成さない。なぜなら彼らは共犯関係にあったからだ。それが、どれほどの割合なのかはわからないが、二人のやり取りを見る限り、積極的に溝口に協力したというよりは、何かしらの理由があってやむなく手を貸したという事情がありそうだと、壮吾は想像した。

「おい壮吾、なんだよそれは。訳がわからねえぞ。あいつはお前の尾行対象だろ。ただの身辺調査じゃなかったのかよ」

「それは、そうだけど、でも違ったんだよ。たぶん、僕の依頼人は……」

壮吾は言いかけた言葉をさまよわせ、口をつぐんだ。

昏睡状態から甦った浅沼綺里乃が、恋人の犯行の証拠を掴ませるために壮吾を雇った。そんな、荒唐無稽ともいえる説明を今ここでしている暇はきっとないだろうし、したところではいそうですかと信じてもらえるような話でもないだろう。

「とにかく、彼が殺人犯なのは間違いない。その罪を秋村真琴に着せて、自分は罪を免れようとしたんだ」

やや強引に言い切った壮吾を前に、逆町はますますわからない、といった様子で顔をしかめたが、あえて否定はしなかった。

実際に、今目の前で、美千瑠が人質に取られ、刃物を向けられていることが、皮肉にも壮吾の発言の信憑性を後押しすることに繋がったのだろう。

「僕はこの三週間、溝口の身辺調査のために尾行を続けてきた。僕が見ていた範囲では何もおかしな行動はとらなかった。しかし、連続殺人事件の新たな被害者が増えたり、江原愛実が殺害された日には、僕は監視を行えない状況だった」

「奴はお前の尾行に気付いていたってことか？」

いや、それは考えにくい。もし尾行に気付いていたとしたら、何かしらのアクションを起こしてきたはずだ。殺人が行われた日だって、魂の選別さえなければ、壮吾は尾行を続けていた。溝口が、そのことを知ったうえで間隙《かんげき》を縫うようなタイミングで行動を起こしたとは考えにくい。

「俺を尾行だと？　お前何者だ？」

案の定、溝口は驚いたように声を上げ、包丁の切っ先をこちらに向けた。

「僕は私立探偵だ。浅沼綺里乃さんからの依頼で、あんたの身辺調査を行っていた」

壮吾が応じた途端、興奮しきっていたはずの溝口が、冷水でも浴びせられたみたいに表情を硬くした。

「綺里乃だと……？　嘘つけ。あいつは意識不明で……」

「三週間前に目を覚ましたんだ。そして僕のところに依頼にやってきた。あんたが殺人犯だという確証を得るために調査を依頼してきたんだよ」

叩きつけるように告げると、溝口の顔にはさらなる動揺の色が濃く浮かび上がる。

それはあたかも、連続殺人だけではない、綺里乃自身をも死の危険にさらした凶悪な暴行傷害事件にも関連していることを、自ら語っているかのような反応であった。

「クソ……くそくそ！　なんでだよ。なんで綺里乃が……ああ、くそぉ！」

忌々し気に繰り返し、地団太を踏むさまはまるで、うまくいかないことがあると途端に怒りをあらわにする十代の少年のようである。

普段、どれだけ落ち着いた振る舞いをして、周囲の信頼を勝ち取っていたとしても、こんな姿をさらしてしまったら、もはや何のオーラも感じない。どこにでもいる粗暴な犯罪者——いや、力の弱い女性を相手に命を奪ったり、利用して罪を擦《なす》り付けようとする辺り、その辺の犯罪者よりもよっぽど質《たち》が悪い。

気付けば壮吾は痛みを感じるほどこぶしを握り締めていた。人を殺して、何食わぬ顔で日常を過ごしていたこの男を、何の問題もないまともな人間と思いこんでいた自分自身にも無性に腹が立った。

「しょーごぉ、ママ……しょーごぉ……」

カウンターの奥の席に座ったまま、涙と鼻水でぐしゃぐしゃの顔をした璃子が、何事か訴えかけてくる声に反応し、壮吾は思考の沼から這い上がった。

そして、今は余計なことは考えるなと自分を律する。

「うるせぇんだよクソガキ！　おい、お前母親だろ。このガキ黙らせせろよ！」

「璃子、落ち着いて。大丈夫だから、静かにして……」

美千瑠が震える声で告げるも、それが自分を安心させようとするための嘘だとわからない璃子ではない。泣きわめく声は更にボリュームを増し、そのことにいら立った溝口が「あーもう、いい加減にしろぉ！」と声を荒らげ、璃子を威嚇するかのように手近にあった椅子を蹴飛ばした。

「てめぇ……！」

溝口の注意が逸れた一瞬を見逃さず、逆町が動く。それを察知した溝口は、力任せに美千瑠を店の入口の方へ突き飛ばした。逆町は身をかがめるようにして美千瑠との衝突を回避する。一歩遅れて前に出た壮吾は、キャッと声を上げ、身体を前に押し出された美千瑠を抱きとめた。

「みっちゃん、大丈夫？」

「うん、ありが――」

短いやり取りを遮るように、怒号が響いた。体勢を崩した逆町に対し、包丁の切っ先を振り下ろそうとする溝口。その腕を掴んだ逆町が、獣の咆哮じみた声を上げながら掴んだ椅子で応戦する。

逆町の振り下した椅子の脚が溝口の腕を捕らえ、カランカランと甲高い音を立てて包丁が床を転がる。だが次の瞬間には、溝口にみぞおちを蹴り上げられ、逆町はテーブルに激突し、もんどりうって倒れた。

「うあああぁぁ！」

奇声を上げ、すかさず逆町に覆いかぶさった溝口は、その首を締めあげた。体重を乗せ、思い切り頸動脈を圧迫された逆町は目を大きく見開き、両手をばたつかせて抵抗する。

「逆町！」

慌てて助けに入ろうとした時、視界を横切った影が、どん、と溝口の身体にぶつかった。

「う、うわ……うわあああ！」

叫んだのは溝口だった。その脇腹に、深々と突き刺さった包丁と、手が白くなるくらい柄を強く握りしめた真琴を交互に見据え、

「真琴、てめえふざけるなよこのっ……！」

「ああっ！」

溝口が力任せに頬を張る。悲鳴を上げた真琴はしかし、握りしめた包丁を放そうとせず、さらに力を込めてそれをねじり、傷口を強引に抉った。

うぎゃああ、と、獣じみた咆哮が響き渡り、それはやがて悲鳴となって尾を引いた。

「はなせ……はな……放せっ……ああっ……！」

必死の訴えに対し、まるで聞く耳を持たぬ真琴が、更に体重をかけて、刃を押し込んだ。完全に根元まで深く突き刺さった刃を見下ろし、ひいっと高い悲鳴を上げる溝口。手をばたつかせ、真琴を突きとばそうと伸ばした腕には、しかし力が入らないのか、それは弱々しく宙をかくばかりだった。

そして、ラジオのボリュームを絞るみたいにうめき声も聞こえなくなっていき、溝口は力なく倒れ込んだ。真琴が包丁を引き抜くと、傷口から溢れ出した大量の血液が店の床を赤々と染めていく。

「逆町、大丈夫か！」

激しくせき込む逆町に駆け寄ると、彼は自分のことなど放っておけとばかりに壮吾を押しのけるようにして、傍らに倒れ込んだ溝口と、すぐ側に立ち尽くす真琴を見上げた。

「おい……お前……」

「こ、来ないで！」

溝口の血をすすった刃の切っ先が、ぶるぶると震えている。それはあたかも、己のとった行動に驚きと興奮を覚えた真琴の心情を表しているかのようだった。

「落ち着け。まずはそれを……」

「来ないでったら！」

手を伸ばそうとする逆町を威嚇するように、真琴は血濡れたその刃を振った。その拍子にこびりついた溝口の赤黒い血があたりに飛び散る。

真琴は顔を上げ、何かを決断したように口元を引き結ぶと、店の入口付近に立ち尽くす美千瑠をまっすぐに見据えた。

「ちょっと待っ……！」

しまった。と思った時にはすでに遅かった。駆け出した真琴は美千瑠に包丁を突きつけ、その腕を掴んで強引に引っ張っていく。

「みっちゃん！」

駆け寄ろうとする壮吾に対し、真琴は刃を向けてその動きを封じる。そして、再びゆっくりと美千瑠の首筋に刃物を添え、そのまま店の外へと出ていった。

「壮吾、早く追え！」

叫んだのは逆町だった。真琴の姿が見えなくなった途端、彼はすぐに溝口の脇腹――刺された傷の辺りを押さえ、スマホを片手に応援を要請していた。

「止血しなきゃこいつは死んじまう。そんなこと絶対にさせねえ。おい、聞いてんのか！生きて償《つぐな》えクソ野郎！」

叫ぶ逆町の声が届いているのかいないのか、溝口の顔色は蒼白だった。すでに大量の血が溢れ出し、その身体を中心に店の床に血だまりを形成していた。傷口を押さえる逆町の手はあっという間に大量の血でぬめり、噴き出す血を抑えられないのか、彼は通話を終えたスマホを投げ出して、両手で強く圧迫を試みる。

「すぐに応援が来る。おやっさんと璃子ちゃんも大丈夫だ。だから、お前があの女を追いかけろ」

「でも……」

「美千瑠さんを助けるんだよ。早くしろ！」

突き放すように言われ、壮吾は激しい困惑の中から抜け出した。根を張っていた足を床からちぎるようにして駆け出し、店を飛び出す。

すでに人通りのない通りを見据えると、百メートルほど離れた先で美千瑠を連れた真琴が角を曲がっていくのが見えた。壮吾は無我夢中で地面を蹴る。探偵は体力勝負であるため、普段から運動を心がけてはいるが、もとより身体を動かすのが得意ではない壮吾にとって、その百メートルほどの距離はやけに遠く感じられた。自分の非力さに不甲斐ない思いを抱きつつ、ようやく角を曲がると、壮吾は「うおぉ！」と素っ頓狂な声を上げて立ち止まった。通りから外れ、やや奥まった路地の途中で、真琴と美千瑠はこちらに背を向けて立ち止まっていた。壮吾が追い付いてきたのを発見し、美千瑠が「壮吾くん……」と不安げな声を上げる。

まさか、こちらが追い付くのを待ち構えていたのか。あるいは、しつこく追われるのを危惧して、ここで壮吾を始末するつもりなのかもしれない。そう考え、咄嗟に身構えた壮吾はしかし、そうではないことに気付く。

「なんなのよ、あんたたちは」

壮吾を一瞥した真琴は、すぐに視線を前方へと戻し、握りしめた刃物を前に突き出した。その切っ先が示す先にいたのは、一組の男女だった。

「何って言われても、ねえ」

「こっちも仕事だから来ただけなんだがなぁ」

人を小ばかにしたようなニュアンスで女が呟き、中年の男がそれに便乗する。見知らぬ相手に刃物を向けられているというのに、まるで動じる素振りを見せないその二人に、真琴は得体の知れない恐怖を感じているらしく、じりじりと後ずさりすらしていた。

真琴の退路を断ち、逃亡を邪魔するように立ち塞がっていたのは、杏奈と日下、二人の悪魔だった。

「どうして、二人がここに？」

壮吾もまた、キツネにつままれたような気分で問いかけた。

「あれ、壮吾じゃん。君、そんなに息切らして何やってんの？」

杏奈が暢気な口調で言う。普段なら苛立ちもするかもしれないが、今はありがたくすら感じられた。突然現れた不審な女が壮吾の名を呼んだことに驚いたのか、真琴は首を動かし、二人の悪魔と壮吾を交互に見据える。

「質問してるのは僕の方だよ」

「あはは、ごめんごめん。あたしたちは仕事に来たんだよ」

「仕事……？」

怪訝に問い返すと、杏奈はどことなく曖昧に首をひねり、余裕に満ちた笑みを口元に刻む。

「って言っても、『まだ』死体はないんだけどね」

その意味するところが理解できず、今度は壮吾が首をひねった。二人とも、詳しい説明をする気はないらしく、それ以上語ろうとはしなかったが、だからと言って真琴の逃亡の邪魔をしないというわけでもなく、路地の真ん中に立ったまま、道を譲ろうとはしない。

「どういうつもりなの。関係ないなら道を空けてよ」

興奮した口調で、真琴はまくし立てる。だが、二人は表情一つ変えないどころか、彼女の声が届いていないかのように、どこ吹く風といった様子。

「聞いてるの？　ねえったら！」

更に声のボリュームを上げ、彼女は血濡れた包丁を突き出す。

「アキちゃん、落ち着いて。もうやめよう、ね？」

今にもとびかからん勢いで怒声を響かせる彼女にそっと声をかけたのは、美千瑠だった。

真琴はほんの一瞬、恩人の顔を見て、すぐに視線を逸らす。

彼女をこんな目に遭わせたという後悔と罪悪感から、まともに目を見られなくなってしまったことは、壮吾の目にも明らかだった。

「あなたに事情があることはわかってる。きっと、たくさんつらい思いをしたんだと思う。でも、だからって逃げ続けていたら、その苦しみはいつまでも終わらないわ」

「美千瑠さん……」

美千瑠の手が真琴の肩に触れ、彼女ははっとして顔を上げる。その目には、怒りや憎しみとは違う、強い感情が揺れている。

「でも私、みんなにたくさん迷惑を……」

「それはアキちゃんのせいじゃないでしょ。あの男の人にひどいことをされて、たくさん苦しんで、逃げてきたんでしょ？」

美千瑠に強い口調で追及され、真琴は戸惑いながらもぎこちなくうなずく。

「今までよく頑張ったよ。あきらめなくて偉かった。だから、もう終わりにしよう。重い荷物を降ろしたら、また店に戻ってきてよ」

「……え？」

問い返す真琴の目が、驚きと困惑に揺れる。

「私たち、みんなで待ってるから。また一緒に働こう？　だって、お父さんだってもう年だし、璃子はあなたのことが大好き。私も頼りにしてるんだから」

「美千瑠さん……私……」

何か言おうとする真琴の口をふさぐかのように、美千瑠は彼女の身体を引き寄せ、強く抱きしめた。

溝口によって真琴が受けてきた苦しみ、抱えてきた悩みと葛藤、そして背負わされてしまった罪。それら何もかもを包み込むような、温かくも優しい美千瑠のぬくもりに触れて、真琴は驚いたように目を剥く。

それから、ゆっくりと時間をかけて、凍り付いた心が解きほぐされていくように、ゆっくりとその表情を歪めると、真琴は目を閉じ、肩を震わせながら、魂の叫びにも似た嗚咽をあげる。

「みっちゃん、すごいな……」

思わず漏れた声が聞こえたらしく、美千瑠が首を巡らせてこちらを向き、にっと笑みを浮かべる。普段から、ただ能天気で何も考えてなどいないようにしか思えないその笑顔が、今この瞬間は全く別種の、世界を愛で満たそうとする女神のような微笑みに見えた。

これで、真琴は逃走を諦めてくれるだろう。溝口の殺人に手を貸してしまった罪を償おうとするだろう。だが、死んだ人間は二度と戻らない。彼女の背負う罪がどれだけ重いものであるかは、じっくりと時間をかけて知ることになるはずだ。

彼女は、今以上に苦しむ。おそらくは、自らが命を落とすその日まで。そして、本当の意味で裁かれるのはその時だ。その際に彼女の罪を裁くのは、司法ではなく、『彼ら』なのだ。

壮吾は路地の先で、高みの見物を決め込んでいる二人の悪魔を見やる。美千瑠に抱きしめられ、その小さな体を震わせている真琴を、瞬き一つせずにじっと見ていた日下の顔——さも退屈そうに、冷めた様子だったその顔に、気づけばいつものニヒルな薄笑いが張り付いていた。彼だけではなく、傍らの杏奈もまた、嬉々としてその大きな丸い目を見開き、嬉しそうに口元を三日月の形に引き裂くようにして笑っていた。

——なんで、笑っている?

二人の表情、その佇まいから感じられる異様な雰囲気に何か不穏なものを感じ、壮吾は息を詰まらせた。何かが起きる。二人の悪魔の浮かべる寒気がするほどの笑みには、そう予感させる何かがあった。

「……な……さい……」

壮吾の不安をよそに、小さく呟いた真琴がゆっくりと顔を上げた。涙で濡れたその顔には、言葉では言い表せられないほどの虚ろで陰りを帯びた表情が浮かんでいる。抱えていたつらさや苦しさを美千瑠に受け止めてもらい、ありったけの感情を吐き出した者特有の、すがすがしさみたいなものは一切見られなかった。

「ごめんなさい。私、やっぱり忘れられない」

「アキちゃん……」

自身の肩に置かれた美千瑠の手をそっと外し、真琴は一歩、後ずさった。名残惜しそうに伸びる美千瑠の指先が、行き場を無くしたように引っ込められた。

「このままじゃ私、どうしても愛実に申し訳ないんだ……。大好きだったのに……私のせいで……」

「違う、そうじゃないんだよアキちゃん。それは……」

言いかけた状態で、美千瑠は言葉を失った。その視線の先で、握りしめた包丁を、真琴は再び持ち上げる。

「……ありがとう。美千瑠さん。マスターと璃子ちゃんに、ごめんねって伝えてね」

「やめ――」

壮吾はとっさに声を上げようとしたが、最後まで言い切ることはできなかった。足に力を込め、駆け出そうとしても、一歩と進むことすらできずに足がもつれ、地面に手を突いた。すぐに立ち上がろうとして顔を上げた時、壮吾の目に飛び込んできたのは、真琴が美千瑠に対して浮かべて見せた、悲しみに満ち溢れた儚い笑みと、手にした包丁を自らの首筋に突き立てる姿だった。

「いやああああああ！」

美千瑠が叫ぶ。叫びながら真琴に駆け寄ろうとするが、彼女はそれを拒否するように更に後ずさり、そして、突き立てた包丁を勢いよく引き抜いた。ほとばしる血潮が美千瑠の顔や身体に降り注ぎ、彼女は驚愕に立ちすくむ。

真琴は天を仰ぎ、大量の血液を水しぶきのように傷口から噴き出しながら、よろよろと後退した後、ばったりと倒れ込んだ。

まさに一瞬の出来事だった。今の今まで言葉を交わしていたはずの真琴が物言わぬ骸と化し、その血を全身に浴びた美千瑠は、その事実自体が受け入れられないのか、あるいは何が起きたのかもわからないような様子で虚空を見つめていた。

「みっちゃん……みっちゃん！」

立ち上がり、呼びかけながら美千瑠のそばに近づこうとした時、返り血にまみれた自身の身体を見下ろそうとした美千瑠が、ふらりと体勢を崩した。

慌てて抱き留めると、彼女はすでに気を失っており、両の瞼は閉じられていた。

あまりのショックから、すぐには現実を受け止められずに意識の回路がショートしてしまったのだろう。

「みっちゃん、しっかりして」

呼びかけた声に、しかし美千瑠が応じる気配はなかった。だがそれは単に意識を失っているからというわけではない。血しぶきで赤く染まった顔。苦しそうに寄せられた眉、そして固く閉じられた瞼も、何もかもが写真を切り取ったみたいに固まっていた。

気付けば遠くを走る車の音も、路地を吹き抜けていく風の音すらも、何もかもが消え失せ、世界が停止していることに、壮吾は今更ながら気が付いた。

その原因は、一つしか浮かばない。

「よし、それじゃあ始めよっか」

場違いなほど明るい声で、杏奈が言った。日下と共に、地面に仰臥する真琴の傍らに立ち、変わり果てた姿を見下ろす。

「今回は、壮吾を呼び寄せる必要がないぶん、迅速な選別ができそうだな」

日下は満足そうに言って腕組みをする。

勝手に話を進めようとする二人に待ったをかけ、壮吾は問いかける。

「始めるって、何を？」

「決まっているだろう。『魂の選別』だ。彼女のな」

日下が視線だけで真琴を指し示す。

「って言っても、こんだけ目の前で自殺するところを見ちゃったんだから、今回は推理も何もあったもんじゃないね」

「ちょ、ちょっと待ってよ二人とも。今ここで、彼女の魂の選別をしろっていうのか？」

目の前で首をかき切って死んだ女性の死を悼む暇も与えられず、使命を果たせと迫る二人の悪魔を前に、壮吾は言葉に換えがたい反発的な感情を抱く。だが、モラルを欠いた言動を責めたくても、デリカシーのない発言を咎めたくても、相手が悪魔だということを考えたら、もはや何を言っても無駄である。

「ほら、どうしたのさ。いつもやってることでしょ。そりゃあ確かに、あんな派手な死に方を目の当たりにしちゃったら驚くのも無理はないよ。でも、人間は死んでしまったら、ただの魂の器に過ぎない。感傷を抱いても無駄だよ」

まるで、何の価値もない肉の塊だとでも言いたげに、杏奈は告げた。何か言い返したい気持ちではあったが、もっともらしい言葉が浮かばず、壮吾はただただ黙り込む。

「では、さっさと選別してくれ。といっても、答えはすでに決まって……」

日下が、不自然に言葉を切った。何かに気付き、おもむろに視線を上げた彼は、そこではっと息をのむ。どうかしたのと怪訝そうに問いかけた杏奈がその視線の先を追って、壮吾の背後を見やる。すると、日下と同じように表情を固め、

「うそ、なんで……?」

かすれた声で呟いた。二人の不自然な反応に疑問を覚え、壮吾はつられるように背後を振り返る。その時になってようやく、壮吾はアスファルトの地面を歩く靴音が、ゆっくりと迫っていることに気が付いた。

靴音の主は、壮吾たちから数メートル離れた位置で立ち止まる。

「浅沼……さん?」

思わず問いかけた声に、浅沼綺里乃は言葉で応じはしなかった。その代わりに口角をほんの少しだけ持ち上げ、わずかながら笑みを浮かべる。

「こんばんは、烏間壮吾」

その口調に、壮吾は言い知れぬ違和感を抱く。単に呼び捨てにされただけではない、明確

な違和感。

魂の選別を行う際、悪魔たちの代行者を務める壮吾は例外的にこの時間の停止した世界で行動できる。だが今、壮吾とは別の人間が――少なくとも、同じ使命を持った人間でない普通の人間が――支障なく行動しているのはいったい……。

そのことを問いただそうと日下や杏奈を振り返った時、壮吾はまた別の驚きを抱く。

「何なのよ……なんでこんな奴がここにいるわけ？」

「同感だ。非常に気分が悪いな」

悪魔たちは、怒りに満ち満ちた表情でまっすぐに綺里乃をにらみつけ、恨み節を吐き出していた。いったい、なにがどうなっているのか。

「どうしたんだよ二人とも。彼女のこと、知ってるのか？」

壮吾が問いかけると、二人は信じられないものを見るような目を壮吾に向けた。

「お前こそ、この女を知っているのか？」

「もちろん。彼女は僕の依頼人で……」

「依頼人？　馬鹿言わないでよ」

杏奈が強い口調で壮吾を遮る。

再び、何が何だかわからなくなって、半ば助けを求めるような気持ちで綺里乃の方を見た。やはり、停止した時間の中であるにもかかわらず、当然のように動いている時点で、彼女は普通ではないのだろう。それはわかる。だが、普段、人間をおちょくり、陥れたりして、平気で人間を嘲る悪魔たちが、人間相手にここまでの怒りをあらわにしたことなどなかった。

「浅沼さん、あなたはいったい……？」

問いかけた声に対し、やはり綺里乃は無言のまま答えようとしない。大胆不敵ともいえる微笑を浮かべた彼女は、ただ無言で腕を組み、悪魔たちを睥睨《へいげい》していた。まるで、最初から壮吾の問いかけに答える気などさらさらないというような――いや、そもそも壮吾のことなど見えてすらいないのではないかと思えるほど、冷淡な態度だ。

「お前、とんでもないものに目をつけられていたようだな。私としたことが、全然気づかなかった」

「え、僕が？」

「あたしも、ぜーんぜんわからなかった。まさか、こんな奴が君の周りをうろついていたなんてね。どうりで、こんな変則的な仕事が回ってくるはずだよ。久しぶりに人間が死ぬ瞬間が見られたと思って一瞬嬉しくなったけど、やっぱ全然嬉しくない」

杏奈は不貞腐《ふてくさ》れたような顔で溜息をつき、整った眉の間に皺を寄せた。

「だから、どういうことだよ。ちゃんと説明してくれよ。彼女は何者なんだ？」

しびれを切らしたように壮吾が問う。すると、悪魔たちは視線を合わせ、杏奈が有無を言わさぬといった様子で顎をしゃくる。仕方なく、説明役を押し付けられた形の日下が、歯の隙間から絞り出すような声で言った。

「この女は、天使だ」

3

「て、天使？　浅沼さんが……？」

日下によって告げられた一言に、壮吾は脳天を貫かれたような衝撃を受けた。無意識に視線を巡らせ、相変わらずの微笑で佇む綺里乃へと定める。

彼女は日下の発言を否定するでも肯定するでもなく、じっと押し黙っていた。だがその姿こそが、何よりも雄弁に「この女は、天使だ」という日下の言葉の信憑性を示しているかのようで、さほどの疑いを持つこともなく、壮吾はそのことを自分でも驚くほど自然に受け入れようとしていた。

「浅沼さん、本当なんですか？　あなたは本当に……その……」

最後まで言い切ることができず、壮吾は言葉をさまよわせた。綺里乃は微笑を崩さぬまま、わずかに肩をすくめる。ちょっとわかりづらい反応だが、肯定を示すジェスチャーではあるようだ。

そのことに驚く反面、日下や杏奈との会話で何度も登場していた天使なる存在が、本当にいるのかという驚きの方が勝《まさ》っていた。

初めて目にする天使の姿は、思っていたよりも平凡で、背中に翼が生えていることも、頭上に輪っかを浮かべていることもなかった。それが単に人類が作り出した伝説や伝承との隔たりであるのか、あるいは二人の悪魔と同様に、人間の姿を借りていることで本当の姿が見えていないだけなのかは、壮吾には判断がつかなかった。

「いつも何かとお忙しい天使様が直接現場にやってくるとは、いったいどういう風の吹き回しだ？　こういう仕事は私たちに任せるんじゃあなかったのか？」

「そうだよ。いつもいつも面倒ごとはこっちに丸投げなくせに、何しに来たわけ？」

散々な言われようである。悪魔たちの小言を真正面から受けながらも、しかし綺里乃は表情を変えずに鼻を鳴らした。

「つくづく、悪魔は無駄口を叩くのが好きね。特にあなたたちのような下っ端は仕事に対する不平不満ばかり。そんなだから何万年経っても小間使いのような仕事から抜け出せないのよ。私の存在に気づけなかったのも、口ばかり達者で能力が伴っていないことの表れじゃないかしら」

バッサリと、問答無用に切り捨てるような発言を受け、日下と杏奈の表情が驚愕に凍り付く。次いで、その表情は憤怒の形相へと転じていった。

「あんた、好き勝手言ってくれるじゃあないか……こっちは親切で魂を運んでやってるんだぞ。上の命令で渋々な。本当なら、天国へ送られる魂など、その辺に放置して腐った卵のように異臭を放つようになるまで放っておいたってかまわないのにだ」

「あら、あなた口ではそんなことを言っておきながら、天界の窓口に来たときは随分と礼儀正しいそうじゃない。いつも遅くなってすみませんとか言って、ぺこぺこ頭を下げていくって聞いてるわよ」

「なっ……！　で、でたらめ言うな！　そんな……そんなわけが……」

激しい動揺である。日下は壮吾や杏奈の方をちらちら見ながら、ばつが悪そうに咳ばらいを繰り返し、

「仕方ないだろう。営業マンとして、取引先にはとにかく腰を低く、必要以上にへりくだる癖がついているんだ。これは私というより、日下輝夫の問題だ」

言い訳がましく、日下はまくし立てた。そうやって弁明すればするほど、綺里乃の発言に

は信憑性が出てしまう。裏ではあんなに天使の悪口を言っているくせに、案外ちゃんとしているんだなぁと壮吾が感心していると、そう思われたことが気に入らないのか、日下は「そんなことは関係ないだろ」と、これまたわかりやすく地団太を踏む。

「とにかく、お前らのことが気に入らないのは事実だ。こんな風に顔を突き合わせて喋るのも、耐えられないくらいにな」

「まあ、このおじさんの礼儀正しさ云々は置いといて、その意見にはあたしも賛成。普段は仕事放棄しているくせに、こんな風に気まぐれにやって来られたんじゃあ、こっちだって気に入らないよ」

杏奈が日下を押しのけるようにして前に出た。

「それとも、何か他に目的でもあるわけ？　言っておくけど、壮吾はあたしたちの『代行者』なの。下手にちょっかい出して、おかしなこと吹き込んだりしないでよ」

「『ちょっかい』ねえ。それは私じゃなくて、あなた自身のことではなくて？」

「はぁ？　何言ってんのよ」

杏奈が気色ばむ。白い卵のように艶のある肌に青筋を立てて、険しい表情を綺里乃に向けた。だがこれにも、綺里乃は全く動じる素振りを見せはしなかった。それどころか、すでに勝ち誇って顎を突きあげるようにして杏奈を見下ろし、

「選別のたびに、代行者に『おかしなこと』を吹き込んでは、魂が地獄行きになるよう仕向けているわよね？　本来なら天国行きであるはずの魂を、あわよくば地獄に送ってもらえるんじゃあないかって期待して、時には必要な情報を隠して、代行者の考えを誘導しようとしている。それも一度や二度ではなく、常習的にね」

「そ、それは……」

杏奈の目がいっきに泳ぎ出す。あまりに図星を突かれすぎて、動揺が隠せない様子である。

「なな、なんのことかなぁ。あたしぃ、よくわかんなぁーい」

言い訳すらできぬ様子で、杏奈は白々しくそっぽを向いた。得意のぶりっ子キャラで押し通そうとしているようだが、そんなものが通用する相手とも思えなかった。

壮吾と日下の冷え切った視線にさらされ、杏奈はいたたまれない様子で肩を落とし、恨めし気に綺里乃を見据えながら後ずさる。

その様子を、満足げに眺めていた綺里乃は、やがてふっと息を吐きだして、

「言っておくけれど、私は魂の選別をするために足を運んだわけではないわ。そんなものは、悪魔であるあなた方に委託された雑務に過ぎない」

「雑務……」

綺里乃の口から飛び出した思いがけぬ言葉に、壮吾はその先の言葉を失った。死者の魂の行き先を決める使命を、こともあろうに雑務などと言ってしまう天使の顔を、まじまじと見つめる。

「そう、雑務よ。私が任されている仕事は、そんなものよりもずっと重要で、意義のあるものですもの」

こちらの驚く顔をさも愉快そうに眺めながら、綺里乃は言った。

「意義のあるもの、だと？」

不満げに眉をひそめた日下がすかさず繰り返す。

「あら、癇に障ったかしら。でも事実よ。私は『運命の監察官』ですもの」

「運命の、監察官……？」

聞きなれない言葉だった。だが、日下と杏奈は理解しているらしく、驚きとさらなる疑問の入り混じる複雑な表情を揃って浮かべていた。

「つまりは、この世界において定められた運命が正しく作動しているか、命が循環する仕組みを見守る者ということよ」

ただ一人、置いてけぼりの壮吾を哀れに感じたのか、綺里乃はこちらが頼みもしないのに、運命の監察官がなんであるかを説明してくれた。

ほう、とわずかに喉を鳴らした後で、壮吾はふと思いついたことを口にする。

「それじゃあ、死の運命を決めているのは、君ということ？」

「いいえ、私が運命を決定づけているわけではないわ。そもそも運命とは、誰かが定めたものではないのよ」

「神様が作っているわけじゃあないと？」

その質問をした途端、綺里乃は声を上げて笑い出した。壮吾としては笑われるようなことを言ったつもりはないのだが、まるで、へたくそなジョークが思いがけずウケてしまった時のような感覚になり、ひどく居心地の悪い気分を味わった。

「失礼。人間が『神様』なんてものを信じているのは知っていたけど、そんな風に言葉にされると、おかしくて」

「何がおかしいんだよ。だって、天使は神に仕えるものじゃないのか？」

「まあ、否定はしないけど。でもね。天界にもいろいろと事情があるの。ただこれだけは言っておくと、我らが父は、あなた方を作り出しはしたけれど、最後まで面倒を見るつもりはないわ。その役目を放棄する代わりに作り出したのが『運命』なのよ」

綺里乃はようやく落ち着きを取り戻し、くたびれた様子で告げた。

「わかるかしら。『運命』というのはそういうものなの。聖者に対する慈悲もなければ、吐き気を催すほどの悪に制裁を加えることもない。ただの現象として、すべての成り行きを定めるもの。それが『運命』よ。だから、それは何者も手を加えることは許されないし、確定した運命を覆すことも許されない。その点に関しては、そこの二人に嫌というほど叩き込まれているはずよね？」

問いかけながら、綺里乃は二人の悪魔を一瞥した。

「私の使命は、その『運命』が正しく執行されているかを見極めること。本来であれば起こりえない何らかの『間違い』によって、正しい運命の流れが阻害されるのを防ぐのもまた、私の仕事であり、こうしてわざわざ地上に降りてきた理由でもあるの」

間違い、の部分を不自然に強調した綺里乃は説明を終え、杏奈、日下、そして壮吾へと、順繰りに視線を移動させた。

「言いたいこと、わかるわよね？　『間違い』というのはほかでもない。あなた方が常習的に繰り返している『時間の逆行』のことよ」

鋭く冷えた声が、壮吾の鼓膜に突き刺さった。思わず二人の方を振り向くと、強い警戒の色を秘めたそれぞれの視線とぶつかる。

何か言いたそうにしている二人の代弁をするような気分で、壮吾は綺里乃に問いかけた。

「僕たちは、面白半分に時間を遡っているわけじゃあない。ちゃんと、死の真相を解き明かすために、そのヒントを見つけようとして……」

「それが無駄だと言っているのよ。一つの死に対して、毎回そんな労力を使っていては効率が悪いでしょう？　それに、過度な『逆行』は、時に運命の流れに弊害をもたらすことがある」

弊害。それが何のことを指しているのかがわからず、壮吾は無言で眉を寄せた。

「やっぱり気づいていないのね。というか、これもそこの悪魔たちの計算なのかしら」

「どういう意味だ。逆行した先での僕たちの行動が、死の運命を邪魔しているとでも？」

問いかけながら、壮吾はそんなはずがないことを嫌というほど思い出していた。何があろうと、死の運命を覆してはならないということは壮吾も理解している。そのうえで、感情に流された壮吾が決まりを破ろうとすると、おぞましい悪夢のような幻覚によって邪魔されてしまうようになっている。それは、日下と杏奈による防衛措置ともいうべきもので、そのおかげもあってか、これまでの使命において、死者の運命を変えたり、邪魔したりということは一度たりともしてこなかったはずだ。

ところが――

「そうね。あくまで『表立って』は邪魔していなかったと言えるわね」

でも、と続けて、綺里乃は口元に意地の悪い笑みを刻んだ。

「それでも、時間の逆行が歴史に与える影響は取り払うことはできない。たとえ、確定した死の運命は覆せなくても、全く別の場所でこれから確定する運命に対しては、予測困難な強い影響を与えてしまう。言ってしまえばこれは、あなたたち人間が『バタフライ効果』などと呼ぶ現象ね」

「全く、別の場所で……？　それってどういう……」

すべて問いかける前に、壮吾は言葉をさまよわせた。頭に浮かんだかすかな違和感はもはや確信と言えるほど、はっきりとした像を結んでいた。

「まさか、水川莉緒のことを言っているのか？」

ふふん、と鼻を鳴らし、綺里乃は壮吾の質問を暗に肯定する。

「勘がいいわね。さすがは探偵さん。でもそれだけじゃないのよ。岩間哲也も事前の運命では死ぬべき人物ではなかった」

そこでいったん言葉を切り、綺里乃は地面に倒れている真琴の亡骸へと、哀れみを込めた視線を向けた。

「もちろん、江原愛実だってそうね」

「そんな……嘘だろ……？」

それは、綺里乃に向けた疑問のつもりだった。だが、彼女よりも、無意識に二人の悪魔たちに答えを求めてしまう。　彼らは無言を貫いたままだったが、　決して壮吾の目を見ようとはしなかった。

「つまりこう言いたいのか。あなたが依頼してくれた時から、僕が逆行なんかせずに溝口を尾行していれば、彼の犯行はもっと早くに防げたと？」

「平たく言えばそういうことよ。特に水川莉緒の件に関しては、あなたが時間を遡ったりせずに、しっかりと溝口を監視していれば彼女が死ぬことはなかったでしょうね」

違う。嘘だ。と内心で叫びながら、壮吾は反論する。

「嘘をつくな。僕たちは、死者の魂が正しい行き先に行くために必要なことをしているだけで、誰かを犠牲にする気なんて……」

最後まで言い終えるのを待たず、綺里乃は強くかぶりを振って壮吾を遮った。

「だから、それが余計だと言っているのよ。確定してしまった運命をどれだけ観察したところで結果は変わらない。重要なのは『魂を迅速にしかるべき世界へ送ること』よ。魂の選別は、常に規定に従って行われるもの。その秩序を守ることが優先されるべきであって、天国へ行くか地獄へ行くかの判断のために時間を遡るなんていうのはナンセンスなのよ。運命というものは絶えず流動している。その流れの中で決定した死の運命は変更がきかない。でもね、その前段階では、常に変化しているものなの。だからこそ、ほんの少しの行き違いが影響して、予想だにしない結果につながってしまう。だから天使には、その流れに干渉する資格が与えられているの。この二人の悪魔が度々問題を起こす厄介な連中だということは、天界《ち》でも有名だったし、一度この目で見ておくべきだとも思った。意識不明の浅沼綺里乃の身体を借りれば、私がこの身体を自由にできるから、あなたたちの行動を探るには最適だった。そのうえ彼女の口座には、溝口の父親から手切金としてまとまったお金が振り込まれていた。そのお金であなたに調査を依頼すれば、断られることはないと思ったわ」

何もかも、この天使によってお膳立てされたことだった……。突きつけられたその事実に、壮吾は生唾《なまつば》を飲み下す。

「僕が素直にあなたの言う通りに行動していれば、大勢が死なずに済んだ。そういうことなのか……？」

「そういう未来もあったかもしれない。そう言っているのよ」

突き放すような口調で、綺里乃は告げた。その言葉をすぐには受け入れられず、再び二人の悪魔たちを振り返った壮吾だったが、彼らは期待するような言葉を投げかけてはくれなかった。綺里乃の言葉よりも、彼らが沈黙しているという事実そのものの方が、壮吾が受ける精神的な苦痛の度合いは強かった。

目の前の天使が告げる言葉は真実であり、水川莉緒や岩間哲也、江原愛実、そして目の前に横たわる秋村真琴。彼らが命を落としたのは、もとをただせば自分のせいであるという、最悪の結論が否応なしにのしかかってきては、壮吾を容赦なく打ちのめした。

これまで、必死にやってきたことは間違いだったのか。悪魔の口車に乗せられて、多くの人を不幸にしてしまったのだろうか。自分はいったい何のためにここまでやってきたのか。そういったことが、軒並みわからなくなってしまった。

だが、その時――

「ちょっと待ってよ」

声を上げたのは杏奈だった。

「確かにあたしたちには、天使のように『運命』に干渉する権利はない。でも、だからって、時間を逆行したのはより多くの死者を出すためなんかじゃないよ」

「あら、そうなの」

さほどの興味もなさそうに、綺里乃は言った。

「そうだよ。さっきから黙って聞いていれば、あたしたちが余計な死者を増やすために壮吾を騙して操っているみたいな言い方をしてくれてるけど、そんなつもりなんてないからね」

「第一、そんなことをしたら、我々も処分の対象になる。運命への干渉を許されていない悪魔が意図して人間の運命を悪い方向に導いたとなると、これは厳重な処分の対象だ」

日下がきっぱりと告げる。今だけは、彼らの言葉に嘘がないことを信じたい。いや、信じるも何も事実であってほしいと、壮吾は強く願った。そうでなければ、これまで自分が辿ってきた道程が全て否定されることになるのだから。

「そうね。あなたたちにそんな芸当ができるわけがないものね。それに、時間を遡ったからと言って、必ずしも死ななくていい人間が死んでしまうとも限らない。あなた方が意図して烏間壮吾を操っていたという可能性は排除してもいいかもしれない」

一転、二人の言い分を受け入れた綺里乃は、しかしすぐに鋭いまなざしに戻ると、

「でもね、今回のように多くの人間が不必要な死の運命に搦《から》めとられてしまった以上、黙って見過ごすことはできないわ。私にも立場というものがある。だからはっきりと言っておく。魂の選別に逆行は必要ない。たとえ質の低い選別になってしまうとしても、無関係の人間の運命を危険にさらすよりはずっといいはずだとね」

杏奈は即座に返す言葉が見つからないのか、うぐ、と小さく唸って押し黙った。

確かに綺里乃の言っていることはまっとうな意見に思えた。だが、言い換えれば、死んだ人間が天国と地獄、どちらに行くのか。そんな『些細なこと』に手間をかけるなということでもある。そんな彼女の意見を、そっくりそのまま受け入れる気にはなれなかった。もっともらしいことを言っているが、つまりは死んだ人間などどうでもいい。重要なのは生きてい

る人間だと言われている気がしてならなかった。

もちろん、だからと言って生きている人間を危険にさらす行為が許されるというわけではないのだろうけれど。

「ふん、それはどうかな」

束の間の沈黙を破って、今度は日下が異を唱える。

「なにか意見でも？」

「ああ、あるさ。あんたはさっきから、私たちのせいで大切な運命とやらが乱され、余計に人間が死んでしまったと決めつけているみたいだが、そう断定するには早いと思うぜ」

「どういうことだ？」

問いかけた壮吾に、日下は「やれやれ」とでも言いたげなくたびれた視線を向ける。

「よく考えてみろ。お前はさっきからずっと、こいつの発言をクソ真面目に聞いているようだが、本当にその通りなのか？　そもそも、この天使の言うことがどこまで本当なのかなんて、誰にもわからないだろう。少なくとも私は懐疑的だ」

「なんですって？　私が嘘をついていると？」

綺里乃が柳眉を逆立てて怒りをあらわにした。嘘つき呼ばわりされるのは、天使のプライドが許さないといった様子だ。

「少なくとも天使というのは、人間のために何もかもをなげうって慈悲を与えてくれる優しい者ってわけじゃあない。あんたらが最も重要視するのは統制であり秩序だ。そのために運命を利用し、人間を思い通りにコントロールしている。私の目には、そう見えるがな」

「な、なんという……！」

日下の意見を侮辱ととらえたのだろう。綺里乃は便所のゴミムシでも見下ろすような顔をして、激しい怒りにその身を震わせていた。

「今回のことだって、どうしてわざわざ面倒な手順を踏もうとしたんだ。溝口の犯行を防ぎ、予定にない死者を増やしたくなかったのなら、無能な私立探偵を頼るのではなく、溝口本人に働きかければよかったんじゃあないのか？」

誰が無能だ、という突っ込みをぐっとこらえ、壮吾は成り行きを見守る。

「それは……」

「イカレた殺人鬼を説得する自信がなかったか？　だったら壮吾じゃあなく、友達の刑事に溝口のことを教えてやればよかった。だがあんたはそれすらもしなかった」

「あ、あまりに直接的な干渉は処分の対象になる。私は、お前たち悪魔と違い、ルールに沿って使命を全うするために行動を起こしたのよ。それに、彼に近づいたのは、代行者としての使命をしっかり全うしているかを見極める目的もあった」

綺里乃は壮吾を指さし、毅然として反論する。だが、日下の薄笑いは消えない。

「もっともらしい言い方をしているが、要は粗さがしがしたかったんだろう？　何かといちゃもんをつけて、お前は間違っているとかなんとか言って自信を喪失させ、壮吾をいいように操ろうとしたんじゃあないのか？」

「えぇー、それってあたしたちが壮吾を操ってるとか言っておきながら、自分も同じことしようとしてたってこと？　何よこいつ。とんだ性悪じゃん」

「し、失礼なことを言うな。私はお前たちのような汚らわしい連中とは違……」

杏奈の不躾な物言いに怒りをあらわにして反駁《はんばく》しようとした綺里乃だったが、しかし、ひどく取り乱す不格好な自分の姿に気が付いたのだろう。言葉を切って呼吸を整え、おさまらぬ怒りに頬をひくつかせながらも無理に平静を装って、冷静沈着な天使の姿を演出する。

「悪魔どもめ……よくも私にこんな醜態を……」

恨みがましく言った綺里乃を睥睨し、日下は得意の不敵な笑みを刻む。気付けば二人の悪魔に対し辛らつな言葉を投げかけていた綺里乃が、その目論見を見破られ、性悪扱いまでされている。現れた時の勢いは何処へやら。いつの間にか両者の立場は入れ替わっていた。

「何にしろあんたの言ってることは矛盾しているぞ天使サマ。運命が常に流動的に変化しているというなら、一寸先は闇ってことだ。たとえ溝口の悪事を暴くことができていたとしても、被害者たちが死ななかったとは限らない。殺人犯とは全く無縁のところで、思いがけない死を迎えていた可能性だってあったはずだ。それに、壮吾が溝口を監視していようがいまいが、奴が犯行を犯すタイミングなど奴以外にはわからなかった。むしろ、今回のように使命を行っている間に犯行を起こしたのなら、代行者である壮吾に依頼をしたあんたの判断がミスっているということになるな」

「わ、私の判断ミスだと……？」

綺里乃は声を裏返し、大きく目を見開いて繰り返した。

「そうだよ。あんたがポンコツだからいけないんでしょ。運命に干渉することを許されているなら、片っ端から人間救ってみたらいいじゃん。それができない半端な天使の分際で、よくもまあ偉そうにあたしたちを否定できたもんだよね」

「ぐぐぐ……！」

悪魔たちの思わぬカウンターパンチを食らい、すっかり怒り心頭といった様子の綺里乃は、しかし言い返す言葉が見当たらずに、ルネサンス期の彫刻のように整った顔を紅潮させて恨めしそうに歯噛みする。

「わかったらとっとと消えるんだな。私たちは好きにやらせてもらう。これまで通り、選別対象の死の真相はこいつに解き明かしてもらう」

負け犬じみた天使の顔をさも愉快そうに眺めながら、日下は杏奈に目配せする。それを受けた杏奈も、にんまりと底意地の悪い顔を作り、悪魔にふさわしい嗜虐的な笑みを浮かべた。

「そうだね。でなきゃあつまんないもの」

「つまんない、だと？」

「私たちやあんたには、しょせん人間のことを完全に理解することなんてできないんだよ。だからこそ、同じ人間が悩んで必死に考えて、答えを見いだしたうえで魂の行き先を決める。その過程がなきゃあ、魂の選別だって味気ないものになってしまう。それじゃあ、見ている私たちは退屈してしまう」

退屈は何より忌避すべき害悪だ。そう続けて、日下は肩をすくめる。

「ふざけるな！　人間の魂はお前たちのような汚れた連中を楽しませる娯楽の種ではない。神が作りたもうた神聖な……」

「だとしても、だ。あんたの言うような、規定だの秩序だのに縛られた機械のような人間にポンと魂の行き先を示されてしまったら、私たちも張り合いがないんでね。苦悩して、時には泣きべそかきながら地獄に魂を送る決断を迫られる。私たちは、そうやって苦しむこいつの姿が見たくてたまらないのさ」

そうだろ、と同意を求められ。杏奈は強く首肯した。こいつら、そんなことを考えていたのかとうんざりする一方で、なんだか胸のつかえが不思議と緩和されたような、奇妙な感覚に陥る。実に悪魔らしい、身勝手ではた迷惑な動機ではあるが。

「く……もういいわ。これ以上の口論は無意味ね」

もはや会話することすら苦痛だとでも言いたげに、綺里乃は会話を打ち切った。そして、なおも冷めやらぬ猛烈な怒りの矛先を、なぜか壮吾に向ける。

「烏間壮吾、あなたには失望したわ。もっと利口な人間だと思っていたのに」

「いや、僕は別に……」

何か言ったわけではないのに、すっかりこの天使を敵に回してしまったらしい。彼女の中では、壮吾は悪魔に魂を売り、天使や天界に仇《あだ》を為す凶悪な人間として認識されてしまったことだろう。

冷静に考えてみると、なんとも恐ろしい状況に置かれてしまったものだ。

「だが覚えておくことね。今後、本格的にお前たちの行為のせいで問題が起きた時は、絶対に容赦しないわ」

そんな捨て台詞を残し、天使は踵を返す。そして、わずかに膝を曲げてかがみこんだ次の瞬間、周囲の建物や何もかもを吹き飛ばすかのような勢いで、爆発的な突風が吹き荒れた。

うわ、と声を上げ、腕で顔を覆った壮吾が次に目を開けた時、綺里乃の姿は跡形もなく消え去っていた。

「うわぁ、去り際まで感じわるぅ。結局は何しに来たわけ？」

「だから天使は嫌いなんだよ。プライドばかり高くて、思い込みが激しい。そのくせ自分の意見を否定されたり、間違いを指摘されたらああやってすぐにヒステリーを起こすんだ」

ガキかよ。と続けて、日下は苦笑する。

「さてと。すっかり邪魔されちまったな。この女の魂、大丈夫か？」

日下が手をかざすと、もはや見慣れた様子で真琴の魂がその手の中におさめられた。

「早くしないと、魂が傷んじゃうよ」

杏奈が心配そうに言って、壮吾を振り返った。彼女の意図するところをくみ取り、壮吾はそっとうなずいて見せる。

「彼女の魂は……」

そこでいったん言葉を切り、生唾を飲み下す。

できることなら、天国に送ってやりたい。向こうで待っている愛実のもとへ送ってあげたい。けれど今度ばかりは、選択の余地はなかった。死の直前までの彼女の行動、自ら死を選んだこと、どちらをとっても天国へ送ることは難しい。ここで壮吾がどんな屁理屈をこねて天国行きを主張しても、悪魔たちはそれを許してはくれないだろう。

この選択には、彼らの思惑は介在しない。解き明かすべき謎も残っていない。ただ目の前にある明確な道筋を、壮吾の意志で選択しなくてはならないのだ。

「地獄に……送るべきだ……」

何とも形容しがたい鬱屈とした気分と共に言葉を吐き出して、壮吾は深く息をついた。心臓の裏側を爪でカリカリと削られるような、気味の悪い痛みが断続的に襲ってくる。

「それじゃあ、今回はあたしが持っていく。数か月ぶりの地獄行きだもんね」

日下の手からかっさらうように光の球体を奪い取り、杏奈は軽やかな足取りで踵を返した。そして、足元に広がった自身の影の中へと、ゆっくり沈み込んでいく。

「ご苦労様、やればできるじゃん」

その言葉を最後に、杏奈の姿は完全に影の中へと吸い込まれていった。

「私も同感だ。いい選択だった」

「そんなこと言われても、嬉しくなんかないよ」

「そう暗くなるな。使命を続ける限り、いつかは通る道だということはわかっていたはずだ。今日、お前はその選択肢を選んだ。それだけだ」

励まそうとでもしているのか、珍しく真面目な顔をして、日下は壮吾をじっと見つめた。

曖昧にうなずく一方で、壮吾の胸の内にはやり場のない後味の悪さばかりが広がっていく。

「だとしても、僕は天国を選びたかったよ……」

後悔とも、嘆きともつかぬ呟きは、黒々とした夜空に溶けて消えていった。

だろうな、と相槌を打った日下が苦笑交じりに肩をすくめ、靴音を響かせて歩き出す。

「なあ日下、本当に浅沼さんの――いや、天使の言ったことはでたらめだったのかな？」

「さあ、どうかな」

立ち止まり、振り返った日下は、その顔に不敵な笑みを浮かべ、他人事のように言った。

「確かなことはわからないということだ。だったら、やりたいようにやるしかない。今更、何の調査もせずに当てずっぽうで死者の魂の行き先を決めろと言われても、できやしないだろ？」

「それは、そうだけど……」

それでも、不安は残る。彼の言葉を鵜呑みにしていいものか、その判断はすぐにはできそうになかった。

「迷うのも無理はない。私たちがでたらめを言って天使をやり込めて、お前をいいように操ろうって魂胆かもしれないからな。結局のところ、どちらを信じるのか、あるいはどっちも信じないのか。決めるのはいつだってお前だよ」

そう言って、壮吾の肩を軽く叩くと、日下はくるりと身をひるがえし、路地の先へと歩き出した。その背中が見えなくなるにつれて、世界に音が戻り、冷たい夜風が頬を撫でる。

「……んん」

時が動き出した世界の中、かすかなうめき声がして、壮吾は振り返る。すると、地面に座り込み、壁にもたれた状態の美千瑠がうっすらを目を開け、返り血にまみれたその顔を持ち上げるところだった。

「みっちゃん、気が付いた？」

「壮吾くん……私……」

美千瑠は自身の頭に手をやり、しばしの間ぼーっと何かを考えていた。やがて何が起きたのかをゆっくりと思い返した様子で、視線を周囲に走らせると、倒れ込んだままの真琴に目を留めた。すべてを悟った様子の美千瑠は、意外なことに取り乱したりはせず、小さくうなずいただけだった。

「お父さんと……璃子は……」

助けを求めるように壮吾を見上げた。

「きっと大丈夫だよ。逆町がついてくれているから」

「でも……」

何か言いかけた美千瑠はしかし、どこからともなく響いてきたサイレンの音に反応し、視線を上の方に持ち上げた。それと同時に、かすかな安堵の色が表情に広がっていく。

徐々に意識がしっかりしてきたのか、美千瑠は上体を起こす。そして、何かを探すように周囲を見回した。

「ねえ壮吾くん、さっきまで、私たちの他に誰かいなかった？」

日下と杏奈のことを言っているのだろう。

「えっと……いや、誰もいなかったと思うけど？」

「でも、男の人と女の人が確かに……」

「僕は見なかったよ。見間違いじゃないかな？」

「見間違い……」

他にどうしようもない状況でもない限り、彼らの存在はなるべく隠しておいた方がいいだろう。そう判断し、美千瑠の記憶があやふやなのをいいことに、壮吾はやや強引に押し切った。

美千瑠は曖昧にうなずいていたが、やがて何かに気付いたように「もう一人……」と小さく呟いた。

「もう一人いたよね。多分、女の人。壮吾くんたちと何か話していたでしょう？」

「え、なんでそれを……」

思わずそう口にして、壮吾は息をのんだ。二人の悪魔たちと違い、綺里乃がここへ来た時には、すでに時は停止していた。立ち去ったのも、停止している最中だった。美千瑠が彼女の存在を認識できるはずはない。それなのに、どうして……。

「あれ、違ったかな……？　私の思い違い？」

驚く壮吾をよそに、自身の発言が疑わしく感じられたのだろう。美千瑠は額を押さえ、しきりに眉を寄せている。

そうそう、気のせいだよ。などと声をかけるべきなのはわかっていた。だが、思いがけず出現した疑惑の芽に気を取られ、壮吾はただただ狼狽交じりにうなずくことしかできなかった。

エピローグ

逆町の要請によって救急隊が駆け付けた時には、溝口拓海はすでに大量の血液を失った状態で、病院に搬送する暇もなく息を引き取った。

死因は失血性ショック死。真琴によってつけられた傷が動脈を見事に切断し、腎臓をも著しく損傷させていた。たとえ搬送が間に合っても、一命を取り留めていた可能性は低かっただろう。間近で見ていた壮吾には、その結果こそが、真琴の覚悟がどれほど大きなものであったのかを物語っているように感じられた。

彼女は溝口と刺し違えてでも彼を葬ろうと決めていたのだ。その後、美千瑠を連れて逃げ出しはしたものの、美千瑠の説得により逃亡を断念した。そして、罪の意識に耐え兼ねて自死。それが公式に発表された事件の経緯であった。

のちに週刊誌が書き立てた記事によると、両親の死後、児童養護施設に預けられた真琴は、ほどなくして溝口家に養子として迎え入れられることになった。年齢の問題から、二人目を諦めていた溝口夫妻は、どうしても娘が欲しいという妻のたっての願いによって真琴を迎え入れることになったのだが、真琴は少しばかり、普通の子とは違うところがあった。もちろん両親はそのことも含めて真琴を実の子のように愛し、大事に育てたが、里親になってから二年後、夫が二十歳年下の愛人との間に子を設けたことを知り、精神的に不安定になった妻は自ら命を絶った。

その後、溝口家はその愛人が後妻に入った。この頃から、長男である拓海が異常な行動をとるようになっていった。

近所の野良猫を捕まえてサバイバルナイフで切り刻んだり、毒入りの餌を使って公園の鳩やカラスを毒殺しようとしたり、一度は学校の給食に薄めた農薬を混ぜ、大勢のクラスメイトたちを病院送りにしたこともあった。それらの問題行動は拓海がもともと通っていた公立小学校から私立小学校へ転入することと、父親が方々に圧力をかけて、うまくもみ消したことで、明るみに出ることはなかった。

その後、表立って悪事を働くことはしなくなった拓海だが、中学三年になった彼は、当時小学六年生だった血のつながらない妹である真琴に対し、性的な虐待行為を働くようになった。力でかなうはずのない真琴は抵抗することもできず、拓海の玩具にされてしまう。そのことで助けを求めようにも、義理の母親は長男である拓海に対しては最低限の配慮を心得ており、夫の手前あからさまに悪い態度をとることはなかったが、真琴に対しては一切興味を示そうとせず、幼い実の子に持てるすべての愛情を注ぎ込んでいた。

結局、高校二年の時に家出同然で飛び出すまで五年間ほど、真琴は拓海の虐待行為を受け続けた。

拓海が最初の殺人を犯したのは、二十二歳の時だった。浅沼綺里乃との一件があり、彼女との婚約を解消した拓海は、真琴にマッチングアプリなどを通じて、同年代の面識のない女性と出会うよう仕向け、その相手女性についての情報をもとに、自宅に押し入り、犯行に及んだ。

この殺人の背景にあったのは、亡き母に対する強い執着めいた感情だったのかもしれない。

彼は被害者の首に、刃物で切り傷をつけている。殺害方法が絞殺であることから、死後につけられたこの傷は『首切りマニア連続殺人事件』の象徴ともいえるものだったが、彼の母親は浴室に果物ナイフを持ち込み、服を着たまま浴槽に入り首を切り裂いて自死している。それを発見したのは当時中学三年だった溝口であった。

この時の経験が思春期の彼の精神に強い打撃を与えたのは間違いなく、遺体の首に傷をつける行為は、その呪縛から逃れられていないことの証明であると言えた。

そしてもう一つ。彼が見せていたのは、義理の妹である真琴に対する強い執着である。

実の母親を失い、後妻には相手にされなかった溝口は、最も身近にいる真琴を思い通りにすることで、母に与えられるはずだった愛情を手に入れようとした。真琴を執拗に傷つけ、もてあそび、そして利用することで、自分の所有物にしたがった。この兄妹の間に明らかな主従関係があったのは間違いないだろう。だが、暴力による恐怖を通して義妹を洗脳し、言いなりにさせる一方で、拓海は妹に強い愛情を抱いてもいた。このことから、何人かの犯罪心理学者によると拓海は真琴に対し倒錯した恋愛感情を抱いていたが、真琴は同性愛者であるために、本当の意味で彼女の愛を手に入れることはできないと悟っていた。どれだけ身体を好きにしようと、どれだけ行動を支配し、殺人の手助けをさせようとも、完全に自分のものにはできない。その虚しさが、負のエネルギーとなって他者に向いてしまった、ということだった。

一連の連続殺人事件の根底には、溝口のそういった屈折した願望が強く関係していたのではないか。そう、記事は締めくくられていた。

また、事件のこととは別に、全てが終わった後、どうしても気がかりだったのは、死亡した溝口の魂についてだった。

壮吾が選別したのは真琴の魂だけであり、溝口の魂は選別していない。きっと、日下や杏奈とは別の悪魔たちが選別したのだろうが、どう考えても溝口の魂が向かう先は地獄に違いない。そうなると、この兄妹は死後も離れることができず、地獄で再会することになる。

溝口の魔の手から逃げたくて必死にあがいていた真琴は復讐を果たせたかもしれないが、こうした結末を迎えた今考えてみると、彼女の願いは成就されたとは言えないかもしれない。

そう考えると、壮吾はやはり暗澹たる思いに苛まれてしまうのだった。

あの状況ではどうあがいても真琴を天国へ送ることなどできなかった。彼女のとった行動、背負った罪、そして何より、壮吾たちの見ている前で自死したことから、地獄行きは免れなかっただろう。

それでも、どうにかしてやりたかったという後悔は、いつまでも壮吾の胸の内で尾を引いていた。


事件から数日が経ち、調査依頼の期日が来ても、浅沼綺里乃は姿を現さなかった。彼女が住んでいると主張していたマンションを訪ねてみると、確かに逆町の言った通り、部屋の表札には『ＡＫＡＧＡＷＡ』という、全く別人の表札が掲げられていた。その部屋の住人に話を聞くと、六年ほどそこに住んでいると言っていたため、やはりあの時の綺里乃の発言は、嘘であったらしい。表札が違って見えたのも、彼女が何かしらの方法で勘違いするよう誘導したのだ。天使なら、それくらいは簡単にできるのだろう。

今回、調査の報酬はもらえなかったが、すでにもらっていた手付金と追加費用だけで、経費を差し引いても十分すぎるほどの額が残り、仕事としては大成功と言えた。

この日もその売上金の中から来月分の家賃を前払いしようと、勇んで『万来亭』にやってきた壮吾は、厨房の椅子にどっかりと座り込み、無理のない範囲で仕込み作業をしている剛三に封筒を手渡した。

「大家さん、もう店に立って大丈夫なんですか？」

「あぁ？　うるせえぞ。探偵屋のくせに、俺のやることにケチ付ける気か？　それとも、怪我人は使い物にならねえからすっこんでろと、そう言いてえのか？」

「いえ、そんなことは……」

ただ心配して訪ねただけなのに、喧嘩腰で返されてしまう。虫の居所が悪いせいか、何を言っても嫌みに聞こえてしまうようだ。

壮吾は渋々謝罪し、そそくさと逃げるようにカウンター席へと移動した。

「おはよう、璃子ちゃん」

声をかけると、いつもの『特等席』で絵本を読んでいた璃子が、仏頂面でうなずいた。こちらもご機嫌斜めであるらしい。

「ごめんねえ壮吾くん。アキちゃんのことがあってから、もうずっとああなのよ」

水の入ったグラスをカウンターに置いた美千瑠が、困り顔で言った。

「仕方ないよ。彼女になついていたみたいだし」

「うん。あの子には、アキちゃんは遠くに行ったとしか言ってないの」

無難な選択だ。璃子にはまだ、すべてを理解することは難しいだろう。

溝口によって母親や祖父が襲われる場面を目の当たりにした璃子だが、今のところトラウマといえる症状は見られない。まずはそのことに感謝するべきなのだろう。

「お父さんも、頭の怪我の方は大したことないんだけど、あんな感じで気落ちしちゃってね。ちょっと前まで、娘が一人増えたなんて言って、すごく喜んでいたから」

美千瑠は溜息交じりに言うと、あっと何かを思い出した様子で声を潜め、いたずらめいた表情を作る。

「本格的に、ここで暮らしなさいなんて言って、壮吾くんを追い出す算段を立てていたみたいだよ。もし言うことを聞かないなら、家賃を吊り上げるなんて言ってたし」

「そんな……嘘だろ……？」

思わずこぼすも、美千瑠ははっきりと冗談だとは言ってくれなかった。

今後、家賃を上げると言われた時は、要注意である。

「どもー、こんちわ」

壮吾がチャーハンセットを注文し、美千瑠が厨房へ戻ろうとしていたタイミングで、引き戸が開き、見知った顔がのぞいた。

「あら逆町さん。この前はありがとうございました」

美千瑠に深々と頭を下げられ、逆町は「いやいや、仕事だから」と後頭部をかいた。

「捜査が落ち着いたから、久しぶりにね」

「それじゃあ、壮吾くんの隣でいいわね」

手でおちょこの形を作った逆町に、美千瑠は自然な流れで壮吾の隣の席を示す。

目が合った時、互いに固まってしまい、挨拶を交わすまでに妙な間が開いた。

「調子はどうだ。名探偵」

「まあ、ぼちぼちかな。そっちは？」

「このところは事件の残務処理ばかりだよ。でかい事件だっただけに、被疑者死亡で送致って結末が、お偉方は気に入らないのさ」

そう言ってから、逆町は深く息をついた。それから、どこか嬉しそうに店内をぐるりと見

まわし、

「そんなことよりも、あれ以上被害が出なくてよかったよ。みんな元気そうじゃあねえか」

嬉しそうに厨房を覗き込んだ。それから絵本を読んでいる璃子に視線を向け、「よう璃子ちゃん。久しぶり」と声をかけるが、壮吾の時と同じように、少女の仏頂面は変わらない。

「あのさ、逆町……」

壮吾は咳払いをして居住まいを直し、逆町に向き直った。

「この前の話、まだ終わってなかったよな」

逆町の方から言われる前に、壮吾は自分からその話題を持ち出した。一瞬、驚いたように目をしばたたいた逆町は、美千瑠が運んできたビールをグラスに注ぎ、軽く口をつけてから泡のついた口元を拭う。

「そうだな。確かに終わっちゃいない。お前の言っていた、浅沼綺里乃って女の行方もわからないしな」

「……え？」

突然会話が飛んだ気がして、思わず問い返す。

「だから、お前の依頼人なんだろ。溝口拓海の元婚約者でありながら、被害者でもある。一度話を聞いておかなきゃならないんだが、どこを探しても見つからないんだよ。お前、次に会ったら警察が探してたって言っといてくれよ」

わかった。と返事をしてから、壮吾はぶるぶるとかぶりを振った。それはそれとして大事なことだが、今はそれ以上に話すことがあるはずだ。

今度こそ意を決して切り出そうとした壮吾を、しかし逆町が手で制した。

「この間、俺が言ったことなら、一旦忘れていいぞ」

ようやく本題。しかし、ここでも思いがけぬことを言われ、再三にわたり壮吾は返す言葉を失った。そんなこちらの様子を苦笑交じりに見た逆町は、「実はな」と声を潜めて切り出した。

「ここしばらく、殺人事件の現場でおかしな奴を見かけたって情報がいくつも寄せられていたんだが、新たに別の証言が出てきたんだ」

「別の証言?」

「いくつもの犯罪現場で怪しい女を見かけたって情報もあれば、老人を見かけたとか、子供を見かけたとか、中にはアメコミヒーローの仮面をかぶっていたなんてのもあった。とにかくそういう情報が、次々と俺の耳に入って来やがる。こっちが求めてもいないのにだ」

「それは……」

つまり、偽の情報が飛び交っているということなのか。

そう思った瞬間、壮吾の頭に浮かんだのは、六郷の得意げな顔だった。

なるほど、あの時言っていたのはこういうことか。しかし、そんなあからさまな偽情報で、あそこまで壮吾を疑っていた逆町をごまかすことはできない。そう思い、恐る恐る逆町の方を見ると、彼は何事もなかった様子で喉を鳴らし、うまそうにビールを飲んでいる。この話題になど、まるで興味がないとでも言いたげに。

「あのさ、逆町……」

「こんなんじゃあ、俺が最初に掴んでいた情報だってどこまで信頼できるかわかったもんじゃあねえ。だからさ、壮吾、もういいんだよ」

「もういいって……」

言葉通りの意味に受け取っていいのかがわからず、壮吾は戸惑いをあらわにした。

逆町は、言葉の代わりに肩をすくめ、ようやく真剣なまなざしをこちらに向ける。

「お前が何をしているのか。全部を理解するのはきっと俺には無理だ。けど、お前が信じてやってるんなら、それでいいと思ったんだよ。今回の事件でそのことがよくわかった気がするんだ。お前は事件に直接的な関わりを持ってはいなかった。だが、犯人とも、被害者とも接触していた。きっとそこにはでっけえ事情があったんだろ。その中でお前は、誰かのために必死に戦ってる。秋村真琴に連れ去られた美千瑠さんを必死に追いかけて行った時みたいにな。俺は、そんなお前をこれ以上疑うのが嫌になっちまった」

「逆町……」

それ以上、言葉が浮かばなかった。言葉に詰まる壮吾を横目に、逆町は少し困ったようにうつむく。その照れ隠しのような態度が、最大限の譲歩であることは間違いなかった。

素直に感謝すべきなのか、それとも、謝るべきなのか。何が正しい反応なのかがわからず、壮吾もまた押し黙った。だが不思議なことに、互いに押し黙ったまま、肩を並べている状況が、なんだかとても懐かしく思えて、壮吾の口元は自然と緩んだ。

「二人とも黙り込んじゃってどうしたの？　お腹でも痛くなった？」

注文したチャーハンセットを運んできた美千瑠が怪訝そうに問いかけてくる。壮吾は何か言おうとするが、咄嗟に言葉が浮かばず、助けを求めるように逆町を見た。

向こうも向こうで、何を言ったらいいのかがわからない様子で笑ってごまかす。

「それより、おやっさんの怪我の具合はどう？」

「それが元気すぎて困っちゃうくらいよ。本当はまだ自宅で安静にってお医者様に言われているのに、全然言うこと聞かないんだから」

恨みがましく言いながら、美千瑠は困ったように厨房を振り返る。その会話を聞きつけてか、剛三は何気ない風を装って半身をずらし、わざとこちらに背を向けるようにして座り直した。

「もう、聞こえてない振りしちゃって」

父親の子供じみた態度にうんざりしたのか、美千瑠は呆れた様子で溜息をつく。

「何にしても、俺たちが来るのが間に合ってよかったよなぁ。あの時の、この店のみんなに危険が及んでいるってわかった時の壮吾の顔は見ものだったぜ。美千瑠さんにも見せてやりたかったたなぁ」

「そうなの？　壮吾くん、もしかして私のことが心配で……？」

逆町の話に反応し、なぜか期待に満ち溢れた顔をして両手を胸元で握りしめると、美千瑠は熱い視線を向けてきた。

「いや、僕はその……確かにみんなのことが心配ではあったけど……」

「そうなんでしょう？　そうなのよね？　愛する私のことが心配で、胸を引き裂かれるような気持ちで駆け付けてくれたのね？　それほどまでに私のことを思ってくれていたなんて……！」

「だから僕はみんなのことが……」

「もう、照れなくていいのよ。ほら、じゃんじゃん食べて」

訂正しようとするも、美千瑠にチャーハンを強引に口の中に詰め込まれ、壮吾はそれ以上否定の言葉を封じられてしまう。

「あの時は本当にどうなることかと思ったわ。壮吾くんと逆町さんが来てくれなかったら、本当にどうなっていたか……」

「それを言うなら、美千瑠さんが連れ去られた時だって焦ったよ。とっさに壮吾に『追いかけろ』なんて言ったけどさ、応援が来るまでの間、二人の身に何か起きたらと思うと、生きた心地がしなかったぜ」

確かに、逆町がそう思うのも無理はなかっただろう。実際に美千瑠を連れて逃げる真琴を追いかけていた壮吾自身、最悪の想像を頭の中で何度も繰り返した。角を曲がった先の路地で、美千瑠が血を流し倒れていたら。そんな光景を頭に浮かべながら、祈るような気持ちで走り続けた。

もしあの時、その最悪の光景が現実のものとなっていたら、美千瑠の魂の選別を担当しなければならなかった。そのことを思うと、今更ながらに足がすくむ。

気付けば壮吾の視線は、自然と美千瑠にそそがれていた。彼女がつらく苦しい出来事を乗り越え、こうして家族や友人と笑い合っているその姿自体が、なんだか奇跡のような気がしてならなかった。

「てんしだよ」

ふと、唐突に告げたのは璃子だった。大人たちの視線を一身に集めた少女は、あどけない顔に目いっぱいの笑みを浮かべ、

「てんしがまもってくれたんだよ」

そう言った。逆町は急に何を言い出したのかとばかりに首をひねり、壮吾もそれに倣う。美千瑠は我が子の言わんとしていることにいち早く気付き、「そっか」と声を上げた。

「その絵本、最近のお気に入りなのよ」

ね、と同意を求められ、璃子はこくりとうなずくと、閉じた絵本の表紙をこちらに向けた。表紙には『なきむしあくまといじわるてんし』とある。

内容はわからないが、そのタイトルがどことなく身につまされるような気がして、壮吾は苦笑した。

「ははは、こりゃあロマンチックだな璃子ちゃん。俺たちには天使の加護がついてるってか？」

「さかまちにはついてないかもしれないけど」

「ちょっと、璃子！」

やめなさい、とたしなめられる璃子の姿をほほえましい気分で眺めていた壮吾の脳裏に、件の天使とのやり取りが甦る。

「――天使、か……」

「どうした、壮吾？」

壮吾の神妙な口ぶりに反応し、逆町が問いかけてくる。

「いや、案外、天使っていうのはさ、そこまで僕たちに対して優しくはくれないかもしれないよ」

「……はぁ？　なんだそりゃあ」

眉を寄せ、顔をしかめて、逆町は不思議そうに首をひねった。美千瑠と璃子も、顔を見合わせてぽかんとしている。そこでようやく、壮吾は自分がおかしなことを口走っていることに気付く。

「ご、ごめん。なんでもない。なんでもないよ。はは、あはは……」

慌てて取り繕い、痛々しいものを見るような視線から逃げるように、チャーハンをかき込んだ。そうしながら、真琴の魂を地獄へ送った時の、得も言われぬ罪悪感が再び押し寄せてきて、壮吾は背中に無数の針を突き立てられたような感覚に陥る。

その感覚に対し、恐怖に似た感情を抱く一方で、同じことがこの先も繰り返されていくのだという現実を、半ば強制的に直視させられていた。

地獄へ送る魂の数が増えれば増えるほど、己の魂に楔《くさび》を打ち込まれるようなこの痛みもまた、増していくのだろう。それでも、投げ出すことはできない。抱えられるだけの痛みを抱えることが、唯一残された道なのだ。

魂を求める悪魔たちと、何よりも運命の流れを重要視する天使。どちらに傾くことなく、常に境界に立つ。求められているのはきっと、そういうことだ。

そうしていきつく先は、二度と戻ることのできない世界。光の届かぬ深淵の底。そんな場所に、自分はすでに足を踏み入れている。そう思うと、居ても立っても居られないほどの焦燥感に駆られ、壮吾は声も出せずに呻いた。

まるで、この世の終わりを一足先に味わうかのような感覚から逃げ出したくて、壮吾は両目を固く閉じ、数秒の間を置いてからゆっくりと開いた。そうすることで、意識を肉体から切り離し、ここではないどこか安全な世界へと避難させようとするかのように。

何やら話し込む逆町と美千瑠の声を遠くに聞きながら、壮吾が顔を上げた時、ふわりと、視界の端で何かが動いた。

窓の外、行き交う人々の中に、ほんの一瞬、綺里乃の姿を見た気がして、壮吾はあっと声を漏らす。

「壮吾くん、今度は何？」

あきれたような美千瑠の声。だが振り返る余裕もなく、壮吾は「いや……」と言葉を濁す。

「なんでもないよ、ただの気のせいみたいだ」

力なく言いながら瞬きを繰り返し、もう一度窓の外に視線を向ける。

どれだけ目を凝らしても、綺里乃の姿はどこにも見つけられなかった。

夜の町を見下ろす空を、深い暗闇が覆っている。

闇に満ちたその世界の中、時折瞬くように光を放つ無数の星。

頼りないその光を死の運命に絡め取られ、今にも消え入りそうな魂の光に重ね合わせて、壮吾は息をのんだ。

それはこれから先の、彼自身が辿るであろう道程に待ち受ける、さらなる災難を象徴しているかのように、か細く弱々しい光だった。

『逆行探偵2　烏間壮吾の憂鬱な推察』了

阿泉来堂（Raidou Azumi）
北海道在住。第40回横溝正史ミステリ&ホラー大賞読者賞を受賞した『ナキメサマ』でデビュー。著書に『ぬばたまの黒女』『忌木のマジナイ 作家・那々木悠志郎、最初の事件』『邪宗館の惨劇』『贋物霊媒師』『バベルの古書 猟奇犯罪プロファイル』『死人の口入れ屋』『僕は■■が書けない　朽無村の怪談会』『逆行探偵』など。

逆《ぎゃっ》行《こう》探《たん》偵《てい》2　烏《から》間《す》壮《ましょう》吾《ご》の憂鬱《ゆううつ》な推察《すいさつ》

2024年11月13日　第一刷発行

著者　阿泉来堂
カバーイラスト　秋赤音
ブックデザイン　bookwall
編集　福永恵子（産業編集センター）
発行　株式会社産業編集センター
〒112-0011 東京都文京区千石4-39-17
印刷・製本　株式会社シナノパブリッシングプレス

ISBN978-4-86311-424-1　C0093